Henri Maximilian Jakobs

PARADIESISCHE ZUSTÄNDE

Henri Maximilian Jakobs

PARADIESISCHE ZUSTÄNDE

Roman

Kiepenheuer & Witsch

Draußen ballert dumpf die Musik. Die Dumpfen ballern nebenan. Schuld war nur der Algorithmus, denke ich und kichere. Wahnsinnig beschränkter Gag. Ich bin rabenvoll. Glaube ich. So richtig kapiert man das doch meistens erst einen Tag später. Ich stehe vor der dreckigen Kloschüssel in einer Kabine irgendeines Berliner Klubs und versuche, meinen Namen zu pinkeln. Eine heroische Tat. Heute Abend feiere ich. Alles und mich. Mich und alles. Ich verschreibe mich. Ich habe Johain statt Johann gepinkelt. An die Wände der Kabine sind beeindruckend viele Telefonnummern, Lebensweisheiten und Pimmel gemalt. Immer wenn die Tür zu den Klos aufgeht, wird die Musik lauter und klarer, das Dumpfe verschwindet für einen Moment. Sobald die Tür zufällt, breitet sich das Halblaut wieder aus. Klopfen an meiner Kabine.

»Kommst du auch mal wieder raus?«

Eine andere Stimme: »Genau, wir vermissen dich. Johann! Wir haben noch Sekt. Komm raus und trink mit uns.«

Lautes Gackern. Die Stimmen gehören Louise und Micha. Louise und ich sind zwei Leben lang befreundet. Mit Unterbrechung. Kleiner Aussetzer am Spalt, der meine beiden Leben verbindet. Micha ragt kurz über die Ränder meines neuen Lebens hinaus, unsere Freundschaft ist frisch, deshalb aber nicht weniger innig. Ganz draußen, weit weg von den Klos, vor dem Klub, ist Sommer. Alles knistert hormonell, ist erfasst von Unruhe und Blüte. Ich habe ein T-Shirt an und keinen Schneeanzug, obwohl ich das im Sommer immer so gemacht habe. Also, quasi. Wenn alle anderen besonders wenig anhatten, war ich in ein Zelt aus Kleidung und Selbsthass gewickelt. Dieser unfassbare Selbsthass. Vor gar nicht allzu langer Zeit habe ich versucht, mir die Pulsadern aufzuschneiden. Nicht weil ich sterben wollte. Ich wollte nicht weiterleben, wie es war. Wie ich war. Das klingt alles total konfus, aber ich bekomme keinen klaren Gedanken zustande. Der Suff ... O.k., von vorne.

TEIL I

DAS ANDERE LEBEN

»Mein Gott, du bist so groß geworden, lass dich hochheben, kleine Zwetschge.«

»Was?«

Ich mache die Augen auf und schaue direkt in die Sonne, die mein Blickfeld in Mosaiksteinchen zerfallen lässt.

»Sagen deine Großeltern das nicht zu dir? Bei mir kommt das jedes Mal. Und sie versuchen immer noch, mich hochzuheben. Meine Oma ist 1,50 m und komplett osteoporotisch. Trotzdem will sie mich in die Höhe wuchten. Sie wird irgendwann einfach in der Mitte zerbrechen.«

Es ist Sommer. Mai. Wir sitzen auf einer Wiese. Louise und ich. Es ist heiß. Mir sticht trockenes Gras in den Hintern. Das Sitzen auf Wiesen wird generell überschätzt. Finde ich. Irgendwas zwickt immer. Vielleicht ist das Sitzen auf einer Wiese eine sehr gute Metapher für das Leben. Es sieht aus der Ferne hübsch aus, aber bei genauerer Betrachtung und längerem Verweilen fängt es an zu piksen und zu jucken.

»Glaubst du, hier sind viele Zecken? Ich habe keine Lust, direkt nach dem Abi Borreliose zu bekommen, die ich dann verschleppe, weil sie niemand erkennt. Um am Ende, wütend auf die blinde und dumme Welt, in U-Bahn-Stationen herumzuschreien und mit meinem Schicksal zu hadern.«

Ich hasse Zecken. Wer hat sich Zecken ausgedacht und warum? Louise blinzelt die ungewohnt freie Zeit weg und sieht mich an.

»Keine Ahnung, ob hier Zecken sind. Wahrscheinlich. In Bayern sind überall Zecken.«

Louise ist wenig beeindruckt von meiner Zeckenpanik, baut eine Käferautobahn und denkt an ihre quasi halbierte Oma. Alles, was vor uns liegt, ist umwölkt und nimmt erst Anlauf. Ich fand immer, dass Schule eine schreckliche Erfindung ist, und war nicht imstande, meine Verachtung für sie meiner Lebensplanung unterzuordnen, was dazu geführt hat, dass ich mein Abi mit 3,0 bestanden habe, Louise ihres mit 1,2. Egal. Zukunft. Keine Schule. Handflächengroße Freiheit, während wir auf der Wiese sitzen.

»Ist dir nicht heiß? Du siehst aus, als wäre tiefster Winter. Ist das ein Schneeanzug?«, fragt Louise.

Den Sommer mag ich noch weniger als Schule. Ich würde sogar so weit gehen, zu sagen, dass ich ihn hasse. Weil ich ihn persönlich nehme. Sommer heißt wenig Kleidung. Sommer heißt Geruch von anderen. Sommer heißt Geruch von sich selbst.

»Nein, das ist kein Schneeanzug. Es ist ein Flanellhemd und das sind Arbeitshosen. Die sind atmungsaktiv.«

»Wer auch immer zum Atmen unter deiner Hose sitzt, dürfte mittlerweile einem Hitzschlag erlegen sein.«

»Mich werden keine Zecken erwischen.«

»Stimmt. Aber was wird dann aus deinem Lebensplan, verrückt in U-Bahnen zu schreien?«

»Keine Ahnung.«

Ich stecke meine Hose in die Socken. Burgmauer gegen die Zecken.

»Freust du dich auf unseren Urlaub?«, fragt Louise.

Urlaub. Dieses komische Furunkel des Kapitalismus. Ewiges Buckeln, um sich dann zwei Wochen im Jahr zu freuen, dass man existiert, während man halbtrunken unter einer Pinie liegt und findet, dass das das wahre Leben ist. Grandezza! Vielleicht hasse ich die Vorstellung von Urlaub auch, weil sie für mich die auf die Spitze getriebene Idee des Sommers ist.

»Hm, klar. Aufs Meer freue ich mich.«

Kleine, weiße Lüge, weil ich Louises Vorfreude nicht kaputt treten will. Manchmal frage ich mich, ob Louise eine reinkarnierte Eiche ist. Sie ist solide und rustikal, nichts an ihr flattert. Sie weiß, was sie studieren will, wie sie sich und ihr Dasein gestalten wird. Als wäre es vor ihr in die Luft gemalt und sie müsste alles nur noch auf Papier kopieren. Easy. Ich hingegen habe keinen Lebensplan, geschweige denn die leiseste Ahnung. Was will ich? Irgendwas mit Kunst machen? Borreliosepatient sein? Meine Ruhe? Louise knufft mich.

»Komm schon, freu dich. Ich freue mich, obwohl wir fliegen müssen. Das wird toll.«

»Auf Kommando freuen, o.k.! URLAUB! In Großbuchstaben!«

Noch 6 Jahre, 8 Monate und 21 Tage

Der Tag des Abflugs ist da. Wir lungern am Flughafen herum und ich decke mich mit Essen ein. Louises Snacks bestehen in erster Linie aus zwei Packungen Tavor, die sie wegen ihrer Flugangst in der Jackentasche gebunkert hat. Die Eiche rustikal wirkt angesägt.

»Wann nehme ich die Tablette? Soll ich sie nehmen? Was ist, wenn das Flugzeug abstürzt? Wenn ich die Tablette jetzt nehme, schlafe ich vielleicht während des Securitychecks ein und im Flugzeug wirkt sie nicht mehr.«

Louise ist schon vor dem Absturz ein Wrack. Ich erkenne sie kaum wieder.

»Dann nimmst du noch eine. Außerdem lässt die Wirkung nicht so schnell nach. Es wird alles o.k. sein. Wirklich. Das Flugzeug wird nicht abstürzen.«

»Und wenn doch? Warum sollte es denn nicht abstürzen. Du erbst meine Bücher.«

»Ich sitze doch mit dir im Flugzeug. Wieso sollten wir denn abstürzen?«

»Du glaubst also auch, dass wir abstürzen werden.«

»Nein, tue ich nicht. Und das habe ich auch nicht gesagt. In knapp fünf Stunden hängen wir am Strand rum und trinken Sekt. Das Schlimmste, was uns passieren kann, sind zu viele andere Touristen. Aber bestimmt kein Flugzeugabsturz.«

Das Einzige, was Louise von meiner Ansprache wahrnimmt, ist das Wort Flugzeugabsturz. Nach dem Securitycheck nimmt sie drei Tavor auf einmal und verschläft den kompletten Flug nach Gran Canaria sowie die scheinbar endlose Busfahrt zum Hotel. Bei unserer Ankunft stellen wir fest, dass das Hotel deutscher ist als Bratwürstchen und der völkische Flügel der AfD. Ein kleines Sparschwein am Empfang weist darauf hin, dass Trinkgeld gut fürs Karma ist. Alle Schilder sind auf Deutsch. Die Abendunterhaltung ist auf Deutsch. Es gibt einen deutschen Arzt im Haus, eine deutsche Apotheke und bestimmt wird irgendwo die Leiche von Franz Josef Strauß aufbewahrt. Die Speisekarten sind auf Deutsch. Es finden spanische Themenwochen statt. Auf Deutsch. All das erklärt uns der Mann am Empfang sehr begeistert. Dieses Hotel ist Deutschlandkonzentrat. So deutsch, dass der Atlantik jodeln würde, wenn man es darin auflöste. Wir fahren mit dem Aufzug zu unserem Zimmer, der Suite Bismarck. Suite Bismarck?

»Alter ... wo sind wir hier gelandet?«

Louise ist wieder in ihrer ursprünglichen Eiche-rustikal-Form. Wir stehen in unserem Zimmer, der Suite, und betrachten den Kunstdruck des Alpenpanoramas, der über dem Bett hängt.

»Ist das da ein nackter Engel, der auf einem Bären reitet? In den Alpen?«

»Er sieht ein bisschen aus wie Chuck Norris.«

»Was macht Chuck Norris in den Alpen? Auf einem Bären?«

»Die Erde unterjochen? Extrem männlich sein? Urlaub?«

»Als Engel?«

»Keine Ahnung.«

Sie öffnet den Nachtschrank und holt eine Bibel heraus. Also doch Kolonialismus.

»Preiset den Herrn.«

Ich gehe durch das Zimmer, die Suite Bismarck. Suite ... für wen? Eine Ameisenfamilie? Zwei erwachsene Menschen könnten sich immer noch umarmen, wenn sie an den gegenüberliegenden Wänden des Zimmers stehen. Suite Bismarck ...

Die Balkontür klemmt, ich zerre sie auf. Die Luft ist weich

und riecht nach einer Mischung aus Chlor und entferntem Meer. Und Fett. Unser Balkon ist genau neben dem Dunstabzug der Küche platziert.

»Hast du Lust, wie eine Pommes zu riechen? Dann komm raus und setz dich neben mich.«

»Ich liebe Pommes.«

Louise kommt auf den Balkon. Sie hat sich ihr Urlaubsoutfit angezogen. Einen Strohhut, der die Größe eines Kontinents hat, Shorts und ein T-Shirt, auf dem steht: »Ich wär' gern eine Ananas«.

»Ich wär' gern eine Ananas? Was soll das heißen? Und warum?«

»Ich weiß es nicht, aber das Gelb ist schön. Und Ananas-Positivity ist auch nicht schlecht. Es gibt viel schlimmere Dinge, die man sein wollen könnte. Unternehmensberater zum Beispiel. Oder ein Apfel. Stell dir das mal vor!«

Sie setzt sich neben mich und rückt ihren Strohhut zurecht. Den Kontinent auf ihrem Kopf.

»Das ist ein sehr großer Strohhut. Ich habe Hunger. Ich will Pommes.«

»Dann müssen wir Pommes essen! Lass uns an den Strand gehen. Da gibt es bestimmt Pommes. Und Sand. Das ist beides super.«

»Und Typen in zu kleinen Badehosen. Herrlich.«

»Die auch, los, komm.«

Wir gehen raus, an den Hotelkomplexen vorbei. Komplex beschreibt die Architektur am besten. Sie sehen aus wie der verzweifelte Schrei eines Architekten nach Kinderspielzeug. In Grau. Und gelegentlich Gelb. Gestapelt und deplatziert inmitten von Natur, die sich nichts sehnlicher wünscht als Ruhe vor all dem Geplärre der Menschen. Ihrem Dreck, ihrer Lautstärke, ihrem Ich-Ich-Ich.

Vor den Hotels stehen Typen, die Flyer für Abendveranstaltungen verteilen. Disco Night, Samba Forever, Latin Fever, der Namensgenerator hat mit 80er-Klischees um sich gespuckt. Die Flyer werden ausnahmslos an Frauen verteilt. Männer gibt es anscheinend zur Genüge. Als wir an den Flyerverteilern vorbeigehen, werden wir ignoriert. Ein kurzer Blick, ein Abwenden und Weitersuchen. Auch Louise fällt es auf.

»Wir sind offenbar nicht die Zielgruppe.«

»Ich bin mir nicht sicher, ob das ein Grund zur Freude ist oder nicht.«

»Ich will aber aus Prinzip gefragt werden, um Nein sagen zu können. Du weißt schon. Wie sich zu wünschen, dass die Exbeziehung schreibt und man nicht antwortet. Damit man sagen kann, dass man nicht geantwortet hat.«

»Natürlich. Sollen wir noch mal an ihnen vorbeigehen?«

»Absolut.«

Wir drehen um und schlendern wieder an den Flyerverteilern vorbei. Nichts. Wir sind Hologramme, in einem zu hellen Raum. Sie sehen uns nicht.

»Pff. Idioten. Wir gehen an den Strand, komm. Und feiern später im Hotel. Da gibt es Bowle. Das ist eh besser.«

Louise ist sauer. Ich bin eher froh. Wie kann man sich nach der Gunst von flyerverteilenden Prolls sehnen?

Wir passieren Buden und Verkaufsstände, an denen man alles kaufen kann, was man nicht braucht. Wirklich alles. Ich wundere mich, dass keine Ponys und Flüge zum Mond angeboten werden. Menschen tummeln sich. Kinder quieken. Familien machen gut sichtbar auf Familie. Einige übergewichtige Vögel mampfen Pommes, die auf dem Boden herumliegen. Dann stolzieren sie zusammen weiter und hacken in ihr stumpfes Gefieder. Ein wenig aufhübschen, wenn man schon gemeinsam essen geht.

Die Bäume sind ein auslaufender Wasserfarbenpinselstrich, der den Strand in Grün rahmt. Der Wind trägt Fetzen aus Alltag und Vergnügen mit sich herum. Das Meer streckt sich und hat kein Ende. Sein Anfang ist sanft und vorsichtig. Die Luft ist behutsam und salzig. Wir ziehen unsere Schuhe aus und betreten den Sand. Fiebrig heiß schmiegt er sich an unsere Füße. Wir gehen schnell, damit wir nicht verbrennen.

Ich trage eine Hose, die bis kurz über die Knie geht, ein T-Shirt, eine Jacke und ein Cap. Darunter einen Badeanzug, den ich verachte. Ein unförmiges Etwas, das sich nicht entscheiden kann, ob es Bademode aus diesem Jahrhundert oder eine Art Basislagerzelt ist. Meine Beine ragen wie weiße Fäden aus der Hose. Als wäre ich mit ihrer Hilfe am Boden befestigt, um nicht weggeweht zu werden. So wenig hatte ich nicht an, seit ich sieben war. Warum wollen sich alle immer ausziehen, sobald sie die Möglichkeit dazu haben?

Als wir einen Platz im Schatten gefunden haben, breiten wir unsere Handtücher aus und setzen uns. Louise trägt eine Wand aus Sunblocker auf ihren Körper auf. Ein Stück Talkum und ein Wollknäuel im Schneeanzug auf Reisen.

»Willst du Sonnencreme? Oder Mückenspray? Ich habe beides.«

»Nein, ich habe mich im Hotel eingeschmiert, alles gut.«

Ich bleibe sitzen, verschränke die Arme vor mir, verschlossener Bahnübergang für alles Gefühlte, das vorbeiwill, und blicke aufs Meer. Wie schön es ist. Links von uns toben fünf junge Männer. Sie jagen hinter einem Ball her, als wäre er das ewige Leben. Sie sind laut, lästig und: Ich beneide sie. Weil sie Spaß und Leichtigkeit haben. Im Gegensatz zu mir. Ich bin immer schwer und grau und sitze unförmig im Schneeanzug am Meer. Seit ich denken kann. Sie sind glücklich, ohne sich dessen bewusst zu sein. Sie sind einfach. Schlafen, stehen auf, manchmal getrübt durch das Leben, aber nicht aufgrund ihrer selbst. Sie sprinten ins Wasser, ziehen sich gegenseitig mit, tauchen unter. Stoßen wieder durch den Wasserspiegel nach oben. Rufen einander. Verbunden durch Präsenz. Wer weiß, was sein wird. Wen interessiert es schon. Ihre Zärtlichkeit ist das Raufen. Umarmungen, sportlich, männlich. Sie sind das Meer. Niemals ruhig, immer auf und ab.

Kurz habe ich Baggerseeflashbacks, fühle mich ekelhaft und fett. Erinnere die ersten Lieben. Von anderen. Ich unbeteiligt im Schneeanzug am Ufer. Hauptsache, keine Haut. Warum muss ich so ein fetter Koloss sein. Rechts von uns sammeln sich Teenager, spannen die Muskeln an und verstärken gemeinsam die Wirkung der Hormone, die sich bei ihnen gerade erst breitgemacht haben. Sie sind noch Kinder, die sich ins Erwachsensein hangeln. Ohne den ganzen beschwerlichen Unfug wie Bürokratie und Ernst. Ihre Körper sind vorausgelaufen, ihr Denken tapst hinterher. Sie sind so leicht, so unbeschwert, dass sie quasi ins Leben fliegen, während sie sich jagen und mit ungebändigtem Verlangen um sich werfen. Alles scheinbar zum Greifen nah, aber ganz egal wie sehr ich mich strecke, es gibt kein Durchkommen zum Toben der anderen. Weder zu den Männern noch zu den Jugendlichen. Ich würde gerne ins Meer, traue mich aber nicht an ihnen vorbei. Sehen alle anderen auch, wie sonderbar, fett und falsch ich bin? Ein wandelnder Rechtschreibfehler, der jeden noch so wunderbaren Text zerstört.

»Wolltest du nicht ins Meer? Was ist los? Grübelst du?«, fragt Louise.

»Hm, nein, Quatsch. Ich warte nur noch etwas. Ein bisschen Aufwärmen.«

Ich male mit meinen Zehen Abstraktes in den Sand. Dann vergrabe ich meine Beine, damit ich mich weniger unwohl fühle. Sollen die Krabben und Muscheln über meine komischen Beinfäden lachen. Und so sitzen wir kurz vor dem Meer. Das Stück Talkum und ein halb eingegrabener Meter Unglück, der aussieht wie ein Wolpertinger.

Zurück im Hotel empfängt uns der Portier. Auf Deutsch. Natürlich. Bestimmt hat er ein Alphorn hinter dem Tresen versteckt.

»Hallo, die Damen! Na? Wie war der Playa? Ein bisschen Sonne getankt?«

Wie wir vor ihm stehen, sind wir von damenhafter Eleganz so weit entfernt wie ein Cheeseburger von Liza Minelli. Was seinen hölzernen Flirt mit uns nicht unterbricht. Zugegeben, er orientiert sich eher an Louise als an mir, trotzdem bin ich genervt. Louise murmelt irgendwas von Hautkrebs, ich sage nichts und betrachte angestrengt die Tafel, die das Abendprogramm ankündigt.

»Travestie-Abend mit Cora Zon und Pauli Paulinchen. Erleben Sie die besten Dragqueens von Gran Canaria heute Abend live bei uns!«

Auf den Fotos sind die Köpfe der beiden zu sehen. Als wären sie mit einem Küchenbeil direkt aus einem Auftritt gehackt und dann auf das Plakat geklebt worden. Hat hier jemand mit geschlossenen Augen zum ersten Mal Microsoft Paint ausprobiert?

»Louise, hast du gesehen? Cora Zon und Pauli Paulinchen. Gehen wir hin?«

»Oh! Natürlich gehen wir da hin. Großartig. Wann fängt es an?«, fragt sie.

»In einer halben Stunde.«

»Das schaffen wir. Komm.«

Wir bringen unser Strandgepäck nach oben, hetzen wieder

nach unten und betreten den Innenhof, in dem die Show stattfindet. Show klingt vielleicht etwas zu sehr nach Löwen und Las Vegas. An Plastiktischen sitzen vereinzelt Paare um die 60. Ausnahmslos Deutsche. Und niemand gibt sich große Mühe, es zu verbergen. Die Bühne hat die Größe und den Charme eines tristen umgekippten Schuhkartons, in dessen Mitte ein Tischchen mit Laptop steht. Eingerahmt ist alles von Bambus und Schilf. Aha, Urlaub, beinahe vergessen! Wir bestellen den Cocktail mit dem lustigsten Namen und warten auf den Beginn des Programms. Währenddessen bemerken wir, dass sich neben der Bühne zwei Stückchen Verblühtes versammelt haben. Cora Zon und Pauli Paulinchen. Die Dragqueens. Queens scheint allerdings etwas hoch gegriffen. Cora Zon simuliert Feurigkeit. Das erkennt man an ihren roten Haaren und der spärlichen Kleidung. Pauli Paulinchen ist die Dröge der beiden. Zu erkennen an einem biederen, verblasst blonden Kurzhaarschnitt und »viel« Kleidung. Wobei dieses Viel an Kleidung einer Klosterschwester immer noch das Gebetbuch vor die Augen zaubern würde. Sie rauchen beide. Und wirken nicht allzu erfreut darüber, dass sie gleich ihr Programm starten müssen. Unsere Getränke kommen. Zwei Päckchen Zucker in Erdbeerirgendwas mit Wodka. Viel Wodka. Ich nehme einen Schluck und bin betrunken. Louise hustet und kichert. Musik setzt ein. Cora Zon entert die Bühne. Sie stakst in die Mitte, stellt sich vor das Mikro und schmettert los. Sie singt nicht. Sie schreit. Als wollte sie Wände durchbrechen. Hangelt und kämpft sich über Tonleitern, deren Sprossen zu weit entfernt für sie sind. Die Töne fallen. Cora Zon ist das egal. Der Innenhof ist komplett mit ihr ausgefüllt. Ich bin fasziniert und entsetzt. Es ist furchtbar und großartig. Das Lied geht zu Ende. Kein Glas ist zerbrochen. Vereinzeltes Klatschen ist zu hören. Zeit für die ersten

Gags. Kein einziger zündet. Das Lustigste an Cora Zon sind die Haare. Das Frivolste ebenso. Ich nippe an meinem Getränk. Auftritt Pauli Paulinchen. Sie singt nicht selbst, sondern mimt zum Playback, als hinge ihr Leben davon ab. Viel hilft viel. Alte Bühnenregel. Kein Zentimeter des Schuhkartons bleibt ungenutzt. Hauptsache, Bewegung! Ein Großteil davon innerhalb ihres Gesichts. Louise schunkelt. Die erste Stunde vergeht wie im Flug. Die beiden zeigen keinerlei Ermüdungserscheinungen und ballern ihr Programm durch. Wir sind bei der vierten Runde Cocktails. Völlig ohne Ankündigung oder dramaturgischer Logik beginnt Cora Zon nach Stunde drei auf einmal damit, sich auf der Bühne auszuziehen. Erst die Kleidung, die Schminke und dann die Perücke. Oho! Kaum ist sie ausgezogen, geht sie von der Bühne, zündet sich eine Kippe an und setzt sich an einen Tisch. Pauli Paulinchen torkelt neben sie. Das war es. Ende. Eine Eintagsfliege würde sich ausgiebiger verabschieden. Louise und ich sehen uns an. Besoffen und verstört.

»War es das jetzt?«, fragt sie.

»Keine Ahnung«, antworte ich.

Die beiden hocken rauchend an einem der Tische. Ein bisschen sehen sie aus wie die garstigen Schwestern von Marge aus den Simpsons. Nur in Drag. Und noch frustrierter. Unser Rausch hat zu viel Fahrt aufgenommen, als dass wir ihn von jetzt auf gleich abbremsen könnten.

»Ich kann nach diesem Spektakel nicht sofort schlafen gehen. Wir müssen weitertrinken, damit ich verstehen kann, was ich gerade gesehen habe.«

»Komm, wir setzen uns zu den beiden. Sie können nicht singen, aber trinken und rauchen scheinen sie zu beherrschen. Das ist mir sehr sympathisch.«

»Louise, halt, wir kennen sie doch gar nicht ...«

Louise hört mir schon nicht mehr zu und ist auf dem Weg zum Tisch von Cora Zon und Pauli Paulinchen. Warum verspüren Menschen diesen unbändigen Drang, mit anderen, fremden Menschen Kontakt aufzunehmen? Ich wollte mich eigentlich nur in Ruhe mit Louise betrinken. Sie baut sich neben den beiden auf und plappert. Dann schauen alle drei in meine Richtung. Cora Zon und Pauli Paulinchen nicken gnädig, anscheinend gestatten sie eine Audienz. Louise winkt mich zu ihnen. Durch das unkoordinierte Wedeln ihrer Hand wirkt es allerdings eher, als wollte sie die Luft streifenfrei polieren. Ich trotte zu ihnen. Als ich direkt vor dem Tisch stehe, sehe ich, wie stark die beiden geschminkt sind. Ihr Make-up ist so üppig aufgetragen, man könnte aus Cora Zons Gesicht eine Wand formen, um daraus ein Haus zu bauen. Ob sie manchmal Nägel in ihr Gesicht schlägt, einfach weil sie es kann?

»Na, hallöchen. Nicht so schüchtern. Deine Freundin hat uns schon gewarnt, dass du ein bisschen zurückhaltend bist. Keine Sorge, wir beißen nicht. Außer man bittet uns darum.«

Dazu macht Cora Zon eine Schnappbewegung mit ihrem Mund und lacht laut über ihren eigenen Scherz. Auf dem Tisch stehen zwei Karaffen Wasser und zwei Gläser. Ich wundere mich, dass die beiden so asketisch sind. Vielleicht haben wir ihre Trinkfestigkeit falsch eingeschätzt und sie sind wirklich übergute Showgrößen, die ihren Mangel an Talent nur simuliert haben. Louise setzt sich und zieht mich auf den anderen freien Stuhl.

»Wollt ihr ein Schlückchen?«, fragt Pauli Paulinchen.

»Klar, Wasser ist gut, wir haben schon ein bisschen viel getrunken heute Abend.«

Pauli Paulinchen kichert. Ich verstehe nicht ganz, warum, was daran liegen mag, dass vier Drinks durch mich schwappen. Sie schenkt uns beiden je ein Glas ein. Macht es bis oben hin voll. Da ich tatsächlich durstig bin, nehme ich das Glas und trinke es in einem Zug aus. Um danach zu merken, dass ich soeben ein großes Glas Wodka geext habe. Cora Zon und Pauli Paulinchen trinken kein Wasser, sondern Wodka aus Karaffen. Diese plötzliche Zusatzdosis Rausch reißt den Abend in zwei Hälften. In ein Davor und ein Danach. In ein unter zwei Promille und ein über zwei Promille. Meine Erinnerungen sind kleine Klötze, die aufeinandergestapelt einen wackeligen Turm ergeben.

Klotz: Louise und ich tanzen auf einem Tisch.

Klotz: Cora Zon, Pauli Paulinchen und wir trinken auf lebenslange Freundschaft.

Klotz: Cora Zon zeigt uns ein Tattoo auf ihrem Hintern. Eine Mischung aus Delfin und Penis.

Klotz: Gläser auffüllen und leer trinken. Wasser ...

Klotz: Wir üben Hebefiguren zu »Schöner, fremder Mann« oder irgendeinem Lied von Deichkind, ich habe keine Ahnung mehr.

Klotz: Cora Zon sagt, dass wir so ein schönes Paar sind und sie Lesben liebt. Wir antworten, dass wir kein Paar und zudem nicht lesbisch sind, soweit wir das beurteilen können. Cora Zon bleibt bei ihrer Aussage.

Klotz: Gläser auffüllen und leer trinken. Wasser ...

Klotz: Pauli Paulinchen sieht schief aus. Wie ein Regal von Ikea, das man ohne Hilfe zusammengebaut hat.

Klotz: Pauli Paulinchen, die mich ansieht und sagt:

»Du bist ein sehr schöner Mann, weißt du! Sehr, sehr schön. Nicht wahr, Cora?«

Cora Zon tanzt, stolpert und fällt auf ihr Wandgesicht.

»Ich bin kein Mann«, antworte ich.

»Was? Doch, doch. Für mich bist du ein sehr schöner Mann.«

»O.k., klar.«

Klotz: Gläser auffüllen und leer trinken. Wasser ...

Wir sind so unglaublich besoffen. Sie hätte mir genauso gut sagen können, dass ich ein schöner Wandschrank bin, ich hätte es ihr geglaubt. Lesbe, Mann, Karaffenwodka, alles o.k. Irgendwann, als es bereits dämmert und die Kellner beginnen, für das deutsche Frühstücksbuffet einzudecken, fallen wir in unsere Betten und umschiffen die drohende Alkoholvergiftung mittels Schlaf. Ich träume von Karaffen, Perücken und irgendwas mit Männern.

Als ich viel zu früh aufwache, fühle ich mich wie ein Baum ohne Blätter im Hochsommer. Marode und zerstört. Mein Kopf ist ein verwüsteter Kontinent. Cora Zon, Pauli Paulinchen, Wodka aus der Karaffe. Es braucht etwas, bis ich in der Gegenwart ankomme. Mir ist übel. Und was war das zum Schluss? Die Sache mit dem schönen Mann? Was hat Pauli Paulinchen damit gemeint? Louise schnarcht laut. Ich gehe auf den Balkon. Die Luft verspricht, was der Tag nicht halten wird. Für Umtriebigkeit ist mir zu schlecht. Die Hitze stapelt sich. Über dem Meer flimmert es. Unten auf der Straße werden die letzten Menschen und der Müll der vergangenen Nacht zusammengekehrt. Der Morgen knackt mit den Gelenken, ein paar Hotelgäste eilen an den Pool, um die Handtücher, die sie dem Hotel klauen werden, auf die Liegen zu schmeißen.

Ich will Louise nicht aufwecken und stehle mich leise aus dem Zimmer, um den gestrigen Abend oder vielmehr die Klötze noch mal übereinanderzustapeln. Außerdem hoffe ich, dass sich an der frischen Luft mein Kopfschmerz mitsamt der Übelkeit verabschiedet.

Auf der Bühne, die am Vorabend von Cora Zon und Pauli Paulinchen bespielt wurde, gibt es Frühsport. Die Musik ist viel zu laut. Mein Kopf scheppert. Außer mir sind noch ein paar andere Frühaufsteher unterwegs. Unter anderem zwei Teenager um die 16. Die Pubertät hat ihnen dünne Striche über die Oberlippen gemalt. Ich lege mich unweit von ihnen auf einen Stuhl. Aufrecht sitzen ist aktuell noch keine Option. Aus den Augenwinkeln sehe ich, dass ihre Köpfe zusammendocken, als wären sie magnetisch, und tuscheln. Dann rufen sie etwas in meine Richtung. Durch viel Watte und Restrausch dringen Fetzen zu mir durch.

»Hallo. Entschuldige, steh mal auf, bitte.«

Sie sind reine Lautstärke, ihre Stimmen brechen in der Mitte entzwei und ihre Gesichter halten der Schönheit die Augen zu. Sie sind flirrende Sägespäne, die sich überall breitmachen. Sie scheinen von ihrer aufdringlichen Lästigkeit nichts zu wissen und haben sich ein müdes und verkatertes Opfer gesucht. Mich. Ich blicke zu ihnen rüber.

»Was? Wieso?«

Mir fällt kein kesser Spruch ein. Das geschieht immer zeitverzögert. Meine sedierte Schlagfertigkeit ist beeindruckend. Bestimmt habe ich immer noch zwei Promille.

»Komm, steh mal auf. Wir wollen nur was prüfen, echt.«

Möglicherweise geben sie mir einfach meine Ruhe wieder, wenn ich aufstehe. Mehr will ich eigentlich gar nicht. In diesem Augenblick zumindest. Vielleicht ist es mit einem Aufstehen getan. Langsam stelle ich mich hin und richte mich einigermaßen gerade auf. Ich trage eine Jogginghose und dazu ein weites rotes T-Shirt.

»Ich habe es dir gesagt! Schau hin! Es hat Titten! Es ist eine Frau. Eine Zwitterfrau!«

Sie sind außer sich vor Freude. Wie leicht das geht. Riesengag. Lautes Lachen. Applaus, der dem Bühnenprogramm gilt, den sie aber ganz für sich beanspruchen. Ich setze mich wieder. Warum sage ich nichts? Mir ist schlecht und ich habe keine Lust und Kraft, mich mit idiotischen Teenagern auseinanderzusetzen. Mir doch egal, was sie sagen. Sie feixen und jauchzen weiterhin. Komischerweise spüre ich Tränen in mir aufsteigen. Das ist deswegen seltsam, weil die Situation nicht wirklich neu ist. »Was bist du?« »Zwitter!«, »Junge oder Mädchen?«, tausendmal gehört, wirklich keine große Überraschung. Ich merke, wie sich ein Stausee in meinem Kopf bildet. Nicht weinen. Lieber die Tränen sammeln und irgendwann damit trockene Landstriche in Thüringen bewässern oder in Meere abfließen lassen. Ich neige den Kopf ein wenig zurück und kneife die Augen zusammen. Nur so weit, dass keine Träne zufällig herauskullert. Der Knoten in meinem Magen zuckt im Takt von Coco Jambo, das aus den Lautsprechern scheppert. Von wegen Komik ist Tragik in Spiegelschrift. Tragik ist komische Musik zur falschen Zeit, zu der alle tanzen. Warum bin ich nicht im Bett geblieben.

Zeit für den Klubtanz. Das große Frühsportfinale. Der Trainer hüpft um sein Leben.

Leise stehe ich auf und stehle mich davon. Ich manövriere mich durch die Gassen des Klubhotels und hoffe, dass die beiden mir nirgends auflauern werden, um ihrem Vergnügen ein Dach aufzusetzen. Ich bin eine krakelige Linie, wo alle anderen klar gezeichnete Striche von einem Punkt zum anderen sind und wahnsinnig viel Sinn ergeben. Das Rumoren in mir ist derart laut, dass die Vögel erschrecken, als ich an ihnen vorbeigehe. Louise schläft bestimmt noch. Ich werde ihr nichts von diesem Zwischenfall erzählen, weil ich mich schäme, und setze mich laut leise ans Meer, das mich freundlicherweise sein lässt, wie ich bin.

Noch 6 Jahre, 8 Monate und 20 Tage

Louise sitzt im Bett, sieht zerwühlter aus als die Laken und das überdimensionierte Kuscheltier, das sie mitgenommen hat, und sieht mich vorwurfsvoll an.

»Ist alles o.k.? Du siehst etwas mitgenommen aus, dabei ist es noch so früh. Die Sonne scheint. Ein neuer Tag, an dem wir Pommes essen können.«

»Ich bleibe hier. Mein Kopf tut weh, mir ist irre schlecht und die Leute nerven mich.«

»Welche Leute denn? Ist irgendwas passiert?«

Louise hat mich auswendig gelernt. Wir kennen uns, seit wir im Kindergarten mit den Köpfen aneinandergestoßen sind und beide genäht werden mussten. Manchmal überlegen wir, ob dabei kleine Teile unseres Gehirns ins jeweils andere hineingefallen sein könnten, weil wir uns so nah sind und uns so wortlos verstehen.

»Nein, was soll passiert sein? Es passiert doch nie irgendwas. Alles ist immer gleich. Tendenziell gleich scheiße.«

»O.k., wow. Sonnenschein. Dann nicht.«

Louise pendelt zwischen Groll und so was wie Ratlosigkeit. Oder schlicht Müdigkeit und Kater. Warum schieße ich auf Louise, wenn ich doch am liebsten die beiden Halbstarken oder mich selber verprügeln würde. Louise dreht ihre Haare um die Finger und schaut den Chuck-Norris-Engel auf dem Alpenpanoramabild über dem Bett an. Die Luft zwischen uns ist zugleich zäh und aufgeweicht. Vorsichtig setze ich an, um sie zu zerschneiden und mich zu entschuldigen.

»Hm, Louise, tut mir leid, das war doof. Magst du Pommes? Ich habe noch eine in meiner Tasche.«

Sie sieht mich an, wie man komische Werbeplakate ansieht. Etwas ratlos und nach dem höheren Sinn suchend. Vielleicht findet sie es auch nur zu früh für Pommes. Andererseits kann Louise zu jeder Tages- und Nachtzeit Pommes essen. Ich hole die Pommes aus meiner Tasche und halte sie Louise unter die Nase. Sie nimmt sie.

»O.k., Pommes gehen immer. Und ... falls du doch reden magst ... selbst wenn mein Mund voller Pommes ist, stehe ich zur Verfügung. Und jetzt komm, wir frühstücken, von Pommes bekomme ich immer Hunger.«

»Louise, wenn du irgendwas sein dürftest, was würdest du sein wollen?«

»Egal was?«

»Genau, was immer du magst.«

»O.k., hm, vielleicht Autokratin in einem Land, wo alle immer extrem gute Laune haben müssten und Pommes lieben. Und du?«

Soll ich ihr erzählen, was passiert ist? Soll ich mit ihr über das reden, was Pauli Paulinchen gestern Abend gesagt hat und mir noch im Kopf rumgeistert? Vielleicht erinnert sie sich gar nicht. Nein. Stattdessen sage ich, maximal geistreich:

»Käse. Ich wäre gerne Käse.«

»Warum? Wieso willst du Käse sein?«

»Weil alle mich dann lieben würden. Jeder liebt Käse.«

»Interessant. Allerdings glaube ich, die Leute mögen dich auch so, selbst wenn du kein Käse bist.«

»Aber nicht so sehr wie Käse.«

An unserem letzten Abend sitzen wir weinschwer und träge vom Schleppen all des Tands auf unserem Pommesluftbalkon und breiten die zusammengefaltete Zukunft vor uns aus. Louise ist vorfreudig und aufgeregt, sie findet, dass das Unbekannte flimmert. Dass das Leben schön und aufgeladen ist und man die Möglichkeiten nur pflücken muss, die kommen werden. Oder längst da sind und von uns nur noch nicht gesehen werden, weil sie zu hoch hängen. Meine Vorfreude kauert in der Hocke und hat Arthrose in den Knien. Ich hätte gerne einen genauen Plan. Aber den gibt es nicht. Zukunft scheint eine Mixtur aus Zufall, Glück und reichen Eltern. Am ehesten habe ich von diesen drei Dingen den Zufall auf meiner Seite. Wird aus Zufall eine Karriere? Wenn Louise über das, was sein kann, redet, wird sie leicht und glüht. Sie heizt sich auf und entzündet sich an den kleinsten Funken. Wenn ich über die Zukunft rede, fängt es irgendwo an zu regnen.

»Hast du keine Angst davor, was alles passieren kann?«, frage ich sie.

»Wieso denn? Das wäre doch, als würde ich jedes Mal, wenn ich über die Straße gehe, erwarten, dass ich über den Haufen gefahren werde.«

»Klar, möglich.«

»Quatsch. Man muss einfach springen und darauf vertrauen, dass einen jemand auffängt. Du denkst, dass du mit Sicherheit auf die Fresse fällst. Ist aber nicht so.«

Der Wein hat ihren Optimismus auf Lichtgeschwindigkeit beschleunigt. »Was willst du jetzt nach dem Abi machen, weißt du inzwischen schon was? Borreliose ist raus, das ist klar.«

Unten auf der Straße üben die Massen Vergnügtheit. Sie saufen ihr Bier, als hätte sie jemand von innen angezündet und sie müssten sich löschen. Frohsinn scheint nicht in leise zu existieren. Die ganze Welt muss mitbekommen, dass die ganze Welt gut gelaunt ist. Morgen wird es kein Gestern geben. Deswegen kommt man hierher. Um die Zeit zu überwinden und nicht den jämmerlichen Alltag vor sich herzutragen. Kurz, nur ganz kurz, nicht immer man selbst sein.

»Also ... sag.«

Louise schenkt sich mehr Wein ein und inhaliert die Pommesluft. Ihre Bronchien dürften mittlerweile die Patina einer Wurstbude haben.

»Ach, keine Ahnung, Kunst oder so? Schauspiel? Da muss man nicht andauernd man selbst sein. Das stelle ich mir ganz gut vor.«

»Schauspiel? Seit wann interessierst du dich für Theater?«

»Das habe ich nicht gesagt. Ich habe gesagt, ich will nicht andauernd ich selbst sein.«

»Dann geh in die Politik.«

»Haha.«

»Na, wenn du Lust auf Schauspiel hast, dann mach das.«

»Das klingt, als würdest du sagen: Wenn du Bock hast, auf einem Delfin durch die Sahara zu reiten, dann los.«

»Auch toll! Vielleicht werde ich irgendwann Expertin für Zitrusfrüchte und Import/Export, ist doch alles o.k. Hauptsache man hat nicht so ein tristes Büroleben. Wenn du auf die Schauspielschule willst, dann mach das.«

Es stimmt, was sie sagt. Und weil ich leicht angeschickert bin und kurz von etwas Mut gestreift werde, werfe ich keine Steine auf meine Idee von der Zukunft, sondern spüre so was wie freudige Zuversicht.

»O.k., ich glaube, das mache ich. Auf die Kunst, Prost.«

»Auf die Kunst. Auf alles, die Zitrusfrüchte und das ganze Theater!«

Wir verschmelzen kurz mit dem Frieden und der Vergnügtheit unter unserem Balkon. Nichts stört, nichts trübt die Aussicht. Alles ist gut, weil alles klar und entschieden ist.

Nicht gemurmelt, sondern deutlich gesagt. Die Zukunft ist nicht morgen, sondern jetzt in unseren ahnungslosen Köpfen.

Noch 6 Jahre, 8 Monate und 10 Tage

Mit 19 hat man irgendwie die Vorstellung, sehr viel Zeit zu haben. Man denkt, sie stünde einem fässerweise zur Verfügung und man könne unendlich von ihr trinken.

Deshalb trifft man zweifelhafte Entscheidungen, lebt ein Jahr in einer Hundehütte, lernt alles über einen Alltag mit Microdosing oder bewirbt sich an einer privaten Schauspielschule. Anscheinend gehe auch ich davon aus, wahnsinnig viel Zeit zu haben. Und so reise ich nach Oberbayern, um mich an einer dubiosen Schauspielschule zu bewerben, die mir von irgendwem, der irgendwen kannte, der irgendwen kannte, der was mit Theater und Gulasch macht, empfohlen wurde. Der Weg alleine hätte mich stutzig machen müssen. Nach einer zweistündigen Zugfahrt durch Orte mit Namen, die sicherlich nicht einmal die Bewohner richtig aussprechen können, komme ich an. In einer Kleinstadt, irgendwo in der bayerischen Provinz. Sie teilt sich auf in die Neustadt, die vom Tourismus ignoriert wird, und eine Altstadt, die alle wahnsinnig romantisch finden. Direkt daneben ein dampfendes Chemiewerk, das in den Broschüren über dieses Kleinod erstaunlich selten erwähnt wird.

Der Bahnhof ist eine Endstation. Auf sehr vielen Ebenen. Ich bin zu früh da. Deswegen stromere ich langsam entlang der Hauptstraße Richtung Aufnahmeprüfung, die kurioserweise in einer Burg stattfinden soll.

Als ich nach einer halben Stunde bei besagter Burg ankomme, sehe ich aufgeregte Grüppchen, die vor dem Eingang zusammenstehen. Mehr Frauen als Männer. Alles flattert und ist nervös. Was einander ausgiebig mitgeteilt wird. Ich bin ebenfalls ein verschwommenes Bild meiner selbst und zittrig, will aber mit niemandem darüber reden. Deshalb hangle ich mich fliegengleich am Rand der Gespräche entlang und bleibe alleine stehen. Nach einiger Zeit geht die Tür auf und alle werden hereingebeten.

Ein kleiner Fluss junger ahnungsloser Menschen mäandert ins Innere.

Die Frauen sprechen alle für Schauspiel vor. Die anwesenden Männer sehen aus, als wären sie von einem Laster gefallen, und haben die Absicht, Regie zu studieren. Frauen machen Schauspiel und Männer sagen ihnen, wie das geht. Gut zu wissen. Ich bin mir nicht sicher, was ich hier eigentlich mache. Eine der Frauen berichtet unter Schnappatmung, dass sie bereits alle Aufnahmeprüfungen der staatlichen Schauspielschulen durchhat und das hier ihre letzte Hoffnung sei. Als wäre diese Schule das transplantierte Herz, das ihren darbenden Körper retten könnte.

»Schauspiel bedeutet mir alles. Wenn das hier nicht klappt, dann, ich weiß auch nicht, aber ich glaube, dann bringe ich mich um.«

Wieso erzählt sie mir das? Ich schaue sie an.

»Glaubst du nicht, dass das etwas drastisch wäre?«

»Äh, wieso?«

»Du hast gerade gesagt, du bringst dich um, wenn du an keiner Schule genommen wirst. Vielleicht ein bisschen krass?«

Sie sieht mich an, als hätte ich sie gefragt, ob sie aus der inzestuösen Beziehung zweier Steinadler stamme.

Sehr ausdrucksstark treten ihr Tränen in die Augen. Hat sie das geübt? Hat sie ihre Tränen dressiert? Sie macht ein Foto von sich, während sie weint.

Dann beginnen die Prüfungen und sie stoppt ihr Weinen ohne Bremsweg. Um eine demokratische Atmosphäre zu etablieren oder damit niemand heimlich etwas aus der Burg klaut, sind alle während des Vorspielens im gleichen

Raum. Was folgt, sind mehrere Stunden intensiver Gefühle. Aus einem mir nicht bekannten Grund ist es wichtig, viel zu schreien, zu weinen, zu spucken, auf dem Boden zu kriechen, an seinen Kleidern zu reißen und Nacktheit anzudeuten. Ich habe starken Durst. Einer der Typen neben mir vertilgt mit offenem Mund eine Schinken-Käse-Breze und säuft Spezi.

Dann bin ich dran. Ich habe einen Monolog von Sartre und ein Lied vorbereitet. Weder bin ich nackt, noch schreie oder weine ich. Meine Darstellung ist, wenn man wohlwollend sein möchte, als puristisch zu bezeichnen. Die anwesenden Frauen sind irritiert. Auch weil ich kein Kleid trage. Als ich fertig bin, wird zaghaft geklatscht und die nächste Person betritt den Ring.

Nach ein paar Stunden dürfen wir den Raum verlassen und stehen wieder vor der Burg. Über uns krächzen ein paar Vögel. Wahrscheinlich lachen sie uns aus. Ein paar der Frauen weinen einfach weiter. Sie weinen das komplette Wochenende durch. Ich weine nicht. Nach der Prüfung gehe ich in die Jugendherberge, in der ich mir ein Zimmer gebucht habe, verderbe mir den Magen an einer lokalen Spezialität und lese zum Einschlafen Comics. Den größten Teil der Nacht verbringe ich mit Kotzen. Das hätte ich in mein Vorsprechen einbauen sollen.

Am nächsten Morgen stehe ich bleich und wackelig vor der Burg. Zwischen den anderen wurden bereits zarte Minutenfreundschaften gewebt. Die Anspannung wird weggelacht und in Scherze gesteckt. Mir ist immer noch flau.

Der Leiter der Schule, ehemals kettenrauchende Regiegröße, jetzt Impresario der Laiendarsteller, tritt vor das Gebäude, also die Burg. Er sieht aus wie ein gegerbter Schlumpf. Seine Haut schimmert graublau. Seine Haare sind schlohweiß und umwölken sein Gesicht. Wenn er hustet, klingt es, als würde ein Kiesellaster in seiner Brust ausgekippt werden.

»So, meine Lieben. Das war schon mal sehr gut, ne? Das Komitee wird sich jetzt beraten. In zwei Wochen bekommen Sie Bescheid, wie unsere Entscheidung ausgefallen ist. Tschüss, tschüss.«

Er macht kehrt und wankt auf seinen Stock gestützt zurück ins Haus, nein, die Burg. Ich bin ratlos, was ich von alldem halten soll, mache mich auf den Heimweg und schaue die folgenden zwei Wochen zusammen mit Louise sehr viele Talkshows, um mein Gefühlslevel stabil zu halten. Nach 14 Tagen kommt ein Brief. Das Prüfungskomitee fand meine Ahnungslosigkeit scheinbar originell und authentisch, deshalb werde ich aufgenommen. Man könnte sagen, dass die Aufnahme an einer privaten Schauspielschule ungefähr so schwierig ist wie das Trinken von Mineralwasser. Aber da ich weder einen Plan B noch einen Plan A habe, sage ich zu. Louise kauft Rotkäppchensekt und wir stoßen auf meinen Triumph an.

Noch 6 Jahre, 4 Monate und 2 Tage

Einen Monat später finde ich mich an einer Schauspielschule in der bayerischen Provinz wieder, deren Führungsriege aus ehemaligen Theaterstars aus dem Ostblock, einem Sportlehrer, der in der DDR des Dopings bezichtigt wurde, einer Performancedozentin, die sich von Licht und Zigaretten ernährt, und versprengten Gestalten der Unterwelt besteht. Ich wohne in einem Zimmer am Rande der Neustadt zwischen Säufern und Verrückten und frage mich unentwegt, was ich an diesem schrecklichen Ort soll, ohne je eine Antwort zu erhalten.

Louise hat mir geholfen, meinen schmalen Besitz umzuziehen und diese Handvoll Leben in meine neue Existenz zu verfrachten. Ich habe eine Matratze, einen Fernseher, der so groß ist wie ein Daumennagel, eine Gitarre und Kleidung, in erster Linie sehr viele Mützen. Als bräuchte ich für jeden einzelnen Gedanken in meinem Kopf eine Kopfbedeckung. Wir hocken auf dem Teppich, der nach Leichen und Styropor riecht, und essen wahnsinnig schlechte Pizza aus dem Karton. Wobei es gar nicht so einfach ist, sich geschmacklich zu orientieren, wo der Karton anfängt und die Pizza aufhört. Zwischen uns steht, wie so oft, Rotkäppchensekt, den wir aus der Flasche trinken, weil ich keine Gläser habe. Über unseren Köpfen ist es bewölkt. Louise reist morgen ab und bereitet ihren Umzug nach Berlin vor. Wenigstens sie nimmt das mit der großen, weiten Welt und dem jugendlichen Esprit ernst. Es wird ungewohnt sein, sie nicht um mich zu haben. Das erste Mal, seit wir mit unseren Gehirnen aneinandergestoßen sind.

»Wieso hast du so viele Mützen? Hast du Köpfe, von denen ich nichts weiß? Es ist nicht logisch, so viele Mützen zu besitzen.«

»Louise, seit wann hat Kleidung denn mit Logik zu tun? Mode ist niemals logisch.«

»Alles klar, Lagerfeld. Ich wusste nicht, dass du seit Neuestem Modezar bist. Freust du dich auf morgen? Dass es losgeht und so?«

»Keine Ahnung. Ich hoffe, dass die Leute o.k. sind.«

Neue Menschen kennenlernen. Neue Orte abstecken. Neue Wege erlaufen. Ich weiß, dass Louise so was liebt. Dass sie so tief einatmet, wie sie kann, weil sie alles aufnehmen möchte. Nicht nur erahnen, sondern komplett einschnaufen und in sich verteilen. Und ich? Fürchte mich. Fürchte mich vor jeder schnellen Wolke, jedem Schatten, jedem Geräusch, das sich hinter einer Ecke verstecken könnte. Grüble, was andere über mich denken.

»Na klar werden sie o.k. sein. Du darfst nicht immer davon ausgehen, dass alle scheiße sind. Es gibt wirklich auch nette Menschen. Sieh mich an. Ich bin nett.«

»Gut zu wissen! Aber vielleicht bist du die große Ausnahme.«

»Unfug. Es wird total o.k. sein. Besuchst du mich in Berlin? Wir können uns wie lästige Touristen aufführen und von allen gehasst werden.«

»Klingt verlockend. Klar, mache ich. Gehasst werden ist ein schöner Plan.«

Wir stoßen an mit unserem billigen Sekt.

Noch 6 Jahre, 3 Monate und 21 Tage

An diesem komischen Ort in der Provinz scheint immer Abend zu sein. Alles fühlt sich ständig an, als sei es kurz vor Ladenschluss. Verschlafen, träge und auf nahe Sicht gebaut. Wie unter Wasser. Ich verbringe den Großteil meiner Zeit in muffigen Burgräumen und schaue aus kleinen Fenstern von oben auf die Altstadt. Imaginiere mich als Kapitän der Unterwasserwelt, die sich im Tal ausbreitet. Manchmal kommt mir das verheißungsvoll, meistens aber einsam vor.

Mein Jahrgang besteht aus fünf Frauen, darunter die Tränenfotografin, einem Mann, drei Regisseuren und mir. Die Speerspitze der Kultur hat sich versammelt. Wir sehen aus wie die nachkolorierte Addams Family auf schlechtem Speed, die sich in Kunst versucht. Unser Rollenstudium beruht darauf, dem dauergeilen Schauspielcoach bei seiner Balz zuzuschauen. Er dreht beinahe durch, ob der großen Auswahl an Studentinnen. Ich werde bei seinem Werben nicht berücksichtigt. Nicht so wild, ich habe genug damit zu tun, mich fehl am Platz zu fühlen.

Das Problematische an einem Jahrgang, der nur aus Frauen besteht, ist, dass nahezu alle Theaterstücke dieser Welt in erster Linie aus Männerrollen bestehen. Das Kollegium wird aufgrund dieser Tatsache an seine Grenzen gebracht. Stücke, die ausschließlich weibliche Hauptrollen haben? Wie soll das gehen? Soll man eine Küche auf die Bühne stellen? Stücke werden gewälzt, als gehe es um die Entdeckung eines neuen Planeten. Da niemand darauf aus ist, an wackeligen Geschlechterrollen zu rütteln, wird der Regiejahrgang, der, Überraschung, rein männlich besetzt ist, zum Schauspielen verdonnert.

Als die Entscheidung verkündet wird, herrscht eine Stimmung, als wäre gesagt worden, dass die Produktion von Schinken-Käse-Brezen eingestellt wurde.

Einer der Boys aus der Runde schnauft. Er ist aus Waldkraiburg, fährt einen tiefergelegten Opel, sieht aus wie die Schurken aus allen Disneyfilmen und liest während des Unterrichts gerne den Playboy.

Nummer zwei ist angetrunken und findet die Idee, mit sehr vielen Girls zusammenzuarbeiten, anregend. Er leckt sich deshalb oft die Lippen. Der Dritte im Bunde wird das komplette Studium über nie seinen Mantel ausziehen und sieht aus wie ein sehr erschrockener Igel. Die Tränenfotografin macht ein Foto von sich, wie sie nachdenkt. Vielleicht will sie damit der Außenwelt beweisen, dass sie ein Gehirn hat.

Die anderen Frauen heißen Sarah, Birgit, Ophelia und Joana. Ophelia sieht sich als sehr spirituelles Wesen und fragt vor jeder ihrer Entscheidungen den Kosmos um Rat. Birgit hatte ursprünglich mit einer Karriere in der Verwaltung geliebäugelt, sich aber dann in einem Akt der Befreiung von was auch immer für ein Schauspielstudium entschieden. Sarah ist fünf Jahre älter als wir und wird nicht müde zu betonen, dass sie sich sehr viel jünger fühlt. Da sie den Zigaretten und dem Suff sehr zugetan ist, ist ihr Aussehen anderer Meinung. Die Einzige von ihnen, die ich von der ersten Sekunde an in mein klammes Herz geschlossen habe, ist Joana. Sie ist schlau, cool und lagert die Weisheit des Universums in ihren Augen. Wie auch immer sie das anstellt. Wir verstehen uns auf Anhieb. Wahrscheinlich auch deshalb, weil sie die anderen genauso bekloppt findet wie ich.

Noch 6 Jahre, 1 Monat und 2 Tage

Nach aufreibenden Tagen hat das Kollegium ein Stück ausgegraben. Es handelt von verzweifelten Prinzessinnen, spielt im Spanien des 15. Jahrhunderts und ist durch und durch Schmonzette. Offiziell läuft es unter Tragikomödie. Es ist die Vorabendserie unter den Theaterstücken. Männer sind Ritter, die verzweifelte, an Hysterie und Selbstmord grenzende Prinzessinnen anschmachten und im Zweifelsfall retten wollen. Manchmal sind sie ein bisschen dumm und tollpatschig dabei, grundsätzlich aber sehr männlich. Die Frauen sind Frauen. Punkt. Dauerschrill und aufgeregt, wahrscheinlich haben sie ihre Tage. Ich habe keine Ahnung, was oder wer den dauergeilen Dozenten reitet, aber er gibt mir die Hauptrolle. Mir. Die weibliche Hauptrolle. Als er seine Entscheidung verkündet, donnern die Gesichter meiner Kommilitoninnen mit 180 km/h auf die Tische vor ihnen, zerspringen und bröseln auf die Schuhe des Dozenten. Das soll die Prinzessin sein? Was? Die Hauptrolle. Prinzessin.

Will der dauergeile Dozent meine gehemmte Weiblichkeit entfesseln und aus mir eine sinnlich wabernde Sophia Loren machen? Ich hatte damit geliebäugelt, einen freundlichen Esel zu spielen und noch vor dem ersten Vorhang sturzbetrunken zu sein. Und jetzt? Bin ich Prinzessin wider Willen.

Um die Wucht seiner Verlautbarung noch etwas nachwirken zu lassen, beendet der Dozent die Stunde vorzeitig. Alle gehen nach draußen. Ich schleiche hinter ihnen her und binde mir intensiv die Schnürsenkel, weil mir nicht danach ist, über seine Entscheidung und meine Prinzessinnenrolle zu diskutieren.

Vor der Tür scheint die Sonne. Ich will nach Hause in mein Zimmer im Säuferloch. Neben mir türmt sich die Burgmauer auf. Sie ist genau einen Kilometer lang, was anscheinend sehr besonders ist. Die Stadt rühmt sich ständig dafür.

Wenn es nichts gibt, womit man angeben kann, nimmt man eben Mauern. Sollte ich mich nicht freuen, dass ich die Hauptrolle im Vorabendserientheaterstück ergattert habe? Irgendwie kann ich nur daran denken, dass ich wahrscheinlich ein Kleid tragen muss. In meinem bisherigen Leben habe ich zweimal ein Kleid getragen und jedes Mal kam ich mir wie eine Vogelscheuche vor, die an einer Drag-Show teilnimmt. Wie soll das gehen? Jemand ruft nach mir. Ich drehe mich um und erkenne Joana. Sie hastet hinter mir her.

»Hast du mich nicht gehört?«

»Entschuldige, ich war in Gedanken versunken.«

»Wegen der Rolle? Freust du dich?«

»Ich weiß es nicht. Es kommt etwas ... überraschend.«

»Hm. Hast du das Gesicht von unserer Tränenfotografin gesehen? Bestimmt fotografiert sie sich gerade wieder beim Weinen. Damit hatte sie nicht gerechnet.«

Joana findet die Tränenfotografin noch idiotischer als ich.

Sie sieht mich an.

»Komm, wir fahren und kaufen den Regisseuren alle Schinken-Käse-Brezen weg.«

»Endlich mal ein guter Plan.«

Noch 6 Jahre und 4 Tage

Ich schaffe es nicht, mir Zugang zum elitären Kreis der Altstadtbevölkerung zu verschaffen, hänge am Rand der Welt herum und sitze im Dunkeln meines Säuferlochs. Nach einem halben Jahr und zunehmender Verwahrlosung ziehe ich einen halben Kilometer näher Richtung Zivilisation. In eine WG, die aus Kommilitoninnen besteht. Wir sind zu viert und bewohnen die obere Etage eines Einfamilienhauses. Im Untergeschoss lebt ein Witwer, der sich nach Leben sehnt und die Stille aus den Ecken seiner Gegenwart vertreiben will. Zumindest in diesem Punkt kann ich helfen, da ich am Tag mehrere Stunden in seinem Keller Schlagzeug übe. Die Welt ist klein in dieser Zeit. Es geht um die Schule, die Schule, die Schule, das eigene Gewicht, die Dozenten und einen selbst in diesem ganzen komischen Taumel. Ich bekomme bei den Diskussionen den Fuß nicht wirklich in die Tür. Die Schule finde ich bescheuert, über mein Gewicht will ich nicht reden, die Dozenten sind Figuren, deren Aussagen und Kommentare eine groteske Überhöhung erfahren, und ich selbst … komme mir vor wie ein verklungener Ton, der irgendwann vielleicht mal Teil eines Wortes war.

Eine meiner Mitbewohnerinnen ragt aus der Tristesse heraus. Rosa. Sie ist witzig, wahnsinnig cool und extrem schön. Nicht nur abstrakt schön, sondern anziehend und verwirrend schön. Warum finde ich sie so schön? Keine Ahnung. Ich suche ihre Nähe und umschwirre sie, wann immer sich die Gelegenheit dazu ergibt. Alles ganz zufällig. Jedes Strahlen, das sie in meine Richtung sendet, nehme ich an mich und konserviere es. Wenn sie über einen meiner Scherze lacht, rauscht es in mir vor Glück. Wenn sie lächelt, bilden sich in ihren Wangen kleine Grübchen. Ich überprüfe, ob ich auch Grübchen habe. Nein, schade. Was ist das für ein Gefühl? Undeutlich und namenlos, bisher nicht benannt. Sie ist interessant. Das kann passieren. Na und? Mehr ist es nicht. Kennt doch jeder. Ich will einfach mit ihr befreundet sein, weil sie cool ist. Denke ich mir. Bis wir eines Abends zu zweit in der WG sind. Die anderen tummeln sich in der Altstadt in sozialen Gefügen und betrinken sich. Wir sitzen zusammen am Tisch und lesen mit verteilten Rollen die Bravo-Fotolovestory. Dazu trinken wir Sekt.

Da wir die Bravo-Fotolovestory sehr ernst nehmen, entern wir den Raum und stellen alle Szenen so nach, wie die Bravo sie vorgibt. Dicht an dicht, Zentimeter voneinander entfernt. So nah, dass wir unsere Stimme gegenseitig als Vibrieren spüren können. Bilde ich mir das ein? Sie rückt näher an mich heran. Beinahe kein Abstand mehr zwischen uns. Dafür rutscht die Welt ins andere Eck und beschäftigt sich mit Licht und Schatten. Alles nur Spiel. Echt. All das Klopfen und Pochen überall, völlig normal. Ein Abend unter Freunden. Unter Freunden? Über Freunden? Die Bravo-Fotolovestory spitzt sich zu. Melanie und Gregor haben eine Krise. Gregor hat Petra schöne Augen gemacht. Und das vor Melanie. Wer ist diese verdammte Petra! Melanie verkraftet den Verrat schlecht und sucht Trost bei Sven. Was unfair ist, denn Sven ist sensibler und ehrenwert mit guten Absichten. Rosa und ich sind abwechselnd Sven, Melanie, Gregor und Petra. Schaukeln zwischen überbordendem Teenage-Drama und Teenage-Jubel, frohlocken über unseren kurzweiligen Spaß, den wir mit viel Sekt in unseren Köpfen sehr ernst nehmen. Rosa wirft sich auf den Boden, ist alle gleichzeitig. Ich lache debil und springe aufs marode Sofa. Die Story prescht voran. Groß, größer, Gefühle. Melanie verlässt Gregor, Melanie brennt mit Sven durch, Petra ist eine Sekunde tieftraurig, Gregor zergeht vor Verlangen und Eifersucht, Sven wird wahrscheinlich irgendwas mit IT studieren, Melanie ist down, Melanie ist happy, Gregor kauft Rosen, Melanie liebt jetzt doch Sven, Sven küsst Melanie, Rosa küsst mich. Was? Warum? Steht das in der Bravo? Das Summen zwischen uns hat ausgesetzt. Es lauert in der Hocke, sieht uns abwechselnd an. Bestimmt schließt es Wetten ab. Meint Rosa mich? Oder ist das unser eskaliertes Spiel? Wie dicht wir voreinanderstehen. Ist das Schauspiel? Wir küssen uns noch mal. Wir beide. Machen das. Nicht nur sie. Nicht nur ich. Sie ist ganz weich. Und riecht so gut, wie sie lustig ist. Kolibriherzschlag. Mir wird etwas schlecht. Bitte jetzt nicht kotzen. Plötzlicher Radau im Treppenhaus, Schritte, die sich nähern. Als würde man uns beim Diebstahl eines Rads erwischen, stieben wir auseinander. Unsere Mitbewohnerinnen öffnen die Tür und stehen in der Fotolovestory.

»Na, stören wir euch gerade bei irgendwas?«

»Was? Nein, gar nicht«, sagt Rosa.

Zu schnell, zu laut. Sehr darauf aus, dass hier keine Fotolovestory stattgefunden hat. Ich schrumpfe zum Statisten und Stichwortgeber. Rosa sieht mich nicht an.

»Ich gehe schlafen, langer Tag«, sage ich, nehme die Bravo und gehe in mein Zimmer. Eine Stunde später, nachdem alle ins Bett gegangen sind, klopft es an meiner Tür, Rosa kommt rein und legt sich neben mich. Bravo.

Noch 5 Jahre, 9 Monate und 23 Tage

Und jetzt? Was soll das alles? Stehe ich auf Frauen? Stehe ich nur auf Rosa? Dieser Name, bei dem ich immer an Barbies denken muss. Zwei Wochen ist der Bravo-Fotolovestory-Abend her. Seither besucht Rosa mich immer nachts. Am Rand der Wahrnehmung, zwischen Hell und Dunkel. Am Tag sind all unsere Gefühle, falls es sie denn gibt, eingekapselt. Denkt sie, dass das, was nachts passiert, nicht gilt? Dass es das zwischen uns nicht gibt, weil kein Licht darauf fällt? Mein Zimmer ist dunkel. Noch ist es zu früh für Rosa. Ich liege. Auf dem Rücken. Verhandle mit der Decke über mir, was mich so verwirrt. Wieso wusste Cora Zon die Sache mit dem Lesbischsein? Bin ich das? Das Wort ist wahnsinnig uncool. Lesbisch. Soll ich zurück nach Gran Canaria reisen, um meine restliche Zukunft von den beiden zu erfragen? Lesbisch. O.k., ich habe für wirklich viele meiner Mitschülerinnen geschwärmt. O.k., ich hatte noch nie einen Freund. O.k., Rosa ist für mich wie alle schönen Farben und Hundewelpen zusammen. O.k., sie ist mir schon vorher aufgefallen. So wie einem im Supermarkt auffällt, dass die Äpfel jetzt an einem anderen Platz liegen. Rede ich mir ein. O.k., ich finde sie toll. Aber lesbisch? Quatsch. Wäre ich dann nicht glücklich verknallt? Warum drehe ich nicht durch vor Glück? Warum fühlt sich mein Verliebtsein an, als hätte mir jemand eine Tonne Atommüll ins Herz geschüttet und mich gebeten, ihn kurz zwischenzulagern? Was denkt Rosa? Ich habe keine Ahnung. Ich weiß nur, dass Rosa ihren Ruf als mondäne und heterosexuelle Lieblingsschülerin des kettenrauchenden Impresarios auf jeden Fall nicht verspielen will, daher darf niemand von uns wissen. Alles ist ein großes Geheimnis. So groß geheim, dass ich mir manchmal selbst nicht sicher bin, ob da was zwischen uns ist. Sehnen ist in Ordnung, wenn es unterirdisch bleibt. Wenn nichts abweicht von der sorgsam durchexerzierten Norm. In dieser Schule, in diesem Kaff in Oberbayern. Nicht nur ein komischer Wolpertinger, sondern auch noch ein Homo. Ein Homo-Wolpertinger.

Rosa bleibt bei jedem unserer geheimen nächtlichen Treffen komplett angezogen. Anscheinend hilft ihr das dabei, sich selbst davon zu überzeugen, dass sie heterosexuell ist. Ich tue es ihr gleich. Nicht weil ich zwanghaft hetero sein will, sondern weil ich mich so unförmig fühle. Im Vergleich zu uns ist der Papst ein Chippendale. Vielleicht kann man mich nur mögen, wenn das Licht gelöscht ist. Da ich im ersten Jahr der Ausbildung bin und sie im letzten, ist es relativ egal. Unsere Affäre wird einfach verpuffen, wenn sie die Schule verlässt. Damit wird unser Intermezzo zu Ende sein. Ein kurzes hormonelles Telegramm, das mich über meine Homosexualität informiert hat. Toll, danke sehr. Also liege ich und bin maximal verwirrt.

Noch 5 Jahre, 5 Monate und 19 Tage

Ich hocke im bayerischen Kaff, versuche mich in Dramatik und in so was wie Weiblichkeit. Immerhin gibt es Joana. Für sie bin ich kein dahingenuscheltes Wort, sondern ein gut verständlicher klarer Satz. Wir trinken in ihrer WG, brausen mit offenen Fenstern und Musik in ihrem klapprigen Auto durch Oberbayern und rennen sinnlos um bayerische Seen, weil der dopingerfahrene Sportlehrer es uns aufträgt. Wir verachten den Performance-Unterricht, versagen gemeinsam in Ballett und hassen in brennenden Farben den Chauvinismus des Lehrerkollegiums. Joana ist in dieser Zeit der wohlklingende Akkord in einem grässlichen Lied, der Faden, der mich zusammenflickt. Sie ist der einzige Mensch mit Stil und Würde am kalten Buffet des Lebens, während alle anderen dort nur ihren Mangel an selbigen Eigenschaften unter Beweis stellen. Während ich mir meine Gedanken an Joanas Existenz wärme, fahren wir in ihrem sehr klapprigen Auto, das in erster Linie von Hoffnung und Gaffa zusammengehalten wird, durch Oberbayern und hören dazu Radio. So laut, dass meine Trommelfelle sich ducken, um nicht zerfetzt zu werden.

»Was denkst du?«, schreit sie gegen die allgemeine Lautstärke im Auto und in meinem Kopf an.

»Ach, nichts. Nur so durch die Gegend. Dies-Das-Denken.«

»Dies-Das-Denken, verstehe. Was sagt das Dies-Das-Denken zu Sekt am See?«

Wir decken uns mit Sekt ein, setzen uns ans Wasser und berieseln uns mit kunstfreier Zeit. Wir regen uns zusammen über die sonderbar nutzlose Schule auf, machen uns über die gescheiterten Dozentenexistenzen lustig und fragen uns, was das eigentlich alles soll in Anbetracht des großen Ganzen. Das Leben. Das Sein. Das Mein. Egal, mehr Sekt. Der

Suff hebt mich erst hoch, dann lässt er mich abrupt fallen. Ohne vorher Bescheid zu sagen. Zieht einfach seine Hände weg. Alles, was sich über die vergangenen Monate in mir verknäult hat, verheddert sich zu einem unlösbaren Knoten, bindet meiner Laune die Füße zusammen und lässt sie fallen. Ich werde still. Rosa, Wolpertingersein, das Nichteinrasten in der bayerischen Provinz. Alles ein großes Rätsel und ich bin ein ums andere Mal die falsche Antwort, die irgendwen um seinen Hauptgewinn bringt.

»Alles o.k.? Ist dir schlecht?«

»Nee, alles o.k. Mir ist nicht schlecht.«

»Sicher nicht? Du siehst aus, als hätte sich ein Elefant auf deine Laune gesetzt. Ein Elefant, der sich zuvor in Kot gewälzt hat.«

Ich kann nicht einmal genau sagen, warum in diesem Moment am See alles so schrecklich und so echt ist. Warum ich nicht einfach berauscht und sorglos über mir schweben kann, den Selbsthass und die Zweifel verpacke und auf dem Boden liegen lasse. Wahrscheinlich, weil man einfach immer man selbst bleibt. Egal, wie sehr man sich besäuft und an andere Orte verfrachtet. Immer kommt man mit und ist sich selbst die Gesellschaft, auf die man unter Umständen gar keine Lust hat.

»Was ist los?«

Entgegen meiner sonstigen Praxis, alles wegzuschweigen, was sich aufbäumt und randaliert, mache ich meinen Mund auf und kleckere meine Gedanken vor Joana auf den Boden. Sie haben so lange kein Licht gesehen, dass sie blinzeln und sich den Staub aus den Gesichtern wischen. Mein Körper ist aufgrund dieser Tatsache derart verwirrt, dass ich Schluckauf bekomme. Es fühlt sich an, als würde mein Zwerchfell empört Bomben gegen meine Zunge schmeißen, damit ich endlich wieder schweige. Meine Stimme klingt, als hätte ich sie Jahre nicht gehört. Fremd und importiert.

»Ich habe dauernd Angst und weiß nicht, was ich hier soll. Ich passe so wenig hierher. Niemand mag mich. Und das muss man auch erst mal schaffen.«

Joana pausiert ihren Rausch, so gut es geht, und sieht mich an.

»Aber warum? Wieso denkst du, dass niemand dich hier mag?«

»Ach, eigentlich ist es mir egal. Ich mag die Leute auch nicht. Wer will schon von solchen Leuten gemocht werden.«

»Aber ich mag dich doch. Du bist toll. Ich finde, dass du sehr mögenswert bist. Gibt es das Wort?«

»Mögenswert? Keine Ahnung. Ich finde es nicht. Schau mich doch an.«

»Und dann? Was soll ich deiner Meinung nach sehen?«

»Einen Wolpertinger-Sumpf. Und komische Haare.«

»Wolpertinger-Sumpf?«

»Keine Ahnung. Ich bin ein mopsiges Quadrat unter Dreiecken. So fühlt es sich an.«

»Quadrat unter Dreiecken? Mopsig? Du bist doch nicht mopsig. Und selbst wenn.«

»Du findest es auch.«

»Nein, aber selbst WENN, würde es dich nicht weniger mögenswert machen. Wie würdest du denn gerne sein wollen?«

»Weiß ich auch nicht. Eher wie ein Dreieck, nehme ich an. Mehr Kanten. Ich wäre gerne muskulös. Nicht so schwammig und ahnungslos.«

»Was meinst du damit? Schwammig und ahnungslos? Du bist sehr kryptisch.«

Ich denke an das Lesbischsein und Cora Zon. Dieser

Name ... warum hat sie denn keinen cooleren Namen so als Orakel? Cora Zon klingt unfassbar dämlich. Soll ich Joana von Rosa erzählen? Was, wenn dann nicht mal mehr sie mit mir rumhängt?

»Hm. Und wovor hast du Angst?«

»Vor allem?«

Ich atme aus. Der Tag ist noch warm, nur der See fängt schon an, Kälte zu verstreuen. Es beginnt zu dämmern. Ein paar Grillen spielen sich ein, bereiten ihr Konzert vor. Hätte ich all diese Sachen sagen sollen? Hoffentlich ist Joana noch da, wenn wir wieder nüchtern sind. Zu viel Nähe schafft Distanz. Befürchte ich.

Eine Mücke rennt übers Wasser. Vielleicht ist das Jesus. Ich ziehe meinen Pulli nach oben bis über meine Nase. Er ist aufsteigendes Wasser. Ich halte die Luft an. Versuche leichter zu werden. Zu schweben. Planloser Ballon am See. Ich wünschte, ich hätte nichts gesagt. Hätte all die Gedanken in ihrem dunklen Winkel liegen lassen, anstatt sie in meinem Rausch mit Joana zu teilen. Schranken runter, Wahrheit in Ironie wickeln. Genug Innen.

»Weißt du was? Ich werde einfach anfangen, mich zu dopen. Ich glaube, das ist die Lösung all meiner Probleme.«

»Doping? Kann sein. Ich bin mir nur nicht so sicher, ob das auch bei all den Ängsten funktioniert.«

»Klar, bestimmt. Wenn ich erst vier Meter groß bin und einen Bizeps habe, der so groß wie der Saturn ist, wovor soll ich mich fürchten? Außer einem Herzinfarkt wegen all der Steroide. Hey, glaubst du, die Dinosaurier wären auch dann ausgestorben, wenn sie Daumen gehabt hätten?«

Der Ausbruch ist vorüber. Ich will, dass er vorüber ist. Ich mache dem Rausch wieder Platz und kehre die dunklen Reste, die sich noch in mir verteilen, unter irgendeinen Teppich, den ich gerade erwischen kann. Dass der Teppich ziemlich hügelig und buckelig ist, kümmert mich wenig. Joana sieht mich von der Seite an und sagt nichts. Ich hoffe immer noch, dass sie das Aufblitzen all meiner kleinen Wahrheiten nicht so geblendet hat, dass sie mich morgen nicht mehr sieht.

Noch 5 Jahre, 4 Monate und 3 Tage

Ich telefoniere mit Louise in Berlin, die mittlerweile irgendwas mit Medien studiert. Sie weigert sich, mir den genauen Studiengang zu sagen, weil es ihrer Meinung nach am Ende doch nur darauf hinausläuft, dass sie irgendwas mit Medien machen wird. Sie weiß immer noch nichts von Rosa. Ich sage nach wie vor nicht lesbisch. Dieses komische Wort. Lesbisch. Allerdings ist die Sache mit Rosa derart verhuscht, dass ich mir manchmal nicht sicher bin, ob ich sie mir vielleicht nur einbilde. So wie man manchmal die Umrisse von Dingen sieht, die man zu lange angeschaut hat, wenn man die Augen schließt. Und sie eigentlich gar nicht mehr da sind. Weil die Augen zu sind. Und die Dinge weg. Von innen auf die Lider gemalt.

Es ist ein paar Wochen her, dass Louise und ich telefoniert haben.

Es klingelt.

»Louise am Apparat. Sanatorium für Nervenheilkunde und Morphiumabhängigkeit. Wie kann ich helfen? Kann ich Ihnen überhaupt noch helfen?«

»Louise, hast du gesehen, dass ich anrufe, oder gehst du immer so ans Telefon?«

»Hallo! Immer! Wie geht's dir? Wir haben uns so lange nicht gehört.«

»Ach, hier ist alles wie immer. Es gibt überall Wurst und Sophie fotografiert sich beim Weinen.«

»Klingt toll. Berlin ist super. Der Sekt ist sehr billig hier! Du musst bald herkommen. Meine WG hat jetzt einen Hamster. Er heißt Einstein und schreibt unsere Hausarbeiten.«

»Klingt nach einem Erfolgskonzept. Nicht, dass du mich vergisst, bei all den Hamstern und dem billigen Sekt!«

»Quatsch, niemals. Beste Freundinnen vergessen sich doch nicht. Gibt es gar nichts Neues außer Wurst und Weinen? Ich kann es nicht glauben!«

»O.k., vielleicht gibt es doch eine kleine Neuigkeit bei mir.«

»Ha, ich wusste, dass es nicht nur Wurst und Weinen an diesem Ort gibt!«

»Meistens schon. Also, ich glaube, ich habe mich verknallt.«

»Ooooh, die Liebe! Du musst mir alles erzählen. Zuallererst: Wie heißt er?«

»Rosa.«

»Er heißt Rosa? Komischer Name für einen Typ.«

»Hm, nein.«

»Was, nein?«

»*Sie* heißt Rosa.«

Ich höre Louise atmen. Ausgiebig. Wenn ein Gespräch auf Säulen gebaut ist, die zu weit auseinanderstehen, fällt es in der Regel in sich zusammen.

»Louise?«

»Hier bin ich. O.k.! Rosa. Schöner Name. Ich wusste gar nicht, dass du auf Frauen stehst. Stehst du auf Frauen? Warum hast du nie was gesagt? Du bist ein Buch mit sieben Siegeln.«

»Keine Ahnung. Ich mag Rosa. Und so lange weiß ich das alles selber noch gar nicht. Also eigentlich erst seit jetzt. Also nicht jetzt jetzt. Aber im Sinne von einem unendlichen Universum jetzt. Du weißt schon.«

»O.k.! O.k. Na, ist doch o.k.«

»O.k.? Ist es wirklich o.k.? Du hast sehr oft o.k. gesagt. Sind Dinge o.k., wenn man so oft sagt, dass sie o.k. sind?«

»Klar. O.k. Also, klar ist das o.k. Ich meine, was sollte denn daran auch nicht o.k. sein?«

»Ich dachte nur, wegen all der O.k.s.«

»Nein, Quatsch, o.k. ist o.k. ist o.k. Also ist es o.k.! Du,

Einstein rennt durch die Wohnung und irgendwer saugt gerade. Ich glaube, ich muss ihn retten, wer soll sonst meine Hausarbeit schreiben? Lass uns bald telefonieren, o.k.?«

»Klar, machen wir.«

»Einstein, stopp ...«

Louise hat aufgelegt. Ist jetzt alles o.k.? Es kommt mir nicht so vor. Man fühlt sich o.k., wenn man gerade eine Magen-Darm-Grippe überwunden hat und nach fünf Tagen zum ersten Mal wieder feste Nahrung zu sich nehmen kann. Oder wenn man andere Menschen an der Kasse vorlässt, weil sie nur ein Bonbon kaufen. Aber wenn man sagt, dass man sich verliebt hat? Sagt man dann o.k.? Müdigkeit schleicht um mich. Ich mache das Fenster auf und schaue wieder einmal auf diese unsinnige Stadt mit all ihrer Wurst und ihrem durchgehenden Winterschlaf. Das Chemiewerk pumpt und jemand schreit. Wahrscheinlich Kunst. O.k.

Noch 5 Jahre, 3 Monate und 18 Tage

In der Provinz gibt es einen Lebensentwurf, der sehr geschätzt wird. Er beinhaltet Heterosexualität und Normen, die sehr eng gefasst sind. Kein Blatt passt dazwischen. Das Wildeste an der Schule sind die Haare und das Husten von Don Kippe. Alles andere ist genauso beschränkt wie der grausame Rest der Welt. Frauen sind Frauen sind Frauen, tragen Röcke, schwärmen für schwankende Ritter und bringen sich um, wenn ihre Liebe gegen eine Wand fährt. Denn was haben sie sonst schon? Wer sind sie, wenn sie niemanden lieben oder sich verzehren? Nichts. Ich bin in erster Linie ich. Und das ist nicht gut. Irgendwie hat Don Kippe sich zurechtgereimt, dass mein Verlangen und Sehnen keinem Prinzen gilt, weil ich kurze Haare und keinen Freund habe. Seither rangiere ich auf seiner persönlichen Hitparade eher auf den hinteren Plätzen. Es ist nicht so, dass ich mit einer wehenden, gut gebügelten Regenbogenfahne und Melissa Etheridge im Walkman durch die Hallen der Schule stolzieren würde, ich bin still und unsichtbar mit meinen wackeligen Gefühlen. Aber selbst das leiseste, scheinbar falsche Verlangen ist immer noch sichtbar und flamboyant genug für Don Kippe. Ich würde weniger Aufmerksamkeit erregen, wenn ich als brennende Fackel zum Unterricht käme. Ich merke die Abneigung nicht, weil ich auf einmal Kacke im Briefkasten habe, sondern daran, dass ich einfach nicht mehr beachtet werde. Kein joviales Geplänkel mehr mit Don Kippe in den Fluren, keine zerstreuten Tipps und Tricks zu meiner Schauspielkunst, kein Stattfinden, einfach Nichts. Wo ich eh nur Schatten war, wird nun mit Flutlicht geschossen, um auch diesen noch auszumerzen. Viel stiller kann ich nicht werden, ich müsste verpuffen. Mein Handy klingelt.

»Hallo?«

»Guten Tag, Sanatorium für Hygienefragen und übermäßigen Apfelmostkonsum, mit wem spreche ich?«

Es ist Louise. Wir haben uns nicht gehört, seit ich ihr von Rosa erzählt habe. Nur ein paar dahingeplänkelte Nachrichten haben wir hin und her geschickt, die auch von Chatbots hätten stammen können.

»Hey, na, wie geht's dir?«

»Och, ganz o. k. so weit.«

Da ist es wieder. Das O. k. Es könnte auch ein Wildtier in der afrikanischen Steppe geben, das so heißt und sich von Buschfeuern und abgestandenen Phrasen ernährt.

»Mir auch. Du, wegen neulich. Es tut mir leid, dass ich so komisch reagiert habe. Ich war überrascht und wollte nichts Doofes sagen. Und dann habe ich doch nur Doofes gesagt und mit O.k.s um mich geworfen. Dabei freue ich mich für dich, dass du verknallt bist.«

»O. k. Nein, entschuldige. Also, o. k. Ahh. Danke. Jetzt weiß ich nicht, was ich sagen soll.«

»Haha, das wird ein gutes Telefonat. Du musst gar nichts sagen. Ich wollte nur, dass du weißt, dass alles o. k. ist. Eh klar. Schon wieder o. k. Mann.«

»Ich glaube, ich kann nie wieder das Wort O. k. sagen. Ganz ehrlich.«

»Ich auch nicht. Wie ist es bei dir an der Schule? Was macht die Tränenfotografin? Was geht mit Rosa und dir? Seid ihr jetzt zusammen?«

»Hm, nein. Ich glaube nicht. Niemand weiß von uns. Ich glaube, über mich gibt es Gerüchte, weil ich nie mit einem Prinzen an meiner Seite auftauche. Don Kippe ignoriert mich seitdem.«

»Ernsthaft? Was ist das für ein Laden? Warum bleibst du da?«

»Ich weiß nicht. Wo soll ich denn sonst hin? Hier ist es zwar scheiße, aber immerhin kenne ich mich mit Scheiße aus.«

»So ein Quatsch, komm nach Berlin. Wir suchen dir ein Zimmer und du jobbst in der gleichen Start-up-Wurstbude wie ich. Alles ist besser als die oberbayerische Provinz.«

»Start-up-Wurstbude?«

»Lange Geschichte. Egal. Geh von da weg. Ich meine es ernst.«

»Ich weiß, du hast recht. Berlin. Lass mich drüber nachdenken, in Ordnung?«

»Gut, aber nicht zu lange! Wenn die Leute deswegen kacke zu dir sind, sind sie einfach Idioten.«

»Ich überlege es mir! Und das sage ich nicht nur, damit du Ruhe gibst.«

»Gut. Ich muss mal weitermachen. Denk über Berlin nach!«

»Mache ich. Wir schreiben uns.«

»O. k! Also, das gute O.k. Bis bald.«

Noch 5 Jahre, 2 Monate und 2 Tage

Wie in jedem Theaterstück gibt es den großen und sehr dramatischen Zusammenbruch der Hauptfigur. In diesem Falle also meinen. Mein Zusammenbruch besteht darin, unter Zeter und Mordio meinen Freitod anzukündigen und währenddessen meine überbordenden Gefühle für Brezen-Michael zu verkünden. Auch Gott bleibt nicht außen vor. Ich vermute zwar, dass ihm das sehr irdische Drama um zwei ausgiebig pubertierende Teenager irgendwo im Spanien des 14. Jahrhunderts total egal ist, aber irgendwer muss Schuld haben. Joana und ich stehen hinter der Bühne und linsen hinter dem Vorhang in Richtung Publikum. Erstaunlicherweise sind Menschen da. Dabei handelt es sich beinahe ausschließlich um die Verwandtschaft der Schüler. Den Teil, der seine Kinder nicht enterbt oder verstoßen hat, weil sie in der Provinz der Kunst frönen oder dem Suff verfallen. Eventuell auch beides.

Bisher scheint niemandem aufgefallen zu sein, dass ich eine Vogelscheuchen-Dragqueen-Performance aufführe. Ich war davon ausgegangen, dass die Zuschauer in schallendes Gelächter ausbrechen würden, sobald ich in meinem Kleid die Bühne betrete. Bisher ist das nicht passiert. Fallende Eiche, die ich bin, stakse ich quer durch das Stück. Es soll einfach nur vorbei sein. Ich würde viel lieber Lip-Sync zu »It's Raining Men« machen, als in einem wallenden schwarzen Kleid über eine Bühne zu taumeln. Eine Drehbühne, um ganz genau zu sein. Der ganze Stolz von Don Kippe. Während der Vorführung hockt er samt seiner Gefolgschaft ganz links in der ersten Reihe und hat ein Notizbuch auf den Knien liegen, in das er eifrig kritzelt. Manchmal hustet er. Dabei klatschen seine Lungenflügel hörbar gegeneinander. Vielleicht applaudiert er so. Warum bin ich auf einer Schauspielschule und imitiere Prinzessinnen? Ich will auf einer leicht verfärbten Wiese auf freier Flur sitzen und mit Insekten plaudern. Oder mit Louise Sekt trinken und Inlineskater verspotten. Die Tränenfotografin steht hinter Joana und mir, blubbert mit den Lippen und verströmt Durchlässigkeit. Das Tolle an ihr ist, dass sie es schafft, uns kacke zu finden, selbst während sie etwas scheinbar Nettes sagt.

Zudem ihre Leidenschaft, die eigenen Emotionen auf Fotos festzuhalten. Eigentlich ist sie die Kim Kardashian der oberbayerischen Provinz. Hätte sie einen Unfall, wäre ihr erster Gedanke, ein Bild von sich zu machen. Der zweite, eine Rundmail mit dem Betreff »OMG« zu schreiben, und der dritte, sich medizinische Versorgung zu holen. Die Tränenfotografin ist menschgewordenes Clickbaiting.

»Oh, bist du jetzt gleich dran? Ich finde es übrigens total o.k., dass es burschikose Prinzessinnen gibt. Das ist auch irgendwie ein feministisches Statement, das wir hier machen.«

»Bullshit, ich muss raus.«

Die Tränenfotografin ist nur sehr kurz irritiert. Sie ist durch nichts zu erschüttern. Selbst wenn ihr in diesem Moment ein Dinosaurier auf den Kopf geschissen hätte, würde sie, dieses Perpetuum mobile der Dummheit, weiterlabern.

»Soll ich ein Foto von dir machen, wenn du fertig bist? Damit du siehst, ob du einen kathartischen Moment hattest?«

»Musst du dich heute nicht mehr beim Weinen fotografieren?«

»Stimmt, du hast recht, ich mache das gleich mal, ich bin aufgewühlt.«

Wie sehr ich mir wünschte, das Wetter beeinflussen zu können und einen Blitz von mehreren 100 000 Volt durch ihren Körper zu jagen. Ich klaube mich zusammen und betrete die Bühne. Don Kippe hustet. Oder atmet. Sein reguläres Atmen wäre für Normalsterbliche eine schwere Bronchitis. Während ich auf die Mitte der Bühne zugehe, versuche ich, gegen das Scheinwerferlicht die Zuschauer zu erkennen. Ich sehe nur Fremde. Keine Verwandtschaft, keine Freunde, die sich in die Provinz verirrt hätten. Niemand sonst ist auf der Bühne, den heiligen Brettern, die hier nur existieren, damit ein hustender Wahnsinniger eine Scheibe bauen kann, die sich um nichts anderes als seinen Irrwitz dreht. Ein Teil von mir ist damit beschäftigt, nicht über das dämliche Kleid zu stolpern. Es ist schwarz und bodenlang. Das 14. Jahrhundert war offensichtlich keine wilde Party-Ära für Prinzessinnen. Ein anderer Teil verrennt sich in dem Gedanken, wie bescheuert ich aussehen muss. Ein kleiner Rest meines Gehirns von der Größe eines Bakteriums versucht, sich an den Text zu erinnern. Wo soll ich meine Hände hintun? Ich hätte sie mir an die Seiten tackern sollen. Gehe ich schon immer so komisch? Wieso kann ich keinen Baum spielen. Eine Tanne. Oder eine Buche, die steht und schaut, während sie sich denkt, dass die Vögel, die auf ihr landen, ziemlich spitze Füße haben. Das Publikum schaut. Ich schaue zurück. Dann fange ich an. Beklage mich über Gott, den Himmel, die Liebe an sich, meine Eltern, die Ungerechtigkeit der Welt, dann wieder Gott und zum Schluss noch mal Gott. Ich schreie herum und wüte wie ein giftiger kleiner Käfer, der mit seinem Beinchen in einer Strumpfhose hängen geblieben ist. Meine Flügel surren und brummen, aber ich komme nicht weg. Kein Fliegen, kein Verschwinden. Je länger ich feststecke, desto mehr schaukle ich mich auf. Kurz vergesse ich, dass ich ein dummes Kleid trage, dass ich todunglücklich bin, dass mein Sehnen Türen einrennt, dass ich heimlich verliebt sein muss, dass niemand wegen mir da ist, dass ich täglich auf den Grund sinke und erst wieder nach oben schwimmen muss, dass Liebe nirgends verzeichnet scheint und ich mich dauernd fühle wie Beifall an einer unpassenden Stelle. Die Luft im Raum flimmert, man spürt die Spannung. Das allgemeine Atmen. Don Kippe hat sein Husten eingestellt. Die Köpfe beobachten. Am Schluss meines Monologs sinke ich auf meine Knie und verberge mein Gesicht hinter meinen Haaren. Mein Monolog ist vorbei. Es ist ruhig. Der Raum hält die Luft an. Was soll ich tun? Einfach hier sitzen bleiben? Rausrennen und ein Schwein umarmen? Dann kommt Applaus. Sehr lauter Applaus. Man schüttet ihn über mir aus. Es war offenbar nicht furchtbar. War ich ein feministisches Statement? Die Menschen applaudieren meiner Drag-Show. Verwirrend. Der Vorhang geht zu. Die anderen kommen auf die Bühne. Das Stück ist vorbei. Alle sind erleichtert. Ich auch. Weil es vorüber ist, nicht weil ich das Gefühl eines überwältigenden schauspielerischen Durchbruchs habe.

Noch 5 Jahre und 5 Tage

Das Jahr ist vorbei, der letzte Vorhang allen auf den Kopf gefallen, die Ferien schmelzen in meine Richtung und ich muss hier weg. Ich sitze in der WG in meinem Zimmer und will, dass alles anders ist. Was genau? Keine Ahnung. Am ehesten natürlich ich. Aber da ich nicht weiß, wie das funktionieren soll und was genau mich so hassenswert macht, müssen die Umstände herhalten. Rosa ist vor ein paar Wochen aufgebrochen, um an einem Theater in irgendeiner anderen Provinz zu spielen. Zum Abschied haben wir uns umarmt. Dann ist sie in ihr Auto gestiegen, hat einmal sehr heterosexuell gehupt und ist losgefahren. Wow, Liebe! Ich sehe meine Reflexion in der Scheibe. Das Unkraut auf meinem Kopf muss ab. Ich gehe ins Bad, nehme einen Rasierer und schnetzle mir einen Iro auf den Kopf. Es sieht ziemlich beknackt aus. Als hätte jemand in meinen Kopf gebohrt und wäre auf Öl gestoßen, das in einer wilden Fontäne nach oben schießt. Aber egal. Hauptsache, die Erinnerung an irgendwelche Prinzessinnen auslöschen. An die vergangenen 1,5 Jahre am besten auch. Kein Chauvi-Geballer, keine heimlichen Lieben, keine Stasi-Sportlehrer, keine kettenrauchenden Pseudo-Gottheiten, nicht mit Performance-Kunst den Boden feudeln. Ich bin zusammengefaltet, klein und verstaut in Schubladen, die sich andere überlegt haben. Niemand macht sich die Mühe, mich aufzuklappen und genauer hinzusehen. Würde sich der Aufwand lohnen? Überzeugt bin ich nicht. Vielleicht ist da einfach nichts. Ein kurzer Klang ohne Nachhall. Tiefes Dunkel und leere Seiten. Versprecher statt eingelöstes Versprechen.

Meine Haare liegen verstreut um mich herum. Gefallene Blätter und Äste. Ich nehme ein Büschel in die Hand. Betrachte es. Lasse die einzelnen Haare durch meine Finger wieder auf den Boden fallen. Kein Geräusch. Vielleicht bin ich wie sie. Ohne Geräusch in der Welt. Für immer irgendwo in mir verräumt. Ein Schluckauf des Universums. Mehr nicht. Meine nackten Füße sind voller Haare. Ein hässlicher Hobbit. Wie soll man einen hässlichen Hobbit lieben?

Alle anderen sind schon nach Hause zu ihren Familien gefahren. Wo soll ich hin? Wo ist zu Hause? Der Ort, wo man auf dem Rücken treiben kann, ohne dass man untergetaucht wird. Draußen dämmert es. In mir ebenfalls. Ich bin so matt, dass sich nichts in mir spiegeln kann. Abgerieben und zerschlissen. Ein Stein, über den seit Jahrhunderten Wasser tropft, was ihn abschleift, und der jetzt irgendwo am Ufer liegt.

Ich brauche nicht viel. Einen Unterschlupf. Eine Ecke, in die ich mich stellen kann. Aber wohin soll ich? Wirklich nach Berlin? Ich wüsste nicht, wohin sonst. Louise ist so was wie zu Hause. Ich schreibe ihr:

»Ich glaube, ich komme nach Berlin. Kannst du mich holen und ein paar Dinge einpacken?«

Sie antwortet eine Minute später.

»Na endlich ... wann soll ich kommen?«

»Vor 1,5 Jahren ...«

»Haha. O. k. Kommendes Wochenende hole ich dich. Ich organisiere einen Transporter, der dich aus dem Höllenloch befreit. Fürs Erste wohnst du bei mir und dann schauen wir!«

»Ich glaube, ich freue mich ...«

»Natürlich tust du das. Es kann nicht mieser werden!«

Ich lege mein Handy weg und atme aus. Die Haare wehen durchs Bad. Sie wollen auch weg. Nichts mehr mit diesem wirren Kopf zu tun haben, auf dem sie gewachsen sind. Mit einem Besen kehre ich die Unkrautbüschel zusammen und werfe sie in den Müll. Als ich ihn noch mal aufmache, sieht es aus, als würde sich ein Zwerg mit einer lustigen Frisur darin verstecken. Danach lege ich mich ins Bett und verlasse zwei Tage mein Zimmer nicht.

Und dann? Ist das Wochenende da und ich verschwinde. Ohne Scheppern, großen Krach und Fanfaren. Klanglos lasse ich die Tristesse hinter mir. Sage nicht Tschüss oder Auf Wiedersehen. Vor allem das Letzte nicht. Abbruch. Niemand wird mich vermissen. Wie denn auch? Man kann nicht vermissen, was man nicht kennt. Das tut hier nur eine Person. Joana. Ich lasse sie in diesem Sumpf zurück und kriege es nicht mal auf die Reihe, mich zu verabschieden. Aber ich kann nicht anders. Ich muss los. Es ist feige und tut mir leid. Draußen hupt es. Louise ist da. Ich nehme meinen kümmerlichen Besitz, werfe den Schüssel in den Briefkasten und steige in den Transporter.

»Na? Wie ist es? Mein Mixtape wird dich umhauen!«

»Hi Louise. Können wir das beschissene Kaff vielleicht noch anzünden, bevor wir fahren?«

»Es mag verlockend sein, aber denk an dein Führungszeugnis, so werden wir nie Bundeskanzler und Diplomatenkind.«

»Ich glaube, für die Sache mit dem Diplomatenkind ist es vielleicht sowieso schon zu spät.«

Louise biegt auf die Hauptstraße ab und beschleunigt. Ich kneife die Augen zusammen, die Häuser werden im Vorbeifahren zu Strichen. Das Fenster ist runtergekurbelt, der Sommer flutet das Innere des Transporters. Louise macht die Musik an. »Looking for Freedom.« Sie meint es ernst. Die Luft ist warm und schon jetzt schwer und drückend, obwohl es noch so früh ist. In der Ferne grollt es. Ich werte es als Beifall des Himmels für meine Entscheidung. Eine kleine Hoffnung kauert sich neben mich. Es wird besser werden. Was genau? Das Leben? Ich? Meine Entscheidungen?

Noch 4 Jahre, 11 Monate und 21 Tage

TEIL II

SEKT, HAMSTER, STILLSTAND

Und dann hocke ich in Berlin, bin auf einmal inmitten von Beton und Lärm. Im Hinterkopf lehnt der Gedanke, dass hier alles anders werden wird. Anders im Sinne von besser. So konzentriert darauf, wegzukommen, und die Augen ganz kribbelig vor Aufregung, habe ich nicht bemerkt, dass beinahe Oktober ist. Louise ist mit imposanten 160 km/h mit mir im Transporter nach Berlin geprescht. Sie hat nur einmal eine Pause gemacht, um sich sechs Red Bull zu kaufen und aufs Klo zu gehen. Ich schlafe auf ihrer Couch, treffe Einstein III., frage mich, was aus Einstein II. wurde, und lerne Louises liebste Plätze in der Stadt kennen. Der Startschuss für die Berliner Wintertristesse ist bereits gefallen. Bei meiner Ankunft sind die Tage noch mittellang, die Sonne täuscht über den herankriechenden Winter hinweg und die Luft duftet nach Rausch. Dann legt sich ein Grau über die Stadt und dringt bis in den letzten Winkel ihrer Bewohner ein. Es schneit nicht, aber Berlin tut so, als hätte es einen Sack mit Eis hinter dem Rücken und könnte ihn jederzeit über allem ausschütten. Die Unfreundlichkeit wird noch unfreundlicher, Touristenführer nennen es begeistert typisch Berlin und ich frage mich, was ich mir bei meinem Umzug gedacht habe. Louise erzähle ich davon nichts. Diese irrige Annahme, dass die Amplituden an einem fremden Ort auf einmal weiter nach oben ausschlagen. Mit jedem Wimpernschlag neues Glück vor den Augen aufgewirbelt wird. Aber wie soll das klappen, wenn ich mich selbst huckepack trage. Ich habe nur mein komisches altes Ich in eine neue Umgebung kopiert, ohne die Ränder zu glätten und mich nahtlos einzufügen. Zu meinem Einstand in Berlin werde ich ein paar Wochen nach meiner Ankunft vermöbelt. Ich stehe abends vor einem Späti, betrachte die Auslage und will Sekt für Louise und mich kaufen, als zwei Halbstarke auf mich zukommen und mich anrempeln. Sie umzingeln mich, wachsen beinahe mit mir zusammen und ich kann nichts sagen. Ich sehe nur ihren Hass, der seinen Schatten auf mein Gesicht wirft und ihre Lust auf Stress. Wie verrückt, dass es so viele Realitäten gibt, die voneinander nichts mitbekommen. Noch mal ein Schubsen. Was genau habe ich getan?

»Ey, schau. Ein Homo. Na, Scheißlesbe?«

Schockstarre. Geblendet und still stehe ich da.

»Was willst du, du Homo. Hm? Was ist dein Problem? Was willst du?«

Weg will ich. Homo, wieso sagt er das? Während ich all diese unnützen Gedanken denke, trifft mich ein Schlag ins Gesicht. Mein Kopf fliegt zur Seite und ich wundere mich, dass es wirklich stimmt, dass man Sternchen sieht, wenn man eins auf die Fresse bekommt. Ob die anderen sie auch sehen? Alle sehen den gleichen Himmel. Noch mehr dumme Gedanken. Mein Mund füllt sich mit Eisen. Erst tut nichts weh. Alles ist dumpf, schwankend und kreiselnd. Summen im Kopf. Was für ein Ton ist das? Dann ein Schubsen, ein Schlag in den Bauch. Ich bin nur noch ein paar Beine, die disfunktional an mir herunterhängen. Ich versuche zu atmen, aber der Raum um mich ist luftleer. Ich höre Schritte. Sind das meine eigenen? Renne ich? Alles ist so neben mir. Am meisten ich selbst. Wo sind die Millionen, die in dieser Stadt wohnen? Können wirklich alle zu beschäftigt sein, um gerade zufällig hier vorbeizukommen und die Realität zu verscheuchen? Noch ein Schlag. Auf einmal wird der Radau leiser. Kommt jemand von den Millionen? Ich verstehe nicht ganz, warum, aber sie lassen von mir ab und weichen auf die andere Straßenseite aus. Warum bin ich in dieser dummen Stadt. Und wo ist Louise? Zu Hause. Im Warmen. Wartet auf mich und den Sekt. Mein Fahrrad steht vor mir, ich muss es nur aufsperren und losfahren. Meine Hände zittern so sehr, dass das

Schloss mir unlösbare mathematische Aufgaben zu stellen scheint. Etwas Warmes läuft über mein Gesicht. Als ich aufblicke, sehe ich, wie sie wieder zurückzukommen. 200 Meter weg. Ich muss schneller sein, warum komme ich nicht hinter meinem Atmen her. Das Schloss schnappt auf, ich ziehe es durch die Speichen, stürze auf mein Rad. Erste wackelige Meter, dann schaffe ich es zu beschleunigen. Pochen, Wummern wegdenken. 50 Meter. Sie jagen hinter mir her, dann lassen sie ab. Schreien etwas, das ich nicht verstehen kann. Ich fahre, bis meine Lunge mit einem Kollaps droht und ich all das Adrenalin beinahe auskotze. Dann bleibe ich stehen und versuche, mich zu beruhigen. Ich tropfe auf den Bürgersteig. Ein bisschen Rot. Wie schön, dass ich die Stadt bunter machen kann. Sie sind weg. Immerhin. Ich zittere, meine Hände beben. Reinkarnierte Kolibris. Ich steige ab und rufe Louise an.

»Hallo, na, weißt du nicht, welchen Sekt du kaufen sollst?«

»Louise, ich habe gerade auf die Fresse bekommen.«

»Was? Wie? Wo bist du?«

»Weiß ich gerade nicht so genau.«

»Geht es dir gut? Musst du ins Krankenhaus?«

»Nein, ich will nach Hause. Ich fahre los.«

Mein Körper ist ein geschütteltes, schnell heruntergestürztes Getränk. Schal, Kohlensäure durch die Panik verbraucht. Während ich heimfahre, blitzt die erlebte Situation wieder vor meinen Augen auf. Ich blinzle sie weg. Kurz darauf bin ich in der Wohnung. Louise öffnet die Tür und sieht aufgebracht aus.

»Was war los? Wer war das?«

Ich erzähle es und versuche mich in Scherzen über Testosteron und Dummheit. Mein Gesicht glüht und puckert. Meine Spucke schmeckt immer noch, als hätte ich Stahl geküsst.

»Das ist nicht lustig. Wir müssen zu den Bullen. Du musst Anzeige erstatten.«

»Louise, das ist doch Quatsch. Ich will nicht zu den Bullen. Die sagen doch nur, dass ich selber schuld bin, weil ich ein Homo bin.«

»Sag nicht Homo zu dir.«

»Lesbisch klingt noch schlimmer. Aber nicht zu den Bullen, o.k.? Es bringt nichts. Und sie finden die beiden Arschlöcher sowieso nicht. Können wir einfach zusammen hier sitzen und warten, bis das Pochen vorbei ist?«

»Sollen wir sicher nicht ins Krankenhaus?«

»Es ist o.k. Wäre ich die Tränenfotografin, würde ich jetzt ein Foto von mir machen. Das käme sicher toll im Album meiner Emotionen.«

»Hör auf, Witze zu reißen. Das ist alles nicht lustig.«

Sie hat recht, es ist nicht lustig. Aber Humor scheint mir der einzige Gegner, der es mit meiner Angst und Verwundbarkeit aufnehmen kann. Er ist ein Reflex. So traurig sein, wie die Dinge scheiße sind, geht gar nicht. Wie mancher tief ausatmen würde, rette ich mich mit dummen Scherzen. Wir trinken Sekt. Meine Nase pulsiert. Wummern. Klopfen. Wie nett vom Schmerz, dass er anklopft, bevor er hereinkommt. Er nimmt sich ebenfalls ein Glas. Trinken wir eigentlich zu viel Sekt? Egal. Diese komische Stadt. Was mache ich hier? Berlin wartet auf niemanden und wenn es nichts Besseres zu tun hat, gibt es einem Homo auf die Fresse.

Noch 4 Jahre, 11 Monate und 3 Tage

Die kommenden Wochen meide ich den Ort, an dem ich dem Hass begegnet bin. Schleiche durch die Straßen und versuche, mich den Hauswänden anzupassen, um nicht herauszustechen, einer von vielen Aufklebern, die überlesen werden. Dann legt sich die Angst hin, ganz einschlafen wird sie lange nicht. Ein Auge bleibt geöffnet. Ich sehe die beiden Prolls nie wieder. Manchmal male ich mir sehr farbenfroh und waghalsig aus, wie ich mich an ihnen räche und sie ebenfalls zusammenschlage, gleichzeitig weiß ich, dass das nie passieren wird. Natürlich geht das Leben weiter. Das tut es immer. Dieses große und ungeheure Dasein, von dem immer alle reden. Bisher plätschere und tropfe ich vor mich hin, wo ich doch eigentlich fließen und strömen sollte. Wenn man den Vorstellungen, die alle vom Leben haben, glaubt. Ein prächtiger Fluss inmitten einer blühenden Landschaft sollte ich sein. Stattdessen bin ich ein Rinnsal, in dem das letzte Blatt des Herbstes treibt. Louise schleift mich nach dem dummen Zwischenfall durch unseren Alltag. Zieht mich mit. Hoffentlich werde ich ihr nicht zu schwer. Ihr Mitbewohner ist ausgezogen, ich übernehme sein Zimmer. Eine freundliche Geste des Universums. Dann beschließt sie, mir einen Job zu verschaffen. Ich lasse die Dinge geschehen. Außerdem sage ich zu selten Danke und mache mir eine Notiz, dass ich das öfter tun sollte.

»O.k., da sind wir. Das ist die Start-up-Wurstbude, von der ich dir erzählt habe. Hier jobbe ich neben dem Studium.«

»Eine Start-up-Wurstbude? Louise, das ist das Beknackteste, was ich je gehört habe.«

»Ich weiß. Aber sie zahlen o.k. und man kann immer Wurst essen.«

»Und das ist das Gute? Was ist dann bitte das Schlechte?«

»Alles andere?«

»Wie kann eine Wurstbude ein Start-up sein? Ist es möglich, dass die Menschen einfach verarscht werden wollen?«

Louise parkt ihr Fahrrad vor einem Gebäude, das aussieht wie eine Mischung aus Kaltem Krieg und bipolarer Euphorie. Über der Tür hängt ein Schild. Etwas schief. Wahrscheinlich, um authentisch zu wirken. Darauf steht der Name: »Le Sausage. Bei uns geht es um die Wurst, alles andere ist Käse.«

»Louise! Le Sausage! Das kann nicht dein Ernst sein.«

»Hihi, o.k., ich weiß, es ist beknackt, aber komm mit rein. Erstens kann es nicht schlimmer werden als in der bayerischen Provinz, und zweitens musst du irgendwie Kohle verdienen. Komm. Ich stelle dich dem Besitzer vor. Er sucht gerade neue Leute.«

Wir betreten Le Sausage. Die Einrichtung des Ladens kann als nicht vorhanden oder extrem funktional beschrieben werden. Der Besitzer sitzt in der Ecke, isst Pommes mit Mayo und Zwiebeln und trinkt dazu Bier mit Schnaps. Es ist zehn Uhr morgens. Als er Louise bemerkt, steht er auf und kommt auf uns zu. Er riecht wie eine sehr große Pommes.

»Louise, Mädchen. Na, bringst du mir ein neues Opfer?«

Er lacht, während ich noch den Scherz suche. Dann nimmt er sie in den Arm und drückt sie diverse Sekunden zu lang. Dazu macht er ein grunzendes Geräusch. Obwohl ich nicht in seiner Umarmung feststecke, verspüre ich den intensiven Drang, mich zu duschen.

»Opfer, Dan, nein, wir suchen doch noch Leute, oder? Ich bringe dir eine echte Wurstfachkraft.«

Dan, der Start-up-Wurstbudenchef, sieht mich leicht schielend an. Er wirkt wie eine sehr anstrengende Mischung aus Kapitalismus und notwendigem Detox.

»Hallo und servus, ich bin Dan. Du hast soeben die Zukunft betreten. Wir sind die erste Start-up-Wurstbude, die den Durchbruch an der Börse schaffen wird. Wir sind Co-Working-Space, Creative Lab und Thinktank, bei uns geht es um alles. Und um ehrlich zu sein, noch sehr viel mehr. Nämlich um die Wurst!«

Soll ich meinen Namen sagen, um mich vorzustellen, oder will er mir seine Wurstbude verkaufen? Denkt er, dass ich die Börsenaufsicht bin? Ich sehe Louise an, sie versucht sich an einem Lächeln oder verscheucht eine Fliege, die sich auf ihren Mundwinkel gesetzt hat.

»Cool. Also, genau, cool. Sucht ihr noch Leute auf eurem Weg zum Mond?«, frage ich.

Er ist kurz verwirrt. Dann lacht er sehr scheppernd.

»Ha, auf dem Weg zum Mond! Das gefällt mir. Notiere ich mir gleich. Wir brauchen immer Leute. Wir wachsen! Darum geht es. Und ...«

»Um die Wurst.«

Louise und ich vollenden seinen Satz, was ihn beinahe um den Verstand bringt.

»Du bist eingestellt!«

Er hat ganz eindeutig sehr oft »The Wolf of Wall Street« gesehen. Und ich habe einen Job. Keine Ahnung, woraus mein Job besteht und was dieser Laden für eine Existenzberechtigung hat, aber ich werde dank ihm meine Miete zahlen können.

»Ich muss weitermachen. Suche gerade noch einen Creative Director. Louise, du übernimmst das Einarbeiten, Vertrag machen wir dann auch, wenn Zeit ist. Du fängst als ›Junior Plate Carrier‹ oder, wie wir auch gerne sagen, ›Würstchen‹ an. The only way is up.«

Mit diesem tiefsinnigen Erguss lässt er uns zurück und setzt sich wieder vor sein MacBook. Er hat den Ton nicht leise gestellt, man hört Miauen und Scheppern. Vielleicht wird eine Katze der neue Creative Director. Louise und ich verlassen Le Sausage. Sie sieht mich an.

»Er ist furchtbar, ich weiß. Das Gute: Er ist die meiste Zeit so zugekokst, dass man eigentlich machen kann, was man will. Ab und an trinkt er einen grünen Tee, das ist sein Detox.«

»Woraus besteht unser Job?«

»Na, wir bringen Leuten Bier und Wurst. Das ist der Job.«

»Es ist also eine Wurstbude.«

»Schon, aber auch ein Start-up.«

»Es ist eine Wurstbude.«

»O.k., es ist eine Wurstbude.«

»Junior Plate Carrier? Louise, wann hat das Leben angefangen, so wahnsinnig bescheuert zu sein?«

»Vorgestern? Ich bin mir unsicher. So was pirscht sich doch immer an. Dann wärmt es sich am Kamin auf, ohne dass man es mitkriegt, und auf einmal springt es einem auf den Schoss. Da sitzt es dann und glotzt.«

»Wer hat denn heutzutage noch einen Kamin?«

»Du weißt schon, was ich meine. Egal. Du hast jetzt einen Job, der zumindest so geil klingt, dass du ihn in deinen Lebenslauf schreiben kannst. Nur aus diesem Grund haben alle Jobs doch jetzt so irre Namen. Damit jeder die miesen Jobs, die er macht, guten Gewissens in seinen Lebenslauf hacken kann, um sich für den nächsten miesen Job zu bewerben, ohne sich dabei wie der Versager vorzukommen, der er eigentlich ist.«

»Junior Plate Carrier.«

»Hat er gesagt, wann du anfangen sollst? Nein, oder? Egal. Du kommst einfach mit, wenn ich das nächste Mal arbeite. Dann zeige ich dir alles und stelle dich dem Koch vor. Er heißt Kalle, kommt aus Pakistan und ist aktuell der Einzige, der in der Küche arbeitet.«

Das ist also die aufregende Welt der Berliner Start-ups mit ihren jungen und aufgeschlossenen Teams. Der kreative Spirit, der durch die Hauptstadt jagt, um auf dem glatten Parkett der Realität zu schlittern und nach ein paar torkelnden Metern auf die Fresse zu fallen. Junior Plate Carrier. Weil es hier um die Wurst geht, auch wenn das Käse ist.

Noch 4 Jahre, 10 Monate und 12 Tage

Ein paar Tage später stehen Louise und ich wieder im Le Sausage. Es ist zehn Uhr in der Früh, alles wirkt schlierig und verschwommen. Gut möglich, dass ich auch einfach nur zu viel von Dans Kokainstaub, der noch durch die Luft schwebt, eingeatmet habe. Wir binden uns Schürzen um, auf die eine Wurst gedruckt ist. Sie sieht ein bisschen aus wie ein sehr fröhlicher Pimmel, der sich auf Geschlechtsverkehr freut. Darüber steht: Le Sausage. We put the sexy in Wurst. Louise sagt, dass sie sie nur anzieht, wenn Dan sehr nüchtern oder sehr dicht ist. Laut eigener Aussage fürchtet sie sich davor, dass auf einmal die Liebe ihres Lebens im Laden stehen könnte und durch die Wurst auf ihrer Schürze so verstört würde, dass sie schreiend das Weite suchte. Um zwölf Uhr mittags macht die Start-up-Wurstbude auf, was zur Folge hat, dass alle Angestellten aus den umliegenden Agenturen und Großraumbüros auf einmal im Le Sausage stehen und Wurst essen wollen. Heimlich. Irgendwie. Weil es natürlich eigentlich nicht ins Konzept des Healthy Living passt, sich mittags 1600 Kalorien aus ranzigem Fett und Wurst reinzudonnern. Um das schlechte Gewissen der Kundschaft einzudämmen, hat Dan Ingwer-Kurkuma-Shots für fünf Euro den Shot auf die Speisekarte gesetzt. Verstörenderweise funktioniert es. Nachdem wir uns beschürzt und den Spirit der Wurst verinnerlicht haben, gehen wir in die Küche, damit Louise mich Kalle vorstellen kann. Sie öffnet die Schwingtür und wird in der nächsten Sekunde von Kalle gedrückt. Warum umarmen sich hier immer alle so intensiv? Ich will niemanden intensiv umarmen.

»Kalle, sag Hallo zu einem neuen Würstchen in unserer Runde.«

»Hallo! Willkommen im Team.«

»Hey Kalle, freut mich.«

Ich schüttele ihm die Hand. Sie ist sehr warm und rutschig wegen des vielen Fetts in der Küche. Kalle heißt eigentlich Khalid, weil Dan das aber weltfremd und irgendwie schwierig auszusprechen findet, nennt er ihn Kalle. Khalid alias Kalle ist eine Mischung aus absoluter Müdigkeit und aufgepeitschtem Flickflack. Ich bin mir nicht sicher, ob er kurz davor ist, zu springen oder umzukippen. Er arbeitet durchgehend, vom späten Morgen bis zum frühen Morgen. Er nimmt alle Etappen des Tages mit. Die Agenturmenschen, die Nachmittagshungrigen und das gierige Partyvolk, das mit Wurst den Rausch aufräumt, um für mehr Rausch Platz zu machen. Er ist immer da, manchmal schläft er im Stehen vor seinem Grill ein. Da der Grill extrem heiß ist, verbrennt er sich dabei regelmäßig seine herabsackenden Finger. Mittlerweile dürften ihm die Fingerabdrücke komplett abhandengekommen sein. Louise hat sich eine Mate genommen und nascht Pommes.

»Also, es ist ganz einfach. Kalle macht Wurst und Pommes, die wir den Leuten bringen. Bier zapfen wir selbst. Du lernst die Preise auswendig, lachst über die dummen Witze der Typen, sie finden sich irre lustig und geben dir ein dickes Trinkgeld.«

»Klingt super.«

Es ist fünf vor zwölf und ich verkneife es mir, einen Scherz über diese symbolträchtige Uhrzeit zu machen. Louise sperrt den Laden auf und macht das Leuchtreklameschild über dem Eingang an. Le Sausage flackert. Draußen stehen bereits die ersten Gäste. 12 Uhr, deutscher Mittagstisch.

Noch 4 Jahre, 10 Monate und 6 Tage

Berlin taut ein bisschen auf, wenngleich ich seine Gepflogenheiten immer noch nicht wirklich verstehe. Doch das Summen der Unzufriedenheit bleibt. Dieser hochfrequente Ton, der alles andere durchdringt, egal wie laut oder leise das Geschehen ist. Ich arbeite an mehreren Tagen und Nächten die Woche in der Start-up-Wurstbude. Von einigen Gästen merke ich mir den Namen. Aus irgendeinem Grund finden sie das wahnsinnig cool. Den Rest meiner Zeit verbringe ich mit Louise oder herumschwirrend in der Stadt. Einen Plan, was ich eigentlich machen will, habe ich immer noch nicht. Ich rede mir ein, dass es egal ist, weil ich jung bin. Horizont erweitern. All diese Dinge. Mittlerweile ist Sommer. Die Luft riecht oft verheißungsvoll und beschwingt. Gelegentlich bin ich leicht. Manchmal spüre ich ein Flirren, schaffe es aber nicht, es zu packen, um mir etwas davon einzustecken. Insgeheim denke ich mir: Das ist nicht das eigentliche Leben, das kann es nicht sein. Kurze Momente des Frohsinns, viel Zweifel und Angst. Geht das allen so? Insgesamt verbringe ich zu viel Zeit damit, deprimiert zu sein und so zu tun, als wäre dem nicht so. Vielleicht denke ich, dass ich mich irgendwann selbst überzeugen kann, glücklich zu sein, wenn alle anderen glauben, dass ich es bin.

»Dreimal Curry mit Pommes rot-weiß Tisch 5. Dazu zwei Bier, eine Mate und vier Ingwer-Kurkuma-Shots.«

Kalle stellt die Bestellung vor mich. Ich fühle mich, als würde ich gerade aus dem Tiefschlaf aufwachen.

»Ist alles gut? Schläfst du?«

Sein Wesen setzt sich zusammen aus absurdem Leistungsdenken und immenser Gleichgültigkeit. Wenn er nichts zu tun hat, spielt er in der vier Quadratmeter großen Küche gegen sich selbst Cricket. Sehr oft kommt er nicht dazu, die Deutschen lieben Wurst noch mehr als ihre Haustiere. Kalle nicht. Er hasst Wurst.

»Klar, bringe ich. Ich hab nur gedöst.«

Ich nehme die Teller, balanciere sie zum Tisch und gehe dabei wie auf Eiern. Es besteht kein Zweifel daran, dass ich eine miserable Wurstfachkraft bin. Ich stelle die Teller mitsamt Essen leidenschaftslos ab und wünsche einen gesegneten Appetit. Als ich mich umdrehe, um in die Küche zurückzugehen, renne ich in jemanden hinein. Ich ächze und entschuldige mich. Eine Frau steht vor mir. Sie ist kleiner als ich. Ihre Augenbrauen sind geschwungene Torbögen, sie glitzert und sieht mich an. Wer ist das? Es gibt bessere Orte, um sich zu verlieben, als eine Start-up-Wurstbude, aber auch weitaus schlechtere. In einem Sumpf neben einem Krokodil zum Beispiel. Letztlich ist es egal. Neben der Frau steht Louise. Sie sieht mich etwas verwirrt an.

»Geht es dir gut? Sind wir Gespenster? Das ist Sam, wir studieren zusammen.«

Wir stellen uns vor. Ein leises Klicken ist zu hören. Ein Einrasten. Sam. Ich verhake mich. Sie scheint mich zu erkennen. Oder bilde ich mir das ein. Vielleicht ist sie nur sehr hungrig. Sie wirkt unbeständig wie der Himmel über der Ostsee. Schwer einzuordnen. Ich kenne sie drei Sekunden. Warum denke ich all diese komischen, überhöhten Dinge?

»Wollt ihr Wurst?«

Ich bin eine Flirt-Maschine. Wie kann es sein, dass ich Single bin? Wieso sage ich nichts Cooles oder Lustiges, sondern frage, ob sie Wurst wollen.

Sam lacht. Kann man nach einer Sekunde unsterblich verknallt sein? Ich versuche ebenfalls ein Lachen, es klingt, als hätte meine Zunge einen Unfall.

»Klar, gehen auch Pommes?«

Ich selbst bin der Unfall und komme mir vor, als läge ich kleinteilig verstreut vor den beiden.

»Pommes, sicher, ich gebe auch Pommes aus!«

Louise ist amüsiert. Mein Kopf wird rot und ich stolpere in die Küche.

»Kalle, ich muss jemandem Pommes schenken. Es ist extrem wichtig.«

Kalle ist nicht beeindruckt, greift mit beiden Händen in die siedend heißen Pommes und legt sie auf einen Teller.

Ich bedanke mich, nehme den Teller und gehe wieder zurück zu den beiden.

»Express-Pommes vom Würstchen-Express.«

Louise verdreht die Augen. Ich bin für sie so durchschaubar, als hätte ich meine Haut an die Garderobe gehängt. Sam nimmt die Pommes.

»Danke. Sag mal, magst du mit Louise nächste Woche auf meine Party kommen? Ich habe mir eine Tätowiermaschine geschenkt. Wir wollen uns betrinken und uns schlechte Tattoos stechen.«

»Das klingt fantastisch. Schlechte Tattoos kann ich. Niemand zeichnet schlechter als ich.«

Flirt-Maschine. Niemand zeichnet schlechter als ich ...

»Cool. Dann um acht? Louise weiß, wo ihr hinmüsst.«

Ich bin seit ein paar Monaten in Berlin. Manchmal ist das Leben leicht und verständlich wie Grundrechenaufgaben. Sehr viel öfter kapiere ich es nicht.

Noch 4 Jahre, 7 Monate und 30 Tage

Louise und ich stehen auf der Punkt-Punkt-Strich-Konferenz. So nennt Sam ihre Party. Überall sind Menschen und Bier, Dunst und Musik. Von der Straße dringt Sommer ins Zimmer. Es ist hell. Es wird noch Stunden hell sein. Die Dunkelheit spart sich für den Winter auf, damit sie dann mit voller Kraft zuschlagen kann. Gerade ist nichts dunkel. Unter der Decke schwebt Frieden. Sanft wabert er über den Köpfen der versammelten Ausgelassenheit. Ich bin unruhig und versuche, Sam zu entdecken. Um nicht umzufallen, halte ich mich an meinem Getränk fest. Louise und ich haben zu Hause vorgeglüht. Wahrscheinlich wollte sie in erster Linie, dass ich den Mund voll habe, um sie nicht ständig mit Fragen nach Sam zu löchern. Dann sehe ich sie. Inmitten einer Gruppe. Sie hebt sich von ihnen ab, kommt mir wie ausgestanzt und dazugeklebt vor. Zu ihrer Jeansweste trägt sie einen Rock. Ich kann meinen Puls spüren und schließe nicht aus, dass ich einen Herzinfarkt habe. Sie bemerkt uns und kommt her. Zur Begrüßung umarmt sie mich. Sie riecht nach Rausch, irgendwas auf einer Wiese und Beton. Wie riecht Beton? Ich habe keine Ahnung, warum ich finde, dass sie wie Beton riecht. Ist das gut oder schlecht? Ihre Nase ist nah an meinem Hals. Müssten wir nicht eigentlich wieder loslassen?

»Wie gut du riechst«, sagt sie.

»Das ist auch eines meiner Hauptziele im Leben. Gut zu riechen. Also für andere. Nicht das Riechen mit der Nase. Du weißt schon.«

Sie sagt nichts, grinst nur. Ihre Zähne sehen aus wie Perlen. Ihre Hand streift wie zufällig über meinen Arm, sie durchdringt mich und reißt Löcher in alle Vorstellungen, die ich von mir hatte.

»Habt ihr genug zu trinken? Wollt ihr euch tätowieren? Die Maschine ist da in der Ecke.«

»Louise, willst du ein Tattoo? Ewige Freundschaft und so? Soll ich uns einen Strich tätowieren?«

»Ewige Freundschaft!«

Ich schaue Sam an. Blitzendes Perlenlächeln.

»Magst du auch einen?«

»Einen Strich? Wofür soll der stehen?«

»Das ist kein Strich, das ist ein Herz, das sich ausstreckt und kurz ausruht. Komm.«

Sie kommt mit. Auf den drei Metern zur Maschine ein Schnaps. Wir sind angezündet und glimmen vor uns hin. Louise, Sam und ich. Mehr Schnaps. Ich nehme die Maschine in die Hand. Leicht und schwer zugleich. Wie geht das? Sie kippt in meiner Hand nach vorne. Sam setzt sich vor mich, zieht ihren Ärmel nach oben. Ihre Haut ist so weich und glatt. Die Innenseite ihres Arms fühlt sich an wie der Bauch eines kleinen Hundes. Ich muss lachen, tunke die Nadel in Tinte, umschließe mit der einen Hand ihren Kleiner-Hund-Arm und setze an, um den Strich zu ziehen.

»Hast du das schon mal gemacht?«

»Nein. Noch nie. Aber wie schwer kann ein Strich sein?«

»O.k., mach.«

Nadel in die Haut graben, Tinte fließt, es surrt, wie laut Tätowiermaschinen sind, dann ziehe ich einen Strich in meine Richtung. Nicht ganz gerade, etwas löchrig.

»Das ausgestreckte Herz hat Löcher.«

»Klar, wie soll sonst irgendwer reinkommen?«

Louise nimmt die Maschine, trinkt mehr Schnaps und pflanzt mir einen Strich auf den Arm. Wir wechseln uns ab. Am Schluss haben wir alle je einen Strich auf unseren Armen. Nebeneinander. Krakelig.

»Vielleicht kann ich jetzt nicht mehr Bundeskanzlerin werden.«

»Louise, klar kannst du das. Welche Bundeskanzlerin regiert denn im Muskelshirt? Also ... außer Putin.«

Sam setzt sich auf meinen Schoß. Legt ihren Arm um mich. Es kommt mir vor, als würde ich aushärten. Stocksteif sitze ich da und bemühe mich zeitgleich, mir nichts anmerken zu lassen. Ich vermeide jede Bewegung, weil ich hoffe, dass sie dadurch vergisst, je wieder aufzustehen. Wie viel Zeit ist vergangen? Und wo ist sie überhaupt hin? In eine Ecke des Raums gerutscht, wo man sie gut übersehen und vergessen kann? Vor den Fenstern dämmert es. Wird es dunkel oder schon hell? Meine Beine sind eingeschlafen. Ich bin wach. Alles kribbelt. Als hätte jemand Limo in mich gekippt und mich geschüttelt.

»Ich glaube, ich muss mal ins Bett.«

Louise sieht mich an. Sam steht auf, streckt sich und sieht ihren Arm an. Drei Linien.

»Ich auch. Kommt ihr gut nach Hause?«

»Klar, ist doch nicht weit.«

Louise zieht sich ihre Jacke an, gibt mir meine, macht die Wohnungstür auf. Wir sind die letzten Gäste. Ich drehe mich zu Sam.

»Darf ich dich noch nach Hause bringen?«

Sie lacht. Wieder die Perlen.

»Ich wohne hier.«

»Ah, richtig. Dann sind wir schon da. Bitte schön.«

Louise zieht mich nach draußen. Ein Vogel macht sich über uns lustig. Die Helligkeit ebenso. Die Luft lässt mich auf einen Schlag noch betrunkener fühlen. Der Boden flirrt, alles ist zu grell. Louise hakt sich unter, sieht mich an.

»O.k., Sam, also ...«

»Puh. Louise, ich bin sehr betrunken, aber ich glaube, manche Begegnungen verändern einen für immer. Weißt du, was ich meine? Sie setzen dich neu zusammen, malen auf, was oder wer du sein könntest. Drängen dich in Richtungen, die vorher auf keiner Landkarte eingezeichnet waren. Heben dich in Höhen, die dich erst verstehen lassen, was Tiefe und Fall bedeuten. Denkt man dann an sich zurück, wie man vor dieser Begegnung war, erinnert man sich nicht. War man das wirklich? Wer ist Kopie und wer Fälschung? Bin ich das? Du sieht nur Umriss und Hülle. Aber die Füllung? Keine Ahnung! Es gibt viele Menschen, die dich streifen, die ohne Folgen bleiben, die nicht daran rütteln, wie du bist. Aber manchmal, ganz, ganz manchmal, kommt es vor, dass die Wucht eines Menschen sich in all deinen Fasern verteilt, und du wirst es nie schaffen, dich komplett davon zu befreien, weil es einfach zu viele kleine Fitzel sind. Das war so eine Begegnung. Inmitten von Lärm und Bier.«

»Alter ... what? Du kennst Sam seit ungefähr drei Minuten und bist zudem rabenvoll. Was hältst du von Schlaf?«

Noch 4 Jahre, 7 Monate und 25 Tage

Die kommenden Tage werde ich nicht nüchtern, egal, wie viel Wasser ich in mich schütte. Überall ist Sam. Alle Frauen sehen aus wie sie. Alle Hunde. Alle Bäume. Wie schön die Bäume auf einmal sind. Meine Füße berühren kaum den Boden, weil ich so leicht bin. Beim Arbeiten fällt mir alles runter, ich stolpere und schaue alle drei Sekunden auf mein Handy. Als endlich eine Nachricht von Sam kommt, taumle ich und stütze mich aus Versehen auf dem Grill ab.

»Wie geht es dir? Kannst du immer noch so gut riechen?«

Liebe ist eine herausragend komische Erfindung. Viele Beziehungen bauen darauf auf, obwohl sie ohne jegliche Bedienungsanleitung kommt. Was will man von ihr? Wieso rennt man so hirnrissig hinter ihr her? Das Verliebtsein hat sich auf die wackeligen Reste meines Verstands gesetzt und raubt ihm die Luft. Ich antworte.

»Ich bin immer noch sehr gut darin! Übrigens kann ich auch sehr gut mittelmäßigen Wein mit wunderschönem Etikett aussuchen!«

Sie antwortet:

»Haha, das klingt gut. Wollen wir das ausprobieren? Wir treffen uns und trinken immer das schönste Getränk?«

»Ich bin dabei!«

Ist das ein Date? Habe ich ein Date? Wir machen eine Zeit und einen Ort aus. Legen Punkte fest, die nur wir beide verbinden können.

Viel zu früh stehe ich an unserem Treffpunkt, schaue immer wieder auf die Uhr, zähle Papierschnipsel, die auf der Straße liegen, übe meinen Begrüßungssatz und zupfe meine Jacke zurecht. Obwohl ich nur herumstehe, fühle ich mich außer Atem. Kann man am Verliebtsein sterben? Es fühlt sich so an. Ich hätte mehr Shakespeare lesen sollen. Der wüsste das mit Sicherheit. Dann höre ich ein Klackern, Absätze, schneller Schritt. Ich schaue nach rechts und sehe Sam. Mein Herz rumpelt. Sie lächelt mich an. Ich vermute, dass sie die schönste Frau ist, die ich jemals gesehen habe. Niemand glitzert so wie sie. Dieses Funkeln. Sie ist alle Farben, die es vielleicht gar nicht gibt. Die vielleicht noch gar nicht entdeckt worden sind. Was war noch mal mein Begrüßungssatz? Ich erinnere mich nicht. Sie steht vor mir. Wir umarmen uns. Nicht zu kurz, nicht zu lang. Wohldosiert. Sie sieht mich an.

»Hallo, du. Lange nicht gesehen.«

Lange nicht gesehen. Wo habe ich den Begrüßungssatz hingelegt? Die paar coolen Worte, die ich zusammengerafft hatte, um sie als Girlande über unser Wiedersehen zu hängen.

»Hallo. Ich habe deine Schuhe schon von Weitem gehört.«

Was sage ich da? Das war definitiv nicht der coole Satz, den ich mir stundenlang überlegt hatte. Wer sagt so was? Sam lacht.

»Lass uns das schönste Etikett suchen gehen. Zeig mal dein Tattoo. Mein Strich sieht spitze aus.«

Ich muss lachen. Kurzes Glucksen, dann springen wir ohne Anlauf in den Abend und jagen los. Zwei Scherben, die sich in der Nacht festtreten. In der ersten Bar wattieren wir unsere Nüchternheit, benetzen sie, bevor wir sie rabiat ersäufen. Bier auf Bier. Schnaps auf Schnaps. Als hätten wir ewig nicht getrunken, schütten wir in uns, was geht. Der Rausch breitet sich aus. Leichtes Drehen. Alles scheint satter und prächtiger. Voller und schöner. Sie sieht mich an. Richtet all ihr Strahlen auf mich. Es gibt sonst niemanden. Ich habe alle anderen Menschen verlernt. Tunnelblick. Auf in die nächste Kneipe. Sie hakt sich bei mir unter. Mein Arm taut und schmilzt an ihr. Mehr Getränke. Bier, Bier, Bier. Schnaps setzt sich eine Krone auf und wackelt. Die Musik so laut, dass wir uns unser Interesse ins Gesicht schreien müssen. Irgendwann, wie zufällig, streift ihre Hand mein Bein, kehrt zurück, ruht sich dort von getätigten Gesten aus. Ich bin Feuerwerk oder Unfall, Sams Augen sind gebannt auf mich gerichtet. Dann schrumpfen die Zentimeter zwischen uns. Wir sind dicht an dicht. Wir verwildern zusammen, keine Luft dringt zu uns vor, wir verwickeln und ranken uns ineinander. Zwei Bäume, die zusammenwachsen. Zeit gibt es nicht mehr. Wer hat die denn erfunden? Noch ein Schnaps. Wer hat den denn erfunden? Dann eine Frage: Darf ich dich küssen? Was antworte ich? Antworte ich? Wörter fahren auf der Transportfläche eines Lasters irgendwo nach Spanien. Etwas Sonne tanken. Wir küssen uns. Ich sitze in einer Bar in Berlin und flackere vor mich hin. Brenne und erfriere im Sekundentakt. Dann gehen wir zu ihr. Verhaken uns bis zum nächsten Tag und tun so, als gäbe es nichts anderes. Kein Draußen. Kein Gestern. Keinen Morgen. Viel früher als sie wache ich auf, ziehe schnell Teile meiner Kleidung an, weil ich nicht verkatert und nackt sein will. Danach liege ich still und höre ihrem Atmen zu, weil ich sie nicht wecken will. Weil ich nicht möchte, dass der Taumel vorbei ist. Nach Minuten, Stunden oder Wochen wacht sie auf. Sieht mich verhangen an und braucht eine Sekunde, bis sie in der gemeinsamen Gegenwart ankommt. Etwas heiser sagt sie:

»Hallo. Ich habe einen ganz schönen Schädel auf. Vielleicht haben wir ein bisschen viel getrunken.«

Sie tippt mit ihrem Finger an meine Nase.

»Ich habe mal gehört, dass Trinken sehr wichtig ist.«

»Ich glaube, damit ist nicht zwingend Bier gemeint. Oder Schnaps. Ich gehe mal kurz duschen. Willst du einen Kaffee?«

»Klar, Kaffee klingt gut.«

»Vielleicht bleibe ich aber auch einfach liegen.«

Sie rutscht näher an mich und legt ihren Kopf auf meine Schulter. Wir atmen genau gleich. Kopieren das Auf und Ab. Hoffentlich vergisst sie das mit dem Kaffee und bleibt die nächsten Jahrzehnte einfach hier mit mir liegen. Ich hatte sowieso nichts vor.

»Das war ein schöner Abend gestern. Also, eigentlich nicht der Abend, sondern wir. Wir waren schön.«

»Fand ich auch. Sehr schön. Sag mal, kann es sein, dass du aus irgendeinem Laden ein Skelett mitgenommen hast, das da rumstand?«

Wir schauen zeitgleich in die Zimmermitte, wo ein Skelett mit Hut und einem riesigen Pimmel steht.

»Oh. Was. Warum hat das Skelett einen Pimmel?«

»Weil das Patriarchat nicht totzukriegen ist?«

Sam fängt an zu lachen, ich sehe die Perlen in ihrem Mund, alles an ihr gluckst. Wie kann jemand so fantastisch sein. Die nächsten Tage hängen wir bei ihr rum, heften uns ans Revers des anderen und nehmen erst wieder an der Welt teil, als ich zum Arbeiten ins Le Sausage muss.

Noch 4 Jahre, 7 Monate und 15 Tage

Es gibt kein besseres Essen als Pommes. Das soll auf meinem Grabstein stehen.«

Louise und ich sind im Freibad. Hochsommer in Berlin. Höchster Sommer. Mehr Sommer geht nicht. Ich denke an Sam. Sie ist in der Uni. Ich hätte sie gerne hier, weil dann alles wahnsinnig viel mehr Sinn macht. Seit unserer ersten Nacht vor einigen Wochen haben wir uns beinahe täglich gesehen. Eigentlich könnten nur größere Naturkatastrophen uns aktuell davon abhalten, uns zu treffen. Meine Schwere ist verschwunden, ich bin merkwürdig froh und fühle mich erstaunlich passend. Macht Liebe wirklich alles gut? Kann es so einfach sein? Die Rast- und Ratlosigkeit sind passé, ich vergesse öfter, dass es mich gibt und wie wenig ich mich mag, weil ich stattdessen an Sam denken kann. Als wäre sie das Gegengift, das den Hass in mir in Schach halten kann. Louise hat eine XXL-Portion Pommes vor sich. Sie findet, dass Pommes nirgends so gut schmecken wie im Freibad, daher schleift sie mich nach jeder unserer Schichten ins Schwimmbad um die Ecke. Schwimmen ist für sie auch o.k., aber in erster Linie geht es ihr um die Pommes. Aus der Start-up-Wurstbude direkt ins nächste Fast-Food-Inferno. Es ist voll, laut und überdreht. Die Jugendlichen verhalten sich, als wäre ihnen am Eingang in rauen Mengen Speed in die Nase gestopft worden. Alles ist schneller. Lauter. Und weiter. Sie strecken sich nach den Verheißungen des anderen Geschlechts und kommen nicht heran. Das andere Geschlecht. Komische Formulierung.

»Auf deinem Grabstein? Warum machst du dir denn jetzt Gedanken über deinen Grabstein? Du lebst mindestens noch 90 Jahre.«

»90 Jahre? Das klingt utopisch. Abgesehen davon kann ich mir nicht vorstellen, Pommes irgendwann mal nicht mehr gut zu finden.«

»Verstehe.«

»Sag mal, ich weiß, du liebst deinen Schneeanzug. Aber willst du nichts ausziehen? Es hat über 30 Grad.«

»Mir ist nicht heiß und ich will keinen Sonnenbrand bekommen.«

Ich trage ein T-Shirt, einen Pulli, ein Cap und eine lange Hose. Die aktuelle Temperatur liegt bei 34 Grad im Schatten. Wir sitzen in der prallen Sonne. Ich hinterfrage nicht, warum das so ist. Irgendwie war es schon immer so. Meine Kleidung haftet magnetisch an mir. Angetrieben durch den Ekel, den der massige Körper in mir auslöst. Ich wünschte, ich hätte längere Arme, um weniger mit mir zu tun zu haben, wenn ich mich doch mal anfassen muss. Um mich zu kratzen oder so. Seit das mit Sam und mir geht, ist das Tosen zwar leiser geworden, aber verstummt ist es nicht. Nacktsein finde ich einfach nicht richtig überzeugend. Nur irgendwie komisch, dass Sam sich nicht ekelt.

»Na gut. Aber nicht, dass du umkippst. Ich gehe eine Runde schwimmen. Kommst du mit?«

Wir waren tausendmal hier und nie bin ich ins Wasser mitgekommen. Irgendwie nett, dass Louise trotzdem noch jedes Mal fragt.

»Nee, ich habe doch diese Teenager-Allergie. Ich schwimme grundsätzlich nur nachts, wenn nichts los ist.«

Wie sich das Wasser wohl auf der Haut anfühlt? Ich würde gerne schwimmen. Mich tragen lassen und auf der Wasseroberfläche schweben. Die Trennlinie sein zwischen Trocken und Nass. Aber nicht mit diesem Koloss-Leib. In mein Denken mischen sich Wassertropfen. Louise steht vor mir und schüttelt sich.

»Bitte, ein wenig Abkühlung. Auch wenn dir nicht heiß ist, schon klar. Das Wasser besteht zu 80 Prozent aus Sonnenmilch, glaube ich. Die restlichen 20 Prozent sind Teenagerhormone.«

»Danke, Louise. Da bekomme ich richtig Bock zu baden.«

»Erfrischend war es schon. Auch wenn ich mich jetzt vielleicht in Desinfektionsmittel legen sollte.«

Den Rest des Nachmittags verbringen wir bräsig wie vollgefressene Großkatzen in einer ruhigeren Ecke des Freibads. Ich erzähle ausgiebig davon, wie toll Sam ist, Louise schwärmt von ihren Pommes. Um Viertel vor acht erklingt die Durchsage, dass das Bad in 15 Minuten geschlossen wird.

»Das Schönste am Sommer, neben Pommes, ist der Sonnen-Sonnenmilch-Haut-Geruch. Warum gibt es kein Parfum, das so riecht? Ich würde es kaufen. Essen wir noch irgendwo ein Eis?«

»Unsere Ernährung ist eine Katastrophe, Louise. Wir ernähren uns wie Fünfjährige, die man in einem Supermarkt vergessen hat.«

Beim Ausgang reihen wir uns in den Strom der Menschen, die ihren Tag im Freibad lassen. Freundlich und frei. Sorglos und aufgewärmt. Der Sog der Masse nimmt uns auf und zieht uns nach draußen. Wir sind die Letzten, die Türen werden hinter uns zugeschlossen. Das Schwimmbecken liegt ruhig da. Komplett leer. Ausdruckslos, als hätte es die Turbulenzen des Tages nicht mitbekommen. So wirkt es viel größer. Wann war ich das letzte Mal schwimmen? Wir treiben die Straße entlang, kaufen uns auf dem Weg Bier und Eis und konsumieren es gleichzeitig weg. Es dämmert und das Licht zeichnet uns Orange auf die Wangen. Wir sehen aus wie leicht verschämte Clowns. Berlin im Hochsommer stinkt und ist verheißungsvoll aufgeschäumt. Der Übermut dotzt an alles und jeden. Auch an uns.

»Sag mal, vorhin meintest du, dass du nur nachts schwimmen würdest. War das ernst gemeint?«

»Wo willst du denn jetzt schwimmen gehen?«

»Na, im Freibad. Bist du noch nie nachts ins Freibad eingestiegen?«

»Nein, hätte ich das tun sollen?«

»Natürlich, es ist das Beste.«

»Ich dachte, Pommes sind das Beste.«

»Meine Güte, dann eben das Zweitbeste, du Pedant. Komm.«

Der Tag hat sich abgekühlt, ist aber immer noch fiebrig heiß. Meine Kleidung ist verschwitzt, alles an mir klebt. Schwimmen wäre sicher schön. Übermut und Verdrängung küssen mich auf die Wange.

»O.k., gut.«

»Ehrlich? O.k.! Ich bin begeistert. Ich kenne eine Stelle, an der der Zaun kaputt ist. Und die Hunde sind sicher auch noch müde vom Tag.«

»Die Hunde?«

Eine halbe Stunde später klettern wir über den Zaun. Angeschickert und sommerleicht. Ist man so oft betrunken, wenn man jung ist, weil man hofft, dass der Alkohol die Jugend irgendwie konserviert? Das Gras ist warm und stachelig, weil alles so trocken ist. In der Luft der Geruch von Chlor und Barbecue. Es gibt drei Becken. Wir pirschen uns zu dem, das am weitesten vom Eingang entfernt ist. Alles ist still. Nur von außerhalb des Zauns dringt das Lärmen der aufgeheizten Stadt zu uns. Louise sieht sich um. Dann zieht sie ihr T-Shirt und ihre Hose aus.

»Jetzt du. Komm, ab ins Wasser.«

Es ist dunkel. So dunkel, dass ich beinahe vergesse, dass es mich und meinen Körper gibt. Wie schön, dass sich die Welt manchmal auflöst wie Brause in einem viel zu großen Glas. Nur noch Spuren, die mich an mich erinnern. So undeutlich, dass sie quasi nicht mehr nachzuweisen sind. In einer homöopathischen Dosis ist der Körper o.k. Also los. Ich ziehe die Hose aus, den Pulli, das T-Shirt, das Cap. Luft an der Haut. Mein Körper atmet auf. Wenn ich nicht nach unten schaue, dann gibt es mich nicht. Es platscht. Louise ist im Wasser. Hinterher. Im Wasser bin ich noch weniger ich. Ich springe. Schwerelos. Eine Sekunde fliegen. Dann Kälte, überall Wasser, alles dumpf. Kurz kann ich nicht einatmen, weil die Kälte mich so überrascht. Dann tauche ich auf, schnappe nach Luft. So kann man sich also fühlen. Diese Variante von Leben gibt es auch. Ich schwimme ein paar Züge, dann drehe ich mich auf den Rücken. Wo beginnt der Himmel bei all dem Schwarz um mich herum, wo höre ich auf. Ich gleite ganz leise und vergesse, dass ich mehr bin als die paar Gedanken, die mich ausfüllen.

»Siehst du, Schwimmen ist herrlich. Vielleicht ist es sogar wirklich besser als Pommes.«

Louise treibt neben mir auf dem Rücken. Ich habe sie nicht kommen gesehen. Schade, dass ich Haut habe, sonst könnte ich mich mit Gegenwart vollsaugen und auf den Grund sinken. Wir schwimmen Bahn um Bahn, floaten wie zwei vergessene Poolnudeln und sind dabei möglichst leise, um nicht entdeckt zu werden. Als uns kalt wird, schwimmen wir an den Rand und stemmen uns heraus. Durch die Anstrengung fühlt sich mein Körper doppelt so schwer und realistisch an wie zuvor. Die Leichtigkeit ist fort. Die Schwere ist zurück. Die Hitze. Meine verschwitzte Kleidung. Was ist los? Ich bin doch glücklich. Schnell an Sam denken. Sam macht die Welt gut. Sam macht die Welt erträglich. Wir ziehen uns an. Meine Kleidung kommt mir zu eng vor. Als Louise und ich zu Hause ankommen, steht Sam vor der Tür. Sie umarmt mich. Louise verdreht die Augen.

Wir lachen. Wie man immer lacht, wenn man denkt, dass

alle anderen die Liebe halt nicht verstehen. Bis die Liebe irgendwann über einen lacht. Im Bett rieche ich noch immer nach Chlor und Sonne. Sam liegt neben mir und atmet meine komischen Gedanken von vorhin ein und alles ist gut. Bis es nicht mehr gut ist.

Noch 4 Jahre, 5 Monate und 19 Tage

Manchmal, wenn Dan dem Kokain besonders ausgiebig gefrönt hat, schreibt er ellenlange Texte, die er irgendwelchen Agenturdeppen als inspirierend verkauft. Er benutzt oft den Ausspruch #blessed. Vielleicht ist das genug, um als Start-up zu gelten. Um den Teamspirit im Le Sausage hochzuhalten, hat er vor einer Woche ein Team-Event angekündigt. Louise und ich überlegen, was er vorhaben könnte. Wir treffen uns zu einer absurden Uhrzeit. Es ist halb sechs Uhr. In der Früh. Im Le Sausage arbeiten bis auf Kalle und Dan ausschließlich Frauen. Und ich. Keine Ahnung, als was Dan mich einordnet. Seiner Meinung nach machen weibliche Bedienungen mehr Umsatz. Insgesamt sind wir zu zehnt. Dan steht vor uns und führt sich auf, als wäre er der Vorstand eines Großkonzerns. Sein Schnurrbart ist von weißem Staub durchzogen.

»O.k., Girls und Kalle. Willkommen alle zusammen. Damit wir ein noch geileres Team werden, habe ich mir was überlegt. Unsere Performance ist top, aber ihr wisst, es geht immer noch besser. The sky is the limit! Wenn man mit den Besten einer Branche arbeiten will, muss man sich herausfordern. Jeden Tag aufs Neue!«

Die Besten einer Branche? Was denkt er, dass er arbeitet? Ich mache heimlich ein Foto von ihm und schicke es Sam. Dan hat sich auf eine der Sperrholzbänke gestellt. Als er sich kurz umdreht und bückt, sieht man seine Arschritze. Performance ist top, stimmt. Louise mampft Pommes und kichert. Kalle sieht sich eine Wurst an, die er aus irgendeinem Grund in seiner Handschuhhand hält. Die anderen sitzen herum und sprenkeln den Raum mit Desinteresse oder versuchen krampfhaft, wach zu bleiben. Der Enthusiasmus hält sich definitiv in Grenzen. Das interessiert das Kokain in Dan herzlich wenig. Es springt begeistert auf und ab und schlackert mit den Armen.

»O.k., o.k. Also, habt ihr genauso viel Bock wie ich? Klar habt ihr das, merke ich doch. Ich spanne euch nicht länger auf die Folter. Passt auf! Wir. Gehen. Jetzt. Zur. Morning. Rave Before Work Party. Wie geil ist das! Habt ihr Bock? Los geht's!«

Berlin nutzt wirklich jeden Krümel Zeit, den der Kapitalismus beim Abbeißen auf den Boden hat fallen lassen, und feiert jetzt vor der Arbeit. Nicht wirklich, um zu feiern und zu vergessen, dass man einer dummen Arbeit nachgeht, sondern um sich für die dumme Arbeit aufzuputschen. Mehr Leistung, mehr Einsatz, alles fürs Team. Bevor die aufgepeitschten Massen sich in ihre Start-up-Fabriken drücken, exen sie Grünkohl-Smoothies und raven. Und das will Dan uns als Team-Event unterjubeln. Ist das Beste an Team-Events nicht, dass es so viel Alkohol gibt, dass man vergisst, dass man an einem Team-Event teilnimmt? Louise sieht mich an und verdreht derart die Augen, dass ich mich frage, ob ein Dämon in sie gefahren ist. Aber wer sollte Dan, den Performance-Teufel, stoppen? Er schreit noch mal laut seine Begeisterung in den Raum und ruft ein Großraumtaxi. Die Hälfte der anwesenden Belegschaft ist eingeschlafen und wird von der Hysterie des Amphetamin-Großmeisters aufgeschreckt. Wir stopfen uns ins Taxi wie ein Haufen Clowns, die eine Zirkusnummer proben wollen, und werden zu einem Fabrikgelände gekarrt. Es ist so früh, dass nicht mal Dealer vor dem Gelände unterwegs sind. Dan tanzt voraus, in der Ferne ist dumpf ein Beat zu hören. Immer wenn er die Arme hochreißt, blitzt seine Arschritze auf. Ich schaue auf mein Handy. Sam hat mir ein GIF eines onanierenden Affen geschickt. Louise gähnt. Vor der Tür ist eine Schlange. Es ist sechs Uhr morgens. Niemand schwankt. Alle stehen kerzengerade, gut gelaunt und höflich vor dem Eingang. Als würde die Party direkt in ihrem Arbeitszeugnis vermerkt werden. Performance über allem. Wenn mir jemand sagen würde, dass Start-ups direkt aus dem Dünndarm des Bösen stammen und dadurch entstanden sind, dass es einmal kräftig auf Berlin geschissen hat, würde ich es sofort glauben. Dan begrüßt den Türsteher und wischt mit dem Arm undeutlich in unsere Richtung. Wir gehen an den Wartenden vorbei und betreten die Party, niemand pöbelt, alle sind sehr verständnisvoll. Ich antworte Sam mit einer kotzenden Katze. Die Halle ist riesig, in der Mitte springen Menschen auf und ab. Sie sehen aus, als machten sie Herz-Kreislauf-Training. Dabei jauchzen sie. Rechts ist die Yoga-Area. Eine Frau windet sich und stöhnt dabei sinnlich, was man nicht hört, aber sieht, weil ihr Mund sperrangelweit geöffnet ist und ihr Zwerchfell sehr kontrolliert auf und ab zuckt. Ein Typ in Pluderhose dehnt sie betont körperlich. Ihre Dreadlocks verfangen sich kurz ineinander. Ein zärtlicher Moment der weißen Weltbürger. Links gibt es Smoothies und irgendwas mit Chakren. Am Ende der Halle kann man sich massieren lassen. Gleich daneben ist die Chillout-Zone. Dan dreht sich um. Seine Pupillen sind so groß wie die Tanzfläche.

»Da sind wir! Smoothies gehen, wie gesagt, auf mich. Hier sind eure Marken. Und als besonderen Bonus fangen wir mit der Frühschicht heute eine halbe Stunde später an. Ihr könnt also volle vier Stunden raven und richtig die Sau rauslassen. Ich muss jetzt mal kurz aufs Klo, der viele Kaffee ...«

Er zieht die Nase hoch und springt davon. Der Rest von uns steht müde und verwirrt in der Nähe des Eingangs. Niemand kann sich für Yoga, sportliches Tanzen, sinnliche Hippies, Smoothies oder von sich selbst berauschte Arbeitsbienen begeistern. Auf einmal zieht Louise eine Flasche Korn unter ihrer Jacke hervor und grinst über ihre Müdigkeit hinweg.

»Frühstück?«

Wir gehen in eine Ecke. Kalle, Louise und ich. Der Rest der Belegschaft verteilt sich oder verschwindet. Louise nimmt einen Schluck aus der Flasche, danach Kalle, dann ich. Rabiates Frühstück. Faustschlag statt Händeschütteln. Schluck für Schluck macht es mehr Sinn, um kurz nach sechs Uhr morgens in einer strahlend hellen Smoothiehölle zu stehen. Wo ist das Schummrige? Das Abgedunkelte des Nachtlebens? Hier ist nichts geheimnisvoll und verwunschen. Alles ist beleuchtet, als hätte jemand seine Kontaktlinse verloren und alle wollten beim Suchen helfen. Wie soll man sich auf so einer Party verlieren? Dem Rausch in die Arme fallen und nicht wissen, wohin er einen schleudert? Noch ein Schluck. Der Korn greift uns unter die Arme. Kalle summt und wippt vor und zurück. Louise spielt Luftgitarre. Warum auch immer. Wir sehen Dan auf der Tanzfläche. Er schwitzt noch stärker als der Rest. Dauernd fasst er sich an die Nase, als hätte er Sorge, sie auf der Tanzfläche zu verlieren. Nach einer kurzen Ekstase verschwindet er wieder Richtung Klo. Wir frühstücken unseren Korn. Dan kehrt zurück und klettert auf eine der Boxen, er zieht sein Shirt aus. Es ist leicht zu erkennen, dass sein Herz nicht in erster Linie für Grünkohl, sondern für Wurst schlägt. Sein Bauch wippt auf und ab. Er wirkt wie ein Splitter in dieser seligen Gesellschaft. Mit jedem Wuhu treibt er sich tiefer in die Haut der Anwesenden. Louise hat die Idee, den Korn mit irgendeinem Smoothie zu strecken, und verschwindet Richtung Grünkernstand. Wo ist eigentlich Kalle? Ich stecke die Hände in die Taschen und bemühe mich, sehr unauffällig betrunken zu sein. Auf einmal steht Dan neben mir. Flackernd und schwitzend. Mittlerweile dürfte er zu 90 Prozent aus Kokain bestehen. Er fixiert mich und scheint sich zu sammeln. Während sein linkes und sein rechtes Auge sich unterschiedlichen Ecken der Halle widmen, lehnt er sich in meine Richtung und verkündet:

»Weiß du, was ich mich frage? Was kann ich tun, damit ich dich mag?«

Ich versuche, Louise zu finden, kann sie aber nicht sehen. Seine Frage ist verzwickt. Ich überlege, ob ich ihm ein Reduzieren seines Kokaingenusses nahelegen oder ein Ableben empfehlen sollte.

»Lächle mal mehr. Und trag nicht immer diese unförmigen Klamotten. Manchmal weiß ich gar nicht, ob du nicht eigentlich ein Typ bist. No offense! Ich sage es nur. Weil ich dich mögen will!«

Warum gehe ich nicht einfach, sondern höre mir diesen Scheiß an? Plötzlich ist Louise wieder da. Sie wankt etwas, als würde ein leichter Wind sie schaukeln. Sie bemerkt, wie starr ich bin. Eissäule in der Partycrowd.

»Was geht, alles klar? Dan, Kalle hat eine Frage in Sachen Wurst und Grünkohl. Du sollst kommen, er braucht Rat.«

»Ah, was! Natürlich. Ich bin die Ecke aller Räume und weiß alles!«

Die neue Mission und das brodelnde Kokain packen Dan und peitschen ihn weg von uns, um den nächsten Wehrlosen zu irgendwas zu bekehren.

»Was war das denn? Hat er dir eine Gehaltserhöhung angeboten?«

»Nö, er hat mir gesagt, wie kacke er mich findet.«

»Was? Warum?«

»Keine Ahnung.«

»Du brauchst dir doch nicht von einem Wurstbudenbesitzer mit Koksproblem anhören, dass er dich scheiße findet.«

»Start-up-Wurstbude.«

»Dieses Arschloch.«

»Ach, egal. Er ist ein zugekokster Trottel. Ich glaube, ich gehe heim.«

Wir gehen nach draußen. Vorbei an den Gutgelaunten und Sinnlichen. Es ist acht Uhr morgens. Sollten sie nicht alle längst irgendwo performen und den Kapitalismus auf den Mund küssen mit ihrem frischen Pfefferminz-Grünkohl-Atem?

Die Luft ist klar, ein minderjähriger Morgen. Jung und ahnungslos. Dans stumpfe Worte liegen wie Reißzwecken verstreut in mir herum und egal was ich denke, ich trete darauf. Wie kann man mich denn mögen. Es wäre nicht so schlimm, wenn ich nicht insgeheim finden würde, dass er recht hat. Vielleicht hätte ich einfach in seinen räudigen Monolog mit einsteigen sollen. Es regnet leicht. Als würde die Stadt sich den ganzen Schmutz von der Oberfläche duschen wollen. Ich versuche, innerlich eine Liste zu machen mit Sachen, die nicht schlimm sind an mir. Mir fällt nichts ein. Ich fühle mich ausgefranst. Ein Viereck unter Kreisen. Vorwärtskommen schwierig und anstrengend. Alle rollen vorwärts und ich rumple hin und zurück. Wie kann man mich mögen? Warum mag Sam mich eigentlich? Mag sie mich überhaupt? Keine Ahnung. Würstchen.

Noch 4 Jahre, 4 Monate und 4 Tage

Bist du da drin? Warum machst du dir denn kein Licht an?« Louise steht vor dem Badezimmer und klopft an die Tür. Sie hört, dass ich dusche und dabei offensichtlich im Dunkeln stehe.

»Bin gleich fertig. Ich habe es vergessen.«

»Vergessen? Ich mache es an, o.k.?«

»Nee, alles gut, ich habe es sowieso gleich. Warte.«

»Ich kann doch einfach das Licht anmachen, ich stehe direkt vor dem Schalter.«

»Louise, ich bin fast fertig, es ist o.k.«

Ich beeile mich so sehr, dass ich ausrutsche und mir beinahe das Genick breche. Seit ich denken kann, lasse ich beim Duschen das Licht aus. Ich erinnere mich nicht mehr, wann ich damit angefangen habe. Während der Pubertät? Wenn es nach mir ginge, würde ich mich in einen riesigen Sack voller Wasser stecken, ihn oben zubinden, auf und ab springen und mich dadurch reinigen. Erst jetzt, als Louise mein wortwörtlich dunkles Geheimnis entdeckt, merke ich, dass meine Art der Körperpflege nicht gerade konventionell ist. Ich öffne die Badezimmertür. Louise steht davor.

»Warum willst du denn nicht, dass ich das Licht anmache?«

Seit wir beide in der Wurstbude arbeiten, sind wir durchgehend von einer dünnen Fettschicht überzogen und verbringen sehr viel Zeit damit, sie abzuschrubben.

»Ich dusche gerne im Dunkeln.«

»Wieso duschst du gerne im Dunkeln?«

»Einfach so. Mache ich halt. Na und? Mich dauernd anzuschauen, trägt nicht unbedingt zum Glücklichsein bei.«

»Was? Wieso denn das? Glaubst du das, was Dan zu dir gesagt hat? Oder warum bist du so versessen auf Unglück?«

»Vielleicht, weil ich so wahnsinnig gut darin bin?«

»Das ist nicht wirklich etwas, worauf man stolz sein sollte.«

»Auf was denn sonst?«

Ungewohnte Feindseligkeit drängelt sich zwischen uns und reibt sich die Hände. Ich komme mir ertappt vor und schäme mich. Weil ich mich so wenig mag und nicht kapiere, wieso. Wenn ich nicht gerade mit Sam zusammen bin und mich kurz vergessen kann. Es kribbelt und zieht unter meiner Kopfhaut. Ich werfe meinen geballten Frust auf Louise. Sie ist schlau genug, ihn nicht aufzufangen. Hebt ihre Hände nicht, lässt ihn vor sich auf den Boden fallen, wo er dumpf aufschlägt.

»An mir musst du deinen Frust nicht auslassen. Ich bin nicht dafür verantwortlich, o.k.?«

»Nein, wer denn?«

»Du. Weil du so mit dir umspringen lässt. Wieso hast du Dan nicht geantwortet? Weil du dich hasst? Du wartest immer nur ab, dass sich die Dinge ändern oder irgendwas passiert. Du bist so toll und kannst es nicht sehen. Glaubst du, dass ich das nicht checke?«

Ich weiß nicht, was ich sagen soll, weil ich nicht mit ihrer Antwort gerechnet habe und alles stimmt, was sie sagt. Woher weiß sie das alles? Rede ich im Schlaf? Das Band zwischen uns ist aus viel Vergangenheit, Scherzen und vermeintlich leichtem Stoff gewebt. Dachte ich. Was mich nach unten zieht, halte ich weit weg von Louise. Oder stelle es zwischen uns. Damit sie mir nicht zu nahe kommt. Weil ich denke, dass ich sie nicht belasten will. Nicht zu schwer sein will. Nicht zu viel. Aber vielleicht macht gerade das Vertuschen der Schwere mich noch schwerer und zieht alle mit mir nach unten. Dabei war doch in der letzten Zeit alles gut. Sam hat mich leicht gemacht. Und sinnvoll. Meine Haare sind nass, das Wasser tropft auf meine Schultern.

»Was ist denn eigentlich so schlimm? Mit Sam ist doch alles gut.«

»Ich habe keine Ahnung. Ich bin wütend und weiß nicht mal, worauf, wenn ich nicht mit ihr zusammen bin. Als würde mir ständig jemand ein Bein stellen und ich hinfallen, aber wenn ich mich umschaue, sehe ich nichts und niemanden. Ich bin eine Mogelpackung. Und ich hoffe sehr, dass Sam das nicht merkt.«

Stille. Nur draußen Autos und Geschrei von jemandem, der genauso wütend auf die Welt oder sich selber ist.

»Hast du schon mal darüber nachgedacht, eine Therapie zu machen?«

Louise denkt, dass ich verrückt bin. Sie hat recht. Niemand, der einigermaßen bei Verstand ist, denkt wie ich.

»Guter Rat, Louise. Sehr witzig. Ich muss los, sonst komme ich zu spät zur Arbeit. Es geht um die Wurst, du weißt schon.«

Mehr Hupen von draußen, die Welt scheint anzuschwellen, zwängt sich in den Flur, in dem wir stehen. Louise sagt nichts. Ich tropfe. Es kommt mir vor, als wären wir beide in eine Form gegossen worden und würden darauf warten zu trocknen. An zu viel Wahrheit auf einmal verschluckt man sich. Während wir still und leise nach Luft ringen, vergeht die Zeit. Dann löse ich mich, sprenge die Form, habe Angst, dadurch alles zwischen uns kaputtzumachen, aber ich muss weg, weil ich es nicht ertrage, meinen Kummer so vor mir ausgebreitet zu sehen, so offen und so ohne Haut zu sein.

»Wir schreiben uns, o.k.?«

Louise nickt oder schüttelt den Kopf vertikal. Ich weiß es nicht.

Dann dreht sie sich um, reißt uns entzwei und geht in ihr Zimmer. Macht die Tür hinter sich zu. Das macht sie sonst nie.

Ich nehme meine Jacke und verlasse unsere Wohnung. Auf dem Weg schreibe ich Sam, dass ich Gesellschaft brauchen könnte. Dazu schicke ich einen tanzenden Hund. Bloß nicht zu schwer werden. Ich schleiche durch die Straßen. Ich bin so langsam. Wieso rennen verzweifelte Menschen in Filmen immer? Außerdem will ich gar nicht schnell ankommen. Wo denn auch? Im Le Sausage? Mehr Wurst, alles andere ist Käse. Geile Idee. Auf dem Boden liegt eine Dose Red Bull. Alles stinkt nach Gummibärchen. Wer trinkt so was. In der Bahn starren alle Löcher in die Luft. Sam schreibt nicht zurück. Warum nicht? Sonst antwortet sie immer gleich. Alles ist unfassbar laut. Warum kann diese Stadt nicht still existieren? Warum denken die Leute, dass es sie nur dann gibt, wenn sie Krach machen? Ich steige aus der Bahn, gehe die Treppen nach oben, es riecht nach Pisse. Berlin sieht aus, wie alle sich fühlen. Ich balle die Hand in meiner Jackentasche zur Faust, gehe dicht an einer Hauswand, denke an den Streit mit Louise. An Sam. Immer noch keine Nachricht. Die Hauswand ist uneben und rau. Beschmiert. Ich nehme die Faust aus der Tasche und setze sie auf der Wand auf, gehe weiter, drücke die Faust gegen die grobe Oberfläche und ziehe sie mit vollem Druck an der Wand entlang. Der Schmerz kommt etwas versetzt. Zehn Sekunden gehe ich so. Dann nehme ich die Faust von der Wand weg und sehe meine Knöchel an. Sie bluten. Die Haut hängt in Fetzen an der Wunde. Als wollte sie noch nicht loslassen. Wo es schön ist, lass dich nieder. Wo es schön ist, singt man Lieder. Autos hupen. Meine Hand pocht. Blut rinnt in meinen Ärmel? Ich sehe die Wand an, auf ihr steht in Großbuchstaben »Scheiße«. Wie recht sie hat.

Noch 4 Jahre, 3 Monate und 18 Tage

Sam ist stiller als sonst. Irgendwie ausgedünnt und weniger. Auf meine letzte Nachricht hat sie einen ganzen Tag nicht reagiert und ich weiß nicht, wieso. Na klar, der anderen Person Freiheit gewähren, sie springen lassen. Zieht man das durch, wenn man frisch verknallt ist? Und was ist überhaupt ein Tag? Aber bisher hat alles zwischen uns im Sekundentakt stattgefunden und plötzlich dehnt und spreizt sich dieser Rhythmus. Ohne dass irgendwas vorgefallen wäre. Ohne Streit. Ohne mein Zutun. Kommt es mir nur so vor? Vielleicht stimmt das gar nicht und ich bilde mir die Wolken ein. Es wird kein Gewitter geben. Das ist nur mein Grundzittern davor, dass die Welt den Bach runtergehen könnte. Wir liegen nebeneinander. Sam schläft. Am anderen Ende des Bettes. Warum liegt sie so weit weg? Ich bin früher wach, weil ich immer früher wach bin. Kann man nach ein paar gemeinsamen Monaten schon von einem Immer sprechen? Sams Atem wird unregelmäßiger, ihre Bewegungen mehr, dann öffnet sie die Augen und sieht mich an.

»Hey. Na?«

Soll ich auch »Hey, na?« sagen? Ich dachte, das schreiben nur Prolls in Sex-Chats.

»Hey, na.«

Es klingt ironischer als beabsichtigt. Sam bleibt einen Kilometer weit weg liegen und schlägt die Decke zurück.

»Ich gehe mal kurz duschen. Willst du einen Kaffee? Dann setze ich noch schnell einen auf.«

Was auch immer das Wort »schnell« mit uns zu tun hat. Wo will sie denn hin?

»Klar, Kaffee klingt gut.«

Sie steht auf, geht aus dem Zimmer, ich höre sie in der Küche hantieren, danach geht sie ins Bad. Soll ich in die Küche gehen und dort warten? Bleibe ich hier liegen? Die Dusche geht aus, sie verlässt das Bad und steuert direkt in die Küche.

»Der Kaffee ist fertig.«

O.k., in die Küche. Komischer Stelzenlauf, der sich gerade ereignet. Ich schlüpfe in meine Kleidung und tapere in die Küche. Ich fühle mich steif und unhandlich. Wie ein »Lustiges Taschenbuch«, das neben Dostojewski im Regal geparkt wurde. Uneingeladener Partygast. Ich weiß nicht, was ich sagen soll. Warum bin ich so gehemmt? Und was ist mit Sam los?

Sie schenkt uns Kaffee ein, gibt mir meine Tasse, öffnet eines der Fenster und sieht nach draußen. Ist dort jetzt das Feuerwerk? Weil ich unsicher bin, wie ich mich verhalten soll, trinke ich einen großen Schluck Kaffee und verbrenne mir den Mund. Ich fluche leise. Das bringt sie dazu, wieder aufzutauchen.

»Verbrannt? Ich bin gerade etwas redefaul. Das habe ich manchmal. Meistens liege ich dann einfach rum und starre die Decke an, bis ich wieder klarkomme.«

»Wir könnten uns zusammen hinlegen und die Decke anstarren.«

Sie lacht. Ich wollte gar nicht lustig sein. Ausnahmsweise.

»Was machst du heute? Arbeiten im Le Sausage?«, fragt sie mich oder die Luft zwischen uns.

»Nein, ich habe heute frei und nichts vor.«

»Ah, o.k.«

Ah, o.k. Auf einmal scheint die Luft aus dem Raum verschwunden, alles ist beengt und voller Stacheln. Kein Platz für mich. Muss ich gehen, damit Sam sagt, dass ich bleiben soll?

»Wir könnten zusammen rumhängen.«

»Hm, heute ist es tatsächlich schlecht. Ich muss ein paar

Sachen erledigen und mich um Unidinge kümmern. Danach wollte ich noch eine Freundin treffen.«

»Ist alles o.k.?«, frage ich.

»Wie meinst du?«

»Keine Ahnung. Ich dachte, dass wir vielleicht den Tag miteinander verbringen.«

»Und es ist ein Problem, dass ich was anderes vorhabe?«

»Nein, kein Problem. Ich war nur überrascht.«

»Dass ich ein eigenes Leben habe?«

»Was? Was soll das denn heißen?«

»Wieso machst du so einen Stress, weil ich mal nichts zusammen machen will. Wir hängen doch eh dauernd zusammen rum.«

»Du sagst das, als ob es was Schlechtes wäre.«

»Keine Ahnung.«

»Keine Ahnung?«

»Ich brauche gerade ein bisschen Luft und will mal was alleine machen.«

»Und was heißt das?«

»Das heißt, dass ich ein bisschen Luft brauche und was alleine machen will.«

»Und was ist mit uns?«

»Was soll denn sein?«

»Na, sag du es mir. Ich habe keine Ahnung, was gerade los ist. Bis vorhin war doch noch alles gut.«

»Warum bist du denn so dramatisch und fragst dauernd, ob alles gut ist? Ich mache heute mal was ohne dich, na und? Außerdem muss ich noch was erledigen. Lass uns einfach die Tage telefonieren. Ich bringe dich zur Tür.«

Sie bringt mich zur Tür. Was? Ah, o.k. Ich schlüpfe in meine Jacke, ziehe die Schuhe an, dann stehe ich, ganz Fragezeichen, vor ihr. Was? Ah, o.k. Kurze Umarmung, dann schließt sich die Tür hinter mir. Was? Ah, o.k. Ich kapiere es nicht. Wo kam dieser Sturm auf einmal her? War ich so beschäftigt damit, Sam anzuschauen, dass ich die Wolken am Himmel nicht bemerkt habe? Ich fühle mich panisch und als hätte mir jemand den Boden unter den Füßen gestohlen und ihn vor meinen Augen verbrannt. Mich gleich mit. Vor dem Haus ist es erstaunlich still.

Noch 4 Jahre, 2 Monate und 14 Tage

An den kommenden Tagen muss ich mich beherrschen, Sam nicht mit Nachrichten zu bombardieren, was sie tut, was mit uns (immer dieses uns, immer dieses wir) ist, ob wir uns treffen können. Habe ich sie zu sehr belagert? War ich anstrengend? Hat sie herausgefunden, dass ich ein ekelhafter Wolpertinger bin? Hasst sie mich so sehr, wie ich mich hasse? Ich glaube nicht, dass das möglich ist. Zumindest hier macht mir keiner was vor. Was soll ich nur tun?

»Ist alles o.k.? Du wirkst, als wärst du auf Crack-Entzug.«

Louise geht neben mir und bemüht sich, dass Einstein VII. nicht aus ihrer Jackentasche flüchtet. Sie findet, dass er die Welt kennenlernen muss. Normalerweise amüsieren mich ihre Auslassungen in Bezug auf die psychische Gesundheit von Hamstern. Heute ist alles Tunnelblick. Seit einer Woche habe ich Sam nicht gesehen. Nicht gehört. Und ich habe keine Ahnung, warum. Wo der Fehler liegt. Ich vermute weiterhin, dass ich der Fehler bin.

»Hast du Kontakt zu Sam?«

»Du nicht? Hattet ihr Streit?«

»Irgendwie schon. Ich weiß nur nicht, warum.«

»Und jetzt meldet sie sich nicht?«

»Nein, ich habe sie seit einer Woche nicht gehört oder gelesen.«

Ich weiche einer Frau aus, die mit sieben Hunden spazieren geht. Ihre Frisur sieht aus, als wäre sie der achte Hund. Einer von ihren Zöglingen pinkelt den anderen auf ihre Rücken, weil er so viel größer ist als sie. Vielleicht sollte ich mir auch ein Hunderudel zulegen. Oder viele Beziehungen parallel führen, um nicht komplett zersprengt zu sein, wenn eine auf einmal aus dem Nichts verschwindet. Was ist mit Sam? Aus Louises Jackentasche schreit es Hallo. Entweder Einstein VII. hat Sprechen gelernt oder sie hat eine Nachricht bekommen.

Warum kann Louise keine normalen Klingeltöne haben? Jedes Mal zucke ich zusammen, wenn die Außenwelt Kontakt zu ihr aufnimmt und ich danebenstehe. Louise kramt in ihrer Tasche, bremst Einstein VII. und holt das Handy heraus. Sie sieht aufs Display und runzelt die Stirn. So sieht sie eigentlich nur aus, wenn wieder einer der Hamster eingesaugt wurde.

»Was ist los?«

»Hm.«

»Hm was? Gutes Hm? Schlechtes Hm?«

»Sam schreibt mir.«

»Sam schreibt dir? Was?«

»Ob ich Lust auf Kaffee habe.«

»Ob du Lust auf Kaffee hast?«

Es ist zugegebenermaßen nicht besonders geistreich, jede von Louises Aussagen so zu wiederholen, als hätte ich vierzehn Stunden in der prallen Sonne verbracht. Aber für eigene Beiträge zum Gespräch bin ich zu wirr. Warum schreibt Sam Louise?

»Das ist komisch mit Sam. Keine Ahnung, was bei ihr los ist. Wahrscheinlich willst du das gar nicht hören, aber ihr Beziehungsverhalten war immer etwas ... hm ... unstet, seit ich sie kenne. Sie hatte eigentlich immer nur kurze Flirts. Habt ihr mal geredet, was ihr jeweils von der Beziehung wollt?«

»Bespricht man so was, wenn man frisch verliebt ist? Keine Ahnung, ich will halt mit ihr zusammen sein. Wir sind doch kein Bausparvertrag, wo man irgendwelche Felder ankreuzen muss und dann auswertet, ob sich die Anlage lohnt.«

»Na, ich meine nur. Vielleicht war das alles für sie eher lose und ein Flirt. Und bei dir läuten die Hochzeitsglocken. Oder so. Das wäre natürlich schlecht zu vereinbaren.«

»Was meinst du denn mit: Das war für sie alles eher lose? Glaubst du, dass es vorbei ist?«

»Was? Keine Ahnung. Woher soll ich das wissen? Ich sage nur, dass ihr mal reden solltet.«

»Schwierig, wenn sie sich nicht bei mir meldet, sondern lieber mit dir Kaffee trinken geht.«

»Hallo, auf mich musst du nicht sauer sein, o.k.? Ich habe keine Ahnung, was bei Sam abgeht.«

Wir gehen weiter nebeneinander. Schweigend. In der Entfernung höre ich die Frau mit den sieben Hunden schimpfen. Irgendwas mit Scheiße und Scheiße. Damit bringt sie es ziemlich gut auf den Punkt. Scheiße und Scheiße.

Noch 4 Jahre, 2 Monate und 6 Tage

Die kommenden Monate arbeite ich permanent, um mich davon abzulenken, dass es irgendwie nie richtig hell wird, obwohl die Sonne scheint. Ich serviere irgendwelche healthy shots zu Pommes mit Mayo, damit der nutri score der Agenturdeppen ein bisschen verarscht wird. Höre mir die immer gleichen Gags von Dan an. Ignoriere die Besoffenen. Verbrenne mich an der Grillplatte, spüre davon wenig und widerstehe dem Impuls, auch noch den anderen Arm daraufzulegen. Lausche während kurzer Pausen im Hinterhof der Nacht. All die Gefühle, die Sams Gegenwart weggedrückt hatte, sind mit einer Wucht zurück, dass sie mir den Atem rauben. Wie dumm ich war zu glauben, sie könnte mich mögen. Ich schäme mich. Immerhin erweitern diese Monate mein Schlagerrepertoire um eine Vielzahl an Klassikern, weil Kalle beim Wurstbrutzeln nach wie vor seiner Leidenschaft für deutsches Liedgut frönt. Schöner fremder Mann. Louise und ich vertragen uns wieder, schieben Schichten zusammen und trinken oft. Sie, weil sie glücklich ist und feiern will, ich, weil ich unfassbar traurig bin und gerne vergessen würde, dass es mich gibt. Mich, diesen Punkt, der irgendwo hinter einer Schicht Wolpertinger wohnt. Mich, immer überzeugter davon, dass das halt das Leben ist. Mich, Zeichentrickfigur in einem Kostümfilm. Mich, ohne Anfang, aber blinzelnd Richtung Ende. Mit jedem Tag, der vergeht, komme ich mir unkonkreter vor. Was ist mit Sam? Warum ist sie weg? Ich google, ob ich depressiv bin. Es gibt Tests, die man online machen kann. Darin wird gefragt, ob ich glaube, dass mein Denken das Wetter beeinflussen kann. Ich kann nicht mal denken, dass ich cool bin, wie soll mein Denken es schaffen, Wetter zu machen? Wenn ich von anderen gefragt werde, wie es mir geht, sage ich: Müde oder: Danke, gut. Louise behauptet, müde sei kein Gefühlszustand. Ich finde, schon. Es gibt vereinzelt Tage, die sind irgendwie o.k., weil ich zu verkatert bin, um zu merken, dass es mich gibt. Doch sie sind vierblättrige Kleeblätter. Die Wolken am Himmel sehen oft unzufrieden aus. Wie dumm alles ist. Der Gedanke umkreist mich und pickt auf meinem Kopf herum. Das Leben verläuft auf Schienen und, warum auch immer, wir denken, dass wir die Richtung bestimmen können. Dabei können wir nur zu- und aussteigen. Meine Worte verkleben immer weiter und ich bekomme nichts aus mir raus. Manchmal bleibe ich einfach im Bett liegen, weil ich so außer Atem bin von der Geschwindigkeit, an der ich nicht teilnehmen kann. Ist das der Liebeskummer? Oder bin das ich? Einfach weil ich so bin. Eine depressive Homo-Wolpertinger-Lesbe, enttäuscht von der Liebe. Beim Aufstehen spüre ich die Steine in meinem Bauch. Seit wann esse ich denn so viel Geröll? Ich versiege täglich ein bisschen mehr. Aber der Wahnsinn malt sich ein Lachen und alle glauben, dass er ein freundliches Bürschchen ist, mit dem man nett einen trinken gehen kann. Also gehen wir was trinken. Zusammen mit dem immer höher springenden Gefühl der Sinnlosigkeit und des Nichts.

Noch 4 Jahre und 3 Tage

Nachts wache ich immer zur gleichen Zeit auf. Um drei Uhr und zwei Minuten. Ich google es und finde heraus, dass meine Leber zu dieser Zeit entgiftet. Anscheinend ist sie dabei so laut, dass sie mich aufweckt. Bin ich erst mal wach, schlafe ich ewig nicht mehr ein. Alles, was ich je gesagt und gedacht habe, breitet sich im Dunkel meines Zimmers aus, bedeckt den Boden und stapelt sich bis kurz unter die Decke. Weil die Nacht so leise ist, höre ich meine Gedanken dreimal so laut. Als würde eine bösartige Grille sie durch ein Megafon plärren. Schlafe ich trotz aller Versuche nicht wieder ein, stehe ich auf und setze mich aufs Fensterbrett, schaue auf die schiefen Straßen mit den anderen Rast- und Ratlosen. Wo gehen sie hin? Werden sie von jemandem aufgehoben oder kullern sie genauso diffus bergab wie ich? Hineingewürfelt in ein Spiel, zu dem es kein offizielles Regelwerk gibt. Was macht Sam gerade? Ist sie unterwegs? Mit wem? Warum nimmt sie sich nicht eine der zahllosen Minuten des Tages und gibt sie mir? Wie lange kann ein Mensch wach bleiben, ohne zu sterben? Ich google auch das. 264 Stunden. Das sind elf Tage. Noch Luft nach oben. Ich bleiche Tag für Tag ein bisschen mehr aus. Sterbe auf Raten. Meine Müdigkeiten überlagern sich, kleben zusammen und sind irgendwann nicht mehr voneinander zu unterscheiden. Bin ich müde, weil ich nicht schlafe oder weil alles so anstrengend ist?

Ich starre weiter auf die Straße vor dem Fenster. Die ganze Stadt sieht aus, als hätte jemand mit verkochten Spaghetti Mikado gespielt und danach die Flucht ergriffen. Das einzig Gute an der Nacht ist, dass ich zu dieser Zeit unscharf bin. Eine Halbwahrheit aus Schlaflosigkeit und Tagtraum. Ich kann kurz vergessen, dass es mich gibt, weil Schwarz mich umhüllt und nichts von mir zu erkennen ist. Warum musste Louise rausfinden, dass ich beim Duschen das Licht auslasse?

Warum ist Sam wie ausgewechselt? Warum ruft einen niemand, wenn man untergeht. Ich winke nicht, ich ertrinke. Es macht keinen Spaß. Gerade macht nichts Spaß. Alle rasen scheinbar jauchzend im sechsten Gang und ich übe Anfahren im Sumpf. Mit Blick Richtung Himmel. Zwei Stunden wach. Ich denke daran, dass ich manchmal auf die Dächer von Hochhäusern gehe und mich an den Rand stelle. Oft gibt es Gitter, die verhindern sollen, dass jemand wie ich herunterspringt. Oft genug gibt es sie nicht. Während ich dort stehe, drückt und zerrt der Wind an mir, als könnte er sich nicht entscheiden, ob er mich schubsen oder retten will. Mit einem Aufprall aus der Welt. Sollte ich nicht weinen, wenn ich so traurig bin? Bin ich denn traurig oder einfach nur müde? Drei Stunden sind vergangen und es beginnt zu dämmern. Bin ich der letzte Gedanke, den jemand vor dem Schlafengehen hat? Den Sam vor dem Schlafengehen hat? Irgendein Flüstern hinter vorgehaltener Hand? Die Welt fährt Schlittschuh und ich schlittere vor mich hin. Auf einen Abgrund hoffend, aber dann doch zu feige, um nicht im letzten Moment abzubremsen.

Noch 4 Jahre

Es ist Montag. Warum hassen denn alle immer den Montag, wenn doch sowieso alle Tage gleich scheiße sind? Als würde es einen Unterschied machen, welcher Tag heute ist. Das Lied kommt zum 45. Mal. Vielleicht auch zum 200. Mal. Ich kenne es nicht. Was interessiert es mich. Ich sitze auf einem Stuhl in meinem Zimmer. Die Vorhänge flattern leicht im Wind, wie die müden Deutschlandfahnen von beschränkten Dorfnazis. Etwas ist angeschubst worden und will nicht mehr aufhören, sich zu drehen. Eine Welle baut sich hinter mir auf und zieht an meinen Beinen, um mich endlich wegzuspülen. Endlich fort. Über mir schwarze Vögel. Alle Gedanken sind abgeschliffen, weil ich sie so oft gedacht habe. Ohne Glanz. Der Tag ist nicht besonders, nichts ist besonders. Vor allem ich nicht. Mit all den Wiederholungen und dem täglichen kleinen Versagen. Die Angst zeigt ihren Bizeps. »Schau dir an, was du alles nie sein wirst. Ich bin alles, was du hast. Ich bin alles, was du hasst. Bis auf dich selbst. Du wirst dich nie mögen, wie die anderen sich mögen. Wie sie glücklich vor dem Spiegel stehen. Sich drehen. Mit Licht duschen. Sieh es dir an.« Von Sam habe ich seit Wochen nichts gehört. Ich erhebe mich und gehe ins Badezimmer. Dem Ort so vieler feindlicher Stunden. In der Dusche liegt ein Rasierer. Ich nehme ihn und drehe ihn. Die Klinge ist hinter Plastik eingesperrt. Rettung im Käfig. Kein allzu sicheres Gefängnis. Mit einer Schere breche ich die Streben auf und greife nach der Rasierklinge. Mein Daumen ist danach mit schmalen Schnitten übersät. Ich sehe mich im Spiegel an. Dieses Gesicht. Immer dieses Gesicht. Warum ändert sich alles ständig, nur dieses Gesicht bleibt einfach immer dasselbe. Ich gehe zurück in mein Zimmer und setze mich an den Schreibtisch. Die Klinge ist nicht sehr groß. Ganz zart sieht sie zwischen meinen Fingern aus. Zaghaft setze ich sie an meinen Arm und ziehe einen vorsichtigen Strich. Was für ein Bild soll das werden? Blut tritt hervor. Nicht viel. Was kann ich eigentlich? Ich drücke fester zu und durchtrenne Hautschichten. Es sind drei. Drei Schichten Haut umgeben den Menschen. Sollen schützen, was innen lagert, und dafür sorgen, dass er nicht mit der Umwelt verschmilzt. Es stimmt nicht, dass der erste Schnitt der tiefste ist. Es braucht Überwindung, ins eigene Fleisch zu schneiden. Mehr Druck, mehr Blut. Die Fliehkraft nimmt zu, das Drehen beschleunigt sich. Was soll das werden? Mein Arm ist voller Blut.

Will ich das? Was überhaupt? Das Drehen soll aufhören. Kein Seegang mehr. Die Welle soll verschwinden. An Land gehen und irgendwo ankommen. Ich bin eine verwischte Wasserfarbenzeichnung zum Trocknen auf der Heizung. Gewellt und ausdruckslos. Krakelei eines Kindes. Durch den Knacks scheint das Licht. Aber genau dort bricht man auch entzwei. Licht oder kaputtgehen? Ich wäre gerne am Meer. Ich wäre gerne das Meer. Voller Rauschen, Klippen umspülen. Endlos sein. Den Horizont in den Arm nehmen. Wellen atmen. Wiegen. Wütend. Verschlucken. Wogen. Auf und ab. Bewegung. Funktion haben. Zu Hause sein.

Keine Angst. Vögel über mir. Ich bin die Parallele zum Himmel. Ein Strich in der Ferne. Die gedachte Linie eines Malers. Wunsch in Notizen, Wasser, Salz auf der Haut. Wie schön ich wäre. So groß, so eindrucksvoll. Und immer wieder unendlich.

Gepfiffene Melodie. Knisternde Morgenluft und verhangener Blick.

Glitzernder, funkelnder Teppich.

Ewige Sehnsucht.

Ein bisschen Meer.

Noch 3 Jahre, 10 Monate und 7 Tage

TEIL III

BESTANDSAUFNAHME

Es ist 22 Uhr und ich sitze in der Notaufnahme. Mein Arm brennt und pocht. Der Verband um ihn ist an einigen Stellen rot. Alles ist zu laut und fühlt sich an, als stünde es kurz vor dem Zerreißen. Ein Stich und alles, vielmehr ich, zerbirst. Ich starre auf das Linoleum zu meinen Füßen. Was ist das? Blau? Grau? Alle Farben, keine Farben? Das Bild eines blinden Malers? Wieso riechen Krankenhäuser so schrecklich? Alle hasten irgendwohin. So beschäftigt, so voller Aufgaben. Sinnvolle, relevante Menschen. Louise sitzt neben mir. Sie hat mich zu Hause in meinem Zimmer überrascht, mich gepackt und ins Krankenhaus gefahren.

»Es ist gut, dass wir hier sind. Hier kann man dir helfen.«

Ich weiß nicht, was ich sagen soll. Was soll man auch sagen, wenn man in die Notaufnahme der Psychiatrie geschleppt wird, weil man dabei war, sich den Arm abzusägen. Zudem wütet es in mir so sehr, dass selbst das Sprechen mühsam ist wie Radfahren im Sand. Die Spirale bohrt sich tiefer und tiefer nach unten. Ein Ende scheint nicht in Sicht. Und was wäre überhaupt das Ende? Der See ohne Grund. Ich sinke und sinke. Da ist das Wasser wieder. Vergesse das Atmen und lege keinen Wert darauf, wieder Luft zu holen. Die Reserven sind aufgebraucht. Vielleicht wird ohne Atmen alles leichter. Endlich schweben und nicht dauernd die gleichen Strecken denken. Immer und immer wieder. Eine Ärztin taucht auf, stellt sich vor und bittet mich mitzukommen. Ich habe ihren Namen sofort wieder vergessen. Louise fragt:

»Soll ich mit?«

»Nein, schon o.k.«

Ich folge der Ärztin und setze mich an einen Tisch. Ein kümmerlicher Haufen gegenüber einer fröhlichen rollenden Welle inmitten eines Ozeans. Sie schaut mich ernst an.

»Wie geht es Ihnen? Ihre Freundin hat bei der Aufnahme angegeben, dass sie besorgt ist, Sie könnten sich etwas antun. Haben Sie sich diese Wunden selber zugefügt?«

Es kommt mir vor, als hätte ich noch nie in meinem Leben gesprochen. Als wären alle Wörter eingeschlafen und ich könnte sie nicht wachrütteln.

»Hmhm. Ich fühle mich komisch. Schwer zu beschreiben.«

Meine Stimme ist so laut. Wieso klirrt nichts? Warum zerspringen keine Scheiben?

»Haben Sie vor, sich etwas anzutun?«

»Weiß ich nicht.«

»Wenn Sie mir nicht garantieren können, dass Sie sich nichts antun, muss ich Sie hierbehalten. Ich kann nicht verantworten, Sie gehen zu lassen.«

Ich habe keine Antwort. Was soll ich sagen? Die Spirale dreht sich in die Erde, ich kann sie nicht stoppen. Aber ich will nicht ins Krankenhaus, nicht in die Psychiatrie. Ich bin nicht verrückt, ich bin einfach grenzenlos traurig.

»Wir haben hier bei uns akut keine Betten frei. Sie müssten in eine andere Psychiatrie, ich würde Ihnen eine Einweisung schreiben. Was sagen Sie?«

»In die Psychiatrie? Ich will nicht in die Psychiatrie.«

Mattes Aufbegehren. Schläfriger Berg, der eine Fliege verscheuchen will.

Alles ist so ernst. Ich will diesen Ernst nicht. Psychiatrie ist Synonym für schreiende Wahnsinnige, die fixiert werden müssen. Flimmernde Gestalten, die durch die Gänge irrlichtern. Runtergespritzt werden. Vernunft hinter dem nicht gezogenen Schlussstrich.

Alle Ammenmärchen, die mir jemals über die Psychiatrie erzählt wurden, ploppen in meinem unruhigen Kopf auf. Bin ich doch wahnsinnig? Werde ich verrückt? Bin ich es schon?

»Ich kann Sie nicht gehen lassen.«

»Aber Psychiatrie ist für verrückt Verrückte. Da will ich nicht hin.«

»Es gibt verschiedene Stationen in einer Psychiatrie. Ich würde Ihnen eine Einweisung für die Kriseninterventionsstation schreiben. Die ist halb geschlossen. Sobald es Ihnen besser geht, dürfen Sie die Station verlassen.«

Sie ist geduldig und milde. Sanftes Wasser, das mich langsam aushöhlt.

»Kann Sie jemand hinbringen oder brauchen Sie einen Krankenwagen?«

»Keinen Krankenwagen, bitte. Meine Freundin bringt mich.«

»In Ordnung, dann schreibe ich Ihnen jetzt die Einweisung, Herr ... wie war Ihr Name gleich ... Moment ...«

»Herr?«

Das Wasser wird kurz unruhig. Sie sieht auf die Akte, dann auf mich, wieder auf die Akte.

»Ach, ah, oh, in Ordnung. Da hatte ich mich verschaut. Ich mache mich mal an die Einweisung und Sie können in der Zwischenzeit mit Ihrer Freundin sprechen.«

Warum kann man nicht mal in Ruhe wahnsinnig werden? Die Verwechslung ist der Ärztin peinlich. Mich kümmert sie wenig. Warum auch. Kurze Zeit später sitze ich mit Louise im Taxi und fahre über leer gefegte Straßen in die Psychiatrie. Niemand sagt etwas. Jedes Wort würde sich wie Gelächter auf einer Beerdigung anfühlen. Also schweigen wir. Die Nacht rauscht vorbei. Dunkelheit, kurzzeitig aufgerissen von den Straßenlaternen. Letzte freie Minuten vor der Ungewissheit. Unzusammenhängende Fetzen in meinem Denken. Was wird mit mir passieren? An diesem Ort, der in erster Linie von Vorurteilen zusammengehalten wird. Wir kommen an, Louise bringt mich zur Station, die Nachtschwester wartet bereits auf meine Ankunft.

»Guten Abend. Ich dachte schon, Sie hätten sich verlaufen. Wir erledigen schnell die Aufnahme. Kommen Sie mit?«

Vereinzelt hängen Kunstdrucke vor Raufasertapete. Die Wände sehen aus, als würde sie frieren. Zu Louise sagt sie:

»Vielen Dank fürs Herbringen, ab hier würden wir übernehmen. Gute Nacht.«

Wir verabschieden uns und sie geht. Die Nachtschwester entriegelt die Tür, sie öffnet sich und Louise verschwindet. Ich blicke auf die geschlossene Tür. Es ist still. Niemand schreit. Ich habe Angst. Wir erledigen die Formalitäten. Das muss in Deutschland anscheinend in jedem Zustand möglich sein. Danach bekomme ich ein Schlafmittel und irgendeinen Zaubertrank zur Beruhigung. Ich schlucke alles.

»Ich bringe Sie jetzt in Ihr Zimmer. Nicht erschrecken, da ist noch eine andere Person drin. Sie teilen sich den Raum.«

»O.k.«

Das Zimmer ist dunkel. Man hört Atemgeräusche. Ich habe kein Gepäck dabei, bin nur ich selbst und zu viel Denken.

»Morgen spricht dann ein Arzt mit Ihnen und wir bereden, wie es weitergeht. Wenn etwas ist, melden Sie sich bei mir, in Ordnung?«

Die Medikamente breiten sich langsam in mir aus. Legen sich flach auf den Rücken und blinzeln die Wachheit weg. Die Panik flacht ab. Ich setze mich auf das Bett und schaue in das dunkle Zimmer, erkenne schemenhaft die Umrisse des anderen Betts. Ein Heben und Senken des Atmens. Die Fenster haben keine Griffe, an der Tür sind keine Klinken. Ich ziehe meine Hose aus, lege mich hin und decke mich zu bis unter die Nase. Die Decke ist steif und riecht steril. Langsam dämmere ich an meiner Angst vorbei Richtung Schlaf. Kurze Zeit später werde ich wach, weil mir jemand mit einer Taschenlampe in mein Gesicht leuchtet. Die Nachtschwester. Alle halbe Stunde kontrolliert sie, ob wir noch da und am Leben sind. Durch den Medikamentennebel bekomme ich alles unscharf mit und bin mir nicht sicher, ob ich vielleicht einfach nur komisch träume. Mein Körper ist schwer und wie schlecht kopiert neben mir. Über mir. Oder wo auch immer. Ich bekomme ihn nicht zu greifen. Gleichzeitig ist es mir egal. Irgendwie auch ganz angenehm, dass er weg ist. Irgendwann wird die geisternde Taschenlampe durch die Morgendämmerung abgelöst.

Noch 3 Jahre, 10 Monate und 6 Tage

Die Medikamente ragen weit über mich nach vorne hinaus. Mein Denken kommt überall verzögert nach mir an. Es betrachtet jede Faser der Tapete und zieht in Schleiern daran vorbei. Bleibe ich stehen, rumpelt es wieder in meinen Körper und rutscht darin herab. Ich schlurfe durch die Gegend, als hätte man eine zusätzliche Schwerkraft an mich getackert. Etwas verwittert sitze ich auf dem Balkon und rauche. Eine der Tätigkeiten, die in der Psychiatrie ein echter Hit bei den Patienten sind. Der Balkon steht voller überquellender Aschenbecher. Ich fühle mich wie sehr dünnes Glas, das einem ständigen schrillen Ton ausgesetzt ist. Der Balkon wird von einem Netz umspannt. Ich bin mir nicht sicher, ob niemand raus- oder niemand reinkommen soll. Auf einem Baum sitzt ein Vogel und sieht mich an. Was denkt er sich? Vielleicht freut er sich, dass ich im Käfig hocke, während er durch die Lüfte jagen kann. Ein anderer Patient kommt auf den Balkon und setzt sich in meine Nähe. Er sieht aus, als könnte er gegen sich selbst Rugby spielen. Er ist riesig und breit. Eine Bergkette. In seinen Händen könnten sicherlich Babybären überwintern. Seine Finger zittern, als er sich eine Zigarette anzündet. Als er zu mir herübersieht, bemerke ich zum einen seine roten Augen, zum anderen Striemen um den Hals.

»Hi, ich bin Micha. Neu hier?«

»Seit gestern Nacht. Du?«

»Ich habe mich vor zwei Tagen einweisen lassen. Davor hatte ich zu Hause versucht, mich an der Türklinke aufzuhängen. Das Seil ist gerissen, ich bin kurz ohnmächtig gewesen, wieder aufgewacht und hatte mich eingepisst. Habe mich umgezogen und bin mit dem Auto hergefahren.«

Obwohl er mir gerade etwas Furchtbares erzählt hat, lächelt er. Beinahe strahlt er mich an, als wollte er mir sagen, dass alles nicht so wild ist. Immerhin hat es nicht geklappt und wir sitzen beide zusammen auf dem Balkon und rauchen. Kein Grund zum Traurigsein. In der Psychiatrie scheint Small Talk keine gängige Praxis zu sein.

Das war der rasanteste Gesprächseinstieg, der mir jemals passiert ist. Mir ist der Sinn nicht im Geringsten nach Konversation. Vor allem nicht über gescheiterte Methoden versuchter Selbsttötungen, dafür bin ich gerade zu wenig Teflon. Micha zieht an seiner Zigarette und überlagert den Nebel, der ihn umgibt, mit Qualm. Er legt den Kopf schief und beobachtet einen Vogel.

»Weißt du, ob es hier noch andere Stationen gibt?«, frage ich.

»Klar, eins über uns ist die geschlossene Station. Ich bin froh, dass ich nicht da gelandet bin. Dann gibt es noch die Station für Alkis und andere Süchtige. Die Forensik ist in einem anderen Haus. Letztes Jahr ist anscheinend jemand ausgebrochen. Da war hier gut was los. Das Gelände ist riesig. Sie haben ihn ewig nicht gefunden.«

Seine Zigarette ist bis kurz vorm Filter weggeraucht. Nur die flatternden Hände verraten seine Unruhe. Er steckt sich direkt die nächste Kippe an.

»Und du?«, fragt er mich.

»Gleicher Grund wie bei allen anderen, nehme ich an.«

Ich versuche ein Ausweichen, komme aber nicht an ihm vorbei, er hat zwei Tage Vorsprung in psychiatrischer Konversation. Zum einen habe ich keine Lust, über mein wirres Befinden Auskunft zu geben, zum anderen fühle ich mich immer noch, als hätte ich zu lange in der prallen Sonne gestanden. Ich bin froh, meinen Geisteszustand immerhin so weit unter Kontrolle zu haben, dass sich Micha nicht plötzlich in eine gigantische Echse verwandelt. Ich habe keine

Lust, diesen sehr schmalen Grat zu verlassen, indem ich zu lange auf meinen Gefühlen herumkaue.

»Kommst du in die Gruppentherapie?«

»Muss man?«

»Klar, da muss jeder hin.«

»Ich habe eigentlich keine Lust darauf.«

»Es ist nicht so schlimm. Wenn dir nichts einfällt, sagst du halt nichts. Es gibt ein paar, die oft nur dasitzen und vor sich auf den Boden starren.«

»Das klingt nach viel Spaß.«

Er lächelt wieder.

»Willst du noch eine rauchen?«

»Klar, sonst gibt es hier nicht so viel zu tun. Außer nicht verrückt zu werden.«

»Damit ist man eigentlich schon ganz gut beschäftigt.«

Er hat recht. Wir sitzen in einem Käfig, erzeugen Rauch und blicken auf vergittertes Leben. Wie so oft tut die Welt, als wäre nichts geschehen, und sieht irgendwo anders hin. Rauchen heißt Atmen. Giftiges Atmen. Aber immerhin Atmen.

Noch 3 Jahre, 10 Monate und 5 Tage

Die Tage schreiben voneinander ab. Aufstehen, gedämpftes Weißbrotfrühstück mit anderen Depressiven, rauchen, im Kreis gehen. Die Station ist nicht sehr groß. In drei Minuten schafft man eine Runde. Wenn man langsam geht. Schnelligkeit ist dem Außen vorbehalten. Hier ist alles gezügelt. Unter Verschluss. Mikrokosmos, der abfängt und filtert, was von der Welt hereinlugen will. Medikamente, die die Kanten abschleifen, die Amplitude senken. Die Ausschläge nach oben und unten abfangen.

Die aufgeriebene Psyche wird desinfiziert, bekommt ein Pflaster und die Wunde kann sich beruhigen. Heilen wird sie hier nicht. Darauf ist dieser Ort nicht ausgelegt.

Krisenintervention. Darum geht es. Am liebsten mag ich die Nachtschwester. Sie ist lustig, empathisch und wäre wahrscheinlich selbst dann entspannt, wenn eine Büffelherde in der Steppe auf sie zupreschen würde. Wenn ich nicht schlafen kann, was oft passiert, besuche ich sie. Taste mich langsam an das Viereck aus Licht heran, das ich von meiner Zimmertür im Gang sehe, und blinzle um die Ecke.

»Kannst du nicht schlafen?«

»Nein, nicht so gut.«

»Möchtest du ein Schlafmittel haben?«

»Nein, lieber nicht. Die verschallern mich so.«

»Liegt dir was auf dem Herzen, weshalb du nicht schlafen kannst?«

»Da liegen tausend Sachen. Beinahe so viele, dass ich selber keinen Platz habe.«

Sie sieht mich an, lässt dem Gesagten ein bisschen Platz.

»Und möchtest du darüber reden?«

Vielleicht sollten Therapiestunden in der Nacht abgehalten werden. Wenn das Bewusstsein sowieso auf einem Seil tanzt und das Dunkel der Nacht einen umwickelt. Nichts so grell scheint. Mehr Stille ist. Alles dichter und intimer wirkt. Zusammengefasster. Die Ängste und Sorgen an der Oberfläche schwimmen wie kleine Fettaugen und man sie leichter abschöpfen kann.

Nur wir beide sitzen in diesem Kasten aus Licht in der Mitte der Station. Helligkeit strömt nach draußen und vergisst sich auf halbem Weg wieder. Oder wird von der Dunkelheit verschluckt. Immer hungrig. Immer den Mund offen. Gierig. Her mit der Helligkeit.

Meine Gedanken strömen, aber sobald sie meinen Mund erreichen, scheinen sie zu verklumpen und keinen Weg nach draußen zu finden. Ich bin müde und schrecklich wach.

»Ich weiß nicht. Reden ist schwierig.«

»Reden muss man üben. Reden ist gut.«

»Davon habe ich auch schon gehört.«

»Meiner Erfahrung nach hilft es tatsächlich recht gut. Ein bisschen kenne ich mich aus, glaube ich.«

Ich verhake meine Finger ineinander, baue ein Dreieck aus ihnen und schaue sie so intensiv an, als wäre das Geheimnis des Lebens darin aufgeschrieben. Spannende Finger. Mein Blick fegt über den Boden, sucht einen Anker, findet ihn in einem überzeugenden Muster des blaugrauen Linoleumbodens.

Wie fange ich an? Anlauf nehmen und springen? Irgendwer wird schon ein Netz aufhalten? Und wenn nicht? Zerschelle ich auf dem Boden wie eine im Streit geworfene Tasse. Allerdings habe ich noch nie etwas geschmissen, wenn ich eine Auseinandersetzung hatte. Tun Menschen das wirklich? Dinge werfen? Meine Überlegungen zu fliegenden Tassen werden unterbrochen. Ich mag die Nachtschwester und will, dass sie mich auch mag. Aber kann man jemanden mögen, der an so vielen Stellen einen Sprung hat wie ich?

»Ich überlege einfach, warum ich mich so wenig mag.«

»Hast du eine Idee, warum es so sein könnte?«

»Ich finde, dass ich ein Wolpertinger bin.«

»Ein Wolpertinger?«

»Das ist ein Fabelwesen. Eine komische Mischform. Zum Beispiel ein Hase mit Entenflügeln.«

»Und so fühlst du dich?«

»Ich denke nicht, dass ich ein Hase mit Entenflügeln bin. Aber ich finde, ich passe nicht zusammen. Irgendwie sind das Innen und das Außen so anders.«

»Schaust du denn gerne in den Spiegel?«

»Ich schaue nie in den Spiegel.«

»Warum nicht?«

»Weil ich dann wütend werde und alles kaputt machen will. Ich sehe mich einfach nicht gerne an.«

Zwischen unseren Sätzen sind große Pausen. Als wollte sich jemand zwischen sie legen, um sich kurz auszuruhen. Augen zu und ein bisschen von der Luft schmecken. Ich habe das Gefühl, zu viel preiszugeben, ohne wirklich zu wissen, was. Allerdings ist meine Haut durch die Medikamente und die Turbulenzen in mir so dünn und abgescheuert, dass ich sie auch gleich ausziehen könnte.

»Deinen Körper?«

»Alles. Aber vielleicht in erster Linie diesen dummen Körper.«

»Was magst du nicht an ihm?«

Was soll ich ihr sagen? Dass ich mir vorkomme wie eine schmutzige Pfütze, in der sich die Welt ansieht, wenn sie sich fürchten oder totlachen will? Dass ich mich fühle, als hätte ich keine Ränder und würde mit allem verschmelzen? Dass jeder Blick in den Spiegel ist, als würde mich jemand mit den schlimmsten Wörtern beschimpfen, die sein Wortschatz gebunkert hat. Nichts Wohlwollendes kommt mir in den Sinn, wenn es um mein Außen geht. Das Außen dringt nach innen. Ich würde mich nicht umarmen, wenn ich es könnte. Ich würde mich schubsen und auslachen, wenn ich auf dem Boden läge.

»Er ist schwammig und unförmig.«

»Auf mich wirkt er nicht so. Er sieht aus wie der Körper einer völlig normalen, schlanken, jungen Frau.«

Ich verstehe nicht, warum, aber das Einzige, was von ihrer Aussage vor meinen Augen auf und ab springt, ist das Wort Frau. Weder interessiert mich »schlank« noch »jung« noch normal. Nur die Frau tritt aus dem Gesagten und steht vor mir. Frau. Frau ... Rot umrandet und angestrichen. Es kommt mir wie ein Fehler vor. Wie ein Angriff.

Ich merke, wie ich in Schweigen versinke. Es steigt von unten auf. Wie Nebel. Breitet sich aus. Eine lange Allee, gesäumt von Bäumen. Über den Feldern der Dunst. Es dämmert herab. Ist gestern auch morgen? Habe ich mich je zu Ende gedacht? Und was heißt das überhaupt? Von wegen es gibt nur ein Ende. Jedes Seil hat zwei. Oder ist das eine Ende ein Anfang? Zwei Enden? Zwei Anfänge? Ich bin müde. Ich mag nicht schlafen.

»Was geht dir durch den Kopf?«

»Nichts. Alles. Keine Ahnung. Kann ich was zum Schlafen haben?«

Was soll das für ein Rätsel sein? Wie kann ich es lösen? Ich bin mir gerade zu kompliziert, als dass ich eine Antwort auf mich hätte. Sie gibt mir Medikamente, die mich in einen betäubten Schlaf schlagen und dem Denken den Kopf ins Kissen drücken. Irgendwann wache ich komplett benebelt wieder auf und weiß im ersten Moment nicht, wo ich bin. Ich bleibe liegen. Jemand hat die Stunden über mir ausgegossen.

Klebrig und sinnlos platschen sie durch den Raum. Der Boden überschwemmt mit Pfützen verschütteter Zeit. Sie fließen, verbinden sich, werden zu Tagen. Bleiben an allem haften. Frau. Ich liege im Bett und sehe den Stunden bei ihrem Spiel zu. Wie junge Hunde raufen sie miteinander. Beißen sich, hecheln, jagen einander hinterher. Aber sie interessieren mich nicht, laufen ab wie Vorabendserien. Nebenbei-Medium Leben. Sicher nett, es hat nur einfach nichts mit mir zu tun. Frau. Ein Zug fährt durch mein Zimmer, ein Haus stürzt ein, Kanonenschläge donnern. Egal. Was soll ich denn auch tun? Die Stunden aufwischen? Sie in einen Eimer wringen? Mir den Lappen auf die Stirn legen, um sie zu kühlen? Aber wozu? Heute, gestern, Schluckauf eines Hühnchens, Wimpernklimpern der Rastlosigkeit. Egal. Dieses permanente Egal. Frau.

Wie oft soll man es denken? Wie oft passt es in einen Tag? Wenn es sich schmal macht, tief einatmet, gehen noch ein paarmal mehr. Luft anhalten, komm. Frau.

Im Kopf glimmt Feuer auf. Das ständige Gefühl des Versagens koppelt. Der Ton schwingt sich auf und kracht mir vor die Füße. Der Ton kann ganze Sätze bilden. Hoffentlich ist er ein bisschen stolz auf sich. Ich bin es nicht. Auf mich. Auf was auch. Frau. Trümmer, so weit das Auge reicht. Nichts mehr übrig. Schutt, Asche, Geröll und ein paar dumme Gefühle, die sich in Schlagersongs tummeln sollten

Kein Topf aus Gold. Kein blasser Schimmer. Keine Ahnung ganz allgemein. Frau.

Liebe versucht, wieder ausgespuckt, weil sie zwischen den Zähnen hängen bleibt.

Wörter herumschleudern, irgendwer wird sie schon auffangen. Wenn nicht, klatschen sie halt auf den Boden und zerbrechen. Macht doch nichts, man hat genug von ihnen.

Ich habe genug von ihnen. Ganze Kammern sind vollgestopft damit. Kein Geiz. Ob eines davon die andere Person am Kopf trifft, was soll's? Kurzer, heißer Schmerz in der Ferne. Wichtig ist, dass man selber nicht platzt. Raus damit! Frau. Ist das der Flügelschlag eines Schmetterlings? Kann man auf der anderen Seite der Welt ein Erdbeben auslösen, wenn man nicht mehr da ist? Soll man gehen oder bleiben? Wohin gehen? Wo bleiben? Und wie? Frau. Der Mittag presst sich über dem Abend aus. Wird es schon wieder dunkel? Aber es war doch noch gar nicht hell. Komisch, dass die Welt sich dreht, es spielt keine Musik. Wer hat die eigentlich ausgemacht? Frau. Wie praktisch, dass ich schon im Bett liege, da spart man sich das Schlafengehen. Kurze Wege, Einwegromantik. Augen schließen und den Schlüssel verlieren. Hoffentlich findet ihn niemand. Die Müdigkeit stemmt sich gegen den Schlaf. Frau.

Noch 3 Jahre, 9 Monate und 28 Tage

In der Psychiatrie geht es nicht darum, geheilt zu werden. Es geht darum, abgefangen zu werden in einem Fallen, das sich zu keinem Zeitpunkt wie Fliegen anfühlt. Zumindest nicht bei mir. Ich sitze und liege viel. Rauche. Stehe seit dem nächtlichen Gespräch zerfasert und zerzaust vor dem Wort Frau. Unfähig, ihm die Hand zu reichen und Versöhnung anzubieten. Ich will ihm nicht einmal in die Augen schauen, so sehr widerstrebt es mir. Louise besucht mich, wir wandeln nebeneinander. Ich bin ihr sedierter Schatten, der sich nicht synchron bewegt. Sam meldet sich nicht. Weiß sie überhaupt, dass ich hier bin? Interessiert es sie? Soll ich Louise erzählen, was mich umtreibt und gleichzeitig erstarren lässt? Die große, nicht gestellte Frage. Eigentlich weiß ich gar nicht, was die Frage sein kann, ich weiß nur, dass die Antwort nicht Frau lauten darf. Wie soll man so was erklären? Dass ich alles, was man sieht, nicht bin. Aber vielleicht verliere ich einfach den Verstand. Immerhin hocke ich seit einer Woche in der Psychiatrie unter einem Haufen Kettenraucher, die mit Stahlschuhen auf Spinnweben balancieren. Diese komischen Gedanken. In der Gruppentherapie schweige ich und höre mir an, dass Eltern doof sind. Manchmal nicke ich und hoffe, dass ich nicht angesprochen werde.

Nach ein paar Tagen darf ich für eine halbe Stunde die Station verlassen und gehe nach draußen. Entweder bin ich vorbildlich oder sediert genug. Der Sommer hat sich breitgemacht, die Temperaturen liegen bereits vormittags bräsig in der Ecke, weil es so heiß ist. Irgendeine Zeitung wird sicher was über einen Jahrhundertsommer schreiben. Was auch sonst, wenn die Welt so wenig zu bieten hat wie ein High Five ohne Hände. Unter meinen Schuhen knackt der trockene Boden und wünscht sich Getränke. Der Wind fährt durch die Bäume und man kann den Gesprächen der Blätter lauschen. Eigentlich fühlt es sich nicht wie Wind an, sondern als würde man geföhnt werden, so heiß ist es. An einigen Stellen ist der Asphalt aufgeplatzt und wölbt sich nach oben. Ich balanciere auf den offenen Stellen und überlege, ob es dem Boden wehtut, wenn ich über seine Narben spaziere. Wahrscheinlich ist es ihm egal. Aber was weiß ich schon. Seit zehn Tagen bin ich auf der Krisenstation und fühle mich mehr und mehr der Welt entrückt. Ich sitze unter Wasser und brauche keinen Atem. Überall ist Stille, außer jemand auf der Station über uns wird von seiner Realität überwältigt. Die Depressiven sind leise, ohne Farben, und schleichen. Gehen in Watte gehüllt schweigend durch die Gänge, wechseln kurz ein paar Worte und fallen wieder in sich zusammen. Kleine Welt ohne Gezeiten. Kein Aufbrausen, flache Linien, die Gipfel geschmolzen, das Unbewusste geflutet. Nach ein paar Tagen oder ein paar Wochen, was ist schon Zeit, werden viele von ihnen in psychosomatische Kliniken verlegt, um wieder funktionstüchtig gemacht zu werden. Dort malen sie mit Wasserfarbe, essen dreimal am Tag und gehen über Wiesen. Aufgeblüht und mit der Erinnerung an ein mögliches schönes Leben kehren sie in den alten Beton zurück und wundern sich, warum ihnen wieder die Blätter absterben. In der Ferne erkenne ich den Supermarkt, der wie ein verwundertes Erdmännchen aus dem Nichts ragt. Der Parkplatz vor dem Supermarkt ist leer. Nur eine Gestalt sitzt im Schatten unter einem Baum. Beim Näherkommen erkenne ich, dass es Micha ist.

Er erkennt mich und winkt. Seine Hand ein träger Vogel, der kurz aufschreckt, um sich gleich wieder abzusetzen. Als ich neben ihm ankomme, sieht er mich an und blinzelt. Die Sonne brennt auf meinen Rücken und verpasst mir einen goldenen Umriss, der ihn blendet.

»Hey, was machst du hier?«

»Bisschen frische Luft schnappen und mal was anderes sehen als Depressive. Und du?«

Ich setze mich dicht neben ihn, der Schatten des Baumes ist klein. Wäre unsere Haut magnetisch, würde sie beim jeweils anderen andocken.

»Ich will mir was zu essen kaufen. Irgendwie kann ich das Essen in der Klinik nicht mehr sehen. Es macht mich nur noch trauriger. Am schlimmsten ist dieser Früchtetee.«

Er lacht. Es klingt echt. Nicht als würde er nur die Fröhlichkeit, die er anderswo aufgeschnappt hat, nachahmen.

»So schlimm? Ich finde diese Wurst, die es immer gibt, am schlimmsten. Sie stinkt nach Fuß. Nach totem Fuß.«

Wir schütteln uns beim Gedanken daran, müssen aber gleichzeitig kichern.

»Kommst du mit rein? Ich kaufe mir ein Eis.«

Der Supermarkt ist runtergekühlt, als wollte er Winter üben. Obwohl ich wie immer für das Wetter viel zu warm angezogen bin, fröstle ich. Micha ebenfalls.

»Es würde mich nicht wundern, wenn an der Kasse ein Pinguin sitzt.«

Beinahe bin ich enttäuscht, als es eine üppig blondierte Frau ist, die nicht von ihren Zwanzigern ablassen will. Als wir wieder im Schatten sitzen, sehe ich Micha von der Seite an. Er bemerkt es.

»Alles klar? Was los?«

Ich lasse einen Augenblick verstreichen, weiß nicht, wie ich anfangen soll. Die Hitze flirrt zwischen uns. Das Eis tropft auf meine Hand. Ich will nicht an gut verschlossenen Schubladen rütteln und aufschrecken, was sich vielleicht gerade für eine kurze Rast abgelegt hat. Micha sieht wieder nach vorne, blickt lose in die Richtung der Klinik. Über den wütenden

Beton. Vorbei an Bäumen, die sich um ihr Grün bemühen. Von der Seite sieht sein Bart aus wie ein vergessener Garten. Ich hätte auch gerne einen vergessenen Garten im Gesicht. Wo kommt der Gedanke auf einmal her?

Ich gebe mir einen Ruck. Schüttele die Frage, die mir durch den Kopf geht, auf die Straße vor uns.

»Glaubst du, dass es wieder passieren kann?«

»Was?«

»Dass wir wieder hier landen.«

»Ich weiß es nicht. Gerade kommt es mir weit weg vor. Aber das hätte ich davor vielleicht auch gesagt.«

»Das stimmt. Wollen wir uns was versprechen?«

»Was denn?«

Er sieht immer noch in eine diffuse Ferne aus Flirren und Sonne.

»Wollen wir uns das nächste Mal anrufen, bevor irgendwas passiert?«

»Du meinst, telefonieren, anstatt zu versuchen, sich an der Türklinke zu erhängen?«

»Oder so.«

Er schweigt kurz.

»O.k., versprochen. Versprichst du es mir auch?«

»Ja.«

Vielleicht werden solche aufgeladenen und überhöhten Versprechen gerne in der Psychiatrie gegeben. Kurze heilige Momente, die möglicherweise nur die Halbwertszeit einer Tischserviette haben, aber nötig sind, um an ein Weiterkommen zu glauben. An eine Wichtigkeit der eigenen Existenz. Eine Berechtigung, da zu sein. Ein gegenseitiges Überzeugen, dass man einen Anruf wert ist, um ein bisschen weiterzuleben. Nach unserem großen Versprechen sind wir verlegen und grübeln beide nach Übersprungshandlungen. Soll ich ihm nach diesem aufgebauschten Moment noch von meinem nächtlichen Gespräch mit der Schwester erzählen? Ihn einweihen und dieses unendlich große Gefühl halbieren? Nicht jetzt. Vielleicht irgendwann.

»Sollen wir wieder in die Klinik gehen? Nicht, dass sie einen Hubschrauber schicken, um uns zu suchen.«

»Ich bin Kassenpatient, da schicken sie höchstens den Hausmeister auf Rollschuhen.«

Ich schnippe den Holzstiel meines Eises in den Mülleimer, der sich überquellend auf die Straße erbricht, und folge Micha. Den Heimweg füllen wir mit Geplänkel und kleinen Scherzen. Die restliche Fläche nimmt unser großes Versprechen ein.

Noch 3 Jahre, 9 Monate und 21 Tage

Ein bisschen zusammengeraffte Vergangenheit. Wir sind alle nicht mehr als das. Ein schlecht sortierter Haufen an Geschehenem und Erinnerungen. Manche stapeln diese Erinnerungen so weit auf, dass sie die Zukunft sehen können. Ich schaffe es nicht, stehe falsch herum und blicke immer nur zurück, bleibe an der Gegenwart hängen und komme nicht voran. Wie funktioniert das mit dem Glück? Welche Schrauben muss man drehen, damit es bleibt und nicht flattert, wenn ein leichter Wind daran zieht? Egal in welche Zukunft ich mich hineindenke, ich wirke darin ausgestanzt und aufgeklebt. Wann geht das Leben los? Wer gibt den Startschuss? Ich sprinte, während meine Füße an den Boden getackert sind. Warum auch immer, ich bin die falsche Antwort auf eine Frage, die ich nicht gut verstanden habe. Frau. Die vielleicht auch niemals gestellt wurde. Was die Sache mit der Antwort nicht leichter macht. Vielleicht sind wir auch alle nur Antworten auf Fragen, die nicht gestellt wurden.

Ich sitze und starre auf die frierende Wand vor mir. Sie ist weiß. Meine Augen produzieren Muster und kleine Blitze, weil sie nicht damit einverstanden sind, dass es nichts zu sehen gibt. Ich bin das Unglück. Alles, was jemals schlecht, schlimm, falsch, grausam, absurd und fürchterlich war, bin ich. Warum? Keine Ahnung. Weil sich das Falsche so richtig anfühlt. So kuschelig und vertraut ist. Der Selbsthass eine kalte Hand auf meiner heißen Stirn ist. Wie ein giftiger Stachel stecke ich fest und vergifte den Boden, aus dem ich mich nähren sollte. Meine Gedanken kommen an das Ende vom Takt und springen an den Anfang. Da capo al tristesse. Vielleicht ist nicht das Leben der Fehler, sondern ich. Ein schlampig ausgesprochenes Wort, das niemand versteht. Am wenigsten ich selber. Kann es so weitergehen? Und enden?

Irgendwann ist alles vorbei und man denkt sich: Na gut, das war es. Nichts ist passiert. Ciao.

Irgendwo in dunklen Ecken meines Seins ahne ich, dass es nicht gängig ist, sich so sehr zu hassen. Keine Bilder von sich zu ertragen. Im Dunkeln zu duschen. Den Kopf wegzudrehen, wenn man an Schaufenstern vorbeigeht. Sich niemals ganz auszuziehen. Und gelegentlich dem eigenen Körper einen heftigen Schwinger zu verpassen, weil er der schief grinsende Dauergegner ist, den man endlich k.o. schlagen will. Frau. Wenn man sich zu sehr an das Unglück gewöhnt, ihm immer wieder einen Sitzplatz anbietet, dann bleibt es. Setzt sich, schlägt die Beine übereinander und schenkt sich ein Getränk ein. Während es lauert und immer wieder seinen Senf zum aktuellen Geschehen gibt. Irgendwann bringt es seine Zahnbürste mit und bleibt. Der untrainierte Frohsinn schleicht nur noch leise durch die Wohnung und traut sich am Ende gar nicht mehr aus dem Zimmer, während das Unglück seinen Bizeps streichelt und Kaffee säuft. Ich würde gerne glücklich sein, habe aber keine Idee, wie.

Nachmittags ist Gruppentherapie, vormittags wirken die Medikamente am besten. Ich nehme mein Handy und gehe auf Instagram, um die Leben von anderen beeindruckend zu finden und nicht ständig mit meinem Kummer abhängen zu müssen. Ich entdecke Dan. Nicht mal in der Psychiatrie ist man vor ihm sicher. Er macht Werbung für Fitness. Ist das ein Synonym für Kokain? Der Algorithmus schlägt mir ambitionierte und proteinabsorbierende Männer vor. Warum schwitzt keiner von ihnen? Jede sehr gut sichtbare Faser ihrer Körper schreit, wie spitze das Leben ist. Aber ganz gleich wie bescheuert ich die Fitnessabteilung bei Instagram finde, irgendetwas lässt mich verweilen. Warum kann ich nicht so einen Körper haben? Wohldefinierte, glückliche Masse sein, die sich schambefreit und mit 92 Dezibel darüber freut. Ich klicke weiter. Mehr Protein, mehr Bizeps, mehr haarlose Selbstdarstellung. Dann bleibe ich bei einem von ihnen hängen. Er sticht aus der Fleischschau heraus. Unter seinem Post steht irgendwas mit trans. Trans was? Ich gehe auf sein Profil und sehe mir Bilder von ihm an. Muskeln, Bart, komische Frisur. Ich wische mich durch sein Leben, dringe in die Vergangenheit vor. Weniger Bart, vollere Formen, kaum Kontur. Er wirkt, als wäre er aus diesem früheren Wesen herausgemeißelt worden. Flaum, brechende Stimme. Erste Aufnahmen. Ich sehe einen unausgemalten Menschen, Unsicherheit unter vielen Schichten. Die Stimme eher ein Echo als der ursprüngliche Ruf. Ich spule sein Leben zurück. Hin und her. Springe durch die Jahre, die er hinter sich hat. Bin gebannt. Fixiert auf all seine Veränderungen, Details, Unterschiede, Entwicklungen. Wie sah er aus? Wie geht das? Wie sehe ich aus? Etwas hat sich in mir verhakt und gibt mich nicht frei. Krallt sich fest und bohrt sich nur umso tiefer in mich, je mehr ich daran ziehe. Dann ein aufziehender Gedanke, der sich über alles stemmt. Was, wenn ich das auch bin? Der Gedanke ist leise. Kaum hörbar. Eher ein Fiepen. Ich drehe ihn sofort runter, bevor es zum Feedback kommt. Bin ich das auch? Das kann ich nicht. Aber was, wenn ich das bin? Was wäre mit meinen Freunden? Der Arbeit. Selbst wenn es nur das dämliche Le Sausage ist. Mit mir. Mit allem? Wie macht man das alles? Es wäre kein gebrochener Mittelhandknochen, der heilen muss. Es wäre ein neues Leben, das an mein altes wachsen müsste. Stunden bringe ich damit zu, mich durch Videos zu klicken und Artikel zu lesen. Videos und Artikel darüber, dass mein Körper und mein Gehirn auf unterschiedlichen Wegen durchs Leben hinken. Wie würde ich aussehen? Wie ein Stolpern kurz vor dem Ziel? Als hätte ich Anlauf genommen, um dann auf dem Weg zum Mann mit einem Fuß im Zaun hängen zu bleiben und ordentlich auf die Fresse zu fallen? Ein letztes Video für heute. Bilder donnern vorbei. Ein unglückliches Gesicht zu Beginn. Ein Flaum. Verschwindende Zartheit. Umrisse und Form, die sich ergeben. Ein Babybart, getragen wie ein Orden. Lächeln. Mehr Bart. Mehr Orden. Muskeln betreten das Bild. Zum Schluss ein Lachen, das alles umrahmt und wasserfest echt wirkt. Ich sehe meine Reflexion auf dem Bildschirm, als das Video endet. Nichts von alldem. Nur Angst, wenig Haare im Gesicht, Lug und Trug. Was, wenn alle mich hassen werden? Meine Freunde, die Welt. Wenn ich nie wieder Liebe finde? Als hätte ich sie mit Sam gefunden. Was, wenn alles den Bach runtergeht, um dort zu verrotten und von Bibern angenagt zu werden. Vielleicht werde ich aus dem Le Sausage fliegen. Wo soll ich mich umziehen? Warum denke ich überhaupt an das dämliche Le Sausage? Ich stehe auf und wundere mich, dass meine Oberschenkelmuskeln nicht die Größe von Frachtern haben, bei all dem Gewicht auf meinen Schultern. Langsam balanciere ich mich zur Tür, um wieder ins falsche Leben vorzudringen und in der Gruppentherapie Gesprächen über Eltern, die versagt haben, zuzuhören.

Noch 3 Jahre, 9 Monate und 15 Tage

Nach einigen schwebenden Tagen und ausgiebigem Ausweichen vor den heranpolternden Gedanken und Entscheidungen liege ich zwischen den Therapien auf meinem sterilen Krankenhausbett und betrachte die Zimmerdecke. Irgendwie starre ich sehr oft auf Wände. Ich bin müde. Langsam dämmere ich weg. Der schreckliche Körper löst sich auf und ich bin nur noch Traum. Wolken schießen an mir vorbei und singen Lieder, die zu schön sind, um sie sich zu merken. Mit offenem Mund fliege ich an ihnen vorbei und knabbere an ihnen. Ob ich ihnen Leichtigkeit stehlen kann? Aber selbst im Traum sind die Wolken steinhart und ich breche mir einen Zahn an ihnen ab. Zuerst nur einen, dann fallen auf einmal alle Zähne aus meinem Mund und hageln auf die Erde. Ich stürze hinterher. Mit Wucht klatsche ich auf den Boden. Einarmiger Applaus eines schlecht gelaunten Gottes. Meine Zähne kullern in alle Richtungen. Zäh stehe ich auf, um ihnen hinterherzujagen, aber ich kann mich nicht bewegen. Ich versuche zu laufen, weil es hinter mir atmet, aber es gelingt mir nicht. Wieso kann ich nicht vorwärtskommen? Jeder Schritt ist Eisen. Es atmet lauter. Fort von hier. Ich drehe mich um und versuche, rückwärts zu sprinten. Es funktioniert. Doch sobald ich nach vorne will, ist alles wieder Gelee. Schweiß perlt an mir herunter. Alles ist schwer. So anstrengend. Ich drehe mich wieder um und renne rückwärts.

Aus dem Nichts komme ich in einen Raum. Dunkelheit schmiegt sich an mich. Wieder Musik. Dann auf einmal Helligkeit. Meine Augen sind beleidigt, ich kneife sie zusammen und öffne sie langsam. Ich sehe zur Mitte des Raumes. An der Decke hängt eine gigantische Discokugel in Form eines Pimmels. Mein Traum gönnt dem Discoschwanz sogar glitzernde Eier, die sich im Takt der Musik drehen. Selbst im Schlaf denke ich mir, dass mein Unterbewusstsein relativ kuriose Wege wählt, um mir den Stand der Dinge mitzuteilen. Die Umgebung wird heller und leichter. Ein Schweben ergreift mich. Und damit die Ahnung von so etwas wie Zukunft. Einem Körper, den ich nicht besiegen will, weil er kein Gegner ist und es keinen Kampf mehr gibt. Die Musik wird lauter. Natürlich kann alles gut werden. Warum nicht? Es gibt sogar Menschen, die Drum 'n' Bass mögen, alles ist möglich. Die Hoden funkeln und schießen mit Zwergenblitzen um sich. Mein eigenes Lachen weckt mich. Was war das? Passiert so Erleuchtung? Trifft man so Entscheidungen? Indem man von riesigen Pimmeln, die einem den Weg weisen, träumt? Warum denn überhaupt Pimmel? Ich atme aus. All die Jahre im Schneeanzug. Eingepackt in Schicht um Schicht. Der Hass und das Unglück. Das Wolpertingergefühl. Eine ungewohnte Leichtigkeit setzt sich neben mich. Das ist es. Es muss sein, denn der Sinn des Lebens ist nicht, anderen besonders bekömmlich zu sein, sondern zu schauen, wie man es gut haben kann. All die Dinge, wie der Geruch von Beton nach einem Sommerregen, ewig dauernde Katzenvideos und möglicherweise sogar eigenes Glück. Ich will es. Aber so, wie ich bin, geht es nicht. Also muss es sich ändern. Ich muss es ändern. Das Innen muss nach außen. Wieso habe ich es nicht viel früher kapiert? Es ist nicht zu spät. Der Geruch von Regen auf trockener Erde wird Petrichor genannt. Dass es dafür ein Wort gibt. Vielleicht ist nicht alles verloren. Nur ein paar Teile, die sich wiederfinden lassen. Oder von denen es nicht so schlimm ist, wenn sie für immer verschwunden bleiben. Ich bin ein Stück trockene Erde, Regen wird kommen. Petrichor-Tage.

Noch 3 Jahre, 9 Monate und 12 Tage

Ich werde entlassen, denn ich scheine glücklich genug für die Welt. Ich habe Angst davor, wie laut sie sein wird. Wie sehr sie ruckeln wird. Ob die dünnen Gleise, die ich in meiner Zeit hier verlegt habe, das Gewicht meines Lebens und meiner Entscheidung aushalten können. Oder ob ich nach einigen Kilometern feststellen muss, dass sich Schrauben lösen und wieder alles ins Wanken gerät. Warum tun alle immer so, als wären sie heil? Wir haben alle einen Knacks. Oder mehrere. Wie sollte denn sonst frische Luft in uns strömen und Trauer abfließen. Niemand will voll abgestandener Luft und Traurigkeit sein. Das Leben beschädigt einen, egal wie gut man sich polstert, Kissen um sein Tun stapelt und egal wie gut man aufpasst, wo man langläuft. Der Aufwand, alle Welt davon zu überzeugen, man sei unbeschadet davongekommen, ist viel größer, als sich mit dem Wind auseinanderzusetzen, der durch die Ignoranz einiger weniger entstehen könnte. Das denke ich mir, während ich auf dem Bett sitze und das vergitterte Fenster betrachte. Ich muss nicht viel packen. Nur ein bisschen Wäsche, eine Zahnbürste, mein Handy. Mehr hatte ich nicht dabei. Der größte Ballast ist die Erschöpfung, die sich immer noch an mich klammert. Als wäre ich bis zu diesem Zeitpunkt gerannt und hätte mich nach all den Jahren zum ersten Mal hingesetzt, außer Atem, mit Beinen aus Zuckerwatte und einem Denken, das aus unzusammenhängenden, schwirrenden Punkten ohne Nummern besteht. Drei Wochen war ich hier. Jetzt soll ich mit Schuhen aus Reisig wieder über den brennenden Boden der Welt gehen. Louise holt mich ab. Ich muss sie einweihen. Leise murmele ich Sätze vor mich hin, die ihr meine Erkenntnis erklären könnten. Keiner von ihnen stellt mich zufrieden. Wie sagt man so was? Die Tür öffnet sich und Louise steht vor mir.

»Hey, hey. Startklar?«

»Wahrscheinlich nicht«, sage ich, nehme meine Zahnbürste und das Handy. Louise schnappt sich den Jutebeutel mit meiner Wäsche.

Die Bahn nach Hause ist voll mit Alltag und gestressten Pendlern. Alles kommt mir grell und spitz vor. Als hätte jemand ein Stück von der Welt abgebrochen und ich müsste aufpassen, mich nicht an der Kante zu schneiden. Ich habe scheinbar weniger Haut als sonst und schwimme in einer ätzenden Lauge. Ich will es nicht zugeben, aber die Fahrt ist anstrengend und überflutet mich. Am liebsten wäre ich eine Distel und würde das komplette Außen an mir zerplatzen lassen. Wie auch immer ich auf eine Distel komme. Ich versuche, mich auf das Muster der Sitzbänke zu konzentrieren. Verschiedene Blautöne reihen sich in Kästchen aneinander. Pantone Classic Blue in Reih und Glied. Stillgestanden. Mir fällt der Werbetext zu Pantone Classic Blue ein. Warum fällt mir der Werbetext zu Pantone Classic Blue ein?

»Dieser klassische Blauton strahlt Ruhe, Souveränität und Bezogenheit aus – unsere Sehnsucht nach einer verlässlichen und sicheren Basis, auf die wir an der Schwelle zu einer neuen Ära aufbauen können.«

Ich erinnere mich an das Gespräch, das ich vor meiner Entlassung mit dem Stationsarzt geführt habe. Wie er mir sagte, dass ich jederzeit wieder vorbeikommen könnte. Selbst wenn die Psychiatrie eine Drehtür hätte, mein Interesse an einer baldigen Rückkehr ist gering. Ich bin wieder zusammengeflickt, die Nähte ziepen noch, aber ich stehe, kann vollständige Sätze von mir geben und kenne den Grund für all meinen Hass auf mich. Auch wenn ich bisher der einzige Mensch auf der Welt mit diesem Wissen bin. Niemand muss mir mehr nachts ins Gesicht leuchten. Ich wurde mit Klebstoff übergossen und werde zusammengehalten. So lange, bis der Klebstoff porös wird und ich wieder auseinanderfalle. Louise betrachtet mich. Ich merke es trotz meiner intensiven Auseinandersetzung mit Pantone Classic Blue.

»Nimmst du noch Medikamente?«

»Nichts Anregendes mehr, wenn du das meinst.«

Die Bahn rattert durch Berlin.

»Aber im Krankenhaus hast du was bekommen, oder?«

»Am Anfang was zum Schlafen und Beruhigen. Und ein Antidepressivum habe ich gekriegt. Das wirkt aber nicht gleich. Ich soll es weiter nehmen.«

»Und tust du das?«

»Ich bin zu müde, um es nicht zu tun.«

»Achtest du in Zukunft besser auf dich?«

Wieder dieser Schimmer im Blick, der aussieht, als hätte ich gerade ein Rehkitz überfahren. Ich muss Louise einweihen.

»Es ist nichts passiert.«

»Das stimmt nicht ganz, oder?«

»Ich passe auf.«

Als stünde ich dauernd vor einer viel befahrenen sechsspurigen Autobahn ohne Ampel und wollte sie überqueren. Natürlich, ich passe auf. Ich schaue links und rechts. Nein, kein Risiko. Kein Sprint, kein Fliegen über die Autos. Auf die Teilung zwischen Vorbei und Kommend warten. Den kleinen Schnitt in der Straße, der das Überqueren möglich macht. Noch mal schauen. Vorsichtig, aber schnell genug gehen. Einen Fuß vor den anderen. Nicht umdrehen, Augen auf. Ich wäre gerne ein Blatt an einem Ahornbaum im Herbst. Die letzten Strahlen der Sonne tankend. Rotbraun im Wind flatternd. Die Erinnerung an den Sommer noch frisch, aber die Luft schon mit Winter gespickt. Nach einer heftigen Böe würde ich zu Boden segeln. Jemand würde mich aufheben, mit nach Hause nehmen und als Lesezeichen in sein Lieblingsbuch stecken. Jeden Tag würde ich in einer anderen Seite schmökern, gepresst zwischen Buchstaben, Papier und dem Gefühl, das beim Lesen entsteht.

Noch 3 Jahre, 9 Monate und 9 Tage

Langsam wiege ich mich wieder in den kurz zur Seite geschobenen Alltag, arbeite weiter im Le Sausage, versuche mich in Behutsamkeit, halte mich von Wänden und Dächern fern, um nicht zu viel auf sie zu starren oder von ihnen runterzuspringen, und denke über meine Entscheidung nach. Seit mir klar geworden ist, woher all der immense Hass rührt, pendle ich zwischen Leichtigkeit und Beton an den Füßen. Leichtigkeit, weil Entscheidungen einen in die Höhe heben und umherwirbeln, als hätte man ihnen einen Gewinn bei der Glücksspirale verkündet, und Beton an den Füßen, weil ich nicht weiß, was ich tun muss, um von meinem jetzigen A zum erwünschten B zu gelangen. Es gibt keinen Fahrplan und keine Durchsagen, es gibt nur das Internet. Wahrscheinlich wird es mir am Ende sagen, dass ich einen Hirntumor habe. Die Medikamente stampfen den Liebeskummer wegen Sam ein bisschen klein. Ich denke trotzdem sehr oft an sie. Wenn ich ehrlich bin, alle drei Sekunden. Es nagt an mir, dass sie sich einfach ausgeschlichen hat. Sich immer spärlicher dosiert hat, bis sie irgendwann verschwunden war.

Es ist Nacht. Louise und ich hantieren mit Würsten und Würstchen im Le Sausage. Seit meinem Ausflug in die Psychiatrie schwirrt manchmal die Erinnerung an unseren Streit durch mich. Soll ich es ihr so erklären? Ihr den Grund für das Duschen im Dunkeln, die so oft geschlossenen Augen, die Sommer im Schneeanzug sagen? Die letzten Gäste sammeln ihren Rausch zusammen und stehlen sich in die Nacht. Kalle singt in der Küche laut deutsche Schlager. Aktuell liebt er »Ich will keine Schokolade, ich will lieber einen Mann«. Ich putze die Sperrholztische, die romantisch karg wirken sollen, und sehe dabei Louise an, denke mir, wie sehr ich sie mag. Was, wenn sie die zarte Entscheidung, die ich in mir trage, verurteilt? Wenn sie sie nicht versteht. Ich ihr als Aufgabe zu kompliziert bin. Wieso bin eigentlich immer nur ich die Aufgabe und sie seit jeher die Lösung für alles? Ohne Louise geht nichts. Als wäre sie das Feuer, das diese komische Welt warm und am Laufen hält. Ist es gut, dass sie mir das einzige Feuer ist? Sollte ich nicht selber wissen, wie man Wärme erzeugt? Wir haben das Licht gedimmt, die Tür abgeschlossen, damit niemand mehr nach Wurst schreien kann und uns mit seinem Rausch belästigt. Dazu hören wir, neben Kalles Gesang, Musik. Im Halbdunkel sehe ich Louise nur schemenhaft. Ihre Umrisse zerfließen mit der Umgebung. Die Schatten nehmen ihr die vergangene Zeit, sie sieht wieder aus wie früher als Kind. Sehr jung, sehr klein, immer schon lustig. Sie ist so in mir verwachsen und verwurzelt, dass es kein ohne sie geben kann. Ihr Gehirn in meinem, meins in ihrem. Im Kopf verwandt. Man kann nicht so einfach aus dem Gehirn eines Menschen herausgeworfen werden. Oder doch? Wo ginge ich dann hin? Zurück in mein eigenes Gehirn? Wenn man Worte zu oft sagt, werden sie unförmig und komisch. Wenn man Gefühle zu oft fühlt, werden sie zu einer falschen Wahrheit. Nicht alles glauben, was man denkt, denke ich. Kalle ist mittlerweile bei »Mein kleiner grüner Kaktus« angekommen.

»Alles klar? Starrst du mich schon die ganze Zeit an?«

»Was? Nein? Ich bin komisch sentimental.«

»Warum? Weil Kalle so schön alte Schlager singt?«

»Nein, das Licht ist so schön. Gefährlicher Halbschatten.«

»Haha, warum denn gefährlich?«

»Louise, was würdest du denken, wenn ich dir sage, dass ich in Wirklichkeit jemand anderes bin?«

»Hast du jemanden umgebracht?«

»Was? Nein. Eher so in Bezug auf Innen und Außen.«

»Ich kann dir nicht ganz folgen.«

Sie setzt sich auf einen der Tische und sieht mich an. Ich

bin noch nicht gesprungen, aber bin kurz davor. Fliegen oder Fallen. Sie muss es wissen. Ich brauche ihre Meinung, ihre Ahnung, ihren Beistand. Und irgendwo muss ich anfangen. Louise muss der Anfang sein. Welches Stück vom Seil? Anfang oder Ende. Louise nimmt eine Strähne ihres Haars und steckt sie sich in den Mund. Immer wenn sie wartet oder nervös ist, kaut sie auf einer Haarsträhne.

»Ich komme mir vor wie zwei übereinandergelegte Schablonen, die zusammen keinen Sinn ergeben. Innen und Außen. Sie stimmen nicht überein und ich glaube, deswegen bin ich so unglücklich.«

»Zwei übereinandergelegte Schablonen? Ich checke es nicht.«

»Mein Außen passt nicht zum Innen.«

»Was ist denn innen, dass es nicht zum Außen passt?«

Kalle schmettert in der Küche »Mein Freund, der Baum«. Vielleicht verliere ich den Verstand. Fallen oder Fliegen. Wie dekliniere ich Louise das Innen, damit sie es versteht? Damit ich es verstehe. Wie soll ich diese Wolke einer Erkenntnis einfangen und sie jemand anderem verständlich machen, wenn ich selber nicht einmal kapiere, was los ist. Ob der Himmel sich Wolken als Haustiere hält? Wäre doch eigentlich nett. Mein Freund, der Baum, ist tot. Kalle schreit das Lied.

»Versprichst du, dass du nicht davonläufst?«

»Du hast doch jemanden umgebracht.«

»Louise!«

»O.k., ich verspreche es!«

Springen. Jetzt. Mein Freund, der Baum.

»Das Innen ist ein bärtiger Holzfäller. Das Außen nicht. Das ist das Problem.«

Verwirrung malt sich auf Louises Gesicht. Krakelt. Der

gefährliche Halbschatten. Sie sieht aus wie ein Kind, das eine Rechenaufgabe nicht begreift oder das Universum erklären soll.

»Also dass du außen kein bärtiger Holzfäller bist? Sondern halt ... du? Was?«

»Ich glaube, ich bin trans*.«

Ein klarer Satz. Subjekt, Prädikat, Objekt. Nicht verschachtelt, kein doppelter Boden oder mit ironischem Notausgang. Wahrheit ist immer am schwierigsten. Am anstrengendsten. Nichts nimmt so ausgiebig den Atem. Nichts wirft kräftiger gegen die Wand. Aber nichts ist zugleich lohnender. Kein richtiges Leben im falschen. Fliegen. Das Gesagte kribbelt hinter meiner Stirn. Kniebeuge mit einem Riesen auf den Schultern.

»Trans? Oh, o.k., so meinst du das. Aha. Du bist ein bärtiger Holzfäller und trans*. Und jetzt?«

»So genau weiß ich das auch nicht. Ich muss schauen, wie ich den inneren bärtigen Holzfäller nach außen verlagere. Rennst du jetzt weg?«

»Wegrennen? Was? Quatsch. Ich habe keine Ahnung, wie du ein Holzfäller werden kannst. Aber ich will nicht, dass du dauernd so unfassbar traurig bist. Ich hatte Angst um dich, bevor du in die Klinik bist, weil ich dachte, du springst irgendwo runter, wenn ich kurz nicht aufpasse.«

»Es tut mir leid.«

»Es muss dir nicht leidtun. Ich wusste nicht, was ich tun soll. Ich wollte dir helfen, aber das ging nicht. Aber ich renne nicht weg, o.k.?«

Kleines Licht am Ende des Tunnels. Flackernd im Wind. Vielleicht eine Kerze. Hoffentlich erlischt sie nicht. In der Küche schmettert Kalle weiterhin »Mein Freund, der Baum«. Der gefährliche Halbschatten legt den Schlagstock beiseite und lockert den obersten Knopf. Entspannung macht sich breit. Oder Erschöpfung. Wer kann das schon unterscheiden? Das Gewicht auf meinen Schultern wird leichter, weil ein wenig davon jetzt bei Louise sitzt.

»Also, was machst du? Am besten, du gehst zu deinem Hausarzt und fragst, oder?«

»Zum Arzt? Aber was soll ich sagen? Guten Tag, ich leide an Frau, können Sie machen, dass es weggeht?«

»Keine Ahnung. Aber zu wem sonst? Einem freundlichen Schmied in der Nachbarschaft, der auch Zähne zieht? Hast du im Netz geschaut?«

»Das Internet sagt, dass ich wahrscheinlich einen Hirntumor habe.«

»Klar ... Morgen machen wir uns schlau. Wir finden es raus. Das Internet weiß alles. Da fällt mir was ein. Wusstest du, dass eine Frau die Berliner Mauer geheiratet hat?«

»Was genau hat das mit mir zu tun, Louise?«

»Sie hat sogar den Nachnamen der Mauer angenommen.«

»Berliner Mauer?«

»Richtig. Und sie sagte, ich zitiere: Man muß eigensinnig sein und darf ein Nein nicht für ein Nein halten. Zudem ist die Berliner Mauer ›the best and sexiest wall that ever existed‹. Nach dem Mauerfall sah sie sich als Witwe an. Ehrlich, denke ich mir nicht aus.«

»Das ist eine beeindruckende Transferleistung, wirklich.«

Während Louises Ausführungen über das Sexleben der Berliner Mauer ist Kalle aus der Küche gekommen. Er summt »Ich brech' die Herzen der stolzesten Frauen« und setzt sich neben mich.

»Na? Feierabend, Girls?«

Louise sieht mich an, bemerkt, wie ich zucke. Die Realität kneift mir in den Arm und macht mir klar, wie schlecht es um den Holzfäller bestellt ist.

»Ey Kalle, nee. Nichts da mit Girls. Das ist Bullshit.«

Kalle sieht maximal verwirrt aus und dreht den Apfel in der Hand. Wieso darf man auf einmal nicht mehr Girls sagen?

»Hö? Feierabend, Mädels?«

»Nein, auch nicht. Sag einfach nur: Feierabend. Das ist sowieso das beste Wort. Lasst uns gehen. Genug für heute. Schlaf gut, Kalle.«

Noch 3 Jahre, 7 Monate und 2 Tage

Die Aussage, dass ein Großteil des Unglücks der Welt verhindert werden könnte, wenn die Menschen ihre Wohnungen nicht verließen, ist sicherlich wahr. Leider kann ich diese Weisheit nicht befolgen. Das Glück ist in meinem Fall nur vor der Haustür zu finden. Dort, im feindlichen und ungekämmten Draußen, das allzu oft nach mir schnappt und mir gerne vor die Füße kackt. Um die Welt anknipsen zu können, muss ich sie an mich heranziehen, mir ins Gesicht atmen lassen und ertragen, was sie am Stammtisch in ihr Glas brabbelt.

Es hat den Anschein, als wollte der Staat mit mir ein Ringen veranstalten. Er fordert Gutachten, Therapien, Arztbesuche, Anträge, Fristen, Alltagserfahrungen von 1,5 Jahren. Soll ich vielleicht noch eine Choreografie einstudieren, um den Staat zu becircen?

Der ganze Vorgang klingt kompliziert, als wollte ich auf dem Gipfel des Matterhorns ein Soufflé backen. Ohne Ofen. Und eigentlich auch ohne jegliche Zutaten. Nur mit der Kraft meiner Gedanken und ein paar guten Wünschen der Menschen aus dem Tal.

Mein Mut treibt selten oben, aber so schnell wie in diesem Moment habe ich ihn noch nie in den Morast sinken fühlen. Was für eine Idee ist das? Wer hat sich dieses Prozedere ausgedacht? 1,5 Jahre Fasching spielen und dadurch herausfinden, wie ein mies verkleideter Holzfäller bei seiner Umgebung ankommt? Soll ich mir einen Bart aufkleben, eine Oktave tiefer sprechen und noch mal irgendwo verdroschen werden?

Der Wust der Ratlosigkeit verknotet sich. Die Bedingungen sind sperrig und lassen sich nicht durchs Leben tragen, ohne dass man irgendwas umstoßen würde. Das ständige Erinnertwerden an die eigene unpassende Existenz. Diese hingeschmierte Notiz. Alltag erfahren. Sich im Alltag verfahren. Alltagsverfahrungen. Eher so. Mein Alltag beißt mich, während mir die Welt aufs Tischtuch blutet. Armdrücken ohne Hände. Vielleicht verbringe ich die kompletten 1,5 Jahre in unserer Wohnung oder tunke das Draußen in Dunkelheit, damit mich niemand sieht. Alltagserfahrungen. Wer denkt sich so was aus? Und wieso wird es einem so schwer gemacht, an sinnvolle Informationen jenseits von Gehirntumoren und Bodybuilderdoping zu kommen?

Louise wirkt genauso beeindruckt und ratlos, wie ich mich fühle.

»Also, zusammengefasst, ich brauche Bescheide für Bescheide, damit ich Bescheide bekommen kann, die bescheinigen, dass man mir irgendwas bescheinigen kann.«

»Der deutsche Staat ist fürsorglich.«

»Oder hält mich für komplett geistesgestört. Ich glaube, das ist es eher.«

Tue ich das Richtige? Werfe ich alles fort, was ich aus unglücklichen grauen Steinen gebaut habe? Dieses kleine sonderbare Leben, das meins ist. Wäre es nicht schlauer, einfach weiterzumachen wie bisher? Nicht glücklich, aber immer verstaut und eingebettet in wackeligen Routinen. Werde ich länger offiziell Mann sein als das, was ich jetzt bin? Was, wenn die Zeit nicht reicht, um das Glück neu zu lernen und zu üben? Ich wünschte, es gäbe eine überirdische Instanz, die mir sagen könnte, was zu tun ist. Wenn ein Leben sich so falsch anfühlt, kann es nicht in Ordnung sein. Ist das nicht Grund genug?

»Komm, lass dich dadurch nicht entmutigen. Wir trinken Sekt und stoßen auf dich an. Entscheidungen sind gut. Es wird werden. Und irgendwann wird es gut sein.«

Ihre Motivationsrede wirkt ungeübt und kraftlos, Kaugummikauen ohne Zähne. Ich bin erschöpft, bevor alles angefangen hat.

Noch 3 Jahre, 4 Monate und 21 Tage

Ich schlängle mich durch meinen Alltag, arbeite im Le Sausage, gehe Dan aus dem Weg, versuche Sam in irgendeinen Schatten in meinem Kopf zu drängen, schaue den Himmel an und denke dabei beständig nur einen Gedanken, der sich in mir verzweigt: Schaffe ich das alles? Und wie? Bin ich wirklich das, was ich denke zu sein? Oder soll ich diesen Umstand ignorieren, wie einen Wahnsinnigen, der neben mir auf den Bus wartet und dabei Gott anschreit? Ich mache Schritte wie ein schüchterner Käfer, um mich dem Berg, der sich in der Ferne auftürmt, wenigstens zu nähern. Dabei rede ich mir ein, dass ich immer noch umdrehen kann, wenn meine Schuhe für den Aufstieg nicht geeignet sind. Um wenigstens irgendwie das Gefühl eines Vorankommens zu haben, habe ich damit begonnen, meine nähere Umgebung in meine Pläne einzuweihen. Ich habe einen Stein in den Tümpel meines Lebens geworfen und sehe zu, was passiert. Die Kreise des Einschlags schwappen weiter und weiter. Was wird aufgewiegelt, was geht unter? Wie unstet wird das Wasser werden? Ich kann es nicht abschätzen. Momentan fühlt sich alles unordentlich und umgeworfen an und ich trage eine Stahlplatte im Rücken, die das Bücken unmöglich macht, um Sachen wieder aufzuheben.

Weil ich mich bezüglich einer Behandlung schlaumachen muss oder einfach nur etwas von meiner Last verteilen möchte, sitze ich bei meinem Hausarzt und warte auf meinen Termin. Die Tür zum Sprechzimmer geht auf und ich höre meinen Namen. Das Frau davor. Ich hasse es. Frau. Sieht denn keiner den Wolpertinger? Ich betrete das Sprechzimmer und setze mich.

»Wie geht es Ihnen?«

»Ich bin müde und schlafe nicht so gut. Mein Magen tut weh.«

»Der Magen? Wann kommen die Schmerzen?«

»Immer?«

»Wir schauen uns das mal an. Bitte hier auf der Liege auf den Rücken legen.«

Ich lege mich hin und ziehe meinen Pulli so weit hoch, dass eine Ameisenfamilie darüber spazieren könnte. Der Arzt sieht mich an.

»Ein bisschen höher müsste der Pulli sein, damit ich den Bauch abtasten kann.

Widerwillig gebe ich mehr Bauch preis und er drückt darauf herum wie eine untalentierte Katze, die nach Milch sucht.

»Tut das hier weh?«

Mein Bauch gluckert. Die Fragen, die ich mir überlegt habe, brennen in der Magenhöhle, aber ich weiß nicht, wie ich sie loswerden soll. Jedes Wort scheint unter einem Stein zu liegen, der unter einem Stein liegt.

»Also, ich vermute eine Gastritis. Von zu viel Stress, kann das sein?«

Warum schieben Ärzte alles, wofür sie keine Erklärung haben, auf Stress?

»Stress ... hm, vielleicht. Ich habe da noch eine Frage.«

»Eine Frage, o.k. Was für eine Frage?«

»Also, ich habe mich gefragt, ob Sie, hm, also, ob Sie vielleicht ... ob Sie sich mit dem Thema trans* auskennen.«

Er sieht mich an.

»Ich habe einige trans* Frauen hier in der Praxis. Wieso fragen Sie?«

Ich druckse herum und bekomme die Worte nicht über die Lippen. Sie stemmen ihre nagelbesetzten Füßchen in meinen Hals. Jedes Ansetzen zu einer Erklärung treibt die Nägel tiefer ins Fleisch. Er hakt nach.

»War das die Frage?«

»Nein, nicht ganz, also auch. Aber ich frage mich, ob Sie, wenn ich, also, wenn ich ... ob das bei mir auch ginge. Also wenn ich das eventuell wäre.«

»Sie meinen, ob ich Ihre Behandlung übernehmen könnte?«

»So könnte man die Frage auch stellen.«

»Da spricht grundsätzlich nichts dagegen. Kennen Sie das Prozedere?«

»Nicht wirklich.«

»Ich verstehe. Um die gegengeschlechtliche Hormontherapie zu starten, brauchen sie eine Bescheinigung von Ihrer Therapeutin, dass sie dieser zustimmt und sie seit mindestens 12 Monaten dort in Behandlung sind. Außerdem muss sie bestätigen, dass Sie Alltagserfahrungen gemacht haben. Auch seit mindestens 12 Monaten. Für die Hormontherapie brauchen Sie keine Zustimmung von der Krankenkasse. Für etwaige Operationen schon. Da müssten Sie einen Antrag stellen, der wiederum an Fristen gebunden ist.«

Die Bürokratie setzt sich ächzend auf mein Leben. Wenn der Staat sich wirklich so sehr interessieren und kümmern würde, gäbe es keine Einsamkeit mehr. Ich will meinen Kopf in die Hände legen und auf Winde hoffen, die mich ein paar Monate weitertragen. Bis ich weiß, dass ich die richtigen Schuhe für diesen Berg habe. Oder einen sehr guten Sessellift.

»Wegen des Magens verschreibe ich Ihnen Tabletten, die nehmen Sie eine Woche. Wenn es damit nicht besser wird, kommen Sie noch mal vorbei.«

Mein Magen. Was interessiert mich mein Magen. Das neue Leben ist mit einem Meter Frischhaltefolie eingepackt und ich stehe ohne Schere vor ihm. Ich gebe dem Arzt die

Hand und hole mir mein Rezept am Empfang. Um den Magen zu heilen, das kranke Drumherum bleibt vorerst so, wie es immer war.

Noch 3 Jahre, 3 Monate und 12 Tage

Auf dem Beipackzettel meiner Magentabletten steht, dass man von ihnen Magenschmerzen bekommt. Ich beschließe, sie nicht zu nehmen. Ich sitze auf meinem Rad und überlege. Meistens geht das Denken besser, wenn ich mich bewege. Als wäre mein Gehirn mit einem Seil ans Rad gebunden und könnte nicht anders, als hinter mir herzulaufen. Es ist schon dunkel. Nicht so dunkel, dass man die Sterne sehen könnte. Ich fahre vorbei an Partymenschen, Junkies und Lärm. Eingelullt vom Leben der anderen, ihren Problemen, ihrem Tosen. Sind sie glücklich oder nur besser abgelenkt als ich? Wem muss ich alles von meinen Überlegungen erzählen? Meinem Grund für die Traurigkeit, dem steten Unglück und den andauernden Magenschmerzen. Diesen Symptomen des Ungeklärten, eines Fehlers, der ich bin. Vielmehr der sichtbare Teil von mir. Dass es so, wie es ist, nicht weitergehen kann. Dass ich so nicht weitergehen kann. Mit diesen vom Leben gebrochenen Beinen. Also wer muss Bescheid wissen? Louise. Natürlich. Check. Meine Familie? Dieser verwüstete Zusammenschluss von Menschen, die sich nichts zu sagen haben, außer, dass das Wetter schlecht ist. Wie viel mehr wird sie mein Entschluss aufscheuchen und auseinandertreiben? Letztlich wahrscheinlich egal. Meine Arbeit, genauer Dan, Kalle und die anderen Würstchen. Entfernte Verwandte? Bekannte und alle, die ich je getroffen habe? Sam? Sie antwortet nicht auf meine Nachrichten, wozu also. Was ist mit Micha? Obwohl wir keinen regen Kontakt haben. Irgendwie gibt es sehr wenige Menschen in meinem Leben. Oder kommt es mir nur so vor? Wie soll ich über sieben Ecken Beyoncé kennen, wenn es mit den Ecken, die ich habe, nicht rundläuft? Die Luft ist klar. Denke ich. Bestimmt ist sie in Wahrheit so giftig und schlecht wie der Atem eines Reptils. Mir hat noch nie ein Reptil ins Gesicht geatmet. Daher ist das eine steile

These. Vielleicht riechen Reptilien sehr gut aus dem Mund, weil sie zwischendurch immer Eukalyptus essen. Ich weiß sehr wenig über Reptilien, merke ich. Eigentlich weiß ich gar nichts. Fahre ich zu schnell Rad für mein Gehirn? Kommt es nicht hinterher und ich deshalb auf so dumme Ideen? Ich beschleunige, strample, als würde ich versinken. Zerfetzte englische Wörter segeln durch die Luft, spinnen sich zu einem Netz, in dem ich mich kurz verheddere. Schnell weiter durch die Nacht. Durch die Gerüche und die Ablenkungen. Vorbei an der Bar, in der ich mich mit Sam betrunken habe. Sie ist überall. Hat Erinnerungen auf die Stadt gestempelt. Unauslöschlich. Eine reine Stadt wäre schöner. Eine Stadt aus Plastik, einmal abwaschen, zum Trocknen stellen und wieder verwenden. Als wäre nie etwas gewesen. Ist denn je etwas gewesen? Schlappe Gedanken, die sich in den eigenen Schwanz beißen. Die Straßenlaternen scheinen wie leuchtende Nähte, die die Stadt zusammenhalten. Ich flitze unter ihnen durch. So viele von ihnen und trotzdem alles finster. Jemand schreit, ich schaue kurz, sehe nichts. Wo bin ich? Straßenschilder suchen. Kurz anhalten, orientieren und verschnaufen. Ich stehe, atme das Geschehen und lasse mein Denken aufholen. Aus einem der vielen Schatten tritt eine Gestalt neben mich. Eine Frau. Ich lächle flüchtig. Eher reflexhaft als begründet. Sie hakt sich in meinen Blick, kommt zu mir. Sieht sich um, prüft, ob jemand in der Nähe ist.

»Na, Schöner, willst du ein bisschen Spaß?«

Die Straße ist laut. Ich verstehe sie nicht richtig. Also frage ich nach:

»Entschuldige, sag noch mal, es ist so laut hier.«

Irritiert wiederholt sie ihre Frage. Es ist dunkel. Wir stehen neben dem Schein einer Straßenlaterne. Kurz vor dem Lichtkegel.

»Willst du ein bisschen Spaß haben?«

Spaß haben. Klar, Spaß wäre toll. Irgendwas, das nichts mit Denken zu tun hat. Was will sie machen? Mit mir Tiervideos anschauen oder Tischtennis spielen? Ich stehe sehr lange auf der Leitung. So lange, dass man in der Zwischenzeit ein Haus hätte bauen können. Dann endlich raffe ich, was ihre Version von Spaß bedeutet. Sie hält mich für einen Freier. Einen männlichen Freier. Ist das ein Kompliment? Ist sie nachtblind? Ich spüre, wie mein Kopf sich rot färbt. Eigentlich mein ganzer Körper. Durchgehendes, verschämtes Pulsieren. Ich zerhacke meine Antwort, stottere die Worte.

»Nein, danke, das ist sehr nett, aber ich möchte keinen Spaß haben.«

Ich möchte keinen Spaß haben? Was ist das für eine Antwort? Spaß? Bitte nicht. Damit möchte ich auf gar keinen Fall etwas zu tun haben. Ich werde noch röter. Sie sieht mich an, legt den Kopf schief. Was sagt man denn als Mann zu so einer Frage?

»Du möchtest also keinen Spaß? Verstehe. Bist vielleicht auch noch ein bisschen jung, mein Kleiner.«

Was denkt sie denn über mich? Wie dunkel ist es hier? Hält sie mich für einen 14-jährigen Chorknaben, der auf der Suche nach seiner Defloration ist und deswegen unter Straßenlaternen herumlungert? Mein Kleiner? Wer redet so? Mögen es Männer, wenn Frauen so mit ihnen reden? Als wären sie etwas minderbemittelt, lebensunfähig und bräuchten jemanden, der ihnen ein Butterbrot schmiert? Nachdem sie für Sex bezahlt haben. Ich bin maximal verwirrt. Bevor ich irgendetwas sagen kann, ist sie weitergegangen. Ich weiß nicht genau, ob ich mich freuen soll. Das Leben ist anscheinend vorausgelaufen und hat der Welt Infos über mich verraten, die ich noch nicht mal mit meinen Freunden geteilt habe.

O.k., es war dunkel. Halbschattig. Es ist dämlich, aber eine kurze Sekunde freue ich mich darüber, auf einer lauten und dunklen Berliner Straße für einen Freier gehalten worden zu sein. In der nächsten Sekunde schäme ich mich. Wie kann man denn darauf stolz sein? Um der Scham zu entkommen, radle ich weiter. Planlos, ziellos. Heraus aus dem Halbschatten, hinein in den nächsten, noch unbenutzten. Jungfräulich. Die Straßen sind leer gefegt und scheinen außer Atem. Wo sind denn alle? Ich fahre mitten auf der Straße. Slalom, links, rechts, hin und her. Erfahrung und Verwirrung absacken lassen. Die Fahrt nimmt mich so sehr in sich auf, dass ich das Außen gänzlich abschalte. Bis ein Auto sehr dicht an mir vorbeirast und hupt. Aus dem offenen Fenster höre ich den Fahrer schreien:

»Bist du besoffen, du Fotze?«

Deckel auf die kurze verwirrende Ekstase. Die komplette Welt ist also doch noch nicht informiert. Gut zu wissen.

Noch 3 Jahre, 2 Monate und 9 Tage

Ich habe meine Entscheidung auf ein Kissen gelegt und schaue sie an. Sie schaut zurück. Vor uns ein Berg und ich in Schläppchen. Ich brauche Therapie, zig Bescheinigungen, Gutachten, einen Gerichtstermin, um mich von mir scheiden zu lassen, Zeit, Fristen, einen Termin im Krankenhaus, Zusagen von der Krankenkasse, mehr Zeit, Geduld, eine endokrinologische Praxis, Empathie, Ämter, die Gunst der anderen und ein neues Fahrrad. Aufgrund meiner immensen Überforderung mit diesem Koloss der Realität entschließe ich mich vorerst für das Fahrrad. Louise scheppert durch die Wohnung. Sie jagt Einstein VIII. Wieso haben wir so einen gigantischen Hamsterverschleiß? Meine Gedanken flachen ab und fallen auf einer Seite in die Tiefe. Die Tür geht auf, Louise ist außer Atem.

»Wie kann ein Hamster so schnell sein? Ich melde Einstein VIII. für Olympia an. Hast du ihm irgendeinen Proteinshake verpasst?«

»Ich züchte doch keinen Krafthamster. Hast du ihn erwischt?«

»Nein, ich bin erschöpft. Soll er doch durchbrennen. Ich wollte nur sein Bestes. Er wollte es nicht. Ich kann nichts mehr tun.«

Dann aus dem Nichts:

»Wie willst du heißen?«

»Bitte?«

»Wie? Du brauchst einen Namen. Wie jeder Mensch auf diesem Planeten.«

»Stimmt. Ich überlege schon dauernd. Auf meinem Handy sind Listen voller Namen. Aber sie sind alle kacke. Alleine deswegen werde ich keine Kinder bekommen. Am Schluss nenne ich sie aus Verzweiflung Shakira-Despotia oder Herbert-Blumenkohl. Das kann ich ihnen nicht antun. Außer ich zwinge sie zu einer Karriere im Cabaret.«

»Das muss nicht schlecht sein. Wir können googeln. Babynamen oder so. Welpenforum!«

»Ich bin kein Welpe.«

»Na, irgendwie schon.«

Wie kann man sich zusammenfassen? Sich einrahmen. Begreiflich machen. Die eigene Existenz so konzentrieren, dass sie durch ein paar Buchstaben erklärt wird?

»Wie wäre Friedhelm?«

»Louise!«

Ich gehe ans Fenster und schaue nach draußen. Die Straße ist gespickt mit ein paar Menschen, die so tun, als wären sie nicht Teil des Kapitalismus. Sie führen Unterhaltungen mit der Sonne, lächeln ihr zu und essen im Gehen zu Mittag. Die Arbeitslast macht, dass sie nicht abheben, um das Weite zu suchen und Frohsinn zu finden. Kleine Kleckse, die Zeitgeist mampfen. Ich grüble über einen Namen. Der unbenannte Zustand macht mir zu schaffen. Das Gefühl, mich als X durch die Welt zu mogeln. Ein Etwas, auf das man deutet, weil einem das zugehörige Wort nicht einfällt. Dings. Man beschreibt, versucht zu erklären, doch das Hirn ist vollgestapelt und leer zugleich. So kann man niemand sein, eine grobe Beschreibung ohne klare Definition. Um nicht vergessen zu werden, braucht man einen Namen. Ich will nicht vergessen werden. Nicht, bevor ich überhaupt da gewesen bin.

»Lord Dynamite.«

»Ey, Louise, das ist ernst.«

»Ah, vielleicht einfach Ernst? O.k., Spaß beiseite. Nicht Peter oder so was. Aber auch nicht Herbert-Blumenkohl. Irgendwas dazwischen. Sven? Paul? Roger? Larry?«

Louise knabbert auf ihren Haaren herum und denkt sichtlich angestrengt über meine Namensgebung nach.

»Johann!«, rufe ich.

Auf einmal ploppt der Name in mir auf. Ist einfach da und funkelt. Ich sage ihn, ohne groß nachzudenken, und einen Tick zu laut. Ich betrachte ihn. Leicht und schön schwebt er vor mir. Das ist er. Mein neuer Name. Aus dem Nichts ist er da und völlig richtig.

»Johann? Wo kam denn der auf einmal her?«

»Keine Ahnung. Johann, das ist er. Das ist mein Name.«

Louise stellt sich neben mich ans Fenster, nimmt ihre Limo und besprenkelt mich damit.

»Ich taufe dich auf den Namen Johann!«

Es ist bescheuert und feierlich, wie es mit den guten Momenten manchmal eben so ist. Ich muss lachen. Wann habe ich das eigentlich zum letzten Mal gemacht und mich dabei wie der richtige Ton in einem Lied gefühlt? Die Menschen draußen sind noch immer versonnen. Ich stehe an ihrem Rand. Aber ich nähere mich. Dringe weiter ein. Vielleicht werde ich zu einem Teil von ihnen. Langsam, aber Hoffnung ist da. Ich hätte niemals gedacht, dass das Leben schimmern würde, aber es passiert.

Noch 3 Jahre, 1 Monat und 21 Tage

Um körperlich ein Mann zu werden, muss ich beweisen, dass ich körperlich eine Frau bin. Dieser Gedanke zersetzt mich. Als wäre die Idiotie der Alltagserfahrungen nicht genug. Die Krankenkasse besteht auf einer frauenärztlichen Bescheinigung, dass »untenrum« alles in bester Ordnung ist, um mir Operationen zu bewilligen. Nicht mal Louise erzähle ich davon, weil es mir so unangenehm ist. Weil es mir vor dieser Untersuchung am meisten graut, will ich sie schnellstmöglich hinter mich bringen. Beim Anruf in der Praxis, um einen Termin auszumachen, habe ich irgendwas von Vorsorgeuntersuchung gemurmelt, weil ich nicht damit rausrücken wollte, warum ich eigentlich kommen muss. Keine Ahnung, was mich erwartet. Mir wird übel, wenn ich nur an diesen unsäglichen Stuhl denke, auf den man sich setzen muss, um der Ärztin Vagina-TV zu ermöglichen. Das Wartezimmer ist voller sehr schwangerer Frauen. Behäbig und schwer liegen sie in ihren Stühlen und lesen Frauenzeitschriften oder Gazetten, die über den Adel berichten. Ich passe nicht in dieses Fortpflanzungs-Stillleben. Quer und verschroben hangle ich mich durch die Zeit des Wartens. Eigentlich wünsche ich mir, vergessen zu werden und hier nicht stattfinden zu müssen. Mein Schnaufen ist ähnlich laut wie das der Schwangeren. Einige von ihnen schauen mich fragend und irritiert an, was mein Unwohlsein noch verstärkt. Was will der Typ hier? Ist das ein Typ? Ist das eine Frau? Die Ewigkeit zieht sich zusammen, mein Name wird aufgerufen. Frau Schneid. Frau. Kurzes Verbrennen, wie jedes Mal in einem Wartezimmer beim Erklingen des Wortes Frau in Verbindung mit mir. Frau? Verwirrung. Schnell raus, auf den Boden schauen. Warum legt man in einer Arztpraxis Teppich aus? Ist das nicht wahnsinnig unhygienisch? Pochender Kopf. Eins meiner Augen zuckt und flattert. Ob es sich davonmachen will? Verständlich. Hoffentlich nimmt es mich mit. Ich setze mich auf den Stuhl. Ziehe das extralange Shirt so weit runter, wie es irgendwie geht, verschränke mich und meine Beine. Auf der Straße vor dem Fenster findet lautstark Alltag statt. Hupen, Schimpfen, Tomaten wollen verkauft werden. Alles ganz normal. Regulärer Tag. Dort draußen. Schritte, dann geht die Tür auf, und die Ärztin betritt das Zimmer. Sie begrüßt mich und meinen freigelegten Unterkörper.

»Guten Tag, Frau Schneid. Was führt Sie zu mir?«

Selbstzerstörungsmodussehnsucht.

»Ich muss einen Check-up machen. Ob alles o.k. ist.«

»Natürlich. Dann wollen wir mal schauen.«

Wir? Muss ich ihr helfen? Kommt noch eine Fußballmannschaft, um sie zu unterstützen? Ich sitze immer noch mit verschränkten Beinen vor ihr. Verhüllt in meinem Shirt, das in etwa so groß wie Europa ist.

»Sie müssten Ihre Beine bitte auf diese Stützen legen, damit ich Sie untersuchen kann.«

Ich lege die Beine auf die Stützen und schaue starr an die Decke. Sie fängt an, an mir, vielmehr in mir herumzuwerkeln. Die Geräte aus medizinischem Stahl sind kalt. Die Decke ist sehr interessant.

»So, entspannen Sie sich. Das Wetter ist herrlich zur Zeit, finden Sie nicht? Da kann man so wunderbar Fahrrad fahren. Gibt es bei Ihnen einen Kinderwunsch? Sie sind jung, da haben sie noch etwas Zeit. Aber es schadet nie, sich früh darüber Gedanken zu machen. Wie halten Sie es denn mit der Verhütung? Nehmen Sie die Pille?«

Muss ich antworten oder unterhält sie sich mit meinem Unterleib? Der eigentliche Grund, warum ich hier bin, hängt im Türrahmen fest und verkantet sich mit jeder ihrer Aussagen.

»Nein, tue ich nicht.«

»Dass die jungen Frauen sich da heute immer so sträuben. Ich sage immer: Jede Menstruation ist eine blutige Träne der Natur, dass kein Kind geboren wurde. Mittlerweile sind auch die Nebenwirkungen quasi bei null. Ich rate meinen Patientinnen eigentlich immer dazu. Der Hormonhaushalt ist auf diese Art viel ausgeglichener. So, jetzt mache ich noch einen Ultraschall. Moment.«

Jede Menstruation ist eine blutige Träne der Natur? Wo bin ich hier? In Frankensteins Labor? Ich kann ihr nicht sagen, warum ich eigentlich hier bin. Wie würde sie darauf reagieren, wenn sie schon bei Frauen, die sich der Pille verweigern, die Augen nach innen verdreht. Ich kämpfe den Impuls nieder, aufzuspringen und aus dem Fenster zu flüchten. Ans Attest denken.

»So, los geht's. Doch, das sieht gut aus. Prächtig. Alles so, wie es sein soll.«

Ich liege nur da wie ein Dummy, an dem Behandlungen geübt werden können, und konversiere stumm mit der Decke über mir.

»Hier in der Straße gibt es eine Eisdiele, die hat wirklich sehr gutes Eis. Kann ich Ihnen wärmstens empfehlen. Oder kältestens. Haha, na, das Wort gibt es gar nicht. Aber Eis ist bekanntlich nicht sehr warm. So, jetzt noch ein Abstrich. Für das Ergebnis müssten Sie in etwa einer Woche anrufen.«

Scheinbar erwartet sie gar keine Antwort von mir. Ich bin beeindruckt, wie sorglos sie von blutigen Tränen der Natur über Fahrradtouren zu Eisempfehlungen schwenkt, während sie mit Geräten, die mir so groß wie Baumstämme vorkommen, in mir hantiert und ich schweigend an die Decke starre. Ich würde so gerne von irgendwem verstanden werden. Nicht andauernd gegen Ratlosigkeit und Verwirrung prallen, um danach meine blauen Flecken zu zählen.

»Das war es schon. Alles o.k. Jetzt würde ich noch die Brust abtasten. Machen Sie das selber auch? Das geht ganz fix morgens unter der Dusche. Das ist eigentlich die beste Vorsorge, die man als Frau machen kann. Ihr Shirt können Sie hier auf den Stuhl legen.«

Ob ich ihr sagen soll, dass ich für gewöhnlich im Dunkeln dusche und die elendigen Brüste gerne mit Tape an meinen Körper kleistere, damit ich nichts von ihnen mitbekomme? Passt das gut zu den blutigen Tränen der Natur und Eisdielenempfehlungen während ihres Uterusrundgangs?

Die Hände der Ärztin sind warm und ein wenig rau, als sie mich abtastet. Routiniert, schnell, während ich mir vorstelle, dass ich nicht anwesend bin, sondern irgendwo am Meer sitze und die Wellenbewegung beobachte. Auf und ab. Milliarden Tonnen von Wasser. Unendliches Gewicht. Ich schaue immer noch an die Decke, was etwas kompliziert ist, da ich nicht mehr auf dem Rücken liege, sondern vor ihr stehe. Wie ich diesen Ort hasse. Vielmehr das, was er bedeutet, wofür er steht, was er beinhaltet. Und für wen er eigentlich gemacht ist. Die aufgeplusterten Frauen im Wartezimmer. Tausend Babyfotos an den Wänden. Geballte Heterosexualität und Reihenhausromantik.

»Hier ist auch alles in Ordnung. Sie können sich wieder anziehen.«

»Könnten Sie mir ein Attest ausstellen, dass bei mir alles o.k. ist?«

»Ein Attest? Über den Befund? Wofür brauchen Sie das denn?«

Um nie wieder hierherkommen zu müssen, meine Ruhe zu haben und endlich diesen unsäglichen Wolpertingerkörper loszuwerden. Würde ich gerne sagen. Sage ich natürlich nicht.

»Mein Hausarzt hätte den Befund gerne, weil ich so oft Bauchschmerzen habe. Ausschließen, dass es nichts Schlimmes ist und so.«

»Sie haben keinerlei Abnormitäten und können Kinder bekommen. Wunderbar. Von meiner Seite aus ist bei Ihnen alles in bester Ordnung. Schreibe ich Ihnen schnell auf, dann können Sie sich den Befund an der Rezeption abholen.«

Ich muss also nur einen Haufen Kinder bekommen, dann ist die Welt wieder in Ordnung. Dass ich darauf nicht selbst gekommen bin. Stattdessen rumple ich durch diesen Alternativentwurf, den ich mein Leben nenne. Ich Idiot. So schnell es geht, ziehe ich mich wieder an, verabschiede mich von der Decke und der Ärztin und verlasse das Behandlungszimmer mitsamt dem vermaledeiten Stuhl. Die Sprechstundenhilfe steht hinter dem Tresen und mahlt auf ihrem Kaugummi herum. Völlig emotionslos sieht sie mich an und sagt nichts. Kaut einfach. Ist sie ein Rind, das jemandem sein Gesicht gestohlen hat und seine Weide nicht wiederfindet?

»Die Ärztin hat gesagt, ich kann meinen Befund hier abholen.«

Kauen. Starren. Ob sie manchmal einfach vergisst zu atmen? Der Drucker rattert. Ein Papier erscheint und fluppt auf den Tisch. Mein Befund. Sie sieht ihn an. Unfassbar lange. Als wäre er ein Insekt. Gleich isst sie ihn. Überraschenderweise tut sie das nicht, sondern nimmt ihn, das Rind hat einen Daumen und kann Dinge greifen, und legt ihn vor mich auf den Tresen. Dann starrt sie mich wieder an. Ich stecke den Befund ein, ohne einen Blick darauf zu werfen, und gehe. Sie glotzt und kaut einfach weiter.

Noch 2 Jahre, 11 Monate und 19 Tage

Ein Pfeil im Auge? High Five mit Händen aus Glas? Mathe studieren? Ich kann mir nichts vorstellen, was mich noch weniger begeistern würde, als mit Dan zu reden. Aber ich muss. Über das, was gerade mit mir geschieht. Vielmehr geschehen soll. Diese Ahnung einer Zukunft, die nicht schrecklich ist, die ich mit offenen Augen und im Hellen bestreiten kann. Die Aussicht auf dieses Gespräch ist so verlockend und verführerisch wie Eis aus Senf, aber der dumme Job zahlt meine Miete und selbst ein Holzstück wie Dan würde es merken, wenn ich irgendwann mit einem Schnauzer vor ihm stünde. Also Sprechen. Meine Kernkompetenz. Als ich Dan schreibe und frage, ob er Zeit für ein Treffen hat, verweist er mich an seinen neuen Assistenten, die Nummer stimmt nicht, ich frage nach, er versucht es wieder, der Assistent weiß von nichts, ich schreibe Dan, er dem Assistenten, dann schickt Kalle mir einen Doodle-Link, der nicht funktioniert, und ich schreibe wieder Dan. Er geht fluchend vor der Technik in die Knie und wir machen aus, uns nach meiner Schicht zu treffen. An seinen Aussetzer beim Morning-Rave entsinnt er sich nicht mehr, das Kokain hat seine Erinnerung weichgespült und in einem freundlichen Roséton gestrichen. Die Familie hat einen Ausflug gemacht, alles war wundervoll. Friede und Freude auf allen Selfies. Somit waren alle glücklich und arbeiten nun noch viel begeisterter in der Start-up-Wurstbude. Findet Dan. Erfolg ist ein Tunwort.

Als er gegen 19 Uhr und vor dem Eintreffen der Spätschicht ins Le Sausage rumpelt, reagieren seine Pupillen auf Licht. Ungewöhnlich. Er scheint nüchtern zu sein. Vielleicht ein verlängerter Detox-Donnerstag. Oder sein Organismus hat das Handtuch geworfen und nach dem letzten Dopamingewitter endgültig den Geist aufgegeben. Beim Reinkommen betrachtet er sich seitlich in der Ladenfront und lächelt sich zu. Er geht zum Kühlschrank, nimmt sich eine Flasche Sekt, köpft sie und nimmt einen großen Schluck direkt aus der Flasche.

»Ich komme vom Sport, da bin ich immer extrem durstig. Und Sekt hat genauso viele Elektrolyte wie Apfelschorle, habe ich gelesen. Macht aber mehr Spaß. Also ist es die geilere Apfelschorle.«

O.k., kein Detox-Donnerstag. Ich bin mir sicher, dass Dan mittlerweile vergessen hat, dass ich mit ihm reden wollte. Kalle singt »Solang' man Träume noch leben kann«. Ich liebäugele mit Unsichtbarkeit, ringe mich aber dann in einem kurzen Kampf nieder und lasse meine Gedanken auf Dan los. Kleine Hunde ohne Gebiss.

»Dan, wegen unseres Treffens.«

»Du, mehr Geld ist ganz schlecht. Muss ich dir leider gleich sagen.«

»Was? Mehr Geld?«

»Darum geht es doch immer. Nein? Was kann es sonst geben?«

»Es geht nicht um mehr Geld.«

Dans Laune schraubt sich um einige Dezibel lauter. Das Personal will kein Geld. Dann kann es nicht so wild sein.

»Na geil. Dann ist doch alles super.«

»Hm, es gibt noch eine Sache.«

Wieder der Berg. Dieses Mal in Form von Dan. Ohne imposanten Gipfel. Trotzdem tief verschneit. Vielleicht ist er auch nur ein umgekipptes Tal, das ich aus Versehen für einen Berg halte. Gedanken, die den Anlasser nicht finden. Also stottere ich und komme nicht vom Fleck. Dan trinkt seinen Sekt mittlerweile mittels eines Strohhalms. Elektrolyte, Baby. Dieser Körper ist eine Maschine, die Treibstoff braucht. Er sitzt auf dem Kühlschrank, seine Beine baumeln wie zwei ratlose Taue hin und her und warten darauf, einen Zweck zu haben.

Jetzt.

»Ich bin trans*. Sobald ich alle notwendigen Bescheinigungen habe, fange ich meine angleichende Behandlung an. Damit du dich nicht wunderst, wenn ich auf einmal einen krassen Schnauzer habe, wollte ich dir Bescheid geben.«

Er sieht mich an, als hätte ich ihm mitgeteilt, dass Gott eine Flämisch sprechende Echse ist. Sehr verwirrt. Sehr lange. Sehr befremdet. Trans*? Keine Frau? Was? Sein Kopf ist so schief, dass er in einem chinesischen Zirkus als Kontorsionist auftreten könnte. Dann betrachtet er intensiv die Wurst, die vor ihm auf dem Teller liegt. Ob ich irgendeine Kokain-Metapher finden kann, die ihm beim Verstehen hilft? Zum Beispiel, dass ich MDMA bin, aber mich als Kokain fühle? Nein, dumm. Der Vergleich hinkt nicht nur, er hat nicht einmal Beine.

»Krass.«

Krass. Das ist sein Gedanke. Kopf auf die andere Schulter. Erneuter Blick zur Wurst. Ein weiterer Schluck Sekt. Lautes Schlürfen. Dann ein Ruck, der ihn durchfährt.

»Lässt du dir einen riesigen Schwanz machen?«

Vor ein paar Monaten bin ich von der Kante meines Lebens zurückgetreten, um nicht einfach, in der Hoffnung auf einen gnädigen Aufprall, in die Tiefe zu springen. Stattdessen gab es ein Erkennen und zerbröckelte Wahrheit. Danach habe ich mich zusammengekehrt und aus dem Staub mühsam eine Menschenfigur gebaut. Seither versuche ich, Wind zu vermeiden und einigermaßen würdevoll durch das Dunkel um mich herum zu schreiten. Aber das Einzige, was Dan in den Sinn kommt, ist, ob mein Denken und Sehnen einem überirdisch mächtigen Glied gilt. Wau.

»Keine Ahnung, Dan. Kriege ich mehr Geld, wenn ich einen riesigen Schwanz habe?«

Er sieht mich an und scheint ernsthaft in sich zu gehen. Keine Ahnung, was er gedenkt, dort zu finden, außer den Glanz vergangener Tage und Reste von Kokain. Meine Frage scheint ihm nicht im Geringsten absurd vorzukommen. Bestimmt würde es ihn weniger verwirren, wenn ihm ein Typ ohne Kopf und mit vier Händen gegenüberstünde, solange ein üppiger Schwanz aus seiner Hose lugen würde.

»Ah, darüber muss ich nachdenken.«

In Dan scheinen zwei Seiten miteinander zu ringen. Noch ist unklar, welche von ihnen den größeren Bizeps hat. Das Reaktionäre mit festgestampfter Sehnsucht nach Biologie auf der einen und seine Vorstellung von sich selbst als Visionär und kosmopolitisch aufgeklärtem Prachtexemplar eines Menschen auf der anderen. Ob es noch eine dritte Seite in ihm gibt, die was an ihren Zehennägeln macht? Es wäre der wertvollste Beitrag.

»Das war nicht ernst gemeint«, sage ich.

»Ach so!«

Wenn ich ihm wohlgesonnen wäre, würde ich seine Frage auf Unsicherheit schieben. Auf eine Übersprungshandlung. Unwissen. Hinter denen ein reges Interesse an meiner Person stünde. Ein wohlmeinendes, umsorgendes. Der Wunsch, dass mir nur das Beste auf dieser Erde passieren möge, jemand schützend seine riesige Hand über mich halte und Gegenwind zum Haareföhnen da wäre. Ein zärtliches, liebevolles und erkennendes Kümmern, das in der Eile aus Versehen die falschen Worte aus dem Schrank gezogen hat. Wenn ich wohlgesonnen wäre, könnte ich all das denken und mir seine Stumpfheit dadurch scharf reden. Da ich es nicht bin, sondern Dan für ein Stolpern der Evolution halte, beschließe ich, dass nur ein Arschloch eine solche Frage stellt. Dan ist ein Arschloch. Mittlerweile hat er die Flasche Sekt beinahe ausgetrunken. Seine Beine baumeln noch genauso ahnungslos hin und her wie vorhin. Wie viel Raum dieser beschissene Mensch einnimmt. Wie er sich ausbreitet und in der Gegenwart festsetzt. Die Welt vereinnahmt und einfach davon ausgeht, dass er die Wahrheit ist. Die richtige und einzige Version einer Geschichte, die allen erzählt wird und an die deswegen alle glauben. Mit seinem kümmerlichen, kleinen Geist und seiner bornierten Spießigkeit, die durch einen frechen Lifestyle ein bisschen aufgewirbelt wird. Wie gern ich so souverän oder zumindest reich genug wäre, um ihm all das zu sagen. Stattdessen liegt mein finanzielles Leben in der gut manikürten Hand eines Schwachsinnigen. Eine Gewaltfantasie huscht verhüllt durch meinen Kopf. Wie gerne ich Dan auflauern würde, um all meinen Hass und die jahrelangen Zurückweisungen auf ihn zu schütten und ihn darunter zu begraben. Süße Gewalt. Für jedes gesagte Wort ein Tritt. Für jedes gedachte Wort ein Tritt. Für jedes Auslachen ein Tritt. Für jedes Spotten ein Tritt. Für jedes Schauen von oben ein Tritt. Für jede erzwungene Nähe ein Tritt. Für jede übertretene Grenze ein Tritt. Für jede gefühlte Scham ein Tritt. Für jede verwehrte und weggedrehte Liebe ein Tritt. Für jede Unsichtbarkeit ein Tritt. Für jedes Kleinreden ein Tritt. Für jedes Untenhalten ein Tritt. Für jedes Vorurteil ein Tritt. Für jedes Vergessen ein Tritt. Für jedes Leugnen ein Tritt. Für jedes Ignorieren ein Tritt. Für jede ungeschriebene Nachricht ein Tritt. Für jede verwehrte Antwort ein Tritt. Für jedes Schweigen ein Tritt. Für jedes Wegschauen ein Tritt. Für jedes Handzurückziehen ein Tritt. Für jedes Nein ein Tritt. Für jedes Ich ein Tritt. Für jedes Du ein Tritt. Für jedes unvollkommene Wir ein Tritt. Für jedes Warten ein Tritt. Für jedes

Leugnen ein Tritt. Für jeden Tritt ein Tritt. Blut in den Stiefeln. Blut an den Stiefeln. Ein Röcheln und die Frage nach dem Warum. Dafür noch ein Tritt. Aber nein, ich sitze mit festgefrorenen Sätzen in meinen klammen Händen vor ihm und mache nichts. Ich erinnere mich, wie jemand mal zu mir sagte: »Irgendwann wird dich jemand erkennen. Dich sehen, wie du bist. Und dich dafür lieben.« Dieser Dreck. Blödes Eso-Geplärre. Was, wenn mich niemand jemals erkennen wird, weil er sich gar nicht fragt, wer ich bin, oder sich nur wundert, ob ich ihn unscharf an jemanden erinnere, um sich dann wegzudrehen? Eingeritzte und verwitterte Buchstaben in der Rinde eines traurigen und schiefen Baums.

»Ich würde es machen. Ist doch voll geil. Bestimmen, wie groß der eigene Schwanz sein soll. Lass dir ein fettes Teil einbauen. Anschrauben? Keine Ahnung, wie das abläuft.«

Dan blickt verträumt auf die Wurst vor ihm. Imaginiert er sie als Pimmel? Er tippt sie sanft an. Soll ich mich freuen, dass ich nicht gefeuert oder verbrannt, sondern als lustiges Riesenschwanzwesen betrachtet werde? Kalle ruft aus der Küche nach Dan, was diesen aus seinen zärtlichen Penisträumen reißt. Mich vergisst er darüber. Den Riesenschwanzwolpertinger. Während er in die Küche marschiert, dreht er sich zu mir und sagt:

»Denk drüber nach!«

Die Wirklichkeit rumpelt in der Küche. Wie laut sie ist. War sie das schon immer? Ich lehne an der rustikal schimmeligen Sperrholzbank. Es hat über mir geregnet. Dan und Konsorten sind der Niederschlag, der sich durch nichts ankündigt. Sondern einfach auf mich fällt, ohne dass ich Zeit hätte, nach einem Schirm zu suchen. An Orten, die ich für trocken halten werde. Sonnig. Leicht. Einladend. Ohne Schatten. Wolkenlos. Endlos. Zu spät. So oft zu spät. Nass im Regen.

Frierend. Mit gesenktem Blick nach oben. Wie auch immer das anatomisch möglich ist. Wer genau hat gesagt, dass Berlin der ideale Platz zum Entfalten sei? Wo alle sein können, wie sie wollen? Frei und ungehindert durch ihr Leben springen, ohne nach gesellschaftlichen Fallstricken Ausschau halten zu müssen? Kompletter Bullshit. Berlin ist nur ein schwäbischer Gartenzwerg, der auf dem Weg nach Sylt zu früh aus dem Zug gestiegen ist und seither Freigeistigkeit vorgibt, aber dabei alles verachtet, was nicht dem eigenen Ideal von Lebensführung entspricht.

Als die Tür hinter mir zuschlägt, klingt es, als würden zwei Stahlplatten High Five üben. Die Straßen sind ausgelaufen, nur wenige Menschen unterwegs. Niedergebügelte Utopie. Jemand streift mich, irgendwo auf der Welt wird Schnee zu Regen und ich denke an früher. An das Kindsein. An das Splittergefühl, dieses Fremdkörper-Dasein. Meine Hände sind kalt. Wie habe ich die Welt betreten? Still und verwundert. Worte wurden noch nicht aufgenommen und einsortiert. Alles ist irgendwie Lautmalerei und Blick. Keine Regale im Kopf, die das Einprasselnde sortieren könnten. Große Gesichter über mir, Grimassen ziehend und die Welt kurz verdunkelnd. Ich verstehe nicht, was die Menschen sagen, was sich im Laufe der Jahre nicht ändern wird. Sie brabbeln und glucksen, ich schaue zurück.

»Wie heißt er? So viele Haare hat er. Ein schöner Junge.«

»Es ist ein Mädchen.«

Für mich sind die Laute nur kleine, lustig klingende Klötze, von denen ich nicht ahne, dass sie mir später eine Wand vors Glück bauen werden. Die Köpfe ziehen sich zurück und das Licht fällt wieder in meinen Kinderwagen. Mir ist heiß in meinem rosa Strampler. Warum denken Eltern, dass man der Umwelt das Geschlecht eines Neugeborenen ins Gesicht schreien muss. Das Orchester aus Glückwünschen setzt wieder ein und steigert sich zum großen Finale.

Ich bin müde. Mir fallen die Augen zu, als wären sie Türen, die nach einem Streit zugeschlagen werden. War es so? Stimmt das? Vielleicht. Wer kann sich schon entsinnen, wie es war, ein Baby zu sein? Wann beginnt die Erinnerung? Wann entschließt sie sich, mitzuspielen und alles mit Gewichten zu behängen? Zentnerschwere Ohrringe, die den Kopf nach unten ziehen und von allen für Schmuck gehalten werden. Der Regen wird stärker, flext und prahlt, trommelt auf die Autodächer, damit auch jeder merkt, dass er da ist. Dummes Imponiergehabe. Ich bin nicht beeindruckt. Wie klein ich mal war im Vergleich zu meiner Not. Ich habe Geheimnisse gehortet, als wären sie Süßigkeiten. Zuckrig, klebrig, nur weniger berauschend. Zumindest das weiß ich noch. Auch das eine Mal, verborgen, ich muss ungefähr sieben gewesen sein, alleine im Badezimmer.

Ich strecke mich und greife nach dem Rasierschaum, der ganz oben im Schrank steht. Wolke in der Dose. Ich ziehe den Deckel ab und schnüffele an dem kleinen Schaumrest, der oben an der Düse klebt. Ein erwachsener Geruch. Kinder riechen nach Dreck, Gebrüll und Draußen. Das hier ist anders. Eine Mischung aus Meer und Wald, die, als Wolke reinkarniert, in ein Behältnis gepresst worden ist. Ich finde es imposant. Rasieren. Auch wenn mein Gesicht so glatt ist wie eine nicht gestreute Einfahrt. Vorsichtig drücke ich den Knauf. Schaum zischt mit dem Fauchen einer empörten Katze auf meine ausgestreckte Hand und bitzelt vor sich hin. Wenn ich die Hand hin und her bewege, wobbelt die kleine Wolke und verströmt ihren Duft in meine Richtung. Behutsam tupfe ich sie in mein Gesicht. Sie schmiegt sich an mich und bleibt kleben, als hätte sie mich sehr gern. Ich sprühe mir noch ein wenig mehr auf die Hand und verteile alles auf meinen Wangen. Mittlerweile habe ich so viel Schaum im Gesicht, dass es aussieht, als würde es um mich herum rauchen. Wo ist der Rasierer? Wichtig ist, ihn nach dem Benutzen gründlich zu reinigen, damit mir niemand auf die Schliche kommt. Meine Finger tasten die einzelnen Fächer ab. Da ist er. Ich nehme ihn in meine rechte Hand und betrachte mein umwölktes Gesicht im Spiegel. Als Erstes die eine Wange. Ich setze an der Schläfe an. Da ich auch Rasierschaum auf der Stirn habe, sicher ist sicher, könnte ich auch dort starten, aber ich habe in der Werbung gesehen, wie man sich rasiert.

Auf das Waschbecken stützen, den Mund verziehen und den Rasierer an die linke Backe. Dann rasant nach unten ziehen, als hätte man einen kleinen Porsche zwischen den Fingern und wollte einen Wildunfall provozieren. Der erste Strich über meine Backe fühlt sich an wie eine Schussfahrt auf einer Tiefschneepiste. Triumphal. Ich ziehe Schneise um Schneise, befreie mein Gesicht von den Schneewolkenmassen. Die Zeit ist ein Haustürschlüssel, den ich auf irgendeiner Parkbank vergessen habe. Mein Frohsinn ist so klein, dass ich ihn mit einer Hand umfassen kann. Ein Laster rumst gegen die Badezimmertür. Die Stimme meines Vaters.

»Was machst du so ewig da drinnen?«

»Ich ... nichts.«

Der Schlitten, der bis eben noch jauchzend kreuz und quer durch mein Gesicht gejagt ist, kracht abrupt gegen eine Tanne, die sich als Nase verkleidet hat. Was soll ich sagen? Ich will das neue Glück schützen und nicht schmälern, indem ich es teile.

Die Reste der Wolke hängen erschrocken in meinem Gesicht. Ein abgewetzter Berg, der die Saison nicht gut verkraftet hat. Durch den Schreck habe ich mir einen kleinen

Schnitt gleich neben der Nase zugefügt. Ein Tropfen Blut trocknet auf seiner Reise Richtung Boden. Die Wange weint in Rot. Ich betätige die Spülung, drehe den Wasserhahn auf und wasche das kurze Glück aus meinem Gesicht. Es dreht eine Runde im Waschbecken und verschwindet.

Wieso habe ich nie kapiert, was los ist? Welches siebenjährige Mädchen rasiert sich leidenschaftlich? Wie kann man sich so sehr in sich selbst vergraben, dass kein Funken Licht auf die eigene Ahnung scheint? Warum habe ich so viel Unglück angesammelt, statt früher zu sagen, dass ich keinen Platz mehr habe. Unglücks-Messie. Hauptsache, Horten, Hauptsache, irgendwas besitzen, auch wenn es verhindert, jemals an die eigene Oberfläche zu gelangen. Ich wünschte, ich könnte die Zeit zum einen zurückdrehen, zum anderen beschleunigen. Früher sein. Schneller sein. Von wegen der Weg ist das Ziel. Der Weg ist im Weg und sonst nichts.

Noch 2 Jahre, 10 Monate und 15 Tage

Einmal im Monat gibt es im Le Sausage ein Frühstück für die Mitarbeitenden, damit sie denken, dass sie Teil einer glücklichen Familie sind. Zwischen Snacks von Aldi Nord und zweifelhaften Ansichten sitzen dann alle um einen Tisch und sind sozial ergiebig, während heimlich ihr Herz rast, weil sie Angst haben, ihr heutiges Wurst-Pensum nicht zu schaffen. Da wir also eine große Familie sind, soll ich auch hier verkünden, wie ich mir die Zukunft vorstelle. Das soll während unseres gemeinsamen Frühstücks geschehen. Hoffentlich erstickt niemand an seiner veganen Mini-Salami. Dan hält bodennah und verständlich eine Ansprache über den letzten Monat und künftige Geschehnisse (Alles läuft sehr gut). Er macht sehr oft den Scherz, dass es wie immer um die Wurst geht. Ich schwitze. Mein Herz ebenfalls. Um mich herum sitzen zehn Menschen, denen ich mein Innerstes auf den Tisch erbrechen soll. Dan beendet seinen Monolog, schaut in meine Richtung und sagt:

»So, und wir haben noch eine Neuigkeit. Die wird euch aber am besten von der Person überbracht, die sie betrifft.«

Erstaunlich, dass er bisher keinen Pimmelgag gerissen hat. Vielleicht spart er ihn sich auch nur für den Schluss auf. Alle Köpfe drehen sich in meine Richtung. 20 Augen schauen mich mehr oder weniger stumpf an. Messer, die keine Tomaten ohne Sauerei schneiden könnten. Erst mal noch was futtern. Nom nom, vor zwölf zählt das Universum keine Kalorien. Nom nom.

»Hallo, genau, es gibt eine Neuigkeit. Also erst mal, es geht nicht um eine Kündigung. Haha.«

Die Anwesenden sind es gewohnt, Neuigkeiten in knackig verpackten Häppchen zu bekommen. Sie würden nicht erst um vier Ecken gehen, um zu sehen, wo ein Geräusch herkommt. Entweder sie sehen es sofort, oder es ist uninteressant. Ich muss mich beeilen, bevor die ersten ihre Handys rausholen und Onlineshopping machen.

»Also … meine Karriere als Frau war bisher nicht sehr erfolgreich und deswegen, na, natürlich nicht nur deswegen, sondern aus vielen anderen Gründen, bin ich ab jetzt Johann.«

Kurze Stille, dann Applaus. Habe ich einen Salto gestanden? Einen sehr guten Purzelbaum gemacht? Wieso klatschen alle?

»Respekt für deine Entscheidung«, sagt eine, während sie eine Pommes vertilgt.

»Respekt«, die Nächste.

»Respekt, wirklich«, verkündet bröckchenweise der Rest.

Beinahe chorisch tragen alle das Gleiche vor. Monoton und katatonisch. Irgendwie schräg. Ich will keinen Respekt, ich will einfach ein Registrieren, ein Zur-Kenntnis-Nehmen und Abhaken. Stattdessen ist der Raum voll mit trägen, respektgepunkteten Phrasen-Motten, die um mich schwirren. Alle fühlen sich in diesem Moment so divers und verständnisvoll, wie es in Jobausschreibungen gefordert wird. Respekt. So schnell wie es zum Applaus kam, ist der daumenhohe Aufruhr auch wieder vorbei. Letzte Snacks werden in die Taschen gesteckt und die Aufregung verpufft. Ist das jetzt gut? Irgendwie doch schon. Auf dem Boden verteilen sich die Brösel der traurigen Discounterbrötchen. Dan flirrt um mich herum und ist sehr aufgeregt. Seit unserem für mich desaströsen Gespräch sieht er sich anscheinend als Diversity-Beauftragten. Er stellt sich vor mich und verkündet so laut, dass man es wahrscheinlich im hinteren Eck Ugandas hören kann:

»Also Respekt. Und ich habe kein Problem damit, wollte ich noch mal sagen, ich habe schon so viel gesehen. Schlangenmenschen, Michael Jacksons letztes Konzert, Eifersucht im Swingerklub, Penner in New York, einen Monsun, Hippies auf Pilzen, Karneval in Rio, you name it, ich war dabei. Mich schockt nichts mehr. Und wenn mein Laden ein bisschen freakiger wird, ist das nur gut. Wir sind hier immerhin in Berlin! Berlin, Baby!«

Ich bin mir nicht ganz sicher, ob Dan freundlich sein will oder mich beleidigt. Freakiger? Eifersucht im Swingerklub? Karneval? Was genau ist seine Vorstellung davon, wer ich bin und was ich vorhabe? Denkt er, dass ich mir eine riesige Vorhaut über den Kopf ziehen werde, so durch seinen Laden vagabundiere und er Eintritt verlangen kann, damit Leute Steine auf mich werfen? Ich brauche einen neuen Job, sonst werde ich Dan innerhalb kürzester Zeit erschlagen und komplett überzeugt auf Unzurechnungsfähigkeit plädieren. Ohne zu antworten, drücke ich ihm meinen Teller in die Hand und gehe zu Kalle und Louise in die Küche.

Noch 2 Jahre, 9 Monate und 2 Tage

Ich treffe Sam. Unscharf und zufällig. Die Begegnung zischt wie übergekochtes Wasser auf einer Herdplatte. Gift steigt in mir auf. Der Schreck schnürt mich enger zusammen als die Mullbinden um meine Brust. Egal wie groß ein Ort ist, er ist immer zu klein, wenn man unglücklich verliebt ist. Wie lange ich sie nicht gesehen habe. Wie lange sie schon stumm ist. Sie sieht mich. Man erkennt ihren Unwillen auf einen Kilometer Entfernung. Sie windet sich mühsam durch ihre Gleichgültigkeit. Passt gerade so hindurch. Ich störe sie mehr als ein Anruf um drei Uhr morgens. Nach meinen Wochen in der Psychiatrie hatte ich ihr geschrieben. Irgendeine zarte Notiz mit schwachem Wind unter den Flügeln. Sie hat mir nie geantwortet. Wer will sich schon an einen Kraftakt verschwenden. Ich fühle mich schwer und würde gerne einen Tunnel graben, um zu verschwinden. Ohne dass ich mich wehren könnte, kriecht Selbsthass in mein Denken. Kein Wunder, dass sie mich ignoriert. Wer kann einen Wolpertinger mögen. Einen lästigen, bedürftigen Freak wie mich. Sie weiß nichts von meiner Entscheidung in Sachen Johann. Sie weiß auch nicht, dass ich unter meiner Kleidung verschnürt und abgepackt bin. Sie fixiert mich und steht so verkrampft da, als hätte ich eine Machete hinter dem Rücken. Sie ist so viel kleiner als ich, denke ich. Auf ihrem Kopf sehe ich ein graues Haar. Meine Gefühle teilen sich auf. Wut, Hass und das ewige Sehnen nach ihrer Nähe. Wahrscheinlich könnte ich sie nicht einmal scheiße finden, wenn sie mich an den Füßen aus dem Fenster hielte.

»Hey, na. Wie geht's?«

Zäh, zusammengeklebte Zähne. Faust in der Hosentasche. Herz auf Grund.

»Danke, gut. Lange nicht gesehen.«

»Ich hatte wahnsinnig viel in der Uni zu tun.«

»So viel, dass du dich einfach nie mehr gemeldet hast?«

Sie zuckt mit den Schultern. Kein Umarmen? Will sie gar nichts? Warum will sie gar nichts? Was habe ich gesagt oder getan? Die falschen Worte in den richtigen Momenten? Die richtigen Worte in den falschen Momenten? Wer war ich, dass ich jetzt nichts mehr bin. Warum spiegeln sich meine Gefühle nicht in ihr? Sie ist so matt, dass es gleichgültig ist, wie sehr ich sie anstrahle, es kommt nichts zurück. Ich strecke meine Hand nach ihrer aus. Sie zieht sie zurück, vergräbt sie in ihrer Jackentasche. Es ist nicht kalt. Das Herz klopft sich selber ab. Schmerzt dabei. Klopfschmerz tritt auf, wenn Strukturen sich pathologisch verändert haben und die entzündeten Nervenenden auf Erschütterung reagieren. Unsere ganze Beziehung ist Klopfschmerz und Erschütterung für mich. Sam sieht sich um, wartet auf mein Weiterziehen, ein gnädiges Fortgeschwemmtwerden. Warum brauche ich sie? Um meinen Hass auf mich nicht zu vergessen? Sam ist die Notiz an meinem Kühlschrank, dass ich es nicht wert bin, gemocht zu werden. Es ist so klar. Trotzdem werfe ich sie nicht weg, sondern klebe mit jedem Versuch der Annäherung Tesafilm über sie.

»Du siehst irgendwie anders aus.«

»Hm, kann sein. Hat Louise nichts erzählt?«

»Dass du anders aussiehst? Nein.«

»Ich meinte, wegen Johann und so.«

»Wer ist Johann?«

»Ich.«

»Was?«

»Ich bin Johann. Das ist mein neuer Name.«

Sie kapiert es nicht, ist eine hingestellte Frage, die keine Lust auf eine Antwort hat. Wie sperrig diese Unterhaltung ist. Wie wenig wir durch Türen passen. Warum treffe ich sie so halbfertig und unvorbereitet? Warum wusste ich nie, was das zwischen uns ist? Wieso hat sie sich vor dieser Frage immer weggeduckt? Was, wenn das die einzige Form der Liebe ist, die es für mich geben kann. Eine unsichtbare und verhuschte. Oder gar keine. Vielleicht ist die Möglichkeit von Liebe das Pfand, das ich für meine Zukunft eingetauscht habe. Dann klickt es bei ihr.

»Oh, ach so, krass.«

Wenn ich mich mögen würde, würde ich verstehen, dass die eigene Geschichte kein Nagel ist, der aus der Bank ragt und verhindert, dass sich jemand zu einem setzt. Leider mag ich mich nicht.

»Krass? Keine Ahnung. Hast du meine Nachrichten nicht bekommen?«

»Nachrichten? Weiß ich gar nicht. Wie gesagt, ich hatte so viel zu tun. Und mein Handy ist irgendwie kaputt. Ich habe nicht gesehen, dass du geschrieben hast.«

Wir wissen beide, dass das eine miserable Ausrede ist. Wenn es kein Wollen gibt, gibt es kein Können, gibt es keine freie Zeit. Das könnte sie mir sagen. Ihr Handy klingelt. Sie sieht mich an, dann drückt sie den Ton weg. Ich sehe einen fremden Namen auf dem Display und spüre Eifersucht. Sehr brennend, sehr vernichtend.

»Verstehe. Hast du mal Zeit für ein Treffen?«

»Ich habe meinen Kalender gerade nicht da, aber bald sind Prüfungen, deswegen bin ich ziemlich voll und habe nicht wirklich viel Zeit. Ich melde mich, wenn die Prüfungen vorbei sind.«

Wird sie nicht. Wissen wir auch beide.

»O.k.«

»Ich muss weiter, ich bin verabredet.«

Keine Zeit. Zumindest nicht für mich. Kurze Umarmung,

die sich wie ein Wegstoßen anfühlt. Ungelenk und aus Beton. Sam klopft mir mit der Hand auf den Rücken. Tätschelt mich. Tippt dreimal auf. Was soll das sein? Ein Trost? Bin ich ein Basketball? Wir sind zwei Sperrhölzer, die zufällig aneinanderstoßen, um dann wieder weiterzutreiben. Wen trifft sie jetzt? Warum kann ich das nicht sein? Dann weht sie weg und verschwindet. Dreht sich nicht um. Ihre Schuhe klacken, als wollte sie ihr Weggehen in den Boden hämmern. Ich bleibe stehen. Halbgar. Das Tippen auf meinen Rücken vibriert noch. Mir fällt auf, wie schmutzig Berlin ist. Nie steht etwas Nettes an den Wänden. Nur Frust und Dreck. Außen und innen. Immer überwiegt das Miese in dieser Stadt, in der Sam nie Zeit für mich übrig hat.

Noch 2 Jahre, 8 Monate und 3 Tage

Selbst wenn das Meer sehr nah scheint, ist es oft noch eine halbe Erdumrundung, bis man endlich da ist. Um ans Meer zu kommen, muss man über unsympathische Kieselwege gehen. Nie tanzt man über eine kühle grüne Wiese und hechtet in die Brandung. Man schleppt Dinge, die man sowieso nicht benutzen wird, es ist heiß und man sieht nicht elegant aus. Wahrscheinlich stolpert man und flucht. Wieso macht es einem das Meer so schwer? Ich liebe das Meer. Ich liebe es so sehr, dass ich es ins Kino und auf Popcorn einladen würde. Das Meer umarmt, wenn niemand anderes es tut. Es wiegt einen, singt und riecht so beruhigend wie eine Familienpackung Tavor. Man ist nur noch ein bisschen Kopf, der aus dem Wasser ragt. Eine Stecknadel, die die Menschen draußen daran erinnert, dass man existiert. Der Körper ist verschluckt und dient lediglich dazu, dass die Stecknadel nicht in der sehr tiefen und blauen Pinnwand versinkt. Deswegen liebe ich das Meer. Im Wasser macht der komische Körper Sinn. Er hilft, ganz im Gegensatz zu sonst, beim Überleben. Den Strand finde ich nicht überzeugend. Man hockt da und blickt aufs Meer. Und man hat wenig an. Sehr wenige Menschen setzen sich im Schneeanzug an den Strand. Überall nur Leiber und Geschlecht. Es wird präsentiert und umhergetragen. Ganz gleich, wie nötig oder sinnvoll das ist. Man steht vor einem Buffet, das einem den Appetit verdirbt.

»Wie erleben Sie Ihre Sexualität? Haben Sie eventuell bestimmte Hemmungen oder Vorlieben?«

»Was?«

Das Meer läuft auf einer Seite aus und verschwindet. Ich sehe von meinen Schuhspitzen auf zum Gutachter, der mir gegenübersitzt.

»Wie erleben Sie Ihre Sexualität? Haben Sie bestimmte Hemmungen oder Vorlieben?«

»Ich ... was?«

Was soll diese Frage? Was, wenn ich nicht antworte? Was hat mein persönliches und ziemlich privates Verlangen und Sehnen mit meinem Gutachten zu tun? Nichts. Aber der Mensch, dessen Beruf es ist, über die Leben anderer zu urteilen und zu schreiben, will eine Antwort.

»Ich glaube, alles ist irgendwie ganz normal.«

Was ist das für eine Antwort? Ich bin eine steif aufrecht sitzende Mondkalenderweisheit, die Floskeln gegen die Wand wirft.

»Und wie läuft der Geschlechtsverkehr ab? Sind Sie eher aktiv oder passiv? Wie stehen Sie zu Penetration?«

Das Meer ist nicht mehr zu sehen. Ich überlege kurz, um 173 Zentimeter zu schrumpfen und ein Leben unter einem Teppich zu beginnen. Ein robuster Zentimeter, der sich nicht um die Welt und ihre seltsamen Vorgänge kümmert. All diese schrecklichen Fragen werden sich an der Zimmerdecke versammeln, kurz nach mir suchen und dann durch ein Fenster verschwinden, um andere Menschen zu belästigen.

»Ich bin aktiv. Ich mag Frauen.«

»Ich verstehe, und von wem wurden Sie sexuell aufgeklärt?«

Das Meer, der Teppich, Ruhe. Ich atme ein.

»Von der Bravo. Wie alle.«

Ich muss ans Meer denken und die furchtbaren Fragen beantworten, um ankommen zu können und nicht ewig in diesem zugigen Bahnhof der Unschärfe und der Konturlosigkeit zu stehen.

»Haben Sie sexuelle Übergriffe in Ihrem Leben erfahren?«

»Was? Nein.«

»Beschreiben Sie die Einstellung Ihrer Eltern zu Zärtlichkeit, Körperkontakt und Sexualität.«

»Die Ehe meiner Eltern war eine Fehlentscheidung. Gott sei Dank haben sie das auch irgendwann erkannt und sich getrennt, als ich 15 war.«

Der Gutachter sieht mich undeutlich an, in etwa, wie man Pfützen betrachtet. Vielleicht spiegelt er sich in mir. Ich schaue meine Hand an. Ich bin weder Glas noch Spiegel. Nur merkwürdig und würdelos in einem abgewetzten Sessel in einem Zimmer, das eher den Eindruck eines heruntergekommenen Wettbüros macht als den einer Praxis. Es würde mich nicht wundern, wenn gleich jemand anklopfte, um ein Bier samt Schnaps zu bestellen.

»In Ordnung. So, so.«

Der Gutachter notiert sich etwas. Es ist nie angenehm, sich mit Menschen zu unterhalten, die »So, so« sagen und sich direkt danach eine Notiz machen.

»Aber die meisten meiner Freunde haben getrennte Eltern. Eigentlich fast alle. Das ist wirklich keine Seltenheit. Immerhin da entspreche ich dem Durchschnitt.«

Bei Psychologen sollte man vorsichtig sein mit Scherzen. Sie häkeln aus den dünnsten Fäden eine Zwangsjacke.

»Entsprechen Sie sonst nicht dem Durchschnitt? Was meinen Sie damit? Würden Sie gerne mehr dem Durchschnitt entsprechen?«

»Nein, das habe ich nur so gesagt.«

»So, so ...«

»...«

»Wie reagieren Sie bei Konflikten?«

Streit bricht mir die Beine und ringt mich nieder. Ich will nicht streiten, weil für mich jeder Streit bedeutet, dass die andere Person verschwinden wird. Nie mehr wiederkommt. Mich aus ihrem Leben fegt, um mich durch eine neue, handlichere Person zu ersetzen.

»Ich neige dazu, Sachen schnell persönlich zu nehmen. Aber ich versuche, mich Konflikten zu stellen und so zu einer Lösung zu kommen.«

Ich ziehe die vorgedruckten Antworten pfeilschnell aus der Tasche. Auf weißem, seelenlosem Papier. Die Frauenzeitschrift ist zurück und plustert den Raum mit gehaltvoller Leere auf. Wahrheit hat hier nichts zu suchen, weil es nichts zu finden gibt.

»Gibt es sonst etwas Wichtiges in Ihrer momentanen Lebenssituation oder möchten Sie noch etwas berichten?«

»Nein, vielen Dank.«

Wieso bedanke ich mich? Und wofür?

»Sicherlich. Ich schicke Ihnen das Gutachten in etwa zwei Wochen zu. Die Rechnung kommt in einer separaten Mail.«

600 Euro bleche ich dafür, eine Stunde lang mit eiskalten Fragen abgespritzt zu werden und mich zu schämen. Mich ans Meer zu wünschen. Oder unter einen Teppich. Ich brauche zwei Gutachten. Das sind viele Schichten in der beschissenen Wurstbude. Zwei Gutachten à 600 Euro. Macht 1200 Euro. Davon könnte ich mir sehr viele Dinge kaufen. Das Bein eines goldenen Ponys. Viel, viel Wurst. Irgendeine kleine Ecke von einem Stern. Ich ziehe die Praxistür hinter mir zu. Das Treppenhaus ist leer. Der Arschlochgutachter ist nur eine der vielen Stationen. Die Treppen knarzen beim Runtergehen, ich öffne meine To-hate-Liste auf dem Handy:

Gutachten (2)
Anträge (OP, Gericht)
Schrieb für Hormone
Hormone
Gyn (Horror)

Therapie, Therapie, Therapie
Alltag erfahren

Klar, der kleine Pac-Man-Wolpertinger sammelt Bescheide, die neue Bescheide ermöglichen, um endlich die Behandlung beginnen zu können. Und wieso denken alle, dass ich kapiere, was ich fühle? Ich kapiere nichts. Null. Habe keine Ahnung. Stattdessen soll ich sachlich darlegen, dass ich nicht meschugge bin. Was weiß ich? Vielleicht bin ich komplett wahnsinnig. Vielleicht noch nicht jetzt, aber in zwei Jahren, wenn der ganze Mist vorbei ist, mit Sicherheit.

Auf der Straße Menschen. Mehr Schmutz. Immerhin keine Bürokratie. Weil ich so diffus wütend auf die Welt bin und nicht weiß, was sie von mir will, gehe ich zum Schaukeln auf einen Spielplatz ums Eck. Vielleicht beruhigt mich das. Helikopternde Eltern beäugen mich. Was macht der Wolpertinger auf dem Spielplatz. Ich starre zurück. Wenn sie mich weiter anglotzen, kaufe ich mir Heroin und spritze es mir direkt vor ihren Augen, einfach nur, um ihnen auf den Sack zu gehen. Die idiotischen Spießer mit ihrem geregelten Leben und ihren nervigen Wunschkindern. Emil und Leonie, wahrscheinlich hochbegabt und innig geliebt, weil sie so spitze, besonders und richtig sind. Emil und Leonie my ass. Kinderkreischen. Irgendein Emil ist mit dem Gesicht in den Sand gefallen. Große Aufregung. Er schreit. Vielleicht lege ich mich neben ihn und bekomme so etwas von dem Trost ab, der üppig über ihm ausgeschüttet wird. Ich schaukle höher.

»Johann!«

Ich reagiere nicht. Bestimmt geht es um eins der Kinder. Mir egal. Noch mal wird Johann gerufen. Dann verstehe ich. Das meint mich. Ich bin Johann. Das ist mein Name. Wir kennen uns noch nicht gut, berühren uns nur ab und zu flüchtig, hingehaucht. Louise steht auf der anderen Seite des Spielplatzes und winkt. Stimmt, sie wusste, dass ich meinen Gutachtertermin habe. In meiner Wut habe ich sie vergessen. Sie kommt zur Schaukel.

»Was machst du hier? Machst du Wettschaukeln mit Kleinkindern?«

»Auf keinen Fall. Ich wollte eigentlich meine Ruhe haben. Wer konnte ahnen, dass der Spielplatz voller Kinder ist.«

»Stimmt. Wie war der Termin?«

»Geht so.«

»Was hat er denn gefragt?«

»Wie ich Sex habe. Ob meine Eltern mich mochten. Oder ob ich mal in einen Graben gezogen und geschändet wurde.«

»Was? Warum?«

»Weil es ein beschissenes System ist, Louise.«

»O.k., verstehe.«

Was soll sie auch sagen. Wir schaukeln. Vor, zurück. Wie metaphorisch wir gerade sind mit unserem Vor und Zurück. Vielmehr ich. Louise schaukelt mit, aber wirklich verstehen kann sie das alles nicht, auch wenn sie ein »Verstehe« zwischen uns pflanzt. Wie sollte sie es verstehen.

Schaukeln. Ich sehe den Himmel, dann wieder den Boden, den Himmel, den Boden. Ich will ans Meer.

Noch 2 Jahre, 4 Monate und 7 Tage

Je klarer ich meine Entscheidung vor den Augen habe, desto unerträglicher ist mir mein Wolpertingerkörper. Diese ungenau konkrete Masse. Quellend und quälend. Verborgen nur durch ein Zuviel an Kleidung und Verhüllung. Zwischen meinem Hass und der Realität ein paar Zentimeter Stoff. Manchmal muss ich mich zusammennehmen, um nicht auf ihn einzuschlagen. Mich nicht selber bewusstlos zu prügeln. Nach endlosem Zögern und Hadern bezüglich meiner Entscheidung bin ich gesprungen, ohne zu wissen, ob Fallen oder Fliegen folgen würde. Bisher fühlt es sich wie eine Mischung an. Trotzdem gibt es keine andere Lösung.

Nach wie vor dusche ich im Dunkeln. Louise hat aufgehört, von außen das Licht anzumachen, wenn sie es bemerkt. Nur warmes Rauschen um mich herum. Wasser ohne Gefühl. Alles schwarz. Keine Berührung. Kein Nach-hinten-Biegen, damit mein Gegenüber mich nicht mitbekommt. Kurze, starre Ruhe. Kleiner Frieden. Um die Wirklichkeit weiter auf Abstand zu halten, schnüre ich meinen Körper zusammen. Binde weg, was nicht flach und eben ist. Was sich nach außen drängt, drücke ich mit Gewalt zurück. Mit einer Mullbinde schnüre ich mich ein, bis ich kaum noch atmen kann. Die Ränder des Verbands schneiden in mein Fleisch. Es ist zu eng. Viel zu eng. Es muss so sein. Ich zurre ihn fest und versuche, mich zu halbieren. Von mir abzutrennen, was nicht existieren soll. Der Rest vom Körper, den ich nicht erwische, quillt hervor, will heraus. Wo ist die Realität? Vor oder hinter den Mullbinden? Wenn ich vor dem Schlafengehen den Verband entferne, der Körper sich langsam wieder ausdehnt, fühle ich Striemen, als wäre ich im Laufe des Tages ausgepeitscht worden. Ohne sie zu sehen, weiß ich, dass sie bläulich rot sind. Sie brennen. Gefühl macht sich in den tauben Stellen unterhalb meiner Schulterblätter breit, als käme es nach einem anstrengenden Tag in der Fabrik zurück nach Hause. Your body is a temple. Wem denn? Nicht mir. Durch das Abbinden habe ich unfassbare Rückenschmerzen. Auf einer Skala von 1 bis 10 bewegen sie sich bei einer 18. Wenn ich Treppen hochgehe, kippe ich oft beinahe um, weil ich nicht tief genug einatmen kann. Alles egal, Hauptsache, ich dränge den Feind hinter die Grenzen zurück und gebe ihm nicht den Raum, den er schon viel zu lange fordert. Es herrscht Krieg. Mal sehen, wer länger durchhält. Ich werde ihn aushungern und schwächen, bis er sich ergibt und sich nicht mehr auflehnen kann. Die schwebende Phase des Übergangs ist schrecklich und kräftezehrend. Eine Übergangsfrisur, die sich auf mein Leben gesetzt hat. Ich verabscheue alles Weibliche an mir und rasiere mir die Haare ab. Als wäre das alte Leben in ihnen gespeichert und ich könnte so einen Neustart erzwingen. Mein Kopf ist eine braune, stachelige und wütende Wiese. Überall stehen kleine Büschel und Reste ab. Ich bleibe mit dem elektrischen Rasierer hängen und fühle mit ihm. Als ich weiter über meinen Kopf donnern will, macht er ein Geräusch, das ebenso gut von einem gequälten Kleintier hätte kommen können. Ein Ächzen darüber, dass ihm die Aufgabe zu groß ist, der Tag zu lang oder das Leben zu ermattend. Ich schalte ihn aus und befreie ihn von dem Knäuel, das ihn niedergestreckt hat. Das Waschbecken ist voller Haare. Wie damals an der Schauspielschule. Der verunglückte Iro. Ich schaue selten in den Spiegel, doch dieses Mal bleibt mein Blick an mir hängen und baumelt dort eine Weile. Den Alltag erfahren. Am Alltag gescheitert. Der Rasierer ist wieder bei Kräften und ich rasiere weiter. Ich habe den Aufsatz auf 5 Millimeter gestellt. Die abrasierten Haare kitzeln auf meinen Schultern. Auch auf meinen Wangen hat sich eine feine Schicht Haarstaub ausgebreitet. Ich versuche, sie in eine Form zu schieben, um Bart zu simulieren. Doch die Wirklichkeit scheint zu prall auf mein Gesicht, als dass sich ein Bartschatten bilden könnte. Es sieht eher aus, als hätte mir eine Katze ins Gesicht gehustet. Ich wische die Haare weg und lasse sie ins Waschbecken regnen. Durch mein bewölktes Denken. Mittlerweile haben alle Haare auf meinem Kopf die gleiche Länge. Ich sehe aus wie ein depressiver, braunhaariger Kresseigel. Ich setze mich auf den Badewannenrand und betrachte das Resultat meines Kahlschlags. Weiblichkeit zusammenkehren und in den Müll damit. Dann endlich entspannt den Alltag genießen. Ich ziehe die Mullbinden enger zusammen, schnappe nach Luft, aber bin nach außen begrenzt und kann mich nicht ausdehnen.

Ich habe einen neuen Namen und es ist kompliziert. Als wäre dieser Name eine giftige Frucht, die man nicht in den Mund nehmen möchte. Einigen scheint der neue Name nach Monaten immer noch wie Säure im Mund. Als würden sie sich in einer fremden Sprache versuchen oder auf Nägeln kauen, statt sie in die Wand zu schlagen. Wie lange muss ich Geduld üben, bis ich sie kann? Ich will gar nicht gut in Geduld werden, ich will einfach, dass ich mit dem richtigen Namen angesprochen werde. Nicht mit dem Pfeil, der mein alter Name ist. Jedes Mal, wenn es doch passiert, hebt es mich kurz aus meinem wackeligen neuen Sitz und lässt mich unsanft in der Wirklichkeit landen. Ich bin nicht einfach das, was ich in mir sehe und spüre. Ich bin das, was wahrgenommen wird. Was erinnert wird. Was sichtbar ist. Und das ist kein kerniger Holzfäller, sondern ein Wolpertinger. Menschen können jonglieren, Schnecken essen und mit Pferden flüstern. Warum ist es so schwierig, sich einen neuen Namen zu merken? Hängen an den Buchstaben Steine, die sie unfassbar schwer machen? Sind sie scharf und spitz?

Ich bin mit Louise zum Essen im Le Sausage. Warum futtern wir diesen Fraß eigentlich immer noch. Wir stehen zusammen in der Küche. Kalle brutzelt vor sich hin und singt »Major Tom«. Dan sieht sich im Spiegel an. Eine junge Frau kommt in die Küche. Sie ist neu im Le Sausage, wir haben uns erst zweimal gesehen. Sie begrüßt uns, was Dan als Stichwort nutzt. Wir verlagern uns aufs dünne Eis. Das Wasser ist klar. Das Eis knackt.

»Spitze, dass ihr hier seid. Das ist Julia, unser neues Würstchen im Team. Ich stelle euch mal vor, damit wir noch besser zusammenarbeiten können. Also, das hier ist Kalle, der beste Koch Berlins. Das daneben ist Louise, sie kennt sich mit Würstchen aus. Und das ist Nikki. Sie ist auch eine von unseren Junior Plate Carriers.«

Nikki. Das soll ich sein. Der alte, giftige Name. Er merkt es nicht, alle anderen schon. Bauchweh und ein Knacksen ziehen durch den Raum. Innehalten und soziale Stille. Wie soll man sich verhalten? Ich hoffe, dass der Moment vorbeigeht. Louise räuspert sich.

»Ach, ah, mein Fehler, Johann, meinte ich. Er. Johann. Willkommen im Team!«

Er macht ein jugendliches High Five mit der Neuen. Sie lacht gezwungen. Dann stellt er sich wieder vor den Spiegel und isst dabei eine Wurst. Alles zwickt. Auf einmal tragen wir viel zu enge Kleidung. Starr stehen wir rum und versuchen, mit flirrendem Geplänkel über den Fehltritt hinwegzutäuschen, den jeder mitbekommen hat. Dadurch wird er nicht ausradiert. Er trägt nur noch ein bisschen dicker auf. Ich wünsche mich nach Hause. Oder unter Wasser. Wieder ein Moment, an dem ich mir vorkomme wie Spucke im Mundwinkel. Der Kratzer im Universum, der einfach nicht heilen will. Am Himmel tummeln sich Wolken, türmen sich zu Gestalten auf, die Dinosaurier sein könnten. Oder Lasagne. Irgendjemand verliebt sich gerade, ein anderer kauft Haferflocken. Das Ende naht oder näht vielleicht einen Jutebeutel mit einem kessen Aufdruck, es ist so laut, dass man es nicht gut verstehen kann. Die Abendsonne taucht alles in Gold und lässt das Hässliche fernsehtauglicher aussehen. Warum trifft es mich so sehr, wenn jemand sich meinen neuen Namen einfach nicht merken kann? Weil ich selbst nicht recht von mir überzeugt bin? Mein neuer Anstrich ist frisch aufgetragen und niemand soll mit seinen Fingern Tapser hinterlassen. Man ist so groß wie die Vorstellung, die man von sich hat. Ich bin eine Mikrobe. Vielleicht bin ich zu empfindlich und nehme die Sache mit dem Leben und den Menschen zu persönlich. Der Name, ach, irgendwas wird schon passen. Ich schaue der Wirklichkeit zu und nippe am Glück der anderen. Hier unter Wasser. Eine Vergeblichkeitserfahrung nach der anderen. Ich ramme ihnen einen Nagel durch den Rücken, rahme sie und hänge sie an die Wand. Dumme Empfindsamkeit.

Noch 1 Jahr, 10 Monate und 12 Tage

Louise und ich sind Kaffee trinken. Neben uns sitzt ein Baby, das so wütend schreit, als hätte es gerade die Nachrichten gelesen und würde an der Lage der Welt verzweifeln. Ich kann es gut verstehen. Es ist so warm, dass man schon morgens schwitzt, als hätte man den Jakobsweg hinter sich. Selbst ich habe meinen Schneeanzug gegen eine kurze Hose eingetauscht. Man sieht meine Beine. Die seit Neuestem nicht mehr glatt und haarlos sind. Was schwierig ist. Grundsätzlich gilt die ungeschriebene Regel, dass Frauen sich aalglatt zu präsentieren haben. So glänzend haarfrei, als wären sie von einem Ölfilm überzogen. Sind sie es nicht, wirkt jedes Haar zu viel auf die Gesellschaft wie eine klaffende Wunde, die es zu schließen gilt. Ein weiblicher Körper soll gebären und hat dabei gefälligst auszusehen wie ein Nacktmull. Schluss mit den haarigen Statements, die entweder von Verwahrlosung oder Feminismus zeugen. Die Welt flattert mit den Augen.

Wir sitzen also im Café. Irgendeinem schrammeligen in Kreuzberg. Hier könnte man einen toten Fuchs auf dem Kopf tragen und es würde niemanden interessieren, ich allerdings kann nichts anderes denken, als dass alle Welt meine Beine anstarrt. Diese ungewohnt haarigen Beine. Ich fühle mich nicht männlich, sondern einfach nur haarig. Rechts von mir das Baby am Rande seines Nervenzusammenbruchs, links Touristen, überall anders Hitze und Sonne.

Um meinen anvisierten neuen Alltag zu testen, habe ich die Schuhe ausgezogen und tapse vorsichtig über ihn hinweg, um auf keinen Fall irgendwo Schmutz zu hinterlassen. Keine Ahnung, wie man sich so als stabiler Mann zu verhalten hat. Neuer Alltag heißt auch neue Regeln. So viel ist mir klar. Die neuen Regeln beinhalten Haare. Nicht zwingend auf meinem Kopf, sondern überall anders. Im Vergleich zu Frauen dürfen

Männer überall Haare haben. Es scheint beinahe verpflichtend. Im Gesicht, in den Ohren, der Nase, auf den Zähnen, an den Beinen, auf dem Rücken, dem Bauch, den Fingern. Beinahe irrwitzig, wie die Natur sich austobt, wenn man sie lässt.

Louise isst selig ihr Croissant, scherzt mit dem Baby und ahnt nicht, dass ich stille Kämpfe mit meinem Alltagsversuch und haarigen Beinen bestreite. Sie sieht mich an.

»Willst du noch was trinken? Mehr Kaffee? Der ist bekanntlich sehr gut für dich. Kannst du mir was mitbringen, wenn du reingehst?«

»Nee, ich will nichts mehr trinken.«

»Alles klar?«

»Klar, was soll sein?«

»Bist du sauer?«

Ich bin sauer. Aber nicht auf Louise. Sondern auf meine Beine. Auf die anderen. Auf meine Ratlosigkeit. Auf die Überforderung. Auf den Alltag, den neuen und den alten. Wie kann so was denn Alltag sein? Wenn sich alles anfühlt wie eine besoffene Schussfahrt auf der Buckelpiste. Mit geschlossenen Augen.

»Nein, wieso sollte ich sauer sein.«

»Du wirkst etwas aggro.«

Warum sage ich Louise nicht einfach, dass ich mich so unwohl fühle, als säße ich auf Stahlwolle. Stattdessen blaffe ich ihr mein Unvermögen ins Gesicht und versaue uns den Morgen.

»Nein, ich will einfach nichts mehr trinken.«

Alles reibt sich aneinander auf und wird dadurch noch heißer. Bröseliger. Wir bröckeln. Beschwöre ich die Vorboten eines Einsturzes herauf? Wird der gemeinsame Grund, auf dem wir bisher standen, zu Sand? Ich will keinen Streit.

»Es tut mir leid. Mir ist einfach heiß. Entschuldige. Magst du noch was trinken?«

Nach einem kurzen Moment lächelt sie. Verzögert, als wäre ihr Gesicht auf Zeitlupe gestellt.

»Wir müssen auch nicht hierbleiben. Lass uns was zum Mitnehmen kaufen und etwas rumlaufen. Ich will mir einen Sonnenhut kaufen. Wie damals, als wir nach dem Abi nach Gran Canaria geflogen sind. Weißt du noch? Was meinst du?«

»Hm, o.k., lass uns das machen.«

Ich stehe auf und wieder kommt es mir vor, als hätte ich eine Leuchtschrift an den Beinen, die alle auf meine neu eingeübte Behaarung aufmerksam macht. Hier, hier, seht euch das an. Was wird hier versucht, was wird hier probiert? So was hat man noch nicht gesehen. Hereinspaziert, hereinspaziert.

Schnell gehe ich von den anderen Tischen weg, um das Gefühl nicht zu ausladend werden zu lassen und alle anderen damit zu bekleckern. Insbesondere Louise.

»Ich gehe kurz rein und zahle, ich habe eventuell ein bisschen an der Abrechnung im Le Sausage geschraubt.«

Sie kichert und geht ins Café. Das Baby nuckelt an seiner Flasche und streckt dabei seine dicken, haarlosen Beinchen in die Luft. Zwei Stummel, die nicht funktionieren und tragen, sondern einfach nur süß sind. Es hat seine Wut auf die Welt vergessen und ist komplett zufrieden mit sich und seiner Flasche. Ich beneide es. Ich beneide es so sehr.

Ein kurzer Wind kommt auf und fährt über meinen Körper, als wollte er überprüfen, ob alles noch an seinem Platz ist. Ich fühle wieder die Haare, die behutsam von ihm aufgerichtet werden. Alltag ist anstrengend.

Noch 1 Jahr, 8 Monate und 17 Tage

Meine Kontakte zur Bodybuilderszene sind nicht vorhanden und mein Hypochondersein verbietet mir Experimente mit Anabolika. Also bleibt mir nichts anderes, als für meine Hormontherapie einen Arzt aufzusuchen oder sehr viele hochgespritzte Zuchtbullen auf den Mund zu küssen. Ich entscheide mich für den Arzt. Mein Hausarzt hat mir den Kontakt einer endokrinologischen Praxis gegeben. Bevor ich anrufe, sehe ich mir die Praxis im Internet an und scrolle durch die Behandlungsschwerpunkte, die sie anbietet. Krankheiten stapeln sich. Akromegalie, Prolaktinom, Morbus Cushing, Hashimoto, Gynäkomastie, Androgenisierung bei Frauen, vermehrte Behaarung und … Transidentität. Mir graut davor, anzurufen. Zum einen, weil ich Telefonieren an sich so unangenehm wie pelzige Zungen nach dem Rotweintrinken finde, zum anderen, weil ich nicht weiß, was ich sagen soll. Ich nehme mir einen kleinen Zettel und kritzele ein paar Stichpunkte darauf. Besonders gut gefällt mir, dass ich in meiner Panik meinen Namen darauf vermerke. Sicher ist sicher. »Johann Schneid, Überweisung von Hausarzt, Hormontherapie bei Transidentität, Termin bitte.« Auf meiner Krankenkassenkarte steht noch der alte Name. Das wird lustig. Ich wähle die Nummer der Praxis. Es klingelt. Nach zweimal Läuten nimmt jemand ab. Eine Frauenstimme meldet sich.

»Praxis für Endokrinologie Meier, Walter, Müllershausen, mein Name ist Erika, wie kann ich Ihnen helfen?«

Die Frau klingt nicht im Ansatz danach, als wolle sie mir helfen. Es sei denn, ihr Helfen bestünde aus einem gezielten Schlag auf meinen Kopf mit anschließendem Weglaufen.

»Hallo, mein Name ist Schneid, ich habe eine Überweisung von meinem Hausarzt.«

»O.k., und um was geht es bei Ihnen?«, fragt sie, während sie wahrscheinlich kleine Tiere häutet.

Irgendwer ruckelt am Boden unter mir.

»Also, ich, es geht um, ähm, eine Hormontherapie.«

In der Leitung knackt es. In meinem Kopf auch.

»Was für eine Hormontherapie?«

»Testosteronspritzen wegen Transidentität.«

»Bitte? Das haben wir bei uns nicht.«

»Aber ich habe es auf ihrer Website gesehen. Transidentität steht direkt unter Vermehrte Behaarung.«

»Was, das weiß ich nicht. Mit Terminen sieht es sowieso schlecht aus. Der nächste, den ich frei hätte, wäre in sechs Monaten.«

»In sechs Monaten? Das ist ein halbes Jahr. Das ist sehr lang.«

Sie schabt Eis von sich und verteilt es über ihren Worten.

»Ich kann Ihnen leider nicht weiterhelfen. Sie können mal die anderen endokrinologischen Praxen durchtelefonieren, aber wahrscheinlich sieht es bei denen nicht anders aus.«

Ihrer Empathie nach ist sie hauptberuflich eine Computeransage. Wie soll ich sechs Monate warten? Warum habe ich keine bescheuerte Blinddarmentzündung, bei der alle wüssten, was zu tun ist. Dumme Welt. Nach diesem Highlight rufe ich noch bei sechs weiteren Praxen an und führe abgepauste Gespräche. Besteht die Möglichkeit, dass sie das unisono einstudiert haben? Es gibt keine Termine, keine Ahnung, keine Nettigkeit, kein Vorankommen, kein Durchdringen. Nichts. Richtig dumme Welt. Fünf traurige Telefonate später rufe ich meinen Hausarzt an, um ihm mitzuteilen, wie bescheuert alles ist. Er hört mir zu und meint nach einem kurzen Moment des Durchatmens, dass er mir die Spritzen eigentlich auch geben könnte, er müsse sich nur noch mal schlaumachen, wie das alles genau vor sich gehe. Einerseits klingt das minimal nach Quacksalber, andererseits ist mir das komplett egal. Meine Freude wohnt in einem gut versiegelten Viereck, aber sie ist da. Ich spüre, wie sie an ihre Grenzen stößt und sich aufbäumt. Meine Suche hat ein Ende. Keine Anrufe bei endokrinologischen Praxen und ihrem Computeransagepersonal mehr.

Noch 1 Jahr, 6 Monate und 3 Tage

Einmal pro Woche gehe ich zur Therapie zu Frau Wehnrich, Diplompsychologin. Ich muss dem Staat beweisen, dass ich nicht verrückt, sondern nur maximal unglücklich bin. Manchmal macht Louise Frau Wehnrich nach. Sie ist erschreckend gut darin. In diesen Momenten erheitert mich meine Therapie, in den meisten anderen strengt sie mich an und nervt. Nicht weil ich Therapie per se bescheuert finde, aber in Berlin einen Therapieplatz zu bekommen ist beinahe so unmöglich, wie sich alle Stellen der Zahl Pi nach dem Komma zu merken, weswegen ich bei Frau Wehnrich gelandet bin, die in meinen Augen massiv mit der Esoterik flirtet und den Anschein erweckt, als hätte sie ihr Diplom bei einer Verlosung der Klassenlotterie gewonnen. Finden ich und meine Abwehrhaltung zumindest. Oft weiß ich nicht, was ich ihr erzählen soll. Wovon ich geträumt habe? Dass Dan ein Arschloch ist? Dass ich manchmal hinter meine Vorhänge schaue, um sicherzugehen, dass dort niemand steht? Keine Ahnung. Also verwende ich einen großen Teil meiner Zeit darauf, sie mit witzigen Geschichten aus dem Le Sausage von meiner Traurigkeit abzulenken. Ich bestehe zu 95 Prozent aus Widerständen und Verweigerung, der Rest ist Wasser. Statt mir das bewusst zu machen und es mir einzugestehen, finde ich Frau Wehnrich doof. Es ist einfacher. Wenn ich sowieso schon ohne Haut durch mein Leben rennen muss, sollte ich wenigstens meine Mauern behalten dürfen. Finde ich. Alles schwarz und weiß. Zwischentöne sind gefährlich, weil sie Gefühle unordentlich machen. Ich sitze neben Kleenex, die ich nie benutze, und schaue an Frau Wehnrich vorbei auf die Bäume vor dem Fenster, die so tun, als gäbe es keine Jahreszeiten. Sie sind einfach immer grün. Ist das Resilienz oder Dummheit? All das, um meine Bescheinigung zu erhalten, um die Hormonbehandlung zu beginnen. Über meine Depression reden? Auf keinen Fall, ich will nur den dummen Wisch. Das Zimmer, in dem die Therapie stattfindet, riecht nach Beige. Es sieht auch nach Beige aus. Selbst Frau Wehnrich ist irgendwie beige und verschmilzt mit ihrer direkten Umgebung. Manchmal durchbricht sie ihr Mimikry, indem sie intensiv ausatmet. Ich erschrecke mich jedes Mal, was sie eifrig notiert. Dazu summt sie. Ich erkenne die Melodie nicht, aber es klingt wie eines dieser Lieder, die man einem Kind vorsingt, wenn es hingefallen ist. Einer ihrer liebsten Sätze ist: »Wissen Sie, es geht doch nicht um Schuld.« Während sie ihn aufsagt, malt sie mit ihrem Kugelschreiber etwas in die Luft, was für mich wie ein verwundeter Greifvogel aussieht. Sie benutzt den Satz gerne, wenn ich mal wieder mit der Welt und ihren Auswüchsen hadere. Ich finde, dass er sehr dumm ist. Natürlich geht es um Schuld. Darum, dass ich sie eben nicht habe. Darum, dass ich aussehe, wie ich aussehe, dass ich bin, wie ich bin, ohne mich in einem rebellischen, aufrührerischen, gemeinschaftsgefährdenden Akt dafür entschieden zu haben. Es geht darum, dass andere Menschen ihre Ignoranz kübelweise über mir ausschütten und dann ohne ein Grummeln im Bauch Käsestullen essen. »Es geht doch nicht um Schuld.« Wie biblisch. Wahrscheinlich sollte ich eine erleuchtetere Haltung einnehmen, aber dazu bin ich zu müde. Bei jeder unserer Sitzungen ist ihr Hund Jupiter Günther anwesend. Er ist sehr groß und stinkt, dass selbst die Sterne sich die Nase zuhalten würden, wenn sie denn Nasen hätten. Ich vermeide es, die komplette Zeit durch meinen Schal zu atmen, weil ich Angst habe, dass sie das als Zwangshandlung interpretiert. Wenn draußen ein Wind geht und die Bäume deswegen gegen die Fenster tippen, springt Jupiter Günther auf und bellt die Außenwelt nieder. Das schenkt mir meistens gute zehn Minuten, in denen ich nicht vorgaukeln muss, spirituell gereift und gut drauf zu sein. Ich hoffe während meiner Therapiestunden sehr oft auf Sturm. Mein Gebäude aus Vorurteilen und Ignoranz wird angesägt, als sie mich eines Tages länger ansieht und anfängt zu sprechen, nachdem ich eine halbe Stunde über Sam gekalauert habe.

»Wissen Sie, jeder Mensch verdient es, geliebt zu werden. Ich verstehe, dass man in so einer neuen und unsteten Phase für jede Zuneigung dankbar ist, aber nicht um jeden Preis. Man darf sich nicht auf dem Ramschtisch räkeln. Man heftet sich einer anderen Person zu schnell an die Seite, wenn man so dringend gemocht werden möchte und so froh ist, wenn endlich niemand die Laufschuhe schnürt, um schnell fortzukommen. Dabei ist man einfach, wer man ist, man sollte nicht in Ekstase geraten, nur weil jemand das irgendwie halbgar in Kauf nimmt.«

»Wieso sagen Sie das? Ich hefte mich niemandem an die Seite.«

»Sie erzählen die grausamsten Geschichten mit einem Lächeln und als Witz. Aber was Sam mit Ihnen veranstaltet hat, ist nicht lustig. Oder denken Sie, dass es jemand verdient, so behandelt zu werden? Was würden Sie sagen, wenn jemand so mit Louise umspringen würde?«

»Das ist was anderes.«

»Wieso ist das was anderes?«

»Keine Ahnung, Louise ist toll.«

»Und das sind Sie nicht?«

»Ich bin ein Wolpertinger.«

»Ein was?«

»Ein bizarres Mischwesen.«

»So sehen Sie sich? Und nicht als Mensch mit Geschichte, der liebenswert ist?«

Ich sage nichts. Wenn ich ehrlich wäre, würde ich zugeben,

dass ich mir nicht vorstellen kann, dass jemand bei mir bleibt, ohne dass ich ihn besteche oder festbinde. Einfach so, ohne Erwartung einer Gegenleistung in Form von Gebäck oder Geld. Sondern aus Zuneigung und tiefer, inniger Gunst. Einer Überzeugung, die keines Kunststücks bedarf. Die es gibt, einfach nur, weil zwei Herzen sich verhakt haben. Ich sehe es nicht. Ganz egal, wie sehr ich mir Mantren vorsage, die mich darauf einschwören, sinnvoll, nützlich und ein geiler Typ zu sein.

»Weiß nicht.«

»Ich denke, es gibt Menschen, die Sie erkennen werden. Und sich auf den ersten Blick in Sie verlieben. Das sind die Menschen, mit denen Sie sich umgeben sollten. Nicht jemand wie Sam, der Ihnen alle negativen Vorstellungen, die Sie von sich haben, ein ums andere Mal bestätigt.«

»Liebe auf den ersten Blick ist Quatsch.«

»Warum denken Sie das?«

Jupiter Günther hustet. Bestimmt ist er irritiert, dass ich nichts Witziges erzähle.

»Weil Liebe nicht nur aus einem ersten Blick besteht. Sondern einem zweiten und dritten und so weiter. Und diese weiteren Blicke recht schnell offenbaren, worauf niemand Bock hat und was ich bin. Ein unvollständiges und uneindeutiges Mängelexemplar. Menschen lieben es eindeutig. Passende Geschlechtsteile finden sie überzeugender und wichtiger als die Eigenschaft, ein total netter Typ zu sein, der in seiner Freizeit weder Katzen häutet noch Bilder seines vollendeten Penis verschickt. Kurios, aber wahr.«

Wut schwappt von innen gegen meinen Brustkorb. Alles ist unfair. Die Realität ist unfair. Meine Realität. Was will sie von mir. Ich bin hier, um meinen Bescheid zu bekommen, und nicht, weil ich mir das Leben von einer Eso-Tante erklären lassen möchte.

»Sie denken, dass es einer Frau wichtiger ist, mit einem Mann zusammen zu sein, der einen Penis hat, als mit einem Mann, der sie gut behandelt?«

»Klar.«

Sie lehnt sich zurück, bestimmt feiert sie ihren therapeutischen Durchbruch. Mir doch egal.

»Haben Sie Lust, eine Liste anzufertigen mit den Dingen, die Sie gut an sich finden, und was Sie sich wünschen?«

»Als wäre ich ein Einkaufszettel?«

»Nein, als wären Sie es sich wert, sich mit sich selbst auf eine liebevolle Art und Weise zu befassen.«

»Ziemlich schwierige Aufgabe.«

»Manchmal die schwierigste überhaupt. Aber sie lohnt sich.«

Jupiter Günther schnauft. Fühlt er an meiner Stelle? Gefühlsoutsourcing. Die ganze Scheiße von anderen fühlen lassen. Wie gut es wäre, wenn das ginge. Mein Gesicht in fremde Hände stützen, mehr Schultern, zusätzliche Rücken, die beim Ertragen helfen. Ich bin der Punkt am Ende eines Satzes. Die Frage, die niemand beantworten will. Das gute Gewissen anderer beim Erfüllen ihrer Diversityquote. Aber alleine. Ganz gleich, wie viele Freundlichkeiten ich mir zwischen die Zeilen nuschle. Ich sehe aus dem Fenster und muss an Sam denken. Den Duft ihrer Haare. Ihre Augen. An ihren Trank aus Zuneigung und Nichts, an dem ich mich so regelmäßig verschlucke. An Louise. An das, was das Leben mir zuflüstert und ich so oft nicht verstehe. An Dan. Ganz ehrlich? Ich habe keine Ahnung, was ich Nettes zu mir sagen soll.

Noch 1 Jahr, 4 Monate und 16 Tage

Wer bin ich eigentlich? Diese ekelhaft grundsätzliche Frage. Der Gedanke drängt seit der letzten Therapiestunde immer öfter an meine Oberfläche und ich habe keine Antwort. Louises Schatten? Bin ich nur das Resultat ihres Anschubsens? Irgendwie kommt es mir manchmal so vor. Louise zieht unsere Freundschaft voran und ich werde mitgeschleift. Das war schon immer so. Erst im Kindergarten, dann in der Schule und auch jetzt. Ich wohne mit in ihrer Wohnung, wir haben den gleichen dummen Job. Sie sitzt vorne und lenkt, während ich auf dem Rücksitz mein Leben verschlafe. Warum bin ich so passiv und lasse die Asche, die anderer Leute Feuer produziert, auf mich regnen. Bin ich ein Mensch ohne Leidenschaften? Ohne Form und Kontur? Wie würde mich jemand beschreiben? Johann war immer da. Das ist alles, was ich weiß. Weiß ich denn mehr? Was bin ich noch außer unglücklich und verschwommen? Was füllt mich aus? Erfüllt mich? Ganz ehrlich? Ich habe keine Ahnung. Ich habe mir ein Papier genommen und versuche, es aufzuschreiben. Ich habe in irgendeiner Zeitschrift gelesen, dass man so was machen soll und es dabei hilft, sich kennenzulernen. Ein Date mit mir selbst. Natürlich habe ich keine Blumen mitgebracht. Ich mache zwei Spalten. Eine mit dem Titel »Was ich bin«, die andere »Was ich will«. Zugegebenermaßen finde ich es ein bisschen peinlich und hoffe, dass diesen Zettel nie jemand findet. Ich starre auf das Blatt. Sein Weiß ist grell und flimmert, je länger ich es anschaue. Überlegen. Was bin ich. Ich setze den Stift an und schreibe: »nett«. Nett? Ist das etwas Gutes? Nett sein? Apotheker sind nett. Türen aufhalten ist nett. Enten füttern ist nett. Aber als einzige Eigenschaft, die mich ausmachen soll, nett sein? Unbefriedigend. Ich ertappe mich dabei, dass ich Louise schreiben und sie fragen will, was mich ausmacht. Ich bin wirklich nur ihr Schatten. Was mache ich, wenn uns das Licht ausgeht? Aufhören zu existieren? Klammere ich mich so sehr an andere Menschen, weil ich so ungerade bin, dass ich umfallen würde, wenn niemand da wäre, um mich zu stützen? Louise, Sam, selbst Dan, den ich verachte. Ich streiche »Was ich bin« durch und schreibe: »Was ich mag«. Was mag ich? Ich muss wissen, was ich mag. Ich schreibe:

Handyempfang
Tischtennis
Dicke Käfer
Gähnende Igel
Pommes
Den Klang von Schnee
Warme Brötchen
Mineralwasser mit Sprudel
Den Geruch vor Regen
Den Geruch nach Regen
Feuchte Erde
Wolken, die gegen Berge dotzen
Muskelkater
Die Zahl 3
Das Geräusch von Blinkern

Weiß ich jetzt, wer ich bin? In erster Linie ein Mensch mit sonderbaren Vorlieben, so viel ist klar. Mehr nicht? Alles, was auf meiner Liste steht, ist ein durchgestrichenes »nett« und 15 kuriose Stichpunkte. Was mir das bringen soll, weiß ich nicht. Wie kann man so wenig über sich wissen. Müsste ich in mir nach irgendetwas graben, ich würde mich verlaufen und wahrscheinlich nie wieder herausfinden. Ich würde in irgendeiner Darmschlinge verenden. Ahnungslos und das Geräusch eines Blinkers erinnernd. Toll. Ich kann doch nicht ewig in der dummen Wurstbude arbeiten. Zumindest nicht, ohne den Verstand zu verlieren oder Dan zu erschlagen. Was soll ich machen? Studieren? Noch mal Schauspiel? Gartenbau? Irgendwas mit Ziegen? Wie komme ich auf Ziegen? Wenn ich zur Studienberatung gehe und sage, dass ich Wolken und das Geräusch von Blinkern mag, werde ich wahrscheinlich mit einem zärtlich milden Blick wieder nach Hause geschickt werden. Was, wenn ich woanders wohnen würde? Ohne mein Schutzschild Louise. Ich kann nicht ihr Leben leben. Das Schattendasein. Zum ersten Mal kapiere ich diesen Begriff in seiner Gänze. Wie trist. Ich trinke einen Schluck Wasser aus der Flasche, aber zu schwungvoll, ich werde von der Kohlensäure daran erinnert und verschütte einen Teil des Inhalts über meiner Stichpunktliste. Es sieht aus, als hätte jemand ausgiebig drauf geweint, was die Liste noch kümmerlicher erscheinen lässt. Statt mich weiter um die Untiefen meines Wesens zu kümmern, male ich kleine Gesichter neben die Tropfen, die übertrieben schluchzen oder Gags erzählen. Vermutlich sagt das mehr über meine Psyche aus als die vorigen Stichpunkte.

Noch 1 Jahr, 4 Monate und 10 Tage

Ich habe so viel Warten aufeinandergestapelt, dass ich mir daraus eine zweite Welt bauen könnte. Eine Welt mit sehr viel Zeit. Ich bin Attesten und Schrieben hinterhergejagt und habe Fristen sortiert. Eine um die andere. Und jetzt ist der Tag da. Fällt in meinen Schoß und blinzelt mich an. Meine erste Spritze. Gibt es keinen Tusch? Etwas versehrte Haut im Austausch fürs Richtig-verstaut-Werden. Das letzte Warten zieht sich. In der letzten Viertelstunde ist erst eine Minute vergangen. Mir ist klar, dass die Zeit sich besonders ziert, wenn man sie drängt, folglich beschließe ich, sie zu ignorieren. Ganz egal, wie oft sie an mir vorbeischleicht, ich werde sie nicht beachten. Die Zeit setzt sich auf meinen Schoß, sieht in mein Gesicht und schreit:

»Es ist 15:45.«

Ich muss rauchen. Das Hinderliche an diesem Einfall ist, dass ich nicht rauche. Und rauchen, ohne zu rauchen, ist rumstehen und starren. Rauchen die Menschen, weil sie einfach gerne irgendwo stehen und starren? Meine Hände sind feucht. Kleine Biotope der Panik. Nervosität drängelt sich mit auf meinen Stuhl. Ich bin alle Fußballfans während eines Endspiels. Ein Wunder, dass es nicht viel mehr Herzinfarkte bei solchen Veranstaltungen gibt. Ich muss raus, los, hin. Aus der Wohnung und endlich mit dem Warten aufhören. Die Tür fällt hinter mir zu, als wollte sie applaudieren. Einmaliges Klatschen. Ab aufs Rad. Fahren. Überall wird gebaut. Meistens Büros. Wo nicht gebaut wird, ist Stau. Egal, wann man in dieser Stadt aufbricht, man kommt zu spät. Jede Ampel ist rot. An der dritten steht ein sehr schlechter Jongleur, dem andauernd die Keule auf den Fuß fällt. Neben ihm wiegt sich eine Frau und schreit. Oder singt. Ob sie zum Programm gehört, ist unklar. In meiner Tasche schrillt die Erinnerung, die ich auf dem Handy eingestellt habe. Ich kann nicht zu spät zu meinem Geburtstag kommen. Ich blicke zum Bürgersteig, rumple mit dem Fahrrad drüber und bete kurz, dass kein mittelalter, wütender Fahrrad fahrender Mann mit übertriebener Ausrüstung und Radlerhosen vorbeikommt, dann fahre ich los.

Ich kurve durch Menschen, als wären sie die Serpentinen einer Bergstraße. Es geht um etwas. Darum, an keiner Kasse mehr angestarrt zu werden. Mich beim Aufgerufenwerden nicht zu schämen. Gesehen zu werden, und zwar nicht nur dann, wenn die Frage ist, ob man mich überfahren würde oder nicht, sondern als richtig und ganz. Mich mit einem Namen vorstellen zu können, der passt und den ich nicht abgrundtief hasse. Zeit im Badezimmer zu verbringen, um mich schön zu machen, und nicht, um alles an mir zu verstecken oder blind den Spiegel anzuweinen. Ich will eine Aussöhnung mit dem Universum, das sich diesen grässlichen Scherz ausgedacht hat, der mein bisheriges Leben war. Es geht um Ruhe, Frieden und einen verdammten Vollbart. Es geht um mich. Also fahre ich wie ein komplett wahnsinniger Allergiker, der von einer Horde Erdnüsse verfolgt wird. Ich rase um die Kurve und bremse vor der Praxis. Etwas zu schwungvoll drücke ich den Summer zur Praxis und stoße die Tür auf. Der Sprechstundenhelfer sieht mich verdutzt an.

»Hast du heute einen Termin?«

Wieso weiß nicht jeder Mensch auf dieser Welt, dass mein Leben jetzt anfängt? Alles dreht sich doch um diesen einen Moment.

»Die Spritze. Heute ist der Termin für die erste Spritze.«

»Ah, richtig. Setz dich kurz hin, du kommst gleich dran.«

Wer hat das Warten erfunden und warum? Bekommt diese Person Provision für vergeudete Minuten? Sind Wartezimmer einfach nur Fabriken, die irgendwem ein sehr gutes

Leben finanzieren, durch all die Stunden, die man in ihnen verschwendet?

Gibt es irgendwo ein Zuviel an Zeit, das abgebaut werden muss?

»Der Nächste, bitte. Johann …«

Mein Name torkelt etwas sperrig durch den Raum und bleibt vor mir stehen. Es geht los. Ich gehe ins Sprechzimmer und schüttele die hingestreckte Hand wie ein sehr gut dressierter Dackel.

»Setzen Sie sich. Heute könnten wir anfangen. Oder wollen Sie es sich noch mal überlegen?«

In Anbetracht der Tatsache, dass ich seit mehreren Jahrzehnten nichts anderes tue, als zu überlegen, finde ich die Frage kurios. Ich will allen Minuten die Sekunden herausreißen, um das elendige Warten abzukürzen. Das ist der Grad meines Wollens. Ärzte sind keine sentimentale Personengruppe, aber ich erkenne ein aufrichtig freudiges und beinahe aufgeregtes Strahlen. Mein Arzt nimmt die Ampulle, bricht die Spitze ab und zieht mit einer Spritze die 250 mg Testosteron auf. Dann nimmt er eine andere Spritze und füllt es um. Mit einem Schnippen gegen die neue Spritze vollendet er die Prozedur und sieht mich an. Ich ziehe meine Hose ein Stück herunter und lege Haut frei, die sich wahrscheinlich wundert, wo auf einmal das ganze Licht herkommt. Mit meinem Ausatmen setzt er die Spritze. Ein Stechen. Ich merke, wie sich etwas Druck um die Einstichstelle aufbaut. In etwa, als würde eine Mücke ein etwas zu üppiges Mittagessen in mir erbrechen. Und dann … nichts. Ich fühle mich nicht magisch und nicht verändert. Genau genommen ist alles noch immer wie vor ein paar Minuten. Ich sehe mein Spiegelbild im Spiegel, der im Behandlungszimmer hängt. Nichts zu sehen. Noch kein vollbärtiger Hulk in Sicht. Ich bin eigentlich nur müde. Ich will einen Winterschlaf bis zum kommenden Vollbart halten. Der Alltag hat sich kurz aufgebäumt, um jetzt wieder weiterzutrotten, aber es hat einen Anfang gegeben. Den Anfang. Meinen Anfang. Tag eins. Happy birthday, motherfucker.

Noch 1 Jahr, 3 Monate und 5 Tage

TEIL IV

METAMORPHOSEN

Ich stelle mich vor die Wand. Mein Plan ist, jeden Tag ein Foto von mir zu machen, um das Vorwärtskommen zu dokumentieren.

Ich versuche mich in Neutralität und drücke auf den Auslöser. Es blitzt. Dumm. Niemand sieht gut aus auf Fotos mit Blitz. Noch mal. Selfie. Dämlich. Ich sehe das Foto an. Ein Lachen, Frohsinn, Anfang. Bildfüllend. Das Hoffen fließt über den Rand hinaus und tropft auf den Boden. Die Neutralität hat nicht funktioniert, weil ich zu glücklich bin. Endlich der Start. Mit der rechten Hand befühle ich mein Kinn. Wahrscheinlich ist es utopisch, bereits nach einem Tag einen Vollbart zu erwarten, trotzdem hätte ich es irgendwie als kleines Entgegenkommen des Universums für all die gemeinen und zerschossenen Jahre gesehen. Aber da ist nichts. Nur die seidenweiche Haut eines auf dem Rücken strampelnden Käfers und eine Narbe, die ich habe, seit ich fünf bin.

Ich taste den Raum zwischen Nase und Oberlippe ab. Auch nichts. Warum bin ich so besessen von einem Vollbart? Gibt es nicht auch Männer, die jenseits einer Gillette-Werbung funktionieren und nicht aussehen, als hätten sie Jahre in der Wildnis zugebracht? Dumme, kleine, bockige Besessenheit. Wäre ich in der Schule ähnlich fanatisch gewesen, würde ich mittlerweile als Astrophysiker arbeiten.

Ich will den Gegenentwurf zum Bisherigen. Abgrenzung zu dem, was ich nie sein wollte. Jemand, der sein bisheriges Leben in einem zu engen Taucheranzug unter Wasser gelebt hat, wird sich aller Wahrscheinlichkeit nach erst mal im Jogginganzug in die Sonne setzen. Deshalb will ich, dass sich alles, was entfernt an Weiblichkeit erinnert, abschält, zu Boden fällt und nichts mehr mit mir zu tun hat. Als wäre ich ein Baum im Sommer, der nach langer Trockenheit seine Rinde verliert, die dann von der Straßenreinigung entsorgt wird.

Der Arzt meinte nach der Spritze, dass sich meine Stimme wahrscheinlich am ehesten in Richtung Holzfällertum verabschieden würde, so nach zwei Wochen könnte man eventuell durchaus schon was hören. Zwei Wochen? Ich nehme mein Handy, drücke auf »Aufnahme«, warte, bis der Knopf rot leuchtet, und setze an, um irgendwas zu sagen.

»Das ist kein Test, glaube ich.«

Der Ton in meinem Hals macht sich bereit, sieht sich um und beschließt dann, einen großen Satz zu tun, abzustürzen und gegen alle vorhandenen Wände zu krachen. Kein Sicherheitsnetz, kein doppelter Boden. Statt des vollmundigen Satzes kommt ein Kieksen. Ist mein Rachen über Nacht derart Furcht einflößend geworden, dass der Ton sich erschrickt? Ist umgebaut worden? Gibt es neue Gänge, die noch nicht verzeichnet sind?

Ich versuche es erneut.

»Das ist kein Test, glaube ich.«

Es scheppert und rumpelt. Meine Stimme setzt sich schwerfällig in Bewegung. Zwölftonmusik aus der Kehle. Nichts klingt wie zuvor, kein Ton wiederholt sich. Wer Abwechslung liebt, kann sich an meine Stimme halten. Sprechen ist ungesichertes Klettern an einer Steilwand. Ich beende die Aufnahme und drücke auf »Play«.

»Das ist kein Test, glaube ich.«

Ich höre eine Mädchenstimme, die entweder mit einem wuchtigen Katarrh zu kämpfen hat oder einfach gerne schreit und demzufolge heiser ist. Ein Kind, das seine Wut durch den Hals auf die Welt schüttet. Da ist kein Mann. Das Innen hat offenbar noch ein paar Schwierigkeiten damit, sich ans Tageslicht zu wagen. Es ist scheu. Kein Wunder, nach so vielen Jahren in einer Höhle. Nicht nach draußen, dort ist es gefährlich und es gibt Sachen wie die Bild-Zeitung. Ich kann es ihm nicht verübeln, hasse sein Verweigern aber trotzdem. Meinem Empfinden nach sind mein Innen und Außen eineiige Zwillinge. Die Realität wiederholt ein ums andere Mal, dass dem nicht so ist. Die Zwillinge sind nicht nur nicht eineiig, sondern von verschiedenen Vätern oder Müttern in entfernten Welten. Wie Rührei mit Gummibärchen als Mittagsmenü. Jeden Tag aufs Neue. Nichts passt zusammen. Spannt am Hals. Am Bauch. In der Brust. Tausend Schnüre, die in mir gespannt sind und über die ich ein ums andere Mal stolpere. Wie die anderen auch. Weil die Schnüre nach außen ragen. Sie blitzen hervor und bringen die Menschen, die mir begegnen, zu Fall. Weil die Einordnung nicht funktioniert. Wozu hat man denn Schubladen, wenn sie klemmen und man sie nicht benutzen kann.

Aber was kann ich denn für die Schubladen der anderen? Und dass die Leute stolpern, ist auch nicht meine Schuld. Sollen sie doch ihre Augen auf- oder, noch besser, zumachen.

»Das ist kein Test, glaube ich.«

Alles, was ich höre, ist ein Domspatz. Scheiße. So viel Zeit und Geduld fürs Werden hat doch kein Mensch.

Noch 1 Jahr, 3 Monate und 1 Tag

Wie aufregend und adrenalinhaltig ein kurzer Einkaufstrip sein kann, merke ich, als ich im Supermarkt stehe und feststelle, dass ich kein Bargeld dabeihabe. Eigentlich zahle ich seit Monaten alles nur noch bar, weil ich keine Lust habe, meine EC-Karte mit dem alten Namen zu verwenden. Der alte Name und das neue Gesicht driften nämlich sehr sportlich auseinander. Auf den Fotos, die ich täglich oder eigentlich beinahe minütlich von mir mache, erkenne ich zwar keine großen Veränderungen, doch die Außenwelt fängt an, ihre Reaktion auf mich abzuwandeln. »Junger Mann, was darf es sein?«, »Der Herr?«, »Alter …«. Manchmal erschrecke ich mich deswegen, weil es so ungewohnt und unerwartet kommt. Niemand beschimpft mich mehr als Lesbe oder Homo. Ich werde einfach in Ruhe gelassen. Außen bin ich nicht mehr das alte Ich, schleichend, beinahe unterschwellig. Jetzt stehen besagtes neues und altes Ich zusammen im Discounter. Auf meinen Armen balanciere ich Tomaten, Chips und Futter für Einstein VIII. VIII? Keine Ahnung, ob die Zahl stimmt, irgendwann habe ich aufgehört zu zählen. Im Supermarkt ist viel los. Feierabendgewusel, dichtes Gedränge. Und ich habe kein Bargeld. Was mache ich? Ich will nach Hause und mich im Dunkeln duschen, um den Grind und das Fett meiner Schicht im Le Sausage abzuwaschen. Schauen die Leute an der Kasse wirklich auf den Namen oder ist es ihnen komplett egal? Interessiert sich in Berlin irgendwer für irgendwas außerhalb seiner selbst? Eigentlich nicht. Also EC-Karte. Egal, komm. Was soll passieren? Ich gehe in Richtung Kasse und stelle mich an. Vor mir Mütter mit ihren Kindern, die heulen, weil sie keine Süßigkeiten bekommen. Ein Junkie zählt die Cents in seiner Hand, um zu checken, ob es für den Schnaps auf dem Rollband reicht. Er torkelt. Vor mir ein Typ, der sich von Würstchen, Dosenravioli und Kippen ernährt. Wie depressiv kann ein Einkauf bitte sein? Den sollte die Kassiererin ansprechen, ob bei ihm alles o.k. ist. Mir ist heiß. Schneeanzug und nach oben kletternde Gefühle. Jemand fährt mir mit seinem Einkaufswagen in die Hacken. Ich drehe mich um und blicke in stumpfes Desinteresse.

»Tschuldige.«

Weggenuscheltes Blabla. Habe ich vielleicht doch irgendwo noch ein paar Münzen? Ich krame, versuche, die Einkäufe mit einem Arm festzuhalten, wirke etwas verkrampft in meinem Liquiditätstanz. Nichts. Rein gar nichts. Zwei Cent, Kaugummis und ein Fahrschein. Toll. Hatte ich früher mehr Bargeld? Einmal, als ich klein war, habe ich mir von meinem Taschengeld einen Schokoriegel gekauft und wurde beim Wechselgeld von der Kassiererin beschissen. Mein Taschengeld war futsch und sie schwamm in meinen Augen in einem unermesslichen Reichtum. Den kompletten Heimweg verbrachte ich mit komplizierten Rechnungen, ob ich mich eventuell getäuscht hatte, das Ergebnis war immer dasselbe: Betrug seitens der Kassenkraft. Die Kasse rückt näher. Der Junkie stützt sich aufs Kassenband, sein Arm fährt Richtung Bezahlen, er stolpert hinterher. Zwei Kinder streiten, wer was naschen darf. Der Mann vor mir zahlt Würstchen, Ravioli und Kippen. Die Kassenfrau fragt ihn nicht nach seinem Wohlbefinden. Hauptsache, er ist schnell verräumt. Dabei wirkt er durchaus deprimiert und fahl. Also so, als sollte man ihn unterstützen und herzen. Aber er hat Bargeld. Ich habe keins. Meine Tomaten sind vor mir da, werden über den Piepser gezogen, dann die Chips, das Hamsterfutter. Auch kein wirklicher Fitnessgurueinkauf. O.k., bezahlen, die Frau an der Kasse sagt eine Nummer, ich vermeide Blickkontakt und reiche ihr die EC-Karte. Meine EC-Karte. Mit der Gravur des alten Namens. Sie nimmt sie. Meine Kopfhaut kribbelt, ich spüre ein Brennen im Gesicht. Stehe ich in Flammen? Zündet sich irgendwer gleich eine Kippe an mir an? Ruhig bleiben. Wie so oft das Atmen nicht vergessen. Sie sieht mich etwas flatternd an. Etwas Diffuses im Blick. Ich hasse diesen Blick, ich kenne ihn. Das Scharfstellen der Augen, weil etwas vor einem steht, das man nicht beim ersten Schauen begreift. Weil es zu kleinteilig und ungewohnt ist. Nicht dem entspricht, was bisher abgespeichert wurde. Hinter mir geht die Schlange beinahe einmal durch den kompletten Laden. Bitte keine Diskussion über die EC-Karte, nicht hier. Bitte.

»Kann ich mal den Ausweis sehen?«

»Meinen?«

»Was? Natürlich Ihren. Wessen Ausweis denn sonst?«

Schnaufen hinter mir. Alle wollen heim. Oder zumindest raus aus diesem Laden. Alles, was verzögert, nervt. Ich krame, schwitze, krame. Ziehe den Ausweis hervor. Noch mehr altes Gesicht, noch mehr alter Name. Kleines, demütigendes Rechteck. Warum scheiße ich nicht gleich aufs Kassenband und schreie durch den Laden, dass ich trans* bin. Verrückter, kleiner, exotischer Wolpertinger. Warum ich dazu aufs Kassenband scheißen müsste, weiß ich auch nicht, vielleicht geht es um maximale Peinlichkeit. Ich gebe ihr den Ausweis. Sie inspiziert ihn. Was will sie? Mir ihren Nachlass vermachen? Mir einen Bausparvertrag verkaufen? Mir notariell beglaubigen, dass ich hier und heute meinen Einkauf in einem miesen Discounter getätigt habe? Wieder ein Blick zu mir. Ausweis. EC-Karte. Dann, während sie mich fokussiert, steckt sie die EC-Karte ins Lesegerät. Ich sage nichts, ich bin zu sehr mit Schwitzen beschäftigt. Das Lesegerät macht ein Geräusch, das nach Support klingt, der Deckel der Kasse springt auf, die Kassiererin drückt ihn wieder zu. Mein Gesicht dürfte die Farbe der gekauften Tomaten angenommen haben. Ich sammle meine Einkäufe ein und verlasse den Laden. Ausweis und EC-Karte lose in der Tasche. Hoffentlich verliere ich sie. Soll doch irgendjemand anders ich werden. Sich mein Leben schnappen und damit glücklich werden. Immerhin muss der Hamster heute nicht verhungern. Der Junkie hat bereits die Hälfte seiner Flasche ausgetrunken.

»Ey, mein Freund, hast 'nen Euro für mich?«

»Ich habe nur zwei Cent leider.«

»Nehme ich auch, Bruder. Kleinvieh scheißt auch Mist. Der Teufel macht einen großen Haufen. Nee, was. Wie ging das noch? Der Teufel ist auch Mist. Der Teufel isst auch Mist?«

Ich gebe ihm die zwei Cent und eine Tomate. Vitamine und so. Er sieht mich an. Vielmehr in meine Richtung. Keine Ahnung, wie oft er mich sieht.

Er lehnt sich an und nimmt einen großen Schluck. Gegen den Kummer und gegen die Welt. Eigentlich würde ich mich gerne zu ihm setzen. Es würde stimmungstechnisch viel Sinn ergeben. Ab jetzt immer Bargeld.

Noch 1 Jahr, 2 Monate und 14 Tage

Von außen sieht das Gebäude aus, als hätte dort noch niemals jemand gelacht. Ein Freizeitpark für Misanthropen. Eine Grimasse der Ausweglosigkeit. Warum müssen Schicksale so oft an grässlichen Orten entschieden werden? Das Schreiben, in dem mir mein Termin mitgeteilt worden ist, ist so sachlich wie ein Gerichtsschreiben, in dem einem ein Termin mitgeteilt wird. Ich steige die wenigen Stufen zur schweren Tür des Amtsgerichts empor. Dahinter haben sich Menschen versammelt, die darauf warten, die Sicherheitskontrolle zu passieren. Ich krame nach meinem Ausweis. Das Rechteck, das mich entlarven wird und immer prüfende Blicke hinter sich herschleift. Langsam ist es mir egal. Ich gebe ihn dem mäßig interessierten Security. Der mustert erst den Ausweis, dann mich.

»Anlass für den Aufenthalt im Gericht?«

»Termin beim Richter. Der Termin ist um 11. Hier ist meine Einladung.«

Einladung ... als gäbe es eine Feier ...

»In Ordnung.«

Keine dummen Fragen. Langsam atme ich aus. Der Termin ist in einer halben Stunde. Ich sehe mich um und überschlage, wie oft ich mich auf meinem Weg wohl verlaufen werde. Ich will meinen neuen Namen nicht warten lassen. Wo muss ich hin? Nachdem ich mehrere Menschen gefragt habe, komme ich zu einem Gang, in dem nach Dienstschluss sicherlich geschlachtet oder operiert wird, so steril wirkt er. Als Deko-Element oder Überbleibsel aus dem Kalten Krieg hat man eine alte Telefonzelle mitten in den Raum gestellt. Ich setze mich auf einen der Plastikstühle. Sein Orange wirkt wie ein tropischer Scherz inmitten des Lungenkrebsgraus des Ganges. Eine Angestellte huscht an mir vorbei. Viertel vor elf. 15 Minuten noch. Eine Frau setzt sich neben mich.

»Junger Mann. Was machen Sie hier?«

Junger Mann ... die Worte heften mir etwas Glück an mein Herz.

»Ich warte. Um elf habe ich einen Termin beim Richter.«

»Passen Sie nur gut auf. Wenn Sie nicht aufpassen, kommen Sie irgendwann und holen Sie.«

»Das will ich hoffen. Ich habe einen Termin.«

»Das meine ich nicht. Hier im Raum sind 423 Kacheln, ich habe sie gezählt. Und wenn man nicht aufpasst, wird einem alles genommen und sie entmündigen einen.«

Sie spuckt ein wenig während ihrer Tirade. Dazu trommelt sie mit ihren Fingern auf der Lehne ihres Plastikstuhls. Ich habe noch zehn Minuten bis zu meinem Gespräch mit dem Richter und zielsicher nimmt mich der Irrsinn der anderen in den Schwitzkasten.

»Wer holt mich? Und warum?«

Das Universum scheint keine große Achtung vor der Wichtigkeit meines Termins zu haben und beschert mir klassischen Lehrbuchwahnsinn. Als Nächstes wird sie mir wahrscheinlich von Chemtrails erzählen, den Vorteilen gut gewarteter Autobahnen und dass YouTube tolle Videos zum Thema Wahrheit hat.

»Klar, ich passe auf.«

Ich stiere auf das Linoleum. Drei Minuten. Die Tür geht auf und die Frau wird in ein Zimmer gebeten. Sie entfernt sich schimpfend und dreht sich noch einmal zu mir um.

»Wenn sie aus diesem Zimmer wieder herauskommen, wird ihr Leben ein anderes sein. Wie bei mir. Sie werden es sehen.«

Damit hat sie recht. Hoffe ich zumindest. Gegenüber öffnet sich eine Tür und ein Mann tritt aus dem Zimmer.

»Herr Schneid?«

Ich brauche eine Sekunde, stehe auf und betrete das Zimmer, nehme Platz und sehe mich um. Verwaltungsfarbencharme und ein paar Postkarten, mit Motiven, die in der Zukunft möglicherweise verboten werden, weil sie so hässlich sind. Hier ist der blinde Winkel der Zuneigung, die Nulllinie der Empathie.

Herausstechen kann man nur durch den Besitz einer Tasse mit witzigem Aufdruck.

»So, Herr Schneid, Dubrowski mein Name. Es geht um Ihren Antrag auf Personenstandsänderung und Namensänderung. Richtig?«

Kein Small Talk? Über die Topfpflanzen, die es in allen Ämtern gibt? Dass es dumm ist, Sonnenbrand zu bekommen, es aber trotzdem passiert? Warum es gerade nirgends Erdnussbutter zu kaufen gibt?

Aus dem Nebenzimmer dringen Schreie. Es ist die Frau, die auf ihrem Wahnsinn quer durchs Zimmer galoppiert.

»Das passiert manchmal. Lassen Sie sich nicht davon ablenken.«

»Sollte man die Tür abschließen?«

»Ach was, daily business. Ich sehe, dass Sie eine neue Brille haben. Schon die erste Veränderung.«

»Richtig, eine neue Brille.«

»Weniger feminin, gute Wahl.«

Trifft man Entscheidungen, die offizielle Auswirkungen haben, scheinen Grenzen und Hemmungen sich aufzulösen. Ich stehe seit Monaten quasi nackt in den Räumen anderer und rechtfertige mich für mein Fühlen und mein bisheriges Leben. Alles, was ich mache, hat auf einmal Gewicht. Eine Brille war früher vielleicht hässlich, heute ist sie ein Beweis für oder auch gegen etwas.

»Doch, ich mag sie auch«, sage ich so männlich wie möglich.

»Ihre Gutachten sind alle positiv. Ich wüsste nichts, was gegen eine Änderung Ihres Personenstands und Ihres Namens sprechen würde.«

Rumpeln aus dem Gang. Ein Schrei. Hoffentlich zieht die Wahnsinnige nicht heute in ihren Rachefeldzug gegen die Bürokratie und ihren letzten Funken klaren Verstand. Nicht so kurz, bevor ich den endgültigen Beschluss habe.

Jetzt nur nichts sagen, was negativ aufgefasst werden kann. Am besten also nichts sagen. Gerichtstermine sind wie Beziehungen, die in den letzten Zügen liegen. Alles, was man sagt, ist zwar irgendwie richtig, aber leider genauso falsch.

»In Ordnung. Dann gratuliere ich Ihnen. In zwei Wochen sollte der vorläufige Beschluss bei Ihnen sein. Wenn Sie diesem nicht widersprechen, kommt etwas später der rechtskräftige Beschluss.«

11:15 Uhr. Ich fühle mich, als hätte ich seit einer Ewigkeit die Luft angehalten. Und jetzt habe ich nicht genügend Luft in meiner Lunge, um zu jubeln. Andererseits ... wann tut man das schon. Man sagt leise Danke und dass man sich freut, schüttelt kräftig eine Hand, die nur dazu gemacht scheint, und zieht den Tränen Hausschuhe an, damit sie nicht so viel Lärm machen, wenn sie die Wangen hinunterlaufen.

Vor der Tür der graue Gang. Stille. Alles ist wie vorher. Nichts ist wie vorher. Die Frau und ihr Lärm sind verschwunden. Es riecht nach Sporthalle und Kohl. Eine Wolke trägt mich durch das Gebäude und setzt mich auf der Straße ab. Es ist November, es ist kalt. Eine gute und klare Kälte.

Noch 1 Jahr, 1 Monat und 2 Tage

Ich stelle mich hinter die Zeit und trete sie. Schubse sie. Stoße sie, damit sie sich endlich voranbewegt. Sie stemmt sich gegen mich und lacht mich aus. Wie lange soll das alles noch dauern? Es kommt mir vor, als würden die Tage über mir ausgeschüttet und ich sollte sie mit Siebhänden auffangen. Leben heißt warten. Das kann es nicht sein und doch ist es so. Jede Woche spickt bei der vorigen, nichts verändert sich. Wie lange mache ich schon Therapie? Ich male Zeitstrahlen in meinen Kalender und verliere den Überblick. Weil ich nicht mehr durchsteige, verbinde ich die Linien zu einer Art zusammengestürztem Haus. Mein Denken unterteilt sich in Fristen, die verstreichen müssen. 1,5 Jahre, sechs Monate, irgendwas mit Zeit. Louise sagt, dass ich die Leute mehr nerven und mich in ihren Köpfen ausbreiten muss, um schneller ans Ziel zu kommen. Ich will mich nicht in Köpfen ausbreiten, das klingt genauso ekelhaft, wie sein Handtuch auf freie Liegen zu werfen, um sie zu reservieren. Keine reservierten Köpfe. Im Le Sausage ist viel zu tun. Die Menschen essen sehr gerne Scheiße und verbringen ihre Räusche in der Wurstbude. Louise ist zum Senior Plate Carrier aufgestiegen, ich bin immer noch ein kleines Würstchen und nicht sonderlich daran interessiert, eine steile Karriere im Wurst-Business hinzulegen. Dan hat eine neue Werbeidee, die sich um das Wortspiel »Wurst-Case-Scenario« dreht. Viel mehr hat er nicht. Weil er seinen Einfall aber für wahnsinnig genial hält, trampelt er ausgiebig darauf herum und nervt uns ständig damit. Wenn Dan zu verkatert ist, um sich zu kümmern, muss Louise den Dienstplan machen. Er hält sie für sehr vertrauenswürdig. Oder ist einfach stinkfaul und gleichgültig. Bei der Abrechnung bescheißen wir und tragen uns oft länger ein, als wir tatsächlich vor Ort sind. Er merkt es nicht und wir haben mehr Geld für Sekt. Ich stelle fest, dass die Stammgäste verwirrt sind, weil auf meinem Namensschild seit Neuestem Johann steht, ich mit meinem rasierten Kopf und dem gleichbleibenden Körper aber einfach aussehe wie eine wütende Lesbe. Ihre Gedanken sind beinahe greifbar: Ist Johann ein neumodischer Frauenname in Skandinavien? Ist das die Avantgarde, die sie bewundern sollten? Die meisten von ihnen sind sowieso zu besoffen, um sich ausgiebiger mit mir und meiner Lebensgeschichte zu befassen. Ihre ratlosen Blicke nerven mich trotzdem. Um nicht in Suffgespräche verwickelt zu werden, serviere ich schweigend und unfreundlich Wurst mit Pommes und verschwinde wieder in der Küche bei Kalle, der den Schlager hinter sich gelassen und deutschen Rap der 90er für sich entdeckt hat. Ich wünsche mir den Schlager zurück. An der Wand über dem Grill hängt ein Spiegel. Ich weiß nicht, ob es jemals einen dümmeren Ort für einen Spiegel gegeben hat als diesen. Aber er hängt dort. Louise und ich vermuten, dass Dan ihn dort platziert hat, um sich beim Abrechnungmachen geil finden zu können. Natürlich ist er komplett voller Fett und Grind. Trotzdem sehe ich mich, wenn ich eine der Bestellungen abhole. Egal wie schnell ich mich umdrehe, einen Schnipsel von mir erhasche ich immer. Es ist schwierig, die Wirklichkeit unter Wasser zu drücken, wenn sie einem immer wieder ins Gesicht springt. Noch nicht wirklich Johann.

»Warum drehst du dich immer so schnell weg, wenn du die Teller nimmst. Es sieht so aus, als wolltest du Schwung holen, um sie an die Wand zu werfen.«

Küchenpsychologe Kalle setzt zur Analyse an. Ich habe überhaupt keinen Bock.

»Was? Quatsch. Mache ich nicht. Der Spiegel ist komplett versifft. Ich finde ihn einfach ekelhaft. Hoffentlich kommt das Gesundheitsamt nie hierher. Obwohl ... hoffentlich kommen sie hierher, bevor wir irgendwen vergiften.«

»Aber warum schaust du immer weg?«

»Warum soll ich den dreckigen Spiegel anschauen?«

»Ich schaue mir gerne beim Wurstbraten zu. Ich sehe dabei cool aus.«

»O.k., gut für dich, Kalle.«

»Man muss üben, sich cool zu finden, und ganz lange hinschauen.«

»Das klappt nicht bei jedem.«

Weil ich genervt bin, stecke ich eine zu heiße Pommes in meinen Mund und verbrenne mich.

»Doch, vielleicht findest du dich dann auch cool und musst die Teller nicht so schnell wegnehmen.«

»Kalle, dass ich mich nicht cool finde, liegt nicht daran, dass ich es nicht lange genug vor dem Spiegel geübt habe, o.k.? Es ist ein bisschen komplexer.«

»Ich fand mich früher immer zu dünn.«

»Es ist mir egal, wie dick oder dünn ich bin. Das ist nicht das Problem. Es geht nicht ums Cool-Finden.«

Draußen rumpelt es. Besoffenes Geplärre. Trunkene Stunden, die ungezählt vergehen werden. Ich höre Louise lachen. Wie soll ich das erklären? Das unsichtbare Leiden. Sein Tipp ist genauso sinnvoll, als würde er einem Depressiven sagen, er solle einfach öfter mal lachen. Nach dem Regen kommt Sonnenschein. Bla, bla. Ich höre, dass Dan gekommen ist. Seiner Lautstärke nach hat er seine Nase ziemlich tief im Kokain verbuddelt. Na toll. Der Abend ist ein echter Gewinn.

»Ich finde, du siehst cool aus.«

Alles nett gemeint. Immer ist alles nett gemeint. Bestimmt war auch der Dreißigjährige Krieg von irgendwem nett gemeint. Trotzdem hat er einen ganzen Haufen Leute dahingerafft. Ich nehme die Wurst mitsamt der zwei Brötchen, die Kalle so drapiert hat, als wäre es ein Pimmel mit riesigen

Eiern. Seine kleine Rebellion gegen Dan. Als ich den Gastraum betrete, schlägt mir Dampf entgegen. Die Musik ist laut. Dan ist lauter. Er hat sein Shirt ausgezogen und macht kreisende Bewegungen mit der Hüfte. Irgendeine Frau kichert. Dans Kumpel-Fanklub feuert ihn an. Louise sehe ich nicht. Ich bringe die Wurst an einen der Tische und versuche, mich wieder davonzumachen, ohne von der aufgepeitschten Meute entdeckt zu werden. Mir ist nicht im Geringsten danach, vom Exzess auf den Mund geküsst zu werden. In diesem Moment dreht Dan sich um und sieht mich. Nicht allzu schwierig, da er auf einem der klapprigen Tische steht und der Laden so groß wie sein Gehirn ist.

»Ahaaaaa! Wer ist denn da!«

Er meint mich, ich denke allerdings nicht, dass er ernsthaft eine Antwort auf seine dumme Nichtfrage erwartet. Viele rötliche, erhitzte Köpfe drehen sich in meine Richtung. Sinnloserweise denke ich: Alkoholismus hat viele Gesichter.

»Stehen geblieben! Würstchen, her mit dir! Ich muss dir was sagen!«

Hinter jedem Buchstaben ein Ausrufezeichen. Seine Wörter torkeln und taumeln noch mehr als er selbst. Ich sehe seine Schuhe und bemerke, dass seine Turnschuhe kleine Absätze haben. Ich will zurück in die Küche, um mit Kalle über Spiegelbilder zu sprechen. Selbst das wäre mir gerade lieber als eine Auseinandersetzung mit diesem fleischgewordenen Karacho.

»Also, Leute! Das Le Sausage ist der beste Arbeitgeber der Welt. Ich bin der beste Arbeitgeber der Welt. Niemand kann mir das Wasser reichen. Außer mein Personal, wenn ich Durst habe. Spaß beiseite! Diversi ... Diverso ... Divi ... Vielfalt wird bei uns großgeschrieben. Ihr wisst es, ihr kennt mich! Was ich alles schon gemacht habe. Erinnert ihr euch? Nacktbaden im

Ketchupsee! Pimmelschlacht auf dem Teufelsberg! Pommes-Karate auf Keta! Wir sind Freaks! Und das Le Sausage ist die Heimat der Freaks. Mit was für Leuten ich hier zusammenarbeite! Das glaubt mir kein Mensch! Es ist irre! In der Küche steht Kalle, der alte Pakistani, und singt Schlager, Louise, wo ist sie, saugt ihre Hamster ein, mittlerweile hatte sie bestimmt 20 Stück gehabt und das hier ist unser Prachtexemplar, Johann, die hormongesteuerte Transe. Applaus für uns, weil wir so verdammt verrückt sind. Und Schnaps. Bringt mir Schnaps!«

Mein Gesicht fällt auf den Boden und zerbricht in mehrere Tausend Teile. Wieso sagt niemand etwas? Alle haben ein Lachen ins Gesicht tätowiert. Die Musik wird lauter gedreht. Alles ist schrill. Die Klänge, die Gesichter, die Gespräche. Die Ansprache des Koks-Kaisers ist beendet. Die amüsierten Fratzen bleiben. Eine Tür schlägt zu, die Courage hat als Erstes das Weite gesucht. Leise bücke ich mich, um mein Gesicht aufzuheben. Es sind zu viele Teile und ich lasse es sein. Vielleicht verkaufe ich mein verlorenes Gesicht auf eBay als Puzzle für verregnete Tage. Ich tue so, als wäre ich nicht getroffen, nicht mal gestreift. Teflon. Die Aussage nur eine Fliege, die ich wegwinken kann. Hormongesteuerte Transe. Ist das die verheißungsvolle Zukunft, die ich mir ausgemalt habe? Als »Mann«? Ich nehme leere Teller und gehe zurück in die Küche. Kalle steht vor dem Fettspiegel und dreht Würste. Dazu summt er »Die da«. Louise kommt aus dem Getränkelager im Hof und schnippt ihre Kippe ins Dunkel. Kurz sieht man einen fliehenden roten Punkt. Ich beneide ihn.

Sie sieht mich an.

»Alles o.k.? Du bist so blass. Zeigt Dan wieder allen ungefragt seinen Hintern mit dem Tattoo von den Ninja Turtles?«

»Ähnlich. Er hat mich vor versammelter Mannschaft hormongesteuerte Transe genannt. Weil wir alle so wahnsinnig verrückt sind und er sich einen darauf runterholt, mit lauter Freaks zu arbeiten.«

Louise sagt nichts. Steht erst mal nur starr da, als hätten meine Worte sie mit Beton übergossen. Kalle schaut uns an. Die Bestellungen stapeln sich. Das Kokain fordert mehr Schnaps, mehr Lärm, mehr Zeit, mehr Dauer, mehr Gelaber, mehr Scheiße.

»Louise, wir müssen weitermachen, den Koks-Kaiser und seinen Hofstaat verlangt es nach mehr von allem.«

»Was interessiert mich dieser Haufen Wichser. Das geht nicht. Du musst was zu ihm sagen.«

»Schon, aber was? Wir brauchen den dämlichen Job, weil er unsere Miete finanziert. Und unseren Sektkonsum.«

»Was soll er denn noch machen? Dir vor allen ins Gesicht scheißen?«

»Dann sag ihm das doch. Und nicht mir. Warum sagst du es mir? Reite da rein und schrei ihm das ins Gesicht.«

Ich spüre meine Wut. Simmernd und gedeckelt. Noch. Draußen scheppert es, dann Gelächter, jemand kracht gegen die Küchentür, sie fliegt auf, eine Frau mit verschmiertem Gesicht fällt auf den Boden und lacht hysterisch. Sie liegt einfach da, hat Schwierigkeiten, uns zu fixieren, und gibt Partylaute von sich. Dann streift ihr Blick, oder das, was davon übrig ist, mich.

»Johann!!! Wir sind doch irgendwie alle Freaks!!!«

»Halt die Fresse und mach, dass du wegkommst.«

Mein Hass zieht Turnschuhe an, ich packe die Frau und befördere sie mit einem olympischen Wurf wieder nach draußen. Unwahrscheinlich, dass sie sich daran erinnern wird, ihr Kurzzeitgedächtnis flirtet zu angestrengt mit den Amphetaminen in ihrem Körper. Irgendwer hilft ihr auf und küsst sie auf den Mund. Alle elf Sekunden macht ein Partyarschloch mit einem anderen Partyarschloch rum. Ich lehne an einer der schmutzigen Wände und spüre selbst durch meine Kleidung den Fettfilm, der alles verpackt. Denkt die ganze Welt eigentlich wie Dan? Hinter all dem Respektgeballer? Werde ich entweder Schmuck oder Abschaum sein? Niemals entkoppelt von der Entscheidung, die ich getroffen habe. Nur im Doppelpack erhältlich. Ich würde Dan gerne wehtun. Ihn so treffen wie er mich. Aber durch seinen Kokspanzer schlägt wenig. Und selbst wenn, würde sein Restgehirn verstehen, was ankommt? Auf einmal merke ich, dass es still geworden ist. Ich schaue in den Laden. Der ganze Pulk steht vor der Tür, offensichtlich wollen sie weiterziehen. Dan hat die Hose runtergelassen, zeigt irgendwem seinen Arsch und winkt gleichzeitig nach einem Taxi.

»Hey, sie sind raus. Lasst uns dichtmachen.«

Louise geht zur Tür, sperrt sie ab. Draußen ist niemand mehr. Der Laden sieht verwüstet aus. Der Frohsinn hat Spuren hinterlassen, die wir beseitigen müssen. Die Nulllinie wiederherstellen. Neutralen Boden. Als könnte das für mich jemals wieder der Fall sein. Ich weiß nicht, wie viel ich putzen müsste, um meine Erinnerung von der hormongesteuerten Transe zu reinigen. Hormongesteuerte Transe. Und niemand hat was dagegen gesagt. Niemals die Freigetränke gefährden.

Wir setzen uns an einen der Tische, zünden eine Kerze an, Kalle bringt Pommes, Louise Sekt. Musik verwässert den Hintergrund.

»Johann, wegen vorhin, du musst was zu Dan sagen.«

»Dass es nicht o.k. ist, ist mir klar, aber warum muss ich was sagen, warum hat niemand anderes was gesagt?«

»Weil er dich beleidigt hat.«

»Schon, aber wäre es nicht cool gewesen, wenn jemand anderes sich für mich eingesetzt hätte, anstatt sich kaputtzulachen?«

»Doch, klar. Aber du musst auch für dich einstehen.«

»Das sagt sich ziemlich leicht. Ich bin erschöpft, das dauernd alleine machen zu müssen. Alle schreien doch immer Respekt, warum sagen sie dann nichts, wenn es darauf ankommt, Louise?«

»Ich weiß es nicht. Weil sie sich gerne liberal vorkommen wollen?«

»Und warum sagst du nichts? Warum ducken sich alle immer weg, wenn es windig wird? Warum duckst du dich weg?«

»Aber wie soll ich denn dein Problem lösen, auch wenn ich es scheiße finde?«

»Mein Problem? Wenn jemand mich beschimpft, ist es einfach nur mein Problem?«

»Nein, keine Ahnung, aber das kann ich doch nicht lösen.«

»Lösen nicht, aber vielleicht da sein und diesem Panzer namens Dan ein paar Steine in den Weg schmeißen, damit er nicht einfach lachend über mich hinwegrollt.«

Louise zuckt mit den Schultern, schaut weg, nimmt eine Haarsträhne in den Mund. Wieso versteht sie nicht, was das Problem ist? Dass man gegen Riesen nicht alleine kämpfen kann. Gegen Windmühlen und Stürme sowieso nicht. Aber wenn man sich zusammen gegen den Wind stellt, hat man am Schluss zumindest die gleiche beschissene, verwehte Frisur. Die Leute sind nur im Internet laut. Mein Magen zieht sich zusammen und der Appetit galoppiert davon. Irgendwie spüre ich ein Driften zwischen uns. Einen Knacks in der Scholle, auf der wir bisher gemeinsam getrieben sind. Bisher ist da nur ein feiner Riss. Aber die Strömung arbeitet stetig und ausdauernd und zerrt an uns. Kalle schenkt uns Sekt nach. Louise war immer da. Mein ganzes Leben. Warum ist sie es jetzt nicht? Ich komme mir zerbeult vor, zerschrammt und voller Kratzer. Ich habe wenig Hoffnung, dass ich aus alldem glatt und glänzend hervorkommen werde. Schwere hat sich auf uns gesetzt. Wir stoßen an. Auf nichts. Das scheint am passendsten.

Noch 1 Jahr und 5 Tage

Das neueste Objekt meiner Begierde ist unser Briefkasten. Mein Sehnen bleibt unerfüllt. Er ist so leer und unbemannt wie ein Satellit, der sich an den äußersten Rand des Universums geklemmt hat. Ich warte auf den Beschluss, in dem steht, dass ich keine Einbildung bin. Laut Richter hätte er nach zwei Wochen in besagtem Briefkasten liegen sollen. Das war vor zwei Monaten. Warum kommt sie nicht? Ist sie vergessen worden, wie ein alter Mensch, der ins Pflegeheim abgeschoben wird? Warum ist Berlin so lahm? Ich finde Berlin nicht arm und sexy, sondern armselig und überfordert. Oder gleichgültig. Ruht sich auf einem verheißungsvollen Gerücht aus, das vor zwanzig Jahren die Runde machte, und ist der abgehalfterte Säufer, der während der Schulzeit der heißeste Feger der Klasse war. Mehr nicht. Ich brauche diesen Beschluss, weil ich in einem Sumpf ohne Weiterkommen feststecke, während ich von einem Schwarm aus giftigem Alltag angegriffen werde. Ich lausche auf die Geräusche aus dem Treppenhaus. Nichts. Entweder der Postbote trägt Ballettschuhe und ist leicht wie eine Feder oder schlicht und einfach nicht da. Die meiste Zeit verbringe ich aktuell mit mir selber, weil ich zu verunsichert bin, um mich gesellschaftlich auszutoben. Nur Louise ist immer da. Sam wird mehr und mehr zu einer schlechten Erinnerung, die mich trotzdem nächtelang wach liegen lässt. Viele Leute merken, wie fad sie eigentlich sind, wenn sie auf sich selbst zurückgeworfen werden. Ich finde heraus, wie traurig und müde ich bin. Müde des Wartens, des Erklärens, des Nicht-gesehen-Werdens, des Ausgehöhltfühlens, des Symptomseins für das Kranken anderer. Ich stütze den Kopf auf meine Hände und heule leise vor mich hin. Ein Wind, der des Nachts ums Haus jagt und an verschlossenen Türen rüttelt. Niemand öffnet. Eine Fliege dotzt gegen das Fenster. Unbeirrt von diesem Misserfolg versucht sie erneut, nach draußen zu gelangen. Und wieder. Und wieder. Die Fliege ist entweder sehr dumm oder sehr zielstrebig. Sie ist wie gemacht dafür, um in einem Start-up zu arbeiten. Soll sie doch meine Schichten im Le Sausage übernehmen. Sie pausiert nicht. Landet nicht, um einen Plan zu schmieden. Ist nur Bauch und kein Kopf. Wie groß ist ihr Gehirn? Wie alt wird eine durchschnittliche Fliege? Feiert sie Geburtstag? Versteht sie sich mit ihren Eltern? Haben Fliegen Familie oder sind sie lieber alleine unterwegs? Macht ihnen das Fliegen Spaß? Kribbelt es im Bauch, wenn sie abheben? Haben Fliegen Ohren? Wie sehen überhaupt Babyfliegen aus? Haben sie so was wie einen Fingerabdruck? Ich habe keine einzige Antwort auf diese Fragen. Warum weiß ich so wenig über Fliegen, wo sie mich doch so oft nerven. Sie summt. Ich summe mit. Sie klebt am Fenster und sieht nach draußen. Oder nach drinnen. Keine Ahnung, wohin die Fliege schaut und was in ihr vor sich geht. Außer Stoffwechsel. Vielleicht hat sie Hunger. Vielleicht grübelt sie über Astrophysik und Impfgegner. Vielleicht hat sie sich den Knöchel verstaucht. Wird meine Zeit schlecht, wenn ich sie nicht nutze? Sie einfach so vergammeln lasse? Bin ich verpflichtet, etwas mit all den Stunden, die ich zur Verfügung habe, anzustellen? Das schlechte Gewissen zwinkert der Müdigkeit zu. O.k., ich muss mich um die Zeit kümmern, nicht dass sie verwahrlost, so wie ich es derzeit tue.

Ich klappe meinen Rechner auf, öffne ein neues Dokument und fange an, einen Brief für die Namensänderung zu schreiben, den ich an alle notwendigen Stellen schicken kann.

Sehr geehrte Damen und Herren,

hiermit bitte ich Sie, gemäß dem beigefügten

Dokument meinen Namen und das Geschlecht in Ihren Akten entsprechend zu verändern.

Alter Name:

Neuer Name:

Ich bedanke mich und sende die besten Grüße

In Ihren Akten. In Deutschland klingt jede Bürokratie nach Knast. Reicht das? Vergesse ich was? Neben dem Brief brauche ich neue Passbilder. Um die Ecke ist das Bürgeramt, das einen Automaten beherbergt, der biometrische Fotos machen kann. Ich verlasse die Wohnung und brauche zwanzig Anläufe, bis der Automat mein Gesicht als biometrisch durchwinkt, weil ich so zusammengestaucht gucke. Dann warte ich, bis er sein Werk ausspuckt. Er kaut länger als gedacht auf der Entwicklung herum. Als er mir endlich die Bilder serviert, grusele ich mich. Ich bin so weiß wie sehr gut gebleichte Zähne und sehe aus, als hätte ich das letzte Jahr in einem Stollen verbracht. Ohne Rosinen. Obwohl ich einen neutralen Eindruck vermitteln will, blitzt aus meinen Augen Skepsis. Beinahe so, als wäre mir kurz vor der Aufnahme ein Bild von verhungernden Robben gezeigt worden. Dieses Foto von Baby-Johann wird meinen Ausweis, meinen Pass, meinen Führerschein, alles Offizielle schmücken. Seit etwa fünf Minuten bin ich Johann und schon muss ich es überall nachweisen. Ich gehe zurück nach Hause, um nach meiner Freundin der Fliege zu sehen. Als ich die Tür öffne, donnert sie wie ein Presslufthammer gegen die Scheibe.

Noch 1 Jahr

Eine kleine Leidenschaft habe ich doch. Nachdem ich in mir ein paar Decken hochgehoben habe, habe ich sie wiedergefunden. Tischtennis. Während meines Ausflugs in die Psychiatrie wurde sie in mir ausgesät, mittlerweile steht sie kniehoch in meinem Kopf, vielmehr in meinem ganzen Wolpertingerkörper. Keine Ahnung, was mich an Tischtennis so begeistert, eigentlich finde ich, dass es ein Unsport ist, ähnlich wie Tischkicker und Dart, aber es macht mir immens gute Laune. Aus einem Grund, den mir niemand erklären konnte, spielen in der Klapse alle den ganzen Tag Tischtennis, wenn sie nicht gerade Therapie haben oder zu sediert sind. Micha hat sich einmal so in ein Spiel reingesteigert, dass er danach Tavor nehmen musste. Die Weltmeisterschaften sollten in der Psychiatrie ausgetragen werden, hier sind Champions zu Hause. Zumindest, was den Enthusiasmus angeht. Die Bipolaren haben in unserer internen Rangliste die ersten zehn Plätze belegt. In den paar Wochen, die ich vor Ort war, bin ich ziemlich gut geworden. Beinahe wettkampfreif. Und das, obwohl ich nur sehr depressiv war und nicht den Schwung einer massiven Manie hatte. Ein paarmal habe ich gegen Micha gewonnen, was unserem freundschaftlichen Verhältnis nicht zwingend zuträglich war. Ich fand es trotzdem ganz witzig. Manchmal rede ich mir ein, dass ich eigentlich nur in einem Nachwuchstrainingscamp für Tischtenniswunderkinder war und nicht beinahe meinen Arm abgesägt hätte, um mich umzubringen. Dann werfe ich einen Blick auf meinen Körper und seine Narben und weiß, dass das nicht stimmt. Wie auch immer.

Nach einer kurzen Suche habe ich einen Verein gefunden, der o.k. aussieht. Er heißt »Schlag auf Schlag«. Ziemlich guter Name, wie ich finde. Zum einen dramatisch verheißungsvoll, zum anderen einfach ein wirklich hirnrissiges Wortspiel. Beides sagt mir sehr zu. Nur schade, dass man Tischtennis wirklich schlecht alleine spielen kann. Ich wünschte, es ginge, aber egal wie sehr ich mich anstrenge, ich kann nicht schnell genug um die Platte rennen, um gegen mich selber zu spielen. Also der Verein. Es gibt eine Tischtennisbundesliga. Vielleicht werde ich Tischtennisprofi. Bestimmt zukunftsträchtiger als Ziegen und Blinker. Ich will nicht alleine hingehen. Ob Micha auch Bock auf eine Karriere im Tischtennissektor hat? Wir haben uns seit der Klinik nicht gesehen oder gehört. Warum gehen manche Menschen einfach in der Vergangenheit unter, obwohl man sich gegenseitig so viel war und man einander hochgehalten hat. Ich schreibe ihm und frage, wie es um seine Leidenschaft in Bezug auf eine Tischtenniswettkampfkarriere steht. Während ich noch Tipps und Tricks in Sachen Tischtennis recherchiere, piept mein Handy. Micha schreibt, freut sich und ist dabei. Kurz aufkeimender Frohsinn, dann fällt mir eine Sache ein. Micha weiß nicht, dass es jetzt Johann gibt. Dieses frisch geschlüpfte, zart rosige Küken, das irgendwie ich bin. Was wird er dazu sagen, dass es die Person, die er kennengelernt hat, so nicht mehr gibt, dass der Wolpertinger angezählt ist? Aber verändern wir uns alle nicht dauernd? Häuten uns und sind ständiger Wandel? Klar, manche vielleicht ein klein wenig offensiver als andere, aber trotzdem. Blödes Gefasel. Alles fließt, alles ist Veränderung. Bullshit. In welche Umkleide soll ich überhaupt gehen? Und ab wann? Ich will nicht in die Damenumkleide. Die kurz gespürte Leidenschaft und der Mut, der sie untergehakt hatte, ziehen die Köpfe ein und starren vor sich auf den Boden. Ist Tischtennis so anstrengend, dass man danach duschen muss? Nehme ich einfach immer einen Sack Eiswürfel mit, den ich nach dem Training über mir ausleere? Werfe ich zum Umziehen ein Zelt über mich oder grabe ein Loch, in das ich mich legen kann? Ich war zu forsch. Ich bin ein Idiot. Rückzug. Von wegen Schlag auf Schlag. Schlag um Schlag, wenn ich nicht mal weiß, in welche Umkleide ich soll. Ich muss es ihm sagen. Oder alternativ für immer in der Wohnung sitzen bleiben. Im Flur scheppert es. Jagt Louise wieder einen der Hamster? Ich höre Stimmen. Da ist noch jemand, das ist nicht nur Louise. Es klingt wie ... Sam. Mein Herz spült sich im Klo herunter. Was macht sie in unserer Wohnung? Wieso bringt Louise Sam mit nach Hause? Will sie mich verarschen? Mein Unglück ist nicht geheim, versteckt sich nicht hinter Ecken, es liegt immer noch oft genug auf dem Teppich in der Küche und starrt auf die Flecken, die den Vorhang überziehen. Man muss darübersteigen, um an den Kühlschrank zu kommen. Um die Wohnung zu verlassen. Um aus einem der Fenster zu sehen. Manchmal nagt irgendeiner der Hamster daran. Sie kann mir nicht erzählen, dass sie das einfach vergessen oder nicht gewusst hat. Sie hält mich für bescheuert oder einen Witz, den man in einer geselligen Runde erzählt, um ihn eine Sekunde nach dem allgemeinen Gelächter wieder zu vergessen. Was haben wir nicht gelacht. Ganz genau, nicht. Nicht gelacht. Ich lache schon lange nicht mehr. Kein Plan, wie das geht. Die hormongesteuerte Transe. Da sitzt sie in ihrem Zimmer und denkt an die Welt, die nicht zurückdenkt. Oder zurückschreibt. Gute Idee, Sam zu uns nach Hause zu schleppen. Soll ich Getränke reichen? Ihnen beiden den Kopf streicheln und freundlich den Nacken massieren? Lachen. Poltern. Sie sind besoffen. Von unbeschwertem Schwachsinn. Aber wenn Louise mich nicht gegenüber Dan verteidigen kann, weil es ihr wichtiger ist, als beschissenes Würstchen in einer noch beschisseneren Wurstbude zu ackern und einem dummen Chauvi zu gefallen, kann sie natürlich auch meinen Liebeskummer vor meiner Zimmertür pflanzen und ihn mit Sekt gießen. Meine Wut packt und schüttelt mich. Ich will etwas kaputt machen. Bisher hat dieser Wunsch mich meistens auf mich selbst zurückgeworfen. Blutige Fäuste, Arme, eingeschnürter Oberkörper, Schlag ins Gesicht. Ich brauche niemand anderen, der mir wehtut, das schaffe ich wirklich gut alleine. Genau wie den ganzen anderen Mist. Gutachten. Therapie. Der dumme, stinkende Köter in der Praxis. Die ganzen dummen Fragen. Das Glotzen. Das verständnisvolle Heucheln. Spart es euch doch. Es klopft. Mein runtergespültes Herz kann es nicht sein. Noch mal Klopfen an der Tür.

»Hey Johann, magst du was mit uns trinken?«

Was? Benzin? Gerne. Ich weiß nicht, was ich antworten soll, weil ich Angst habe, dass der gesammelte Hass der letzten Jahrzehnte alles sprengt, sobald ich den Mund öffne. Der Schwall sie umreißen würde, alles vernichtend, was ich so locker-luftig auf Sand gebaut habe. Die kleinen Zuneigungen, die großen Gefühle, die lose gewebten Versprechen. Alles sorgsam verpackt und inspiziert, bevor es mit irgendwem geteilt wurde. Mit ihr. Mit Louise. Und Sam. Wie kann sie das tun? Ganz einfach, wie es scheint. Aus dem Handgelenk. Ein unbedachter Wurf der Stahlkugel in die Glasvitrine. Ich muss gehen. Irgendwann werde ich gehen. Jetzt sind mir die Wege versperrt. Langsam entzündet sich ein Feuer hinter meinen Augen, der Druck im Kopf nimmt zu, ich habe ein Gebirge verschluckt und kann es nicht auskotzen. Also sage ich nichts.

»Hey, bist du da?«

Die Tür geht auf. Einen Spalt weit. Licht fällt hinein. Das Draußen ist heller als das Drinnen. Wie sinnbildlich. Louise sieht mich. Mein Blick brennt. Alles brennt.

»Warum sagst du denn gar nichts? Wir trinken was, magst du auch?«

»Wer ist wir?«

»Sam und ich. Was ist los? Habe ich irgendwas gemacht?«

»Ernsthaft?«

»Wie ernsthaft?«

»Wieso bringst du Sam hierher?«

»Ich habe sie zufällig getroffen, wir haben was zusammen getrunken und wollten hier weitermachen. Was ist denn das Problem?«

»Was das Problem ist? Sam. Sam ist das Problem. Du weißt ganz genau, dass sie mich unglücklich macht und mich komplett verarscht hat. Und trotzdem bringst du sie her. Hierher. An den einzigen Ort, wo ich meine Ruhe vor der ganzen beschissenen Welt habe.«

»Nur weil du dich in irgendeine Fantasie reinsteigerst, kann ich doch nicht meine ganzen Kontakte abbrechen. Ist doch deine Entscheidung. Du musst ihr nicht weiter hinterherrennen, wenn es dich so unglücklich macht. Lass es halt einfach.«

»Genau, Louise, so ist das mit dem Unglücklich-verliebt-Sein. Man entscheidet einfach, dass man keine Lust mehr drauf hat, und zack, ist alles wieder geil. Guter Tipp. Danke!«

»Ey, ganz ehrlich? Wenn du so aggro bist, habe ich überhaupt keinen Bock, mit dir zu diskutieren.«

»Willst du mich verarschen? Ich bin nicht aggro, ich sage nur ausnahmsweise, was ich scheiße finde. Was du tust, ist scheiße. Ich will nicht, dass Sam hier ist.«

»Du willst mir vorschreiben, was ich tun soll, das ist aggro und Rummackern. Ist das das Testosteron, das dir die Sicherung raushaut? Das ist meine Wohnung, ich kann machen, was ich will.«

»Was? Spinnst du? Das Testosteron?«

»Genau das. Du denkst, du kannst machen, was du willst, weil du jetzt ein Typ bist. Gratuliere. Viel Spaß mit dem Wohlfühlpaket, das du gebucht hast. Aber nerv mich nicht mit deinen Privilegien.«

Das Wohlfühlpaket, das ich gebucht habe? Kann es sein, dass es noch nicht geliefert wurde? Zumindest habe ich nichts davon mitbekommen. Und Privilegien? Hat Louise sich in letzter Zeit mal in meinem Leben umgeschaut? Diesem chaotischen, zugemüllten Verpflichtungsgemetzel mit all den Demütigungen und dem ständigen Nacktmachen? Welche Privilegien meint sie genau? Ich kann sie nicht entdecken. Ist das der Eindruck, den sie von mir hat? Privilegierter Macker mit Freifahrtschein in allen Disziplinen? Wir stehen voreinander. So dicht wie früher auch oft. Ich blicke an ihr vorbei und sehe Sam im Türrahmen. Sie hat alles mit angehört. Knacksen im Herz. Das bekannte Stolpern. Ich habe gelesen, dass Menschen an ihrem gebrochenen Herzen sterben können. Tot umfallen, weil das Herz nicht mehr mag, keinen Bock mehr hat, sich zu quälen. Oder quälen zu lassen. Es hält einfach still und hofft, dass niemand was merkt. Broken Heart Syndrome. Louise und ich haben noch nie wirklich gestritten. Nicht so. Nicht so grundsätzlich und zerstörerisch. Darauf aus, den anderen zu Fall zu bringen. Warum? Weil es nie was zu streiten gab oder weil wir Angst vor der Konfrontation hatten? Wäre es jetzt nicht so schlimm, wenn wir unseren Streit portioniert hätten?

»Ich bin nicht daran schuld, dass es dir wegen Sam scheiße geht.«

Aber es geht doch nicht um Schuld. Soll ich das sagen? Louise dreht sich um, geht aus dem Zimmer. Sam sieht mich noch kurz an, dann folgt sie Louise. Sie verlassen die Wohnung. Wie still es ist. Als wäre gerade jemand gestorben. Vielleicht stimmt das sogar.

Noch 9 Monate und 26 Tage

Das Klackern der Tischtennisbälle auf den Platten ist ohrenbetäubend. Als hätten sehr viele Fliegen ihre schwersten Stiefel angezogen und würden jetzt auf einen Protestmarsch gehen. Wie kann etwas, das so klein und leicht ist, so viel Lärm machen? In der Psychiatrie kam es mir nicht ansatzweise so laut vor wie hier bei »Schlag auf Schlag«. Ich habe keinen Rückzieher gemacht, sondern bin mit Micha zusammen beim Probetraining. In einer großen Halle stehen zehn Tischtennisplatten nebeneinander. Alles wirkt ein wenig wie die Funsport-Abteilung in einem sozialistischen Amt. Viele Männer tragen Stirnbänder. Insgesamt dominiert ein 80er-Flair. Der Trainer kommt auf uns zu, streckt uns seine Hand entgegen.

»Hey ihr. Willkommen bei Schlag auf Schlag. Freut mich, dass ihr da seid. Ich heiße Lorenz. Und ihr?«

»Micha, freut mich.«

Lorenz sieht mich an.

»Und du?«

Ich habe mich noch nie bei einer fremden Person mit meinem neuen Namen vorgestellt und zupfe an meinem Pullover, um etwas Luft unter all den Kleidungsstücken zirkulieren zu lassen. Mein Name ist frisch und schön. Unbekannt und nicht eingelaufen. Aber wir fremdeln. Das ist das eine. Das andere ist, dass ich Scheu habe, zu meiner neuen Existenz zu stehen. Der neue Name und ich sind wie zwei Bilder, die übereinandergelegt die Schwächen des flüchtigen Abpausens offenbaren. Bin ich schon männlich genug? Glaubt man mir? Glaube ich mir? Mein Gesicht hat die Form eines erstaunten Mundes und Kanten finden sich höchstens in meiner Fähigkeit, einen Small Talk aufrechtzuerhalten. Meine Stimme ist eine holprige Landstraße, auf der man nicht allzu schnell vorankommt und nach kurzer Strecke in der Ödnis landet. Sehr viele Gedanken. Micha und Lorenz schauen mich immer noch fragend an.

»Johann.«

Micha zieht die Augenbrauen hoch und legt den Kopf schief. Lorenz sagt Hallo und schüttelt meine Hand. Dann zeigt er uns die Halle, leiht uns Schläger und überlässt uns uns selbst. Ich spüre Michas Fragen. Warum habe ich es ihm nicht einfach vorher geschrieben.

»Sag mal, hast du gerade zu Lorenz gesagt, dass du Johann heißt? Ist das dein neuer Spitzname oder so?«

Spitzname. Angespitzter Name. Abgesägter Name, der sich in meine Zunge bohrt und im Gaumen stecken bleibt.

»Es ist nicht wirklich ein Spitzname.«

»Sondern?«

»So heiße ich.«

»So heißt du? Was ist mit dem anderen Namen passiert?«

»Die Veränderung ist vielleicht etwas tief greifender, als dass sie nur den Namen betreffen würde.«

»Du musst mir etwas auf die Sprünge helfen, gerade kapiere ich gar nichts.«

In der Halle das Klackern. Es wird von den Wänden zurückgeworfen und mit jedem Schlag vervielfacht. Als würde es mich anfeuern. Kakofonie. Riesen-Tamtam. Wohin marschieren die Fliegen zum Protest? Ich räuspere mich und spreche gerade zum ersten Mal, so kommt es mir zumindest vor. Wörter suchen, zu Sätzen stemmen, dem Form zu geben, was sich zwischen uns aufbäumt. Sprung.

»Ich bin jetzt Johann. Ich habe kürzlich damit angefangen, einen zweiten Geburtstag zu feiern. In der Klinik habe ich langsam gespannt, was los ist, warum ich so traurig bin, warum ich mich so schrecklich und falsch fühle. Um es direkter zu sagen: Ich bin trans*. O.k., jetzt habe ich es gesagt. Können wir Tischtennis spielen? Ich weiß nicht, wie ich mich verhalten soll, und werde vielleicht einfach ohnmächtig, wenn ich nicht irgendwas mache.«

Micha schaut, legt wieder seinen Kopf schief, dann grinst er.

»Nice, alles Gute zum Geburtstag. Und ich habe mich schon gewundert, ob du erkältet bist, weil deine Stimme so anders klingt.«

»Tut sie?«

»Klar, kleiner Barry White. Und breiter bist du auch schon. Ich schwöre es.«

»Wirklich? Ich habe das Gefühl, dass gar nichts passiert, ich bin eigentlich nur müde.«

»Hey, ich freue mich, wenn du glücklich bist. Johann. Verdienst du. Du wirst ganz rot. Lass uns spielen, bevor du wirklich bewusstlos wirst.«

Kein Stottern, Ringen und Ungläubigkeit? Kein Respektgefasel, kein Toleranzüberschlag? Zur Kenntnis nehmen, Happy Birthday, Tischtennis. Ich will Micha in jeden Menschen auf diesem Planeten verpflanzen, mit dem ich künftig zu tun haben werde. Wir spielen Tischtennis, der Freudentaumel, dass Dinge auch unkompliziert sein können, lässt mir ein zweites Paar Beine wachsen. Ich bin so schnell, dass ich doch gegen mich selbst spielen könnte. Ich brauche gar keinen Verein. Warum bin ich so schnell? Nur weil ich keine Steine mehr auf den Schultern habe? Es kommt mir vor, als könnte ich ewig weiterspielen. Alles ist leicht. Kein Ballast, keine Seile, die mich beim Vorwärtskommen hindern. Micha schwitzt und ist außer Atem. Ich habe offensichtlich noch nie etwas anderes gemacht, als Tischtennis zu spielen. Bin ich auf der Welt, um Tischtennis zu spielen? Rennen, stoppen, Teil des Klackerns sein. Endlich Teil sein. Früher war alles schwerer. Behäbiger. Liegt das an den Spritzen? Kann das sein? Ist das Doping? Dann plötzlich ein Pfiff, der das Klackern verstummen lässt. Der Trainer beendet das offene Training. Die Zeit ist um. Ich würde gerne noch zehn Stunden spielen. Die Kraft spüren. Der Körper streckt die Waffen, der Feind schrumpft.

»Alter, du bist ein geölter Blitz. Ich bin erledigt. Wollen wir noch was zusammen trinken gehen? Ich muss mich nur schnell duschen, dann können wir los. Du auch?«

»Nee, ist o.k. Ich warte hier, ich habe gar nicht geschwitzt. Ich ziehe auf dem Klo nur schnell ein anderes Shirt an.«

»Warum denn auf dem Klo? Spring doch schnell unter die Dusche. Ich freue mich immer, wenn ich woanders duschen kann, weil ich dann zu Hause Wasser spare.«

»Duschen ist schwierig.«

»Warum denn schwierig? Das kann doch sogar ich. Oh, o.k. Ach so, Scheiße, ich habe nicht dran gedacht. Stimmt. Wie ist das mit den Umkleiden?«

»Keine Ahnung, ganz ehrlich? Ich traue mich in keine der beiden. Bei den Frauen komme ich mir vor wie ein Spanner, bei den Typen wie ein Fremdkörper. Im wahrsten Sinne des Wortes. Aufs Maul würde ich eher ungern bekommen. Also gehe ich aufs Klo und ziehe mich in einer der Kabinen um.«

»Das klingt nicht optimal.«

»Geht so. Wird vielleicht auch mal anders. Ich muss da reinwachsen, glaube ich. Dann habe ich irgendwann hoffentlich keine Angst mehr.«

Der Getränkeautomat neben uns rumpelt. Jemand zieht sich Gatorade. Wir spielen wirklich in den 80ern Tischtennis. Micha kratzt sich an der Nase und hustet sein Schweigen weg.

»O.k., wir gehen was trinken. Bin gleich zurück.«

Noch 9 Monate

Ein paar Wochen sind seit unserem Streit vergangen. In der Wohnung gehen Louise und ich uns aus dem Weg, ich suche nach einer neuen WG. Im Le Sausage arbeiten wir in getrennten Schichten. Es ist kräftezehrend. Aber wir sind beide zu versehrt, als dass wir die Verletzungen einfach hinunterschlucken könnten. Die Stücke, die wir von der Wut abgebissen haben, sind zu groß und unverdaulich. Es klingelt an der Tür. Im ersten Moment denke ich an Sam. Daran, dass sie mir sagt, wie leid es ihr tut und sie erkannt hat, wie toll ich bin. Wann wird das aufhören. Natürlich ist es nicht Sam, der Postbote steht vor der Tür. Ich öffne, er hält mir einen Brief hin und murmelt etwas, das wie »Einschreiben« klingt. Ich nehme den Brief, kritzele irgendwo eine unleserliche Unterschrift hin und schließe die Tür wieder. Das Warten nimmt seine Krone ab und beugt sich zu mir hinunter. Der Brief ist vom Gericht. Sehr unfeierlich reiße ich ihn auf.

Beschluss

In dem Verfahren auf Vornamensänderung und Feststellung der Geschlechtszugehörigkeit nach dem Transsexuellengesetz

Antragstellerin: N. Schneid

Beteiligte: Senatsverwaltung für Inneres und Sport

hat das Amtsgericht durch den Richter am Amtsgericht beschlossen:

Die Antragstellerin führt vom Eintritt der Rechtskraft dieser Entscheidung an den Vornamen Johann.

Sie ist als dem männlichen Geschlecht zugehörig anzusehen.

Gründe: ...

Unterschrift Richter

Senatsverwaltung für Inneres und Sport? Warum denn Sport? Und ... sie ist als dem männlichen Geschlecht zugehörig anzusehen? Ein besonders witziger Gag, den sich der deutsche Staat da zum Schluss noch einmal ausgedacht hat.

Die Antragstellerin. Der Endgegner Staat kämpft mit Reißzwecken an den Boxhandschuhen.

Warum machen sie das? Der Frust drückt meine Freude unter Wasser. Sie. Ein Mann nur mit zusammengekniffenen Augen, Wirklichkeit ausblenden und so tun als ob. Ein bisschen Theater in diesem tristen Laienschauspiel, eine Darstellung von Männlichkeit. Aber nicht echt. Dafür staatlich geprüft! Abgenommen vom deutschen Staat, beglaubigt durch den TÜV Nord. Ein letzter Tritt gegen das aufgeschürfte Schienbein. Und was meint überhaupt Inneres und Sport? Ich würde gerne mit jemandem darüber reden. Meine Freude und den Frust halbieren und teilen. Früher hätte ich sofort Louise angerufen und mich mit ihr über den dummen Brief lustig gemacht. Aber das geht nicht. Wir sind zwei Orte, die nicht mal mehr durch einen Trampelpfad verbunden werden, geschweige denn durch eine mehrspurige Autobahn wie früher. Der vorläufige Beschluss ist auf Umweltpapier gedruckt. Staatlich geprüft und recycelt. Wie ich. Obwohl das Papier frisch ist, wirkt es angegilbt und welk. Neutral, gleichgültig und geduldig. So ist Papier. Überbringt mir die große Botschaft mit mildem Desinteresse. Feuerwerkskörper ohne

Lunte. Der Beschluss. Wie leicht er ist. Das Brecheisen zu all den Türen, die momentan noch verschlossen sind, wiegt ein paar Gramm. Draußen regnet es. Klar. Oder die Vögel weinen bei so viel Idiotie. Ich persönlich habe keine große Lust auf Tränen. Gefühle an den Staat zu verschwenden ist wie Applaus für Honig, der süß ist. Könnte ich machen, wäre nur völlig sinnlos. Er ist wie der schreckliche Ex, der große Versprechungen macht und sich ändern will, aber einfach nie etwas davon einhält.

Noch 8 Monate und 25 Tage

Ich finde heraus, dass einen Termin bei einem Berliner Bürgeramt auszumachen so schwierig ist, wie einen Termin bei einem Berliner Bürgeramt auszumachen. Wer einen Schnellkurs in Sachen Demut und Hoffnungslosigkeit machen möchte, surft am besten ein wenig auf der Internetpräsenz der Stadt Berlin. Das Einzige, was noch weniger Spaß macht, ist, einen tollwütigen Fuchs auf den Mund zu küssen. Aber Leben heißt, es auch beweisen zu können. Mit offiziellen Papieren. Ich liebäugele mit dem Gedanken, meine Dokumente fälschen zu lassen. Schneller ginge es auf alle Fälle. Da meine Sehnsucht, mich im Frauengefängnis wiederzufinden, aber sehr klein ist, verwerfe ich diese Überlegung. Passfotos habe ich, den vorläufigen Beschluss auch, und so stehe ich nach zwei Monaten Wartezeit vor einem Würfel aus Vergangenheit, Linoleum und Diddl-Mäusen, der das Bürgeramt sein soll. Das Wartezimmer ist voll. An der Wand hängt eine Tafel, auf der in alarmierendem Rot Nummern leuchten. Sehr hohe Nummern. Finden hier Olympische Spiele statt? Alle starren gebannt auf die Tafel. Ich bleibe im Flur. Es riecht nach Pausenhof und Verweis. Wieder wird an einem unsympathischen Ort über mein Leben entschieden. Es ist Viertel nach zwölf. Um halb eins ist mein Termin. Die Nummern an der Tafel folgen keinem logischen Prinzip. Es ist auch möglich, dass jemand Bingo spielt. Allerdings schreit niemand auf, wenn seine Nummer erscheint. In einem ungeraden Takt huschen Menschen gebückt und wie durch Klebstoff aus dem Wartezimmer. Fünf vor halb. Ich lese die Zettel an der Wand. Viele Regeln, viele Gebote. Und irgendein Versuch von Humor. Kläglich.

Alles irgendwie grün und gelb, kurz vor Übelkeit mit Erbrechen. In der Ecke steht eine Zimmerpflanze, die sich nach draußen oder dem Ende sehnt.

Einem Kind wird der Frohsinn verboten. Die Anwesenden verschmelzen mit dem Grau ihrer Sitze, werden zu Statistiken und Zahlen. Heute nichts geschafft. Heute niemand gewesen. Jede neue Nummer auf der Tafel wird von einem Geräusch begleitet. Bingo. Es dingelt. Halb eins, meine Nummer erscheint. Magie. Qualen nach Zahlen. Ich gehe auf eine der Holztüren zu und öffne sie. Dahinter ein leerer Schreibtisch. Eine Frau, die nach Bürokratie aussieht, huscht vorbei. Ich blicke nach rechts und sehe eine andere junge Frau hinter ihrem Schreibtisch.

»Herr Schneid?«

»Genau.«

»In Ordnung, nehmen Sie Platz. Sie haben einen Termin, um einen neuen Pass zu beantragen. Haben Sie den alten verloren?«

»Nein, ich habe ihn nicht verloren. Es geht um was anderes.«

Ich lege den vorläufigen Beschluss vor sie. Sie nimmt ihn, sieht ihn sich an, räuspert sich. Schaut mich an.

»Ah, o.k. Das hatte ich bisher noch nicht. Also, da müsste ich mich kurz mit der Kollegin unterhalten. Moment.«

Sie steht auf und ruft ihre Kollegin zu sich.

Mein Stuhl ist aus Beton und drangsaliert mich mit seiner Unbehaglichkeit. Ich schaue über meine Schulter und sehe die beiden diskutieren. Begleitet von Kopfschütteln. Kleine Fetzen der Unterhaltung fliegen durch den Raum zu mir.

»Nee, geht nicht. Da muss er warten.«

Meine Sachbearbeiterin kehrt zurück. Was für eine passende Bezeichnung für ihren Beruf.

Ich, die Sache, frage:

»Stimmt was nicht?«

»Na, das ist nur der vorläufige Beschluss, damit können

Sie leider keinen neuen Ausweis beantragen. Da brauchen wir schon den rechtskräftigen. Ohne den geht da gar nichts.«

»Aber ich brauche den Ausweis. Ich reiche den rechtskräftigen Beschluss nach. Wirklich, versprochen. Es ist unglaublich wichtig.«

Sie sieht mich an und ich erahne so etwas wie Empathie und Mitgefühl.

»Es tut mir sehr leid, aber wir brauchen den rechtskräftigen Beschluss. Passen Sie auf, ich schreibe Ihnen einen Zettel. Mit dem können Sie wiederkommen, wenn Sie den Beschluss haben, und müssen nicht auf einen neuen Termin warten. Das hier ist mein Name, das meine Durchwahl und ein Vermerk, falls jemand Sie fragt. In Ordnung?«

Sie ist freundlich und bemüht. In Ihrem Blick liegt nichts Abwertendes. Eher sitzt darin die stoische Ausführung des deutschen Rechts mit übergeschlagenen Beinen und wartet auf den Feierabend. Geradeaus, kein Abweichen vom Hauptweg. Keine Schlenker, kurze Schleichwege, um die Ausweglosigkeit in den Fluss zu schubsen und sie flussabwärts treiben zu lassen. Ich nicke. Was soll ich denn auch sonst tun? Es gibt keine Optionen zum Ankreuzen. Ich bedanke mich, wieder der dumme Reflex, wofür denn überhaupt, und gehe hinaus auf den Flur. Vorbei am Wartezimmer, 16:0 für die Bürokratie, raus auf die Straße. Durch das Fenster sehe ich die Zimmerpflanze. Ich verstehe sie. Durch und durch. Kein Wasser. Stur verwelken und allen ihre trotzigen, toten Blätter vor die Nase halten. »Seht mich an. Dieses Leben. Als hätte ich es mir ausgesucht. Eure Schuld!« Es ist Ende Februar. Und es geht doch nicht um Schuld. Wie so oft.

Noch 7 Monate und 18 Tage

Ich bin in eine neue WG gezogen. Anderes Viertel mit neuen Wegen und mir unbekannten Menschen. Hauptsache, frei atmen und nicht ständig gegen die traurige Bestätigung stoßen, dass meine Freundschaft zu Louise wirklich zerbrochen ist. Keine Ahnung, in wie viele Teile und ob wir genügend Kleber aufbringen könnten, um uns irgendwann zu kitten. Bisher haben wir es nicht versucht. Es ist ein löchriger Tag, und ich sitze vor meinem Schreibtisch und will nicht an Sam denken. Also denke ich an Sam. Das Elefanten-Phänomen. Wie schließt man Dinge ab, die ohne Schloss geliefert werden? Wie schaffe ich es, Sam aus mir zu verbannen, meine Räume zurückzugewinnen und voranzukommen. Ohne diesen Ballast. Diesen unerträglich schweren Rucksack, den sie mir aufgebunden hat, neben zahllosen Lügen und Flunkereien. Oft nenne ich mein Verweilen Hoffnung, wenn ich ehrlicher bin, Dummheit. Mache ich die Augen zu, sehe ich Sam. Als hätte sie sich innen auf meine Lider gemalt, um mir den Abschied zu erschweren. Nachts träume ich von ihr. Es ist selten schön. Alle Frauen sehen aus wie sie. Auf Instagram wirkt sie glücklich. Manchmal lese ich alte Nachrichten, um mir vorzugaukeln, dass wir uns noch nah sind. Sagen kann ich ihr das alles nicht. Ladehemmung. Schreibt man noch Briefe? Ich schreibe ihr.

Noch 6 Monate und 4 Tage

Das Vorher und das Nachher treiben auseinander. Ich verändere mich. So langsam, dass ich es nicht richtig mitbekomme. Alle drei Wochen gehe ich zum Spritzen. Wirklich männlich fühle ich mich nicht. Eher aufgeschwemmt und faserig. Ein formloser Klumpen Zellen, der auf den Befehl von oben wartet, was er zu tun hat. Orientierungslose Masse. Ich telefoniere so oft mit meiner Krankenkasse, dass ich kurz davor bin, meine Sachbearbeiterin zu duzen. Meine OP wird nicht genehmigt, weil eine Frist nicht korrekt eingehalten wurde. Fristen sind wichtig, immerhin könnte ich meine Meinung am letzten Tag vor Ablauf der selbigen ändern und die Krankenkasse würde ganz umsonst Tausende von Euros für meine Operation blechen. Genau. Ich stelle den Antrag zwei Wochen später erneut und bekomme ihn bewilligt. Als ich das Bestätigungsschreiben bekomme, gehe ich mit Micha einen trinken. Vielmehr saufen. Wir bechern ohne Sinn und Verstand, als wollten wir allen Erinnerungen, die wir über die Jahre gesammelt haben, mit der Faust ins Gesicht schlagen. Ich bin so besoffen und losgelöst, dass ich mir tatsächlich aus Versehen mit der Faust ins Gesicht schlage. Am nächsten Tag bin ich massiv verkatert und hänge mit einem blau schimmernden Auge den Brief gut sichtbar über meinen Schreibtisch, um ein Ziel vor Augen zu haben. Und zwar direkt davor. Durch das Testosteron lagere ich Wasser ein, werde bulliger und sehe aus wie ein träger Preisboxer. Meine Muskeln sind verwirrt, weil von irgendwo der Auftrag kommt, zu wachsen. Sie haben aber eigentlich keine große Lust darauf. Ich habe ständig Gelenk- und Nackenschmerzen. Warum hat davon niemand auf Instagram erzählt? Zusätzlich schnüre ich meinen Oberkörper weiterhin zusammen wie ein Zelt, das nicht mehr in seine ursprüngliche Verpackung passen will. Alles tut mir maximal weh. Ohne Abbinden geht es aber auch nicht, weil ich den beschissenen Wolpertingerkörper mit jedem Tag weniger ertrage. Er ist die wandelnde Erinnerung an all das Schlechte, das mir je passiert ist. Mein Hausarzt ist gnädig und verschreibt mir Massagen. Ich rufe in einer Physio-Praxis an und mache einen Termin aus. Als ich eine Woche später im Wartezimmer sitze, blättere ich mich durch lebensbejahende Zeitschriften und atme fruchtige und offensiv beruhigende Aromen aus einem blubbernden Diffusor. Schade, dass es keine Bong ist. Der Physiotherapeut geht an mir vorbei, sieht mich und begrüßt mich.

»Hallo, Herr Schneid, kommen Sie mit, dann schauen wir uns mal an, was ich für Sie tun kann.«

Was er für mich tun kann ... das wird ein Spaß. Warum tut nicht einfach mein Fuß weh? Stattdessen habe ich einen Nacken und Schultern, die in der Hölle geschmiedet wurden und die verlangen, dass ich mein Oberteil ausziehe. Wir betreten das Therapiezimmer. Es ist ruhig, in der Ecke steht ein Skelett. Was haben alle immer mit diesen Skeletten? Obwohl die Wände die farbliche Variante des beruhigenden Diffusor-Aromas sind, bin ich nicht im Geringsten entspannt. Leise schwitze ich vor mich hin, versuche, die Panik zu deckeln.

»In Ordnung. Noch was, wenn es o.k. ist, würde ich Du sagen?«

»Klar, wir sind unter uns. Da kann man schon Du sagen.«

Lachen. Wir sind Kumpel. Er klopft mir auf die Schulter und meint damit wahrscheinlich sich selber.

»Gut, worum geht es, Johann?«

»Ich habe einen steifen Hals und Schulterschmerzen. Der Rücken tut auch weh.«

»O.k., mein Bester, dann schauen wir uns das mal an, Johann.«

Warum sagt er dauernd meinen Namen. Ich zögere und

beginne damit, mich auszuziehen, streife meine Jacke ab, dann den Pullover, danach den zweiten Pullover, das T-Shirt, den linken Schuh, den rechten Schuh, danach die Socken. Sehr behutsam lege ich alles auf den Stuhl, der vor mir steht. Als würde ich Blätterteig falten. Kante auf Kante, Ordnung ist das halbe Leben. Ich lebe in der anderen Hälfte. Der Physio macht währenddessen Notizen in meine Karteikarte, als er wieder aufblickt, sitze ich im T-Shirt vor ihm.

»Das T-Shirt bitte auch, Johann, damit ich mir den Rücken genauer anschauen kann.«

Das T-Shirt. Der letzte dünne Vorhang, der verbirgt, was nicht sein soll. Ich bin überzeugt davon, dass niemand sein T-Shirt jemals so umständlich ausgezogen hat wie ich. Es gibt bestimmt Doktorarbeiten der Astrophysik, die weniger kompliziert sind. Ich drehe ihm den Rücken zu und ziehe mein Shirt über den Kopf. Er stockt mitten im Satz, als er meinen verschnürten Rücken sieht. Die Mullbinden. Kurzer Moment der Stille im Raum. Luft anhalten. Schweben. Augen zu und ans Meer denken. Was hatte ich denn gedacht, was passieren würde? Er fängt sich und spricht weiter. Nichts mehr mit Johann.

»Das müsste bitte auch weg.«

Kurzer Flug, jähe Landung. Schwitzen. Das Kumpeln ist vorüber. So schnell vorbeigerannt, dass ich sein Gesicht nicht erkennen konnte. Alles ist mir peinlich. Ich bin mir peinlich. Um die rollenden Gefühle zu überspielen, rede ich Schwachsinn und mache dumme Scherze. Alles ist so lustig, alles ist ein Witz, ich bin ein Witz. Ich fange langsam an, mich auszupacken, Runde um Runde der Mullbinde zu entfernen. Mein Körper dehnt sich aus. Ich werde jäh in die Wirklichkeit gestoßen. Das bist du. Beinahe habe ich das Gefühl, als würde ich mich mit den Augen des Physiotherapeuten sehen. Alles ist so echt, so real. Ich, Bulldozer mit abgeklemmten Brüsten. Gestaucht und zurechtgequetscht. Ich schäme mich so sehr, dass meine Haut zu verglühen scheint. Feuerball, der die Umlaufbahn durchschlägt. Ohne mich umzudrehen, lege ich mich auf die Behandlungsliege auf den Bauch. Er drückt auf den Striemen auf meinem Rücken herum, tastet verhalten, als wüsste er nicht so genau, was er mit meinem enttarnten Körper anfangen soll. Zwischen uns die dünne Haut und sehr viel dickeres Schweigen. Nach gut 20 Minuten haben wir es überstanden. Ich bin doppelt so verspannt wie vorher. Was hatte ich erwartet? Dass ich angezogen bleiben könnte und durch ultraviolettes Licht geheilt werde? Während ich mich wieder anziehe, mich mit schützender Kleidung polstere, weiß ich, dass ich keinen der Folgetermine wahrnehmen werde, sondern mich lieber mit vernichtenden Rückenschmerzen quäle, als halb nackt in pubertierender Wolpertingergestalt vor dem Physio zu sitzen. Er geht hinaus, gibt mir lasch die Hand, kann mir nicht in die Augen schauen. Nicht, dass ich es unbedingt gewollt hätte. Ich denke an den Brief, der über meinem Schreibtisch hängt. Fokussieren, Ziel erfassen, nicht umschauen. Mit pochenden Katerkopfschmerzen vermisse ich Louise.

Noch 5 Monate und 27 Tage

Ich bin in einen heterosexuellen Wald verpflanzt worden, ohne dass den anderen Bäumen um mich herum Bescheid gesagt wurde. Und jetzt? Wie ist man ein heterosexueller Typ? Soll ich Türen aufhalten? Beim Essen die Rechnung bezahlen? Kühlschränke tragen, weil echte Männer quasi immer einen Kühlschrank auf dem Rücken haben? Ich habe gar keine Lust auf Kühlschränke. Micha und ich sitzen in der Homo-Bar, unserer Stammkneipe. Die Kneipe heißt wirklich Homo-Bar. Früher war ich hier öfter mit Louise. Manchmal mit Sam, wenn ihr der Sinn nach mir und Rausch stand. Micha trinkt abwechselnd Bier und Schnaps. Offenbar verwechselt er Wasser mit dieser anderen klaren Flüssigkeit namens Korn und freut sich, dass er immer betrunkener wird, sein Flüssigkeitshaushalt aber trotzdem ausgeglichen ist. Gut für ihn. Ich gebe mein Bestes, um mitzuhalten, und schaue mich in der Bar um, versuche Blickkontakte. Keine der anwesenden Frauen beachtet mich. Obwohl mein dummes und langsames Herz immer noch Sam hinterherhinkt, findet Micha, dass ich Flirts brauche, um mich abzulenken. Sonst findet das hier anscheinend niemand. Ich möchte so gerne in der Welt einrasten. Aber wie, wo und bei wem? Will meinen Platz einnehmen, ohne dass jemand sagt: Hier sitze ich, da liegt mein Handtuch, das sieht man doch. Kennst du denn die Regeln nicht? Ich brauche neue Orte. Die Frage ist, ob sie mich auch brauchen.

»Micha, die beachten mich alle nicht.«

»Quatsch, die finden dich toll. Du musst flirten!«

»Was soll ich denn machen? Mich vor sie auf den Tresen setzen und sie anstarren? Die beachten mich nicht, weil ich ein Typ bin.«

»Oh, o.k., richtig. Ey, gratuliere.«

»Na danke.«

»Was denn, ist doch spitze.«

»Schon, aber mit wem soll ich flirten?«

»Mit wem du willst.«

»Das klingt komisch.«

»Nee, ist doch egal. Wenn jemand mit dir flirtet, flirtest du zurück.«

»Aber die wissen doch nicht, wer ich bin.«

»Hä? Willst du nur mit Frauen flirten, die du kennst?«

»Nein, ich meine, die wissen nichts in Sachen Johann und so.«

»Ach so. Na und, bei mir weiß auch niemand, dass ich extrem gut kochen kann. Wenn die Frauen es dann rausfinden, sind sie begeistert. Gute Überraschung!«

»Das kannst du doch nicht vergleichen. Was hat Kochen denn mit dem Fall Johann zu tun?«

»Nichts, aber wenn eine deswegen schreiend die Flucht ergreift, ist sie ganz offensichtlich bescheuert und die Falsche.«

»Und wenn alle schreiend die Flucht ergreifen?«

»Quatsch. Das wird nicht passieren. Du bist ein Spitzentyp.«

»Ich weiß nicht. Sam findet das nicht.«

»Hör auf mit Sam. Komm, wir ziehen weiter, du brauchst Flirterfolge, damit dein Selbstbewusstsein ein bisschen wächst.«

Wir zahlen, verlassen die Bar und treten auf die Straße. Die Luft ist unterkühlt und kümmert sich nicht sonderlich um zwei weitere Gestalten, die sich durch den Abend zittern. Auf dem Weg zur U-Bahn kommen uns Menschen entgegen. Mein Blick verfängt sich in dem eines anderen Mannes. Eine Sekunde zu lange. Dummerweise lächle ich auch noch.

»Was los, was ist dein Problem, Alter?«

Immerhin sagt er: Alter. Micha reagiert schneller als ich und zieht mich weiter.

»Alles gut. Kein Stress.«

Er schaut mich an.

»Warum grinst du den Typ so an? Kennst du ihn?«

»Nein, keine Ahnung. Ich habe einen im Tee. Was ist das Problem?«

»Man grinst nicht irgendwelche Proll-Typen an. Die geben dir dafür ziemlich flott aufs Maul.«

Verstanden. Die Reste meiner spärlichen weiblichen Sozialisation, gepaart mit Unsicherheit, lächeln zu oft. Ich bin ein Idiot. Männer lächeln nicht, Punkt. Man hält den Blickkontakt nicht länger als ein sehr schweres Gewicht mit einer Hand. Eigentlich lässt man ihn fallen, sobald er den eines anderen Mannes trifft, als hätte ihn jemand angezündet. Wir gehen schnell die Treppen nach unten zur Bahn. Nicht umdrehen, denn Schwäche ist für Schwache. Opfer wird, wer Opfer ist. Imposant und laut gehen, durch die unterirdischen Gänge scheppern, Krawall ausstrahlen, damit der Krawall nicht zu einem kommt. Die U-Bahn nimmt uns mit einem zaghaften Haps auf. Es ist voll, jeder nur an sich selber interessiert, ein Wahnsinniger verstreut die Murmeln in seinem Kopf auf dem schmutzigen Boden, um sie gleich darauf kichernd wieder aufzusammeln. Alles atmet einander. Wir schießen unter den Straßen entlang, pfeilgerade wie manch schlechte Entscheidung. Es ist schwierig, niemanden anzuschauen. Micha steht nahe bei mir. Wahrscheinlich stinken wir nach Suff. Wir schweigen die Enge weg. Ich bin mehrere Meter tief in meinen Gedanken versunken und lasse meinen Blick ohne Fokus durch die Bahn taumeln. Hauptsache, nicht wieder aus Versehen irgendeinen Typen anlächeln. Ein paar Meter entfernt steht eine Frau. Unsere Blicke treffen sich. Sie sieht mich kurz an und schaut ruckartig wieder weg. Kein normales behäbiges Wegsehen aus Desinteresse. Es ist ein Ausweichen mit Ausrufezeichen. Ein Signal. Ab jetzt scheint ihr Blick an zwei Stangen befestigt, die starr geradeaus an mir vorbei auf den Boden zielen. Warum das denn? Hat sie Angst vor mir? Warum hat sie Angst vor mir? Der eine will mich verdreschen, die andere wegrennen. Super. Schöne neue Welt. Mal wieder schwitze ich unter all den Lagen, die ich anhabe.

Die Bahn hält, wir steigen aus. Kleine Brösel, die der Zug aushustet, um sich nicht zu verschlucken. Ich weiß nicht, wo ich hinschauen soll, aus Sorge, wieder irgendwen mit meinem Blick anzurempeln, deswegen studiere ich intensiv die Decke.

»Warum schaust du so angestrengt nach oben. Tut dir was weh?«

»Ich vermeide Blickkontakt.«

»Johann ...«

Wir erreichen die Oberfläche, gehen ein paar Meter und stehen auf einmal vor einer Karaoke-Bar.

»Micha, Karaoke? Was?«

»Klar, das ist lustig. Komm schon, rein da. Wir haben jetzt Spaß.«

Spaß ankündigen. So funktioniert das also. Vielleicht war das mein großer Denkfehler bisher. Wenn man Spaß in einen Raum schreit, kommt auch Spaß wieder zurück. Party. Ich habe zu oft Scheiße geschrien, also kam auch Scheiße heraus. Oder so ähnlich. Der Eingang der Bar hatte gewirkt, als würde sich dahinter eine kieselsteingroße Höhle befinden. Die Realität ist wuchtiger. Dutzende kleine Boxen mit Bildschirmen im Halbdunkel, darauf flackernder Text. In der Abgetrenntheit Taumeln und dumpfes Gelächter mit Gesang, der so schief ist, dass er nicht frei stehen könnte, ohne umzufallen. Interessant ist, dass aus sehr vielen Kabinen Whitney

Houston schallt. Scheitern nach Programm. Micha steuert auf eine leere Box zu. An der Tür ist ein kleiner Automat, in den man Münzen werfen muss, um die Türe zu öffnen und das Grauen freizuschalten. Er bezahlt für zwei Stunden. Zwei Stunden? Meine Stimme ist so klapprig, dass ich froh bin, wenn ich drei Sätze geradeaus sagen kann, ohne dass sie in der Mitte auseinanderbricht. Seit einigen Wochen ist sie fragil, als wäre sie angeschmolzen.

»Geh schon mal rein. Ich hole uns Discoschorle.«

Er geht. Ich skippe durch die Liedauswahl. Eine reichhaltige Werkschau der Backstreet Boys, Britney Spears, Bon Jovi. Alles Künstler, die man nur mit drei Promille gut finden darf. Micha kommt zurück, in seinen Händen die Getränke, im Schlepptau zwei Frauen.

»Johann, darf ich vorstellen: Josy und Nike. Wir haben uns gerade an der Bar kennengelernt, weil sie auch Discoschorle bestellt haben. Wir teilen uns die Box. Sie sind Team Regensburger Domeulen. Wir brauchen auch noch einen Namen.«

Das Halbdunkel umgarnt uns. Der Text der Bildschirme spielt Kerze und wirft einen Schein auf unsere Gesichter. Wir schütteln uns die Hände. Hallo hin, Hallo her. Die Luft flirrt ein bisschen. Meine Schüchternheit reckt sich. Ich nehme einen Schluck vom Getränk und der neuen Wirklichkeit, die sich im Raum verteilt hat. Die Discoschorle schmeckt wie das Kreischen beim Konzert einer koreanischen Boyband. Noch zwei Schlucke. Die Discoschorle besteht zu 95 Prozent aus Schnaps. Das Stachelige in mir wird sanft und mild. Das Schüchterne wird abgeschliffen und untergetaucht. Josy sucht das erste Lied aus. Whitney Houston. Natürlich. Sie fängt an zu singen. Zart und krakelig. Kreidezeichnung auf nasser Wand. Micha und Nike setzen ein. Ich bewege die Lippen, gebe vor zu singen. Ich bin auch hier. Ich war auch hier. Wenn ihr mich hört, werde ich da gewesen sein. Nur damit ihr es wisst. Kurz denke ich an Sam. Wo ist sie gerade? Bin ich auch manchmal ihr erster Gedanke am Morgen? Discoschorle. Schnell das Glimmen löschen. Nichts entfachen. Nicht jetzt und im Idealfall nie. Aber die Hoffnung lässt sich schwer unter Wasser drücken. Ich starre auf den Bildschirm, kippelnde Stimmung, wohin wird sie fallen? Warum muss ich eigentlich jedes Glück immer zerdenken. Ich Idiot. Auf einmal ein Arm auf meinen Schultern. Micha. Er rüttelt das Versinken weg, erlaubt das Abtauchen nicht und drückt mir ein Mikro in die Hand.

»Sing, los, du bist dran.«

Als ich anfange zu singen, blickt meine Stimme kurz auf, winkt ab und starrt auf ihre Nägel. Der Schweiß läuft mir den Rücken hinunter. Hoffentlich fragt niemand, was mit meiner Stimme ist. Ich will meinen inneren Barry White channeln, der allerdings wenig Lust auf Karaoke hat. Was denken die anderen? Mein Gesang ist Gebrüll. Das wütende, grollende Rülpsen einer Elfe. Ich klinge wie ein Laster, der über eine Schotterpiste scheppert. Aus den Augenwinkeln schiele ich zu den anderen. Sie tanzen, trinken Discoschorle und interessieren sich nicht im Geringsten dafür, wie schlecht ich singe. Sie haben einfach Spaß und suhlen sich in diesem unbedachten Moment. Nike hat das zweite Mikro, singt mit, lauter und noch falscher als ich. Ich hangle mich durch das Lied. Hungriger tollwütiger Fuchs, der nach Beeren schnappt, ohne eine zu erwischen. Ein Glas fällt auf den Boden, zerplatzt. Alles klebt. Alles egal. Wir schrauben uns gegenseitig nach oben. Drehen uns in die Decke. Nächstes Lied, mehr Bass, Klingeln in den Ohren. Noch ein Getränk. Die Jukebox voller Schätze. Nike berührt meinen Arm. Sekunden zu lang. Nimmt kurz meine Hand. Wie warm ihre Hand ist. Die Box dreht sich, wir steigen ein. Wann, wenn nicht wir. Alles so Bilderbuch. Wir sind der Film, der über uns gedreht werden sollte. Kursiv bis unleserlich stehen wir zusammen. Vögel, die aus dem Nest gefallen sind und dem Morgen entgegensprinten. Schneller, schneller. Laufen, fallen, gleichgültig. Irgendwann haben wir den Discoschorlenvorrat aufgebraucht und alle Schätze der Jukebox gehoben. Also raus an die frische, kühle Morgenluft, die den Rausch potenziert. Waren wir drinnen auch schon so betrunken? Micha lacht, die Wolken jagen über den Himmel, hat er das gemacht? Ich habe vergessen, dass ich Rückenschmerzen habe. Wie eng ich eingeschnürt bin. Innen alles dumpf, außen stechend hell. Wie wir strahlen und funkeln. Die Kieselsteine haben sich kurz als Juwelen verkleidet. Welcher Tag ist heute? Unwichtig. Josy sieht einen Einkaufswagen, setzt sich hinein, Micha schiebt sie, Nike springt auf meinen Rücken, wir sprinten los. Micha schreit:

»Ich mache einen Großeinkauf, alle in den Einkaufswagen. Los. Wir sind das Teuerste hier im Laden. Wie eingelegte Tomaten. Oder Lachs.«

Wir schießen mit Serotonin und Dopamin um uns, verschütten es, als könnten wir uns leisten, es zu vergeuden. Haben wir uns wirklich in der Psychiatrie kennengelernt? Wollte Micha sich ganz real an der Türklinke erhängen? Das war doch gestern. Alles vorbei. Vertan. Zweifel zersetzen. Alles zerfetzen, was nach unten zieht und dort hält. Wie viele Minuten habe ich jetzt nicht an Sam gedacht? Kann ich sie übermalen? Den Abstand zwischen den Gedanken an sie spreizen. Irgendwann wird er so groß sein, dass sie hindurchfällt, nicht in meiner Gegenwart hängen bleibt und verschwindet. Ich werde sie irrelevant nennen und es meinen. Nike und ich klettern in den Einkaufwagen. Micha stößt ihn voran. Rennt. Es ist so früh, dass die Straßen noch leer sind. Berlin schlummert mit einem offenen Auge, grunzt, weil wir so laut sind. Kopfsteinpflaster, unstetes Rattern, Umkippen verhindern. Nike umarmt mich von hinten. Legt ihre Hände auf meine gepanzerte Brust, ihren Kopf auf meine Schulter, ich spüre ihren Atem an meinem Hals. Der Taumel stoppt. Starre setzt ein. Das ist zu dicht. Zu real. Die Verschwommenheit der Nacht löst sich auf. Konturen kehren zurück. Die Wirklichkeit stellt ihren Fuß in die Tür, hindert sie am Zufallen. Ich will keine Wirklichkeit, ich will eine Ausweitung der Nacht. Ein Andauern dessen, was bis eben möglich schien. Ich, ein junger Mann, schwebe und flirre mit Nike, einer jungen Frau. Keine Komplikationen, kein Alltag, nicht schon in den ersten Stunden. Aber so ist es nicht. Sie kennt nur die letzten Stunden und weiß nicht, was für Monate und Jahre davor lagen. Sie weiß nicht um den Berg. Das Eingeschnürtsein, das Verborgene. Hätte ich es ihr am Anfang sagen sollen? Sagen müssen? Keine Mogelpackung sein? Inhaltsstoffe angeben und ihr die Möglichkeit einer Entscheidung überlassen? Ich wollte kurz Spaß haben, betrunken sein, vielleicht vergessen, dass ich ich bin. Warum müssen sich in solchen Momenten denn auch andere Menschen in mein Selbstporträt schieben? Auf einmal ist Michas Schreien viel zu laut. Der Tag zu hell. Berlin zu dreckig. Keine Schätze, die noch gehoben werden könnten. Ich will schlafen. Das Drehen beenden. Keine Hände auf meiner niedergedrückten Brust spüren müssen. Kein Tasten möglich machen. Die beschissene Wirklichkeit. Ich habe nicht darum gebeten. Und trotzdem platzt sie immer dann herein, wenn gerade irgendetwas schön ist. Abrupt richte ich mich auf, schiebe Nikes Hände zur Seite und springe aus dem Einkaufswagen. Micha sieht mich angesägt an.

»Der Großeinkauf verlässt den Einkaufswagen. Hiergeblieben, wir müssen noch zahlen!«

»Ich muss schlafen. Mir ist flau. Zu viel Kopfsteinpflaster.«

»Alles gut? Du kannst uns doch jetzt nicht alleine lassen. Komm, bleib noch. Wir können bei mir frühstücken.«

»Bloß kein Essen. Ich muss schlafen.«

Die Lunte brennt ab. Zischt Richtung Zündung. Weil ich nicht erklären kann, warum ich wegmuss. Wieso die Nähe nicht zu ertragen ist. Meine Angst davor, enttarnt zu werden. Ablehnung zu erfahren. Und gleichzeitig den Wunsch nach der erahnten Leichtigkeit zu spüren. Das Verlangen nach unbeschwerter Dichte und Gleichzeitigkeit. Keine Zentimeter Raum zwischen einander. Nach einem Sehnen mit Ziel. Einer Wahrscheinlichkeit der Möglichkeiten. Und nicht bloß Hirngespinsten in kalten Stunden. All das ringt in mir. Wie soll ich das einem rotzevollen Micha und zwei Unbekannten erklären? Während ich selber in einer Brühe aus Vollrausch und nüchternem Schock schwimme. Um sechs Uhr morgens in Friedrichshain. Heiser und angesengt von Karaoke, während sich in mir die Angst vor der drohenden Wirklichkeit ausbreitet. Angriff ist nicht immer die beste Verteidigung. Manchmal ist Angriff einfach die schnellere Angst. Die Ahnungslosigkeit anderer Möglichkeiten. Zuschlagen, bevor Gefahr im Verzug ist. Mücken zu Hornissen aufbauschen. Was ist Mücke, was Hornisse, keine Ahnung. Insekten sind mir gleichgültig. Vielleicht spinne ich einfach. Ich will schlafen. Micha zieht mich von Nike und Josy im Einkaufswagen fort, parkt mich an einer sonnigen Stelle, blinzelt sich den Rausch aus den Augen, soweit es geht.

»Ist was passiert? Was ist auf einmal los? Nike ist doch toll. Sie findet dich ziemlich gut, glaube ich.«

»Nike weiß aber auch nicht, wer ich bin.«

»Na, Johann, hast du ihr doch gesagt.«

»Micha, ganz so einfach ist es nicht, das weißt du doch. Sie hat keine Ahnung, wer ich wirklich bin. Was soll ich machen? Mit ihr nach Hause gehen? Spätestens, wenn ich mich ausziehe, sieht sie, was Sache ist, und rennt schreiend davon.«

»Das denkst du? Warum? Vielleicht findet sie dich einfach gut, wie du bist. Hast du die Möglichkeit mal in Betracht gezogen?«

»Ganz ehrlich? Nein.«

»Johann, mach die Sache nicht so groß. Das ist nur ein Flirt. Ganz harmlos und klein.«

»Nicht für mich, Micha. Weil es für die anderen groß ist. Und nicht klein. Weil es eine Entscheidung ist, mich zu daten. Oder ein Statement. Was weiß ich. Es ist auf jeden Fall ein Thema. Nichts, was einfach so mitläuft.«

»Das ist deine Sicht der Dinge. Du gehst davon aus, dass du den großen Dealbreaker im Gepäck hast. Ich finde, AfD wählen wäre ein Dealbreaker. Oder Pizza Hawaii mögen. Aber nicht deine Geschichte. Rede dir das nicht ein. Woher willst du denn wissen, dass die Dinge so fatal sind, wie du sie dir ausmalst?«

Nike und Josy lachen im Hintergrund. Ich drehe mich zu ihnen. Sie stehen vor dem Einkaufswagen und machen sich gegenseitig Heiratsanträge, stecken sich Ringe aus Zigarettenschachtelalufolie an die Finger und singen dazu Halleluja. Die Helligkeit der Sonne lässt ihre Umrisse flattern. Was, wenn Nike nicht wegrennen würde? Sondern bleiben. Einfach so. Was würde ich dann machen? Bisher ist nie jemand geblieben. Ich weiß es nicht. Was macht man mit Menschen, die bleiben? Die nicht wie Murmeln davonkullern, wenn sich ein Berg auftut.

»Micha, es ist kompliziert, o.k.? Ich bin zu besoffen, um das jetzt zu diskutieren. Und mir ist wirklich schlecht. Niemandem wäre damit geholfen, wenn ich Nike am ersten Abend ankotze.«

»Manchmal muss man seinem Glück auch die Tür aufhalten, weißt du? Es reinbitten und nicht darauf warten, dass es das von selbst tut.«

»Tür aufhalten ist total altmodisch, habe ich gelesen. Macht man gar nicht mehr.«

»Du weißt, was ich damit meine.«

»Irgendwie schon. Aber ich weiß gerade nicht, wie, und muss schlafen. Echt. Lass uns morgen telefonieren. Oder später. Du weißt schon. Kannst du den beiden sagen, dass mir schlecht ist oder so was? Bitte.«

Kurzer Gipfelsturm, Weite erspäht, sie genossen, bis die Wolken sich aufgetürmt haben und ich wieder nur die Hand vor meinen Augen sehe. Immer diese Hand. Auf der eine Telefonnummer steht. Warum? Hat Nike sie draufgeschrieben? Wann war das? Gerade eben? Vorhin? Warum habe ich das nicht gemerkt? Sekunden dehnen sich, entzerren die Zeit. Ich stehe immer noch auf demselben Fleck. Micha geht zu den beiden, sie stecken ihm ebenfalls einen Aluring an den Finger. Wo haben sie die ganze Folie her? Er redet mit ihnen, sie drehen sich zu mir, ich winke, deute auf meinen Magen und verziehe das Gesicht. Ein Staffelstab kurzer Enttäuschung reicht sich von Gesicht zu Gesicht. Micha erklärt weiter, Verständnis drängt die Enttäuschung zur Seite, ich drehe mich um und gehe um die Ecke. Sonne im Rücken. Zu viel Kopf auf den Schultern. Suff wegschlafen.

Noch 5 Monate und 17 Tage

Müdigkeit ist mein dritter Vorname, Schlaf ein kranker Vogel, der von Ästen fällt. Meine Anziehsachen liegen verstreut um mich, als wären sie aus dem Himmel direkt auf den Boden gespuckt worden. In meinem Kopf drischt ein Orchester die Symphonie der vorigen Nacht. Tusch, Tusch, Tusch. Die Pauke übt Sechzehntel. Ich brauche Ibuprofen oder ein Mittel, das Elefanten betäuben kann, so stark pocht der Schnaps in meinen Schläfen. Vielleicht haben meine Gedanken boxen gelernt und trainieren gerade eine Runde, um gestärkt in den Tag zu starten. Nie wieder Discoschorle. Nie wieder Karaoke. Ich liege im Bett. Die Mullbinden neben mir. Anscheinend habe ich es vor der Bewusstlosigkeit noch geschafft, mich ihrer zu entledigen, um wenigstens nachts richtig atmen zu können. Eigentlich müsste ich aufstehen, es gibt Bürokratie, mit der ich mich auseinandersetzen muss. Aber ich bin zu sehr in meine Einzelteile zerlegt. Was war mit Nike? War was mit Nike? Hätte ich noch bleiben sollen? Den Augenblick auskosten? Berührung und Nähe gestatten? Moment, steht ihre Nummer noch auf meiner Hand? Ich hebe sie hoch, sehe sie an. Etwas zerlaufen, aber lesbar steht eine Zahlenfolge auf ihr. Als ich mich zäh erhebe und in den Spiegel schaue, steht sie zudem auf meinem ganzen Gesicht. Als hätte meine Hand die Nummer an jede frei verfügbare Stelle gekritzelt, um sicherzugehen, dass sie auf keinen Fall verloren geht. Wange, Nase, Stirn. Durch das Pochen in meinem Kopf hindurch gehe ich zu meinem Schreibtisch. Jeder Schritt eine Reminiszenz an die Discoschorle. Dumme Discoschorle. Auf dem Tisch Chaos, mein Denken nach außen gestülpt, Sinnbild für die inneren Vorgänge. Briefe, Umschläge, Anschreiben, Antworten, Bestätigungen. Wo es möglich war, habe ich mit dem vorläufigen Beschluss meinen Namen geändert. Eigentlich ist es ein bisschen, als hätte ich mich selbst geheiratet und müsste meiner Umwelt diesen Umstand mitteilen. Rentenversicherung, Krankenkasse, Handyanbieter, Streamingdienste, Bank, jedes bizarre Portal, auf dem ich mich jemals angemeldet habe. Ich habe keinen Überblick, wo ich das alte Leben überall ausradieren muss. Am liebsten würde ich einen Eimer weißer Farbe über der Vergangenheit ausschütten und sie neu bepinseln. So tun, als wäre da nie was gewesen. Wie all die Discoschorlen gestern Abend. Hat jemand das alte Leben gesehen? Nein, keine Ahnung. Wer sind Sie? Die Sonne lacht. Worüber? Als wäre irgendwas lustig. Auf Fotos ist eines meiner Augen kleiner als das andere. Die Hintergründe unscharf. Entweder ich bin wirklich sehr müde oder ein Auge hat sich bereits nach innen verabschiedet, weil es keine Lust mehr hat, sich mit Vergangenem zu beschäftigen. Ich will alles löschen, bremse mich aber, um nicht zu wirken, als wäre ich Teil des Zeugenschutzprogramms. Es gibt eine Vergangenheit, egal wie sehr ich mich bemühe, sie unsichtbar zu machen. Es ist noch zu früh, als dass ich ihr die Hand reichen oder sie friedlich betrachten könnte. Aber früher oder später muss es zu einer Aussöhnung kommen. Immerhin haben sich die Spam-Mails, die mich erreichen, mittlerweile an meine neue Identität angepasst und bieten mir überschwänglich Potenzmittel an.

Draußen ist es kalt, ich friere. Es ist Samstag und ich weiß nicht recht, wohin mit mir und meinem absurd großen Kater. Micha schreiben? Ist er noch unterwegs mit Josy und Nike? Louise? Geht nicht. Tischtennis? Auf keinen Fall kann ich mich heute bewegen. Ich habe keine Übung in Wochenenden, weil ich für gewöhnlich im Le Sausage arbeite. Auch wenn es mich mit jedem Mal mehr nervt. Ich mache mir Kaffee und durchforste mein neues Leben nach den Resten des alten. Ich finde Briefe von Joana, die wir uns im bayerischen

Provinzdorf geschrieben haben. Postkarten von Louise aus einer anderen Zeit. Mein Entlassungsbericht der Psychiatrie. So viel Erinnerung findet auf Papier statt. In der Zimmerecke liegt Staub. Eine Wollmaus. Ein niedliches Wort für Schmutz. Im freien Fall zu leben ist merkwürdig. Während ich die Aussicht genieße, kommt der Boden näher. Rast auf mich zu. Verschreckter Bart an meinem Kinn. Sonst ein Leben wie ein Flaum. Wann hat es in Berlin das letzte Mal geschneit? Der endgültige Beschluss fehlt weiterhin. Ohne ihn werde ich weiter größtenteils hinter vorgehaltener Hand stattfinden. Mein Handy brummt. Ob das Micha mit einem Update seines Rauschs ist? Louise schreibt mir. Louise? Mein Herz erschrickt. Will sie reden? Einen neuen Pfad anlegen, auf dem wir wieder gemeinsam stattfinden können? Nein, will sie nicht.

»Hallo. Du hast Post vom Gericht.«

Bloße Information. Null Überschwang. Oder Unterschwang. Keine Gefühle. Kein Pfad. Post vom Gericht. Zum Pochen mischt sich ein Stechen. Das Herz ist in den Kopf gewandert. Das muss der endgültige Beschluss sein. Mein Herz erschrickt ein zweites Mal. Die Handbremse löst sich. Ich nehme Fahrt auf. Mein Hirn schlängelt sich durch volle Straßen, vergisst den Pissegeruch Berlins und die Unordnung um mich herum. Mein Beschluss ist da. Das heißt, ich bin beschlossene Sache. Nein, keine Sache. Beschlossener Mensch. Niemals kann ich mehr vergessen werden, weil ich offiziell existiere. Ich antworte ihr, genauso förmlich. Wer hätte gedacht, dass wir jemals so förmlich sein würden. Wir vereinbaren eine Übergabe via Kalle. Die Sachlichkeit zwickt. Ich will mit Louise nicht sachlich sein. Sie fehlt mir. Kälte nagt an den Fenstern. Berlin, grau malt es sich auf unser aller Augen. Bestimmt ist schon bald wieder Weihnachten, obwohl das doch gerade erst war. Ich suche nach dem Zettel der Frau vom Bürgeramt in meiner Tasche, finde ihn, entknülle ihn. Darauf steht: »Ohne Termin kommen«. Der Name der Sachbearbeiterin, ihre Nummer. Das Warten schrumpft. Endlich.

Noch 5 Monate und 14 Tage

»Ah, na schau, da ist aber schon ein bisschen Party am Kinn.«

Dan steht vor mir im Le Sausage, während ich mit drei Tellern voller Fett, Wurst und mehr Fett hantiere, und krault mir ohne Vorwarnung das Kinn. Es gibt nichts, was ich mehr hasse, als am Hals angefasst zu werden. O.k., vielleicht generell irgendwo angefasst zu werden. Noch dazu von Dan. Als hätte meine Johann-Entscheidung jegliche Grenzen gesprengt, prischt er mit Karacho über alles weg, was Erziehung im Idealfall in die soziale Brotzeitdose packt. Wieso fasst er mir einfach ins Gesicht? Was soll das? Fasst er Frauen einfach an den Hintern, weil er der Meinung ist, dass da auch schon ein bisschen Party ist? Ich habe Gänsehaut. Nicht die Gänsehaut, die in Schlagersongtexten beschrieben wird. Meine Haut ist holprig und erschrocken und läuft flüchtend gegen sich selber. Ich versuche, an Dan vorbeizukommen. Was soll ich zu ihm sagen? Er ist mein Chef. Obwohl er meiner Vermutung nach einer der größten Idioten ist, die sich auf diesem Planeten tummeln, habe ich ein paradoxes Obrigkeitsgefühl. Nicht, dass ich besonders ergeben wäre, aber ich mache auch nicht den Mund auf, um ihm zu sagen, dass er mir gefälligst nicht ins Gesicht fassen soll, nur weil eine Laune oder das Kokain ihn dazu beflügeln. Nachdem ich das »Essen« an den Tisch gebracht habe, gehe ich zurück in die Küche und stelle mich neben Kalle an den Grill, um auf die nächste Bestellung zu warten. Im Fettspiegel, der an der Wand darüber hängt, sehe ich uns beide. Es dauert eine Sekunde, bis ich mich erkenne. Mir fallen die ersten Veränderungen auf. Durch die Schlieren und Verunreinigungen. Ich wirke breiter. Massiger. Als hätte man zu schnell zu viel Luft in mich gepumpt. Am Kinn ist tatsächlich eine Art Flaum. Weit entfernt von einer Party, eher Jugendweihe. Vereinzelte Haare stehen verkrampft in meinem Gesicht herum und trinken Limonade, während sie sich schüchterne Blicke zuwerfen. Kalle pfeift neben mir, schaut nicht in den Spiegel. »Schöner, fremder Mann«, dummer Zufall. Trotzdem passend. Bezüglich der Schönheit vielleicht nicht, aber fremd bin ich durchaus noch. Ich bin ein bisschen größer als Kalle. Er hat so regen Bartwuchs, dass sein Gesicht ständig aussieht, als befände es sich im Halbschatten. Selbst wenn er frisch rasiert ist. Ich beneide ihn sehr. Ob er sich darüber jemals Gedanken gemacht hat? Sich selbst und seinen Entwurf in der Welt? Ob er sich gefreut hat, als er seinen ersten Flaum bekam, und nicht, wie ich damals in der Pubertät, in dunkle Verzweiflung gesunken ist wegen all der Dinge, die sich mein Körper so ausgedacht hat? Hat er sich immer richtig und eingerastet gefühlt? Komplette Übereinstimmung von innen und außen? Ich würde es gerne wissen, weil es für mich so wenig nachvollziehbar ist, dass man sich so fühlen kann. So eindeutig richtig und leicht. Neulich habe ich Kalle eine Sprachnachricht geschickt, weil ich zu spät dran war. Als ich im Le Sausage ankam, war er gerade dabei, sie abzuhören. Ich habe meine Stimme nicht erkannt und mich gefragt, ob heute jemand Neues zu arbeiten anfängt, den ich noch nicht kenne, und wie unsouverän es denn bitte ist, gleich am ersten Tag zu spät zu kommen. Bis mir dämmerte, dass das meine Stimme ist. So tief. Und tatsächlich, nun, männlich. Ich musste lachen, weil ich mich so gefreut habe. Kalle hat mich verwirrt angeschaut, weil er wohl dachte, ich wäre endgültig übergeschnappt. Ich habe das kleine Glück über meine neu entdeckte Stimme eingekapselt und für mich behalten. Manche Dinge zerfasern, wenn man sie platt walzt, um sie zu erklären. Was hätte ich ihm auch sagen sollen? Ich klinge so schön? Wie ein sehr junger Barry White, der vielleicht ein bisschen zu viel geschrien hat und etwas heiser ist? Von der feengleichen Mädchenstimme, die sich mit brüchigen Armen durch meinen Hals hangelt, ist nicht mehr viel übrig. Vielmehr sitzt die Stimme behäbig auf einem Ohrensessel und hat die Füße übereinandergeschlagen. Barry White eben. Ich tauche aus meinen klangmalerischen Überlegungen auf und blicke wieder in den fettigen Spiegel. Wir zwei nebeneinander. Seine Anziehsachen sind wahnsinnig sauber. Kein einziger Fettspritzer ist zu sehen. Wie macht er das? Ich wirke immer, als hätte ich mich in einer Pfütze gesuhlt, wenn meine Schicht im Le Sausage vorbei ist. Ein Action-Painting aus Ketchup, Zwiebeln und Ingwer-Shots, die gemeinsam und vereint auf mir verkrusten. Es rumpelt, die Tür zur Küche öffnet sich und Dan kommt herein. Als ich Micha mal von Dan und seinen Idiotien erzählte, meinte er, dass niemand so eindimensional sein könnte, wie ich ihn beschreibe. Das wäre nicht möglich. Selbst Disneyschurken hätten mehr Facetten als er. Niemand könne so beständig nervig und breit gefächert bescheuert sein. Aber es ist so. Dan ist nur die schrill bemalte Außenfassade einer Kulisse, auf die alle hereinfallen, die aber umkippt, sobald man sie anstupst. Leider stupst niemand, weil alle zu beschäftigt damit sind, ihn zu bejubeln und zu beklatschen oder Dinge umsonst zu bekommen. Schnaps, ein bisschen Aufmerksamkeit und Wurst. Ein narzisstischer Blender, der das Klatschen der anderen atmet und so wenig Definition hat, das die Spalte neben seinem Foto, wäre er ein Dudeneintrag, einfach leer bliebe.

Dan stellt sich neben uns, nimmt eine Wurst, sieht sie an und meint:

»Das ist Kunst. Wir machen aus Wurst Gold. Manchmal denke ich mir, dass Gott auch nichts anderes gemacht hat.«

»Gott hat aus Wurst Gold gemacht?«

»Im übertragenen Sinne hat er das. Und hier passiert nichts anderes, meine Freunde.«

Seine Lider flattern, als wollten sie davonfliegen vor all dem Stumpfsinn. Leider sind sie festgewachsen und müssen verweilen. Das Kokain in Dan meldet sich offensichtlich mal wieder zu Wort, erkennbar an Größenwahn und Gesichtsdisco.

»O.k., verstehe, Dan. Danke für deine Einführung zur Schöpfungsgeschichte.«

»Klar, man muss die Welt neu denken. Sie in 3-D betrachten und umdrehen. Oder 4-D. Gibt es 5-D? Habe ich nicht recht, Würstchen? Ich habe immer recht, weil alle anderen einfach Idioten sind. Und, um ganz korrekt zu sein, Idiot*innen. Ich will in meinem diversen Laden politisch korrekt sein.«

Seine Lider flattern in meine Richtung. Dann hebt er seine fettbeschmierte Hand, ich sehe, wie sie sich meinem Gesicht nähert, und krault mein Kinn. Meinen halb ausgedachten, halb schüchtern realen Jugendweihebart. Sehr dicht steht er vor mir. So nah, dass ich seiner Stumpfheit in die Augen sehen kann. Sie rieche. Förmlich schmecke. Auf einmal ist alles voller Wut. Ich schlage seine Hand weg, schubse ihn. Die Wurst fliegt auf den Boden. Er sieht mich maximal verwirrt an.

»Was soll das heißen? In deinem diversen Laden politisch korrekt sein? Einen Scheiß bist du. Du bist ein dummer, heuchlerischer, profitgeiler und übergriffiger Wichser, der nichts geschissen kriegt. Nichts an deinem Drecksladen ist divers. Bis auf deine Dummheit. Und hör auf, mich anzufassen. Hör auf, irgendwen einfach anzufassen. Du bist nicht Gott. Du bist bloß ein unfähiger Bro, der geerbt hat. Du bist ein Haufen Scheiße. Jeder Zentimeter von dir. Jeder

Gedanke. Alles, komplett. Mein Bart geht dich einen Scheiß an. Du nennst mich nie wieder hormongesteuerte Transe. Ich bin nicht dein Würstchen. Du kannst dir dein ganzes unnötiges Dasein in den Arsch schieben. Mach deinen Dreck alleine.«

Habe ich das wirklich gesagt oder, wie sonst immer, nur gedacht? Es kommt mir vor, als schwebte ich friedlich über mir. Ein entspannter Zustand. Langsam betrete ich wieder meinen Körper und schaue, was ich angerichtet habe. Alles noch da. Alles bis auf meinen Job vielleicht. Kalle und Dan stehen vor mir. Beide haben den Mund geöffnet. Was irgendwie lustig ist. Ich hatte immer gedacht, dass es das gar nicht gibt, dass jemand so perplex ist, dass der Mund nicht mehr zugeht. Was ist, wenn sie sich nie wieder bewegen? Einfach versteinert in dieser fettigen Küche stehen bleiben, in tausend Jahren als Fossilien entdeckt werden und Forschende sich fragen, was es mit diesen beiden Exemplaren wohl auf sich hatte. Welcher Vulkan sie derart überraschte, dass sie mit offenen Mündern versteinert wurden. In meine archäologischen Fantasien drängt sich eine Stimme.

»Du machst jetzt, dass du rauskommst! Lass dich nie wieder hier blicken.«

Ich ziehe meine dreckige Schürze aus, werfe sie Dan vor die Füße und verlasse die Küche. Nehme meine Jacke von der Garderobe, gehe an den glotzenden Gästen und ihren vollen Mündern vorbei und trete nach draußen. Endlich draußen. Frische Luft, kein Gestank. Kein Job. Aber ich bin so leicht. Hat mich all die verschlossene Wut über die Jahre so schwer gemacht und auf den Grund gezogen? So viel Blei und so viel Berg? Wie viel wiegt Wut? Ich beschließe, mich zu Hause auf die Waage zu stellen, um meinen Gedanken eventuell belegen zu können. Dann gehe ich los, lasse mich von der Dunkelheit und meiner Freude verschlucken und muss mich beherrschen, nicht den ganzen Heimweg lauthals zu lachen.

Noch 5 Monate

Die über Monate aufgezogene Feder löst sich, schießt los und sorgt für einen ordentlichen Schub nach vorne. Was zum einen darin begründet ist, dass ich meiner aufgestauten Wut auf Dan und seine berstende Idiotie die Tür geöffnet habe und mich nicht mehr andauernd mit Fett und Würstchen auseinandersetzen muss. Zum anderen, weil vor mir mein neuer Ausweis, mein Führerschein und mein Pass liegen. Außerdem der Sozialversicherungsausweis. Meine 33 Euro Rente sind mir sicher. Das Foto, das auf allen Dokumenten prangt, wirkt, als wäre ich ein Kriegsverbrecher auf der Flucht. Fahl und zerlöchert stiere ich in die Kamera, als hätte sich dahinter die bösartige Ork-Population versammelt, um mich nach der Aufnahme zu knebeln und mit Schnee abzureiben. Warum habe ich kein gutes Foto genommen? Wobei, sieht man auf Passfotos jemals gut aus? Was soll ich mit meinen neuen Dokumenten anstellen? Mir eine Jacht kaufen? Ein Haus? Mich waghalsig von der Polizei kontrollieren lassen, um ihnen glücklich meinen neuen Ausweis in die gierigen Gesichter zu strecken? Vielleicht fange ich klein an und kaufe mir als Erstes ein Eis mit meiner neuen EC-Karte. Und zeige sicherheitshalber meinen Ausweis dazu. Mein zweiter Besuch beim Bürgeramt war schnell und unaufgeregt. Ich habe 37 Euro für meinen Personalausweis gezahlt. 60 Euro für den Reisepass, 35 Euro für den Führerschein. 132 Euro für ein neues, offizielles Leben. Zum Schluss hat die Sachbearbeiterin ihre ganze Empathie ausgepackt und mir alles Gute gewünscht. Hoffentlich nicht, weil ich so wirke, als ob ich das dringend gebrauchen könnte. Obwohl es sich manchmal so anfühlt. Ich habe keinen Job, bin auf dem halben Weg einen steilen Berg hinauf, und trotzdem lockert sich das Korsett, das mich so andauernd einschnürt. Ich kann Luft holen, einatmen und eine kleine Freude darüber empfinden, allen

Widrigkeiten zum Trotz am Leben zu sein. Ein unerforschtes Gefühl. Die Frage ist, wie soll es weitergehen? Ein einziges frohes Gefühl eignet sich wenig als Beruf und Einkommensquelle. Für Louise war und ist das Le Sausage ein Nebenjob, um ihr Studium zu finanzieren. Ich war quasi hauptberuflich Würstchen, habe nichts anderes getan, als mich mit Fett und dem Suff der anderen auseinanderzusetzen. Und manchmal mit Kalle alte Schlager zu singen. Weit weg von der großen Theaterkarriere, die ich mir unscharf ausgemalt hatte. Ich liege auf dem Rücken auf einer Wiese irgendwo auf dem Tempelhofer Feld. Vielleicht genau in der Mitte. Man sieht mich nicht, das Gras ist hoch. Bestimmt gibt es hier auch Zecken. Aber so eingepackt wie ich bin, müssten sie eine mehrtägige Tour unternehmen, um auf Haut zu stoßen. Die Luft um mich duftet nach Zuckerwatte. Riecht leicht und fröhlich. Als wäre ich in eine übergroße Keksdose gepurzelt. Der Himmel ist sehr blau. Bestimmt gibt es einen Namen für diese Farbe. Ich kenne ihn nicht, ich weiß nur, dass er aussieht, als wäre der Ozean ausgelaufen und hätte sich dort oben ein neues Zuhause gesucht. Nur das Glitzern fehlt. Vielleicht liegt das irgendwo anders herum. In den Scherben auf dem Kottbusser Damm. Von der süßen Luft bekomme ich Hunger, ich hätte gerne Kekse. Um die Ecke ist eine Keksfabrik. Sie haben einen Laden, der ans Werk angeschlossen ist, in dem man sich ruinierte Kekse kaufen kann. Die kosten dann weniger Geld, weil sie nicht der Keksnorm entsprechen. Ramponiertes Gebäck. Bin ich auch ramponiertes Gebäck? Dummer Gedanke. Ob Louise schon weiß, dass ich das Le Sausage mit wehenden Fahnen verlassen habe? Was sie wohl darüber denkt? Manchmal bin ich kurz davor, ihr zu schreiben. All die Erinnerungen, das Schöne, das Nahe, zerrissen wegen eines einzigen Streits. War es wirklich nur dieser eine Streit?

Der Himmel ist immer noch sehr blau. Langsam mischt sich Rot dazu. Als hätte jemand im Ozean sich in den Finger geschnitten. Es wird kühler, jetzt, da die Sonne das Weite gesucht hat. Ich stehe auf, schüttele mich, um mögliche Zecken loszuwerden, und steige auf mein Rad. Das Tempelhofer Feld war früher ein Flughafen. Mitten in der Stadt. So was denken sich Menschen aus, die nicht mitten in der Stadt leben müssen. Ich steuere auf eine der ehemaligen Landebahnen zu und fahre Richtung Ausgang. An ihrem Ende sehe ich einen Stand, der mir bisher noch nie aufgefallen ist. Beim Näherkommen erkenne ich einen Mann, der gerade seine Sachen zusammenpackt. Um ihn herum eine Kaffeemaschine, Reste von Gebäck und Brot. Der Hunger rüttelt wieder.

»Hey, hast du schon zu oder verkaufst du mir noch was?«

»Eigentlich habe ich schon zu. Aber kein Ding, was willst du haben?«

»So ein Brot. Was ist das?«

»Sauerteigbrot aus Weizen, machen wir alles selber bei uns in der Bäckerei. Keine Chemie, keine Zusatzstoffe, nur das gute Zeug.«

»Nur das gute Zeug? Das klingt, als würdet ihr Kokain in euer Brot packen.«

Er lacht.

»Genau. Deswegen lieben die Leute unser Brot so. Sag mal, du kommst mir irgendwie bekannt vor. Kann es sein, dass du im Le Sausage arbeitest?«

»Bis vor Kurzem. Jetzt nicht mehr.«

»Um ehrlich zu sein, bin ich immer rabenvoll, wenn ich da bin, deswegen war ich mir nicht sicher. Bei uns in der Bäckerei suchen wir gerade Leute. Aber leider nur Auszubildende.«

»Um Bäcker zu werden?«

»Nein, Sauerteigbrot. Klar, um Bäcker zu werden. Du

stellst Fragen. Ist der beste Beruf, ehrlich. Schau mal vorbei, dann kannst du auch mehr Kokainbrot kaufen.«

Er gibt mir eine Visitenkarte mit einem Brot drauf. Hat das Brot eigene Visitenkarten? Das Brot hat mehr beruflichen Erfolg als ich.

»Mache ich. Danke dir.«

Er nickt, schnappt sein Lastenrad und fährt davon. Winkt noch einmal, als wären wir beste Freunde. Bäcker sein. Warum nicht. Besser als Würstchen klingt es auf jeden Fall.

Noch 4 Monate und 6 Tage

Die aktuelle Durchschnittstemperatur liegt bei 38 Grad im Schatten. Die Straßen sind so heiß, dass sie einem quasi ins Gesicht brüllen. Der Sommer dehnt sich über seine Jahreszeit hinaus. Es ist Ende September und ein Ende der Hitze nicht in Sicht. Der Beton ächzt unter der klimatischen Wirklichkeit und schafft es auch nachts nicht, sich abzukühlen. Ich hingegen ächze unter der Tatsache, dass mir Haare an den komischsten Stellen meines Übergangskörpers wachsen. Auf dem Rücken, den Füßen und in der Nase. Warum bekommt man Haare auf dem Rücken? Diesem Ort, den immer nur andere sehen? Zufällig habe ich die Haare entdeckt, als mein Shirt verrutscht ist. Mein Gesicht ist immer noch so leer wie eine Bushaltestelle ohne Häuschen im Regen. Vereinzelt blinzeln Härchen Richtung Licht und fragen sich, was sie hier sollen.

Micha und ich jagen auf unseren Fahrrädern der Erfrischung nach. Das Problem ist, dass wir eigentlich immer weiterfahren müssten, um nicht von der abrupt einsetzenden Hitze erschlagen zu werden, sobald wir anhalten. Wir fahren vorbei an Kinderwägen, genervten Autofahrern, Dealern, vermülltem Grünstreifen, Trockenheit, stinkender Armut. An den Eisdielen bilden sich lange Schlangen. Es sind Schneeanzugtage. Ich bin zu dick angezogen. Als wäre ich in all die Kleidung, die die anderen abgelegt haben, geschlüpft. Micha fährt kurz neben mir, jauchzt, weil ihm die Geschwindigkeit Spaß macht. Er hat Shorts an und ein enges weißes T-Shirt. Man sieht seine Muskeln. Er hat sich die Haare auf dem Kopf abrasiert, sein Gesicht ist sehr stoppelig, er wirkt so richtig und fein abgestimmt. Alles an ihm hat Kraft und Wucht. Er sieht sehr schön aus. Kurz ist da der Gedanke, ob ich in Micha verliebt bin. Dann merke ich, dass ich einfach nur gerne so wäre wie er. Nachdem wir uns erschöpfend lange durch die Stadt und ihre Hitze gejagt haben, suchen wir uns einen Platz im Schatten. Irgendein Schatten. Unter einem Baum in einem Park. Die Luft ist voller Grillnebelschwaden. Träge Männer umringen ihre Grills und wenden abnormal große Fleischstücke. Was waren das für Tiere? Dinosaurier? Micha gibt mir alkoholfreies Bier und riecht an seinem Unterarm.

»Sommer und Sonne machen, dass ich dufte. Der Winter kann das nicht. Der Winter ist geruchslos. Deswegen mag ich ihn auch nicht.«

»Weil man nichts riecht? Was ist denn mit der Kälte? Die ist doch viel schlimmer.«

»Aber wenn es gut riechen würde in der Kälte draußen, dann wäre alles nicht so wild, finde ich.«

Er hält seinen Unterarm immer noch unter seine Nase und schnuppert. Dann riecht er an seinem Bein.

»Hier auch! Erst dachte ich, dass es vielleicht nur an den Armen so ist. Ich rieche gleich mal an meinem Bauch.«

Er zieht sein T-Shirt aus und legt es neben sich, dann streckt er sich und legt sich auf den Rücken. Atmet sein Leben ein und aus. Die gegrillte Luft, die Sonne und den heutigen Tag. Sein Bauch wölbt sich dabei nach innen. Die Haare auf seiner Brust sind verschwitzt, werden vom Außen getrocknet. Mein Neid auf diesen Körper fühlt sich beinahe brennend an. Ich schaue weg, hin zu den grillenden Männern und den Frauen, die im Schatten sitzen und diskutieren. Ich ziehe vorsichtig meine lange Hose ein bisschen hoch und wundere mich, dass kein zischender Dampf entweicht. Mir ist sehr heiß. Die Männer um die Grills sind größtenteils oben ohne. Auf der Wiese spielen ein paar Typen Fußball ohne Shirt. In Grüppchen verteilt blitzen immer wieder blanke männliche Oberkörper.

»Warum ziehen Männer immer sofort ihr Shirt aus, wenn es heiß ist?«

»Bitte?«

Micha liegt etwas gekrümmt, weil er versucht, an seinem Bauch zu riechen, was, vorsichtig formuliert, etwas pervers aussieht.

»Micha, du siehst etwas schräg aus. Was machst du denn?«

Er richtet sich wieder auf. Kurz überlegt er, dann fragt er mich:

»Und was war das mit dem Ausziehen? Also, warum Männer immer gleich ihr Shirt ausziehen? Ist doch o.k., wenn ihnen heiß ist.«

»Ich frage mich nur. Alle Typen sind nackig und die Frauen nicht.«

»Sie können sich doch auch ausziehen, hält sie doch keiner von ab.«

»Wenn hier alle Frauen oben ohne rumflitzen würden, wäre das Geschrei wahrscheinlich groß, oder?«

»Mir wäre das egal.«

»Dir schon.«

»Was ist mit dir? Kommenden Sommer. Was wird dann sein? Wirst du nie dein Shirt ausziehen? Nach all den Jahren im Schneeanzug? Hast du da keinen Bock drauf?«

»Doch, schon. Aber ich werde Narben haben. Dann glotzen die Leute. Es ist irgendwie nicht das Gleiche. Wir werden nie auf gleicher Höhe sein. Nicht mit der gleichen Leichtigkeit.«

»Keine Ahnung. Vielleicht schon.«

»Hast du jemals über dein Mannsein nachgedacht?«

»Wie meinst du?«

»Na, ob du dich infrage gestellt hast oder mit dem Mannsein nicht klargekommen bist?«

»Ich hatte nie den Wunsch, eine Frau zu sein, falls du das meinst …«

»Nein, das meine ich nicht. Nur weil man über sein Mannsein nachdenkt, heißt es doch nicht, dass man eine Frau sein möchte. Hast du das Konzept Männlichkeit infrage gestellt? So was in der Richtung.«

»Nein, irgendwie war es nie nötig. Es war halt immer so. Ich wollte immer mehr Haare auf der Brust und dickere Oberarme. Aber das war es. Es fühlt sich richtig an, so, wie es ist. Aber ich habe auch nie darüber nachgedacht, um ehrlich zu sein.«

»Mannsein klingt relativ bequem.«

»Ach, keine Ahnung, ob man das so sagen kann. Es gibt doch auch Männer, die sich nicht so gerne mögen und mit Sachen kämpfen.«

»Aber das System mag Männer. Dann ist es vielleicht nicht so schlimm, wenn der Einzelne sich hasst.«

»Johann, Bullshit, es geht immer um den Einzelnen. Das haben wir doch in der Psychiatrie gelernt. Abgesehen von Tischtennis.«

»Ich weiß auch nicht, warum ich bei dieser Hitze mit so großen Fragen komme.«

»Vielleicht ziehen Männer wirklich ein bisschen zu oft ihr Shirt aus, kann schon sein.«

Ich kneife die Augen zusammen und betrachte die Blätter an den Zweigen über mir. Ihre Schemen sehen aus wie ein T-Rex, der versucht, uns Luft zuzufächeln.

»Sag mal, ist das dahinten Sam? Kann das sein?«

Kurzer Sturm, schneller Alarm in der Brust. Ich folge seinem Finger, an dessen Ende Sam auftaucht. Wie lange habe ich sie nicht gesehen oder gehört? Monate? Jahrhunderte? Irgendwas um den Dreh. Dafür, dass ich sie in mir untergegangen geglaubt hatte, taucht sie schnell wieder nach oben. Dann allerdings treibt sie auf der Oberfläche und nichts weiter regt sich in mir. Als hätte ich mich kurz vor etwas erschrocken, um dann zu merken, dass es nur ein Schatten war.

»Scheint so. Sie sieht etwas fertig aus.«

Aus der Ferne wirkt sie kleiner, als sie ist. Die Hitze lässt sie fahrig und egal aussehen. Ihr sehr weißer Körper wirkt wie Plastik, das geschmolzen ist. Warum ist mir das früher nie aufgefallen? Sam ist geschmolzenes Plastik an einem zu heißen Tag im Sommer. Brennendes Plastik riecht nicht nach Sonne und Freiheit, sondern raubt den Atem und vergiftet. Passt auch irgendwie.

»Alles gut?«

Micha sieht mich an.

»Alles gut.«

Sie sieht uns nicht und geht weiter. Wir sind sicher im Schatten unter unserem Baum. Sie dort draußen in der Hitze, wir weit weg. Zumindest weit genug. Bald ist sie so weit entfernt und klein, wie sie es wahrscheinlich schon immer war.

Noch 4 Monate und 3 Tage

Mein Gesicht ist sehr vereinzelt struppig, es sieht nach einer ratlosen Wiese aus. Wenn ich an Barbiersalons vorbeigehe, beneide ich die Männer, die zufrieden und gemeinschaftlich dort sitzen. Abgetrennt durch Sozialisation und Fensterscheiben. Getrimmt und gestutzt im Gesicht, wie mit Lineal und Zirkel bearbeitet. Diese schönen Bärte. Small Talk mit dem Barbier. Nonchalant und beiläufig verlassen sie nach ihrer Routine das Geschäft. Ich will auch zum Barbier. Mein Bart ist zwar so spärlich, dass mich ein Hamster mit einem Niesen frisieren könnte, aber egal. Micha erklärt sich bereit, mit mir gemeinsam meinen ersten Besuch zu bestreiten. Sein Bart ist prächtig. Vielleicht lenkt das die Fachkräfte von meiner kargen Behaarung ab. Micha hat einen Stammbarbier und lobt ihn ausgiebig. Wir treffen uns ums Eck und umarmen uns.

»Ich weiß nicht, ob ich das hinkriege, ich fürchte mich ein bisschen. Trinken wir vorher einen Schnaps?«

»O.k., klar, hier?«

Wir stehen vor einer Kaschemme namens »Zum Absturz«. Sie wirbt mit Fußball, Schnaps für 1 Euro und guter Laune. Hier ist sie also, die gute Laune. Wir gehen hinein. Es ist dunkel, man sieht nichts. Irgendwo im Hintergrund ein Billardtisch. Vorne lehnen zwei überzeugte Trinker am Tresen und drehen sich um, als wir den Laden betreten. Vor den beiden und hinter dem Tresen steht die Wirtin. Sie wirkt riesig und sehr runzelig. Als hätte sie der jahrelange Kneipenrauch ausgedörrt und jegliche Flüssigkeit aus ihrem Körper gezogen.

»Die Herren, was darf es sein?«

Die Herren ... Feuerwerk.

»Zwei Bier, bitte.«

»Kommt sofort, setzt euch.«

Wir lehnen uns an einen der ersten Stehtische.

»Wollen wir Billard spielen?«, fragt Micha.

»Ich kann kein Billard.«

»Ist doch egal, ich kann es auch nicht.«

Neben dem Billardtisch lungert eine zerfledderte Gestalt. Während wir uns nähern, fixiert sie uns und pinnt ihre schwirrenden Augen an uns fest. Zumindest versucht sie es in ihrem Rausch.

»Na, Jungs, spielen wir eine Runde? Wie heißt ihr?«

»Johann.«

»Micha.«

»Mein Name ist Nagel. Freunde nennen mich Mörder-Nagel.«

Freunde nennen ihn Mörder-Nagel? Wir fangen mit unserer Partie an. Mörder-Nagel taut sehr schnell auf. Während wir spielen, erzählt er Geschichten aus dem Knast und lädt uns zu seinem Geburtstagskegeln ein. Wir trinken mehr Bier. Dazu Schnaps. Nach einigen Runden bin ich ziemlich voll. High Five mit Mörder-Nagel. Dann mit Micha. Verbrüderung. Wir sind alle eins. Männerrunde. Mehr Bier. Mehr Schnaps. Mut schwimmt obenauf, jetzt, da er genügend Flüssigkeit hat. Mörder-Nagel lacht, klingt dabei zugleich wütend und heiser. Aus der Jukebox ballert Wolfgang Petry. Micha summt mit. Wenn ich über meine Wange streiche, macht es ein kleines kratzendes Geräusch. Ich mache es in meinem Suff sehr oft und wirke wahrscheinlich, als würde ich mir über meine Billardzüge sehr viele Gedanken machen. Soll diese Kugel ins Loch? Schab, schab. Doch, das scheint sinnvoll. Schab, schab. Ein Schluck Bier. Mein Bauch gluckert, mein Gehirn auch. Mörder-Nagel wiegt sich im Takt. Dazu knickt er in der Hüfte ein, bleibt mit dem Oberkörper gerade und schiebt seinen Hintern horizontal nach links und rechts. Er wirkt wie ein Besen mit Scharnier, der am Boden festklebt und versucht, sich zu befreien. Er war wegen gefährlicher Körperverletzung im Knast. Gerade ist es schwer vorstellbar. Mir fällt auf, wie klein seine Hände sind. Zwei Finger sind gelb vom Rauchen. Wenn er lacht, sieht man seine Zahnlücken, maroder Zaun, der nichts verbirgt. Neue Kippen zündet er an den alten an. Er ist die ewige Flamme, olympisches Feuer. Nur die Mullbinden um die Brust erinnern mich an mich selbst. Die Angst vor dem Enttarntwerden beim Barbier ist weg und wurde durch blinden Wagemut ersetzt. Bis auf die Wirtin ist keine einzige Frau im Laden. Nur traurige und zerfaserte Männer, vereint darin, ihre Depressionen tiefer in den Schnaps zu drücken, in der Hoffnung, sie dadurch zu ertränken. Wie viele Runden haben wir eigentlich schon gespielt? Das Spiel ist zu Ende. Keine Ahnung, wer gewonnen hat. Ich sehe Micha an und frage:

»Sollen wir zum Barbier? Ich glaube, ich bin betrunken genug.«

Mörder-Nagel sieht auf.

»Was? Wir sind noch nicht fertig.«

»Nagel, wir haben einen Termin. Wir müssen los.«

Micha packt seinen Rucksack und zieht ihn an. Ich schlüpfe in meine Jacke und suche in den Taschen nach Geld.

»Ich will noch weiter Billard spielen und trinken, also müsst ihr bleiben.«

»Haha, wir müssen bleiben? Mein Vater hat immer gesagt, man muss gar nichts außer Kacken und Sterben.«

Ich versuche lustig zu sein und merke nicht, dass die Luft brennt. Dass Mörder-Nagel nicht zu Scherzen aufgelegt ist und wir uns, ohne es zu merken, dazu verpflichtet haben, ihn zu bespaßen. Zu tanzen, wenn ihm danach ist. Wann genau ist das passiert? Seine Hände sehen immer noch so klein aus.

»Willst du mich dumm anmachen? Was ist los mit euch kleinen Fotzen?«

Die Moleküle im Raum nehmen eine andere Haltung ein. Streichholz, Benzin, zischende Aufgestautheit.

»Nagel, was ist los? Warum sagst du das?«

»Was?«

»Fotzen. Warum nennst du uns Fotzen?«

»Ich sage so oft Fotze, wie ich will. Ihr Fotzen. Braucht ihr aufs Maul? Ich habe gesagt, dass ich weiterspielen will, und dein schwuler Kollege erzählt mir was vom Kacken und Sterben.«

Wo ist die Verbrüderung? Das Gemeinsame. Das aufgebaute Suffvertrauen. Mörder-Nagel ist angezündet, lodert unverstanden vor sich hin. Von einer Sekunde auf die andere. Warum passiert das? Was haben wir gemacht? Er steht auf, ist größer als wir beide. Vor allem in seinem Hass. Wo kommt all der Hass auf einmal her? Wird das meine erste Kneipenschlägerei? Wir drei stehen uns gegenüber. Das Dreieck ist die stabilste Form in der Geometrie. Ist es erst einmal an seinen drei Eckpunkten fixiert, kann es seine Form nicht mehr verändern, nicht wackeln oder verbiegen. Stabil an unserem Dreieck ist nur das Unbehagen und das Unauflösbare, die Fronten, die einander gegenüberstehen. Wenn wir fallen, fallen wir gemeinsam. Wo ist die Wirtin?

»Ey, Nagel, passt schon. Komm runter.«

Micha will schlichten. Ich nur eine neue Frisur. Die Aufmerksamkeit im Raum schwappt zu uns. Der Rest wittert Spektakel. Die Meute lechzt nach Aufregung.

»Wieso soll ich runterkommen, kleine Hipsterschwuchtel. Damit ich dein schwules Gelabere besser hören kann?«

Jetzt ist wahrscheinlich nicht der Moment, um Mörder-Nagel ein Gesprächsangebot zu machen. Ihm zu sagen, dass seine Gewalt doch eigentlich nur Ventil für die Wortlosigkeit ist, für all das Ungesagte und Aufgestaute, seine Trauer, die Wut, das Abgehängtsein, all die Gefühle, die sich in ihm stapeln und keinen Raum mehr haben. Zwischen uns der Billardtisch und Welten. Köpfe drehen sich in unsere Richtung. Die Körper selbst sind mit dem Tresen verwachsen und verwurzelt im alltäglichen Suff. Man taucht aus der Tristesse nach oben, riecht das nahende Gewitter. Ablenkung? Endlich nicht mehr nur an das eigene Unglück denken. Kann man ein bisschen zündeln? Ob Micha auch so viel denkt oder bin ich der Einzige, der vor einem Faustkampf Theorien über das Patriarchat im Kopf herumschiebt? Warum spiele ich Tischtennis, statt mich in einem Boxclub mit meiner neuen Männlichkeit auseinanderzusetzen? Tischtennis. Wie dämlich und alltagsuntauglich kann man sein? Wo lernt man, wie man sich in so einer Situation zu verhalten hat? Bei Gelegenheit muss ich Micha fragen. Wie kippelig die Stimmung war. Auf einem Bein ist sie balanciert. Betrunken und heiter. Um im nächsten Augenblick zu stolpern und sich das Knie aufzuschlagen. Mir ist heiß. Muss ich irgendwas beweisen? Ist das alles ein Initiationsritus? Ich will nicht initiiert werden. Wenn das der Anfang von etwas ist, würde ich gerne zum Schluss vorskippen. Auf einmal steht Mörder-Nagel sehr dicht vor mir. So dicht, als wollte er mich küssen. Sind Liebe und Gewalt wirklich so nah beieinander? Ich rieche den Rauch, den Suff, er packt mich mit seinen kleinen Händen. Während er mich gegen die Wand drückt, wundere ich mich noch, dass das überhaupt geht, wo sie doch so klein sind, alles ist eine komische Mischung aus Zeitlupe und viel zu schnell. Verdrischt er mich jetzt?

»Na, immer noch so witzig, du Schwuchtel?«

Die Holzvertäfelung hinter mir scheint nachzugeben, als

er mich dagegendrückt. Ist das Haus elastisch? Ich bin starr, kann mich nicht bewegen. Ich will nicht verprügelt werden. Was, wenn Sanitäter kommen müssen und mich ausziehen, um mich behandeln zu können? Dann würden alle sehen, was Sache ist. Wer ich bin. Oder eben nicht bin. Man würde mich auslachen und verachten. Warum denke ich in diesem Moment daran? Micha schreit Mörder-Nagel an, dass er aufhören soll. Es ist insgesamt auf einmal sehr laut. Arena. Tosen. Mörder-Nagel immer noch sehr nah an mir. Plötzlich eine Frauenstimme. Die Wirtin schnappt sich Mörder-Nagel und redet auf ihn ein. Bauklötzchenworte, die ihn einmauern, wieder Verstand in ihn schütten. Er lässt mich los. Die kleinen Hände verschwinden. Die Wirtin zieht mich weg.

»Ich glaube, es wäre das Beste, wenn ihr jetzt geht. Nagel ist kein schlechter Kerl, aber er hat sich nicht immer gut unter Kontrolle. Manchmal tickt er einfach aus. Männer halt. Morgen tut es ihm sicher leid.«

Ehe wir uns versehen, stehen wir vor der Tür. Als ich mich umdrehe, sehe ich Mörder-Nagel schemenhaft auf und ab tigern. Ist das gerade wirklich passiert? Was ist gerade passiert? Ich spüre noch seine Hände an meinem Pulli. Diese kleinen Hände. Micha zieht mich weiter. Er ist blass.

»Alter, was für ein Penner. Ist alles o.k.? Lass uns erst mal setzen.«

Ich merke, wie weich sich meine Beine anfühlen. Als wäre eine Narkose eingeleitet worden und ich hätte mich vorzeitig davongemacht.

»Geht schon wieder. Gehört das zum Mannsein dazu?«

»Quatsch, natürlich nicht. Wer hätte geahnt, dass sich ein gestörter Knasti an uns zu schaffen macht.«

»Seine Hände waren ganz klein. Hast du das gesehen?«

»Darauf hast du geachtet? Dass seine Hände klein waren?«

»Genau. Weil ich mir die ganze Zeit dachte, wie absurd es ist, dass er so kleine Hände hat und uns damit verdreschen will.«

Initiation, die sich wie ein Ende anfühlt. Und ein Ritual will ich daraus schon gar nicht machen. Sind Männer so? Eine tröstende Umarmung wäre schön. Ohne mir zu nahe zu kommen. Ding der Unmöglichkeit. Also Seufzen.

Noch 2 Monate und 7 Tage

Ich sitze nach dem Training in der Umkleidekabine. Der Männerumkleidekabine meines Tischtennisvereins. Montag und Mittwoch sind unsere Tischtennistage. Selbst nach der Beinaheschlägerei mit Nagel sehe ich es nicht ein, mich für Kampfsport zu begeistern. Allerdings habe ich damit angefangen, zu Hause Hanteln zu stemmen, um zumindest breiter und furchterregender auszusehen. Ich bin ein wenig später dran als sonst. Was zur Folge hat, dass die Umkleide ziemlich bevölkert ist. Normalerweise sprinte ich direkt nach dem Training an meinen Spind, ziehe mich rasend schnell um und verlasse diesen Ort des Schreckens. Immer die Angst im Nacken. Die Sorge, dass ein Spruch kommen könnte. Oder Schlimmeres. Mich beeindrucken Menschen, die sich in ihrem Körper sichtlich wohlfühlen. Die sich selber Nobelherberge und nicht billige Absteige sind. Immerhin habe ich es schon geschafft, meine Hose auszuziehen und ein Handtuch um meine Hüften in Boxershorts zu wickeln. Überall sind Männer. Es ist sehr voll. Dampfig. Wie soll ich mich so umziehen? Ich sitze auf einer Bank, um mich herum viele hüpfende Penisse und generelle Nacktheit. Fünf Meter entfernt mein Spind. Umringt. Ich will hingehen, um meine Jeans zu holen, meine Sachen zu packen und schnellstmöglich nach draußen zu verschwinden. Warum lassen sich alle so viel Zeit? Machen sie das absichtlich? Falle ich auf, wenn ich einfach hier sitze und mich nicht ausziehe? Ich versuche, beschäftigt zu wirken. Was ein wenig überzeugender Akt ist, da ich halb nackt und verschwitzt auf einer Bank in einer Umkleidekabine sitze. Was genau sollte meine Beschäftigung sein? Unwahrscheinlich, dass ich gerade eine Herz-OP durchführe. Wo bleibt Micha? Normalerweise ist er mein Puffer, meine Rechtfertigung, dass ich hier sein darf. Dass ich berechtigt bin. Der Mann vom Spind neben meinem lässt sich Zeit. Er cremt sich hingebungsvoll ein. Danach föhnt er zuerst sein spärliches Haupthaar, dann sein Gemächt. Hingebungsvoll. Er lässt auch seinen Hintern nicht aus. Föhnt energisch zwischen den Backen. Bin ich unsichtbar? Warum sind andere Menschen in Umkleidekabinen so schambefreit? Weil ich ihre Scham für sie übernehme? Als er mit dem Föhnen fertig ist, holt er seinen Nagelclipper aus der Tasche und beginnt mit der Pediküre. In diesem Moment kommt Micha und setzt sich neben mich. Verschwitzt und glühend.

»Das war spitze. Ich habe das Gefühl, du wirst immer schneller. Liegt bestimmt am Doping.«

»Klar, ich lasse mir immer die doppelte Dosis Testo geben, damit ich besser Tischtennis spiele.«

»Ich dachte es mir. Bist du schon fertig? Ich würde noch kurz duschen.«

»Mein Spind ist blockiert. Ich warte noch.«

Für gewöhnlich habe ich die Umkleide verlassen, bevor Micha sich umzieht. Dieses Mal war ich zu langsam. Wir sind zur gleichen Zeit im Raum, müssten uns also voreinander umziehen. Eigentlich nichts Ungewöhnliches für zwei Freunde, die zusammen zum Sport gehen. Mir fällt auf, dass ich Micha noch nie nackt gesehen habe. Im Gegensatz zu allen anderen hier drinnen. Aber es hakt. Ich spüre sein Zögern. Schämt er sich vor mir? Er sitzt neben mir, nestelt an seinem Handtuch herum und scheint zu warten. Um uns herum Gespräche, Lärmen, Plaudern und Pimmel. Ich weiß nicht genau, wo ich hinschauen soll, weil ich mir immer noch vorkomme, als wäre ich undercover. Ein Eindringling auf fremdem Boden. Langsam zieht Micha sein Shirt aus, redet weiter mit mir über das Training, Tischtennis, dass er den Winter nicht mag, ob ich mal wieder was von Louise gehört habe. Dies, das. Dann die Jogginghose. Er steht in Unterhose vor mir, versucht, sich sein Handtuch um die Hüften zu binden. Es ist zu klein. Mein Spind wird noch immer vom Penisföhner blockiert. Warum gehe ich nicht einfach hin? Was soll passieren? Micha setzt sich wieder, legt das Handtuch über seine Beine und alles, was ihm anscheinend zu intim ist, und entledigt sich kompliziert seiner Unterhose. Sehr darum bemüht, sein Handtuch nicht zum Verrutschen zu bringen. Ich schaue weg. Versuche, gleichgültig zu wirken. Tue so, als würde ich nicht merken, wie er sich abrackert. Die Umkleide leert sich, mein Spind ist frei. Ich stehe auf, hole meine Sachen und schlüpfe in meine Hose. Das nasse Shirt lasse ich an. Pulli drüber, Jacke, zu Hause ausziehen und duschen. Klamm klebt es an mir. Kalt und feucht. Eine Notiz, die mich an mein Eindringen in fremde Räume erinnert. Daran, dass ich nicht hier sein sollte, weil ich nicht wie die anderen bin. Ich drehe mich wieder um, will Micha sagen, dass ich draußen auf ihn warte. Er ist nicht mehr da, ich höre ihn in der Dusche mit jemandem sprechen. Ob er immer noch seine Unterhose anhat? Wahrscheinlich nicht. Zieht er sich nicht vor mir aus, weil ich in seinen Augen kein Mann bin und es ihm unangenehm ist? Denkt er, dass ich nicht merke, wie er sich ziert? Ich bin nicht scharf darauf, Micha nackt zu sehen. Es ist mir völlig egal, wie es um seinen Schwanz bestellt ist. Ich will einfach, dass es kein Thema ist. Dass er sich mir gegenüber so verhält, wie er sich anderen Typen gegenüber verhält. Dass ich nicht denken muss, dass jegliches Gehabe sonst nur eine Scharade ist, die verpufft, sobald man die Hauptstraße verlässt und über Schotterwege rumpeln muss. Ich verlasse die Umkleide. Davor zieht es. Die Halle wird gelüftet, alle Türen stehen sperrangelweit auf. Meine nassen Klamotten verstärken den Windzug noch. Ich erinnere mich an eine Studie, in der es hieß, dass man sich nicht erkältet, wenn man friert. Dazu mussten sich die Teilnehmenden in nasser Kleidung für 60 Minuten in einen Windkanal stellen. Funktioniert so Forschung? Stimmt das? Warum bekommt man denn sonst eine Lungenentzündung, wenn man in kaltes Wasser fällt? Doch nicht, weil der Körper einfach so wahnsinnig Bock darauf hat. Die Tür zur Umkleide öffnet sich, Micha kommt heraus.

»O.k., frisch wie der junge Morgen. Sollen wir noch was zusammen trinken gehen?«

Warum halten die anderen alle Möglichkeiten in ihren geschlossenen Händen. Den geschlossenen Händen, die sie mir nicht zum Schütteln geben möchten? Ich habe die Unsicherheit der Umkleide noch nicht abgestreift und schaffe es nicht, Micha direkt anzusehen. Suche seine Augen irgendwo auf dem Boden vor mir. Oder in der verschwimmenden Ferne. Mir ist kalt. Der Zug nagt an mir, nibbelt mir die letzte Trainingswärme von den Knochen.

»Mir ist kalt, ich glaube, ich muss erst nach Hause und mich umziehen.«

»Mach das doch hier schnell. Ist fast keiner mehr da. Und selbst wenn, was sollen sie sagen? Ich stehe Wache.«

»Wache ... genau, Hauptsache, vor der Tür.«

»Was meinst du damit? Hauptsache, vor der Tür?«

»Du ziehst dich doch auch nicht vor mir um, weil es dir peinlich ist.«

»Weil es mir peinlich ist?«

»Das habe ich gesagt, ja.«

Unwohliges Knarzen in den Streben, die uns verbinden. Micha will den Vorwurf abschütteln. Ich fühle mich auf einmal sehr kompliziert. Warum kann nicht mal irgendwas einfach sein. Warum kann ich nicht einfach einfach sein? Stattdessen immer Stolpersteine und Unruhe. Johann kann dies nicht, Johann kann das nicht. Bla, bla, bla. Johann heult mal wieder, weil er seinen Namen nicht in den Schnee pinkeln kann. Mi, mi, mi. Johann kann nicht mitkommen, weil er sich nirgends umziehen kann. Johann will nicht schwimmen gehen, weil ihm im Schneeanzug zu heiß ist. Meh, meh, meh. Ich nerve mich. Mein dummes und andauerndes Nörgeln. Dass ich so sperrig bin, dass man mich nirgendwohin mitnehmen kann. Micha sagt nichts, klaubt seine Verlegenheit zusammen. Es ist mir unangenehm, mit meinem diffusen und eventuell falschen Gefühl rausgeplatzt zu sein.

»Egal, lass uns gehen, hier zieht es so.«

Im Treppenhaus ist mehr Zug, als würde der Wind mit der vorhandenen Luft um den besten Platz im Haus rangeln. Die klammen Anziehsachen machen sich bemerkbar, schmiegen sich eisig an die Gänsehaut, die sich um meinen Oberkörper rankt. Kletterhilfe für Kleinstorganismen, die sich millionenfach auf meinem Körper tummeln. Eklige Vorstellung. Draußen regnet es. Faire Geste seitens des Wetters. Wenn alles und alle nass sind, glättet sich das eigene Unwohlsein und verliert seine Spitzen. Wir gehen ein paar Minuten klamm und verhalten nebeneinander. Plötzlich bleibt Micha mit einem Ruck stehen, als könnte nur eine Vollbremsung die Wörter in ihm herausschleudern.

»O.k., vielleicht hast du recht mit dem, was du gesagt hast.«

»Dass Brotzeit die wichtigste Mahlzeit des Tages ist?«

»Was? Mann, nein, damit, dass es mir peinlich war, mich vor dir umzuziehen.«

»O.k., cool, gewinne ich jetzt was?«

»Johann, hör mal auf jetzt. Es tut mir leid. Manchmal ist das alles noch ungewohnt und ich weiß nicht genau, wie ich mich verhalten soll. Das heißt nicht, dass ich dich und deine Entscheidung kacke finde. Ich bin total am Start, nur gelegentlich grätscht die Gewohnheit dazwischen, bevor das Hirn zur Stelle ist. Und ich habe keine Ahnung, warum ich mich vorhin so geziert habe. Verstehst du, was ich meine?«

»An guten Tagen schon, an schlechten Tagen eher nicht.«

Es regnet immer noch. Aus der Ferne wirken wir sicher wie ein Paar, das entweder gerade einen dramatischen Streit oder einen Heiratsantrag durchlebt. Vielleicht mag Micha einfach aufgeplusterte Momente. Ich schaue auf eine Pfütze vor uns. Er setzt wieder an.

»Kapiere ich. Aber echt, du bist einer meiner liebsten Freunde und ich will dich auf keinen Fall verlieren, weil meine Gewohnheiten so behäbig sind. Wenn also irgendwas doof ist oder ich Scheiße baue, dann sag es mir. O.k.? Weißt du, immer wenn der Blues mich mal wieder packt, denke ich an das Versprechen, das wir uns in der Psychiatrie gegeben haben.«

»Micha, das kommt alles sehr dramatisch. Ich weiß nicht, was ich sagen soll.«

»Verzeihst du mir?«

»Micha, natürlich.«

Was soll ich Großes sagen? Weisheiten sind leise. Ich sehe in sein trauriges und suchendes Gesicht und denke, dass es mich nervt, im Kopf schon alles so klar zu haben und dann von Menschen daran erinnert zu werden, dass es außerhalb meiner Gedanken noch ganz anders aussieht. Nicht überzeugend und unfertig. Ich frage mich, ob man mich ernst nimmt oder nur mitspielt und manchmal aus der Rolle fällt. All die Versprecher und Patzer rütteln Unsicherheiten und Zweifel wach. Mein Körper schleicht, während der Kopf schon am Ziel steht und gegen den Wind schreit.

Der Regen donnert mittlerweile auf uns herunter. Wir sind

patschnass, vollgesogen mit Wasser und den großen Bekundungen, die zwischen uns stattgefunden haben. Ich denke an unser erstes Aufeinandertreffen. Damals. Zwei andere Menschen, zwei andere Leben. So abgeschnürt und wieder lose zusammengeknüpft, wie wir an diesem Ort waren. Ohne Ahnung, wer wir sein würden, sein wollten. Leben und Veränderung. Alles andere ist Waschmittelwerbung.

»Kann ich dich umarmen? Oder ist das doof?«

Michas Überschwang reißt mich mit. Wir umarmen uns. Weil alles so nass und eisig ist, verschwimmen unsere Körper. Ich weiß nicht, wo ich anfange und aufhöre. Begrenzungen sind weggefroren und weggeschwemmt. Wir stehen dicht an dicht. Jetzt sehen wir eindeutig nach gelungenem Heiratsantrag aus. Nach einiger Zeit räuspert Micha sich und klopft mir auf den Rücken, als hätte ich mich verschluckt. Wir lösen unsere Umarmung. Entknoten uns und sind neu verbunden. Zweier-Wärme gegen den Regen und die durchdringende allgemeine Kälte.

Noch 1 Monat und 12 Tage

Was ist noch mal der Unterschied zwischen effektiv und effizient? Ich überlege. Effektiv bedeutet, jemanden auszuknocken, der mir doof kommt. Effizient bin ich, wenn ich dazu nur einen Schlag brauche. Wieso denke ich solche Rambo-Gedanken? Eigentlich wollte ich mir nur selbst auf die Schulter klopfen, weil ich das letzte Jahr überlebt und alles geschafft habe, was dafür nötig war. Etwas krumm und schief im Gesamten, aber immerhin. Na, eigentlich geht es nicht mehr nur darum, zu überleben und als Wolpertinger dahinzuvegetieren, sondern zu blühen und Spiegel oder Licht nicht mehr als Endgegner zu betrachten. Wenn ich Unternehmensberater wäre, würde ich finden, dass ich meine Zeit sehr effizient genutzt habe. Oder mich selber feuern, weil ich so viele Stunden im idiotischen Le Sausage verplempert und mir permanenten Schwachsinn von Dan reingezogen habe. Erfreulicherweise bin ich kein Unternehmensberater. Ich sitze in meinem Zimmer zwischen sehr viel Papier, das sortiert auf dem Boden liegt. In unzähligen Stunden bin ich meinen Berg hochgekrabbelt, habe Bescheinigungen, Formulare, Gutachten, Anträge, Erniedrigung und Bestätigungen gesammelt und stehe kurz vor einem weiteren Etappensieg. Der Operation. Ist sie ein Etappensieg oder das ultimative Ziel, nach dem nichts mehr kommt außer seliger Erschöpfung aufgrund des ewigen, kräftezehrenden Laufs zuvor? So lange kann ich gar nicht schlafen, wie der ganze Wahnsinn anstrengend war. Ich trinke einen Schluck Kaffee und verbrenne mich. Was ist Kaffee eigentlich für eine sonderbare Sache? Wieso gibt es Lebensmittel, die nur in bestimmten Zuständen gut schmecken? Brüllend heiß oder eiskalt? Mein erster Antrag auf eine Operation wurde von der Krankenkasse mit der Begründung abgelehnt, dass ich eine Frist noch nicht erfüllt habe. Statt sechs Monaten hatte ich erst fünf Monate und zwei Wochen Hormone genommen. Das fand die Krankenkasse einen guten Grund, um daran zu zweifeln, dass ich es mit der ganzen Angelegenheit ernst meine. Natürlich. Die Wahrscheinlichkeit, dass ich es mir am vorletzten Tag anders überlege und den ganzen bisherigen Scheiß als kleine Verfehlung und Verblendung meines irrenden Geistes abtun würde, war groß. Also habe ich den Antrag zwei Wochen später erneut gestellt und ihn genehmigt bekommen. Einige meiner etwas engeren Shirts spannen mittlerweile an den Schultern. Das regelmäßige Tischtennisspielen scheint ein Garant für immenses Muskelwachstum zu sein. Micha beschwert sich regelmäßig, dass ich so oft gewinne. Neulich, als ich leicht angeschickert und übermutig war, habe ich mich für eine Ausbildung als Bäcker beworben. In der Bäckerei, die mir der Typ vom Feld empfohlen hat. Immerhin hatte das Brot seine eigene Visitenkarte. Ich konnte meinen offiziellen neuen Namen auf die Bewerbung schreiben. Einfach so. Keine Umwege, keine Erklärungen, einfach Herr Johann Schneid. Das Herr habe ich fett geschrieben. Nur für mich. Vielleicht ein bisschen bescheuert, aber ich wollte es betonen, weil es so schön aussah, wie es da über allem schwebte und sich dann auf meinen Namen setzte. Auf dem Foto, das ich mitgeschickt habe, sehe ich aus wie 15. Mir wächst mittlerweile ein Flaum auf der Oberlippe. Vom Holzfällerbart bin ich Lichtjahre entfernt. Der Flaum wirkt eher, als würde ein müder Schatten über meiner Oberlippe eine Pause einlegen. Trotzdem trage ich ihn maximal stolz und erhaben. Manchmal male ich ihn mit Mascara dunkler. Einmal bin ich in einen Regenguss geraten und sah danach aus, als hätte ich einen Haufen Schlamm liebkost, weil der Mascara sich über mein ganzes Gesicht verteilt hatte. Seither gehe ich mit diesem Trick etwas sparsamer um. Hoffentlich lebe ich sehr lange, um ausgedehnt Mann sein zu können. Nicht, dass mich vorher ein Bär angreift und ich so halb fertig gemalt in meinem Holzfällergemälde drapiert bleibe. Links von mir liegen die beiden Gutachten, die ich brauchte. In beiden steht, dass die Wahrscheinlichkeit, dass ich mir alles einbilde und in einem halben Jahr meine Meinung ändere, sehr gering ist. Ganz ausschließen wollen die Begutachtenden es anscheinend aber auch nicht. Wahnsinn wird mir nicht attestiert. Rechts liegt der Befund der Frauenärztin. Dieser unsägliche Besuch. Vor mir der richterliche Bescheid. Der endgültige. Die Bescheinigung meiner Therapeutin, dass nichts gegen das Verabreichen von Hormonen spricht. Darauf ein Fleck, der von Jupiter Günthers Speichel rührt. Weiter rechts irgendein Schrieb von meinem Hausarzt über die aktuelle Hormonsituation in meinem Blut. Die Situation ist sehr männlich, bestätigt er. Der Rest des Bodens ist bedeckt mit Briefen, in denen es um meine Namensänderung geht. Es sind die Antworten der Rentenversicherung, der Sozialversicherung, von Ämtern, meinem Handyanbieter, Schulen ... Es ist schon verrückt, wo man überall stattfindet, ohne dass man groß darüber nachdenkt. Werde ich bald nie da gewesen sein? Das Auslöschen des Alten schreitet voran, breitet sich aus und zieht seine Kreise. Wie lange wird es dauern, bis ich verblasse und fort bin? In der Erinnerung der anderen. In meiner eigenen? Was, wenn ich Menschen von früher treffe? Wegrennen? Ignorieren? Wie erklärt man all das, was ich erlebt und gefühlt habe, im Vorübergehen? Es ist unmöglich, es ist zu gigantisch. Es ist ein Hauptgang, den man nicht eben mal so wegsnacken kann. Abgesehen davon will ich mich nicht dauernd erklären. Dazu habe ich zu wenig verstanden und bin zu viele Teilchen, die dieses Erklären zu sehr durcheinanderwirbeln würde. Fragil, alles sehr fragil. Ob ich mich im Freibad jemals wohlfühlen werde? Erhobenen Hauptes durch die sich teilenden Massen schreiten und gleichgültig befreit in den Pool hüpfen? Ohne Angst und Sorge? Leicht und egal? Oder werde ich dieses Gefühl nie ausmerzen können? All das bisher Erlebte und Gedachte? Ich wäre gerne frei von mir selbst. Von dem, was war. Von dem, wer ich war. Unmöglich, man ist immer alles, was man ist. Nicht nur die schönen Teilchen und die Grübchen beim Lächeln. Man ist die Furcht im Dunkeln, das Wegducken bei Streit, die Sprachlosigkeit bei großen Fragen. Das Verlieben an unpassenden Orten in fragwürdige Menschen. All das macht einen aus. Macht mich aus. Vermute ich. Ein bisschen weniger Angst und Sorge wäre trotzdem toll. Und weniger oft kalte Hände haben. Wieso habe ich so oft kalte Hände? Der Kaffee ist mittlerweile lau und schmeckt grässlich. Ich trinke ihn trotzdem. Auch schlechtem Kaffee eine Chance geben, denke ich. Wie wäre ich geworden, wäre ich anders auf die Welt gekommen? Welche Art Mann? Wäre ich vielleicht ein riesiges Arschloch geworden? Egale Gedanken. Es hält sie nicht davon ab, sich ihren Platz in meinem Kopf zu suchen. Ein Windstoß boxt sich durch das halb offene Fenster und wirbelt die losen Bescheide, die mein Leben so mühsam strukturieren, durcheinander. Bescheid über Bescheid flattert fremdbestimmt ein paar Zentimeter weiter. Mein T-Shirt macht ein bisschen mit bei dieser unerwarteten Ekstase, drückt sich an mich. Ich ziehe es wieder von meinem Körper weg, nichts soll nah sein, nichts soll sich anschmiegen. Ich stülpe es über meine Knie, ziehe es bis zu den Knöcheln, bin nur noch ein unförmiger Ball mit Füßen. Ein Shirt aus Beton wäre schön. Bestimmt auch angenehm kühl im Sommer. Ich sammle all das Papier nach seinem kurzen Jubel wieder ein und stapele, was zusammengehört. Der Kaffee schmeckt mittlerweile wie die Unterseite einer Tischplatte. Denke ich. Was weiß ich schon von Tischplatten und ihren Unterseiten. Was kommt den Menschen in den Sinn, wenn sie mich sehen? Kommt ihnen überhaupt irgendwas in den Sinn? Oder bin ich wie Werbung, an der man vorbeiläuft, die man ausblendet und die sich irgendwo ins Unterbewusstsein setzt, um in einem schweißnassen Traum in der Nacht aufzuploppen? Ein Ton, den man nicht zuordnen kann und der einen nicht betrifft? Nur Lärm, der nebenbei geschieht. Nehme ich mich zu wichtig? Meine kleine punktgroße Existenz auf dieser Welt? Wieder mal keine Ahnung. Weitersortieren. Ein Stapel für Ämter, einer für Medizin, einer für Gutachten. Einer der beiden Gutachter hat mir seine Version zehnmal geschickt. Warum? Er hat seine Elegien über mein Seelenleben zehnmal ausgedruckt, geheftet und mir geschickt. Der Gutachten-Stapel ist sehr viel höher als die anderen und schwankt ein bisschen. Immerhin hat er den alten Namen verschwindend klein geschrieben und hangelt sich durch die korrekten Pronomen. Auch die Fragen zur Sexualität hat er untergebracht. Wunderbar. Gut, dass das jetzt alle wissen. Verwenden Menschen das Wort »er«, wenn sie etwas über mich sagen, verhake ich mich immer noch kurz darin, weil ich denke, dass ich ein Betrüger bin. Ein Scharlatan und Hochstapler, der sich dieses Wort und diesen ganzen Umstand, in dem ich mich befinde, ergaunert hat. Vielleicht ist es auch nur ungewohnt, wie neue Schuhe, die ich einlaufen muss. Vielleicht. Vielleicht ist das alles so. Vielleicht werde ich mich aber auch den Rest meines Lebens so fühlen, als hätte ich mir ein Dasein erschlichen, das mir eigentlich nicht zusteht mit all seinem Glück und seiner Freiheit. Wird dieses Gefühl irgendwann ausbleichen, wenn ich es oft ins Licht halte? So wie ich den alten Namen und alte Fotos ausradieren kann? Der Mensch gewöhnt sich doch an alles. Vielleicht auch irgendwann an sich selbst. Das ist meine Hoffnung.

In fünf Tagen gehe ich ins Krankenhaus und werde operiert. Endlich. Fatalistisch wie ich bin, male ich mir alle möglichen Katastrophen aus. Marder, die die Stromleitung zum OP annagen, betrunkene Operateure, Krankenhausessen. Ich fürchte mich davor, als schlaffes Gemüse wieder aufzuwachen. Oder gar nicht mehr aufzuwachen. Sollte alles schiefgehen, ich der Welt abhandenkommen oder sie mir, will ich mich mit Louise versöhnt wissen. Nicht voller Gram durchs Universum schweben und spuken. Ich bin sektmutig.

»Was machst du? Willst du mehr Sekt?«

Micha bereitet sich mit mir zusammen auf die Krankenhausaufnahme vor. Vorbereiten ist vielleicht nicht ganz das richtige Wort. Wir trinken Sekt und schauen uns Tiervideos an. Ablenkung ist wahrscheinlich die ehrlichere Bezeichnung.

»Mehr Sekt bitte. Ich schreibe Louise, für den Fall, dass ich als Gemüse wieder aufwache. Oder nicht mehr aufwache.«

»Wieso solltest du denn nicht mehr aufwachen? Das ist doch Quatsch. Du bist jung, gesund, fit und bestens vorbereitet.«

»Wie kann man sich denn auf eine OP vorbereiten, außer vielleicht, indem man sich den Hintern rasiert. Oder was auch immer freigelegt wird.«

»Na, indem man gesund lebt und gut in Form ist.«

Während er das sagt, schenkt er mir ein weiteres Glas Sekt ein.

»Was schreibst du Louise?«

»Dass ich in ein paar Tagen ins Krankenhaus gehe und ob wir uns davor noch mal sehen wollen. Für den Fall, dass ich Gemüse werde.«

»Du wirst kein Gemüse!«

»Trotzdem. Sicher ist sicher.«

»Hat sie gar nichts zu deinem Abgang im Le Sausage gesagt? Ich meine, der hatte doch Weltklasseniveau.«

»Nein, bisher nicht.«

»Und was erhoffst du dir von Louise? Dass sie sagt, dass alles wieder gut ist und ihr wieder dicke seid? Ich kapiere immer noch nicht, warum es zwischen euch so gekracht hat und ihr nicht mehr miteinander redet.«

»Ich kann es auch gar nicht genau sagen, um ehrlich zu sein. Wir waren einander vielleicht zu viel nach so vielen Jahren. Wir waren einfach immer zusammen ... Keine Ahnung. Ich vermisse sie halt. Oder ich vermisse das, was wir beide zusammen waren. Nicht zwingend, wie ich war, sondern wir. Weißt du, was ich meine?«

»Ich denke, schon. Immer komisch, wenn man denkt, man hätte jemanden durchgelesen, und auf einmal taucht ein weiteres Kapitel am Ende auf, das einen total nervt. Aber manchmal ist es so mit Büchern. Und Menschen.«

»Wir sind wahnsinnig bildhaft, Micha. Wie ein sektsaufender Lyrikband.«

»Das stimmt. Was ich sagen will: Ich freue mich, wenn ihr euch wieder annähert. Aber macht es nicht nur deswegen, weil ihr eine gemeinsame Vergangenheit habt. Macht es, weil ihr Bock auf Zukunft habt. Sonst ist es vergeudete Zeit. Menschen verändern sich. Und manchmal ist die gemeinsame Zeit aufgebraucht. Da bringt auch Nostalgiedenken nichts.«

»Der Sekt macht dich weise, Micha. Im Gegensatz zu mir. Mich macht er nur betrunken. Aber ich will es versucht haben, verstehst du? Nicht einfach alles in die Tonne treten, weil uns der Kragen geplatzt ist und wir es nicht auf die Reihe bekommen haben zu reden.«

»Sollte sich nicht Louise bei dir melden? Sie hat es doch verkackt. Findest du nicht? Besoffen mit Sam auftauchen, dir dann diesen ätzenden Text pressen, im Le Sausage ihren Mund nicht aufbekommen?«

»Louise ist stur und manchmal unfassbar dickköpfig. Als Kind ist sie mal komplett nackig durchs Schwimmbad gerannt, ins Becken gehüpft und nicht mehr rausgekommen. Alle zwei Minuten ist sie untergetaucht und hat ihren nackten Arsch in die Höhe gestreckt. All das, weil sie nicht eingesehen hat, dass sie einen Badeanzug tragen muss und die Jungs Badehosen tragen dürfen.«

»Frühkindlicher Feminismus, wow.«

»Sie war noch tagelang sauer deswegen und hat mit niemandem geredet. Jahrelang hat sie sich geweigert, ihr Seepferdchen zu machen.«

»Klingt kompliziert.«

»Die interessanten Menschen sind doch immer kompliziert.«

»Haha, du Bob Ross der Soziologie. Mal sehen, was sie antwortet. Und ob. Oder ob sie wieder nur ihren nackten Arsch aus dem Wasser streckt und dir ein Foto davon schickt.«

Noch 2 Wochen

Silvester hat sich eigenständig verräumt und mit illegalen Böllern um sich geschmissen. Ich stand mit Ohropax und Micha daneben und bin ausgewichen. In erster Linie hoffe ich, dass sich das neue Jahr bei all dem Krach nicht erschreckt hat und guter Dinge ist. Kein Copy-and-paste der vergangenen Monate. Es ist der 2.1. Der Tag vor der OP. Micha begleitet mich ins Krankenhaus. Es liegt am Rande Berlins, hat einen katholischen Träger und heißt St. Adolf. St. Adolf … wirklich? Als wir den Eingangsbereich betreten, huschen Nonnen in weißen Trachten an uns vorbei. Da ich sehr wenig geschlafen habe, überlege ich, ob ich halluziniere. Neblige Milch in den Gängen. An den Wänden hängen Bilder von devot lüstern blickenden Heiligen. Möglicherweise sind es Karikaturen der aktuell praktizierenden Ärzte, das wäre witzig. Aber wer ist in Krankenhäusern schon witzig? Ich melde mich am Empfang und versuche zu scherzen, es gelingt mir mäßig. Wir werden ins Aufnahmezimmer geschickt. Ein riesiger Flatscreen erzählt Anekdoten über Tierbabys und Gefäßkrankheiten. Nach zehn Minuten weiß ich viel über verkalkte Arterien und Enten. Angst habe ich immer noch. Micha findet im Gegensatz zu mir alles spannend und unterhaltsam. Er liebt Narkosen, kann sich wenig Schöneres vorstellen. Verträumt zählt er verschiedene Narkosemittel auf und schwärmt.

»Ich habe einfach die schönsten Träume, wenn ich Narkosen bekomme.«

»Wie oft bekommst du denn bitte Narkosen?«

»Nicht so oft. Leider! Aber du musst es so sehen. Das Zeug ist klinisch geprüft. So sauber wirst du nie wieder high. Und das unter ärztlicher Überwachung. Das ist doch großartig.«

»Ich hasse Narkosen.«

»Du musst dich darauf freuen und dich entspannen.«

»Ich will eigentlich nur, dass das alles vorbei ist.«

»Bei mir waren nach einer Narkose mal alle Wände aus Gold und sind dann geschmolzen. Das war so schön.«

»Micha, war das nach einer OP?«

Die Tür öffnet sich und eine Frau winkt mich herein.

»Guten Tag, Herr Schneid. Wir machen das Aufnahmegespräch, danach können Sie auf die Station gehen. Ich bräuchte die Krankenkassenkarte und die Einweisung, bitte.«

»Sie haben ein interessantes Fernsehprogramm im Wartezimmer. Ich weiß jetzt sehr viel über Gefäße und Enten.«

»Das freut mich. So, das war es schon. Ich gebe Ihnen gleich Ihre Unterlagen, wenn mein Drucker mitmacht. Damit melden Sie sich dann bitte auf der Station. Genießen Sie Ihre Zeit bei uns. Wenn es Fragen gibt, können Sie sich jederzeit bei uns melden.«

All meine Unterlagen tragen den neuen Namen. Zum ersten Mal sehe ich ihn gedruckt auf etwas Offiziellem. Er funkelt. Sie gibt mir ein Armband mit meinem Namen und meinem Geburtsdatum. Haben Sie Angst, dass ich verloren gehe oder vertauscht werde? Ich weiß es nicht. Aber bevor mir aus Versehen die Brüste vergrößert werden, tue ich gerne so, als wäre ich auf dem Weg zu einer fulminanten Backstage-Party.

Als ich den Raum verlasse, sitzt Micha immer noch gebannt vor dem Flatscreen und sieht sich The Best of Arterienverkalkung an.

»Wusstest du, dass eine Angststörung Arterienverkalkung begünstigen kann?«

»Ich bin zwar kein Arzt, würde aber vermuten, dass Rauchen ein bisschen schlimmer ist.«

»Apropos, kann ich noch eine rauchen, bevor wir auf die Station gehen? Wie war es? War sie nett zu dir?«

»Ja, sehr. Ich habe ein Armband mit meinem Namen bekommen, damit ich mich nicht vergesse. Lass uns rausgehen, dieser Krankenhausgeruch macht mich fertig.«

Draußen regnet es. Vielleicht sind die Wolken betrübt wegen des unsäglichen Namens des Krankenhauses.

»Findest du es nicht auch komisch, dass hier überall Nonnen rumlaufen? Wieso laufen hier überall Nonnen rum?«

Micha hängt in Gedanken noch mit arterienverkalkten Enten unter Vollnarkose ab.

»Na, die müssen doch auch irgendwas tun. Und das Weiß passt gut zum Krankenhaus.«

»Sie könnten in einem Schlachthof aushelfen. Da tragen sie auch Weiß. Warum ist ihre Tracht überhaupt weiß?«

»Weil sie mit Jesus verheiratet sind?«

»Aber sie heiraten ihn doch nicht gerade in diesem Moment. Gibt es eigentlich eine richtige Hochzeit, wenn man Nonne wird und Jesus heiratet?«

Wichtige Fragen, die mich vor meiner OP beschäftigen.

»Keine Ahnung. Sollen wir sie fragen?«

»Nein, ich kann es mir nicht erlauben, dass ich es mir eventuell mit Gott, oder wer auch immer zuständig ist, verscherze. Vielleicht nach der OP.«

Micha schnippt seine Zigarette in den Aschenbecher und bläst beeindruckende Rauchwolken Richtung Himmel.

»Glaubst du, Wolken entstehen, weil Riesen irgendwo sitzen und Kette rauchen?«

»Micha, wie viel Narkosemittel hast du in deinem Leben schon ausprobiert?«

»Nicht genug, finde ich. Komm, wir gehen zur Station.«

Er geht voran, ich trotte hinterher. Mein kleiner Rollkoffer holpert wenig begeistert über den Weg.

Egal welchen Gang wir betreten, irgendwo huscht immer

eine Nonne ums Eck. Ob sie schrill zu Staub zerfallen, wenn ich eines der Kreuze, die an den Wänden hängen, umdrehe? Wir nehmen den Aufzug in den vierten Stock. Neben uns steht ein schwer atmender Mann, in dem sehr viele Schläuche stecken. Niemand sagt etwas. Einzig sein Atem unterhält sich mit der Rundumverspiegelung der Kabine. Es dingelt und eine blechernde Stimme ohne Geschlecht verkündet uns, dass wir den vierten Stock erreicht haben. Wir folgen den Schildern zur Station. Die Nonnendichte nimmt ab. Vielleicht vermuten sie, dass sie hier nichts mehr tun können. In einem Kasten, hinter Glas versiegelt, sitzen einige Schwestern und sehen auf, als wir uns vor sie stellen.

»Hallo, ich soll morgen operiert werden. Mein Name ist Schneid.«

»Aha, Herr Schneid, wir erwarten Sie schon. Kommen Sie mit. Waren Sie schon bei der Aufnahme?«

»War ich. Ich habe alle Unterlagen dabei.«

»Sehr gut, vielen Dank. Solche Patienten mögen wir. Mitarbeit ist alles!«

»Soll ich jemanden operieren?«

Sie ist entzückt über meinen Kalauer.

»Na, ich weiß nicht, ob der Herr Professor da so erfreut wäre! Da sind wir, hier hinein, bitte.«

Sie öffnet die Tür und gibt die Sicht auf das Innere eines mintgrünen Kaugummis frei. Zwei Betten. Neben dem Eingang das Bad. Die Galgen baumeln über den Matratzen. Warum heißen die Dinger Galgen?

»Packen Sie schon mal aus und richten sich ein. Gleich kommt eine Ärztin und bespricht noch mal die OP mit Ihnen und erklärt Ihnen alles.«

Was genau? Grundlegende Fragen zum Führen von Beziehungen? Warum Rezepte auf Fotos immer besser aussehen, als sie schmecken? Ob Hunde auf der Zunge nach Schweiß riechen?

»O.k., vielen Dank.«

Micha hat sich auf mein Bett gesetzt und freut sich über den Fernseher.

»Vielleicht gibt es hier auch Arterien-TV!«

Ich kann mir wenig Schöneres vorstellen.

Noch eine Woche und 5 Tage

Wir machen hier einen Schnitt und entnehmen das Fettgewebe. In Ihrem Fall müssen wir große Schnitte machen. Kleine Schnitte kann man eigentlich nur bis zu einem wenig ausgeprägten B-Cup machen. Die Brustwarzen werden frei transplantiert. Das heißt, wir stanzen die jetzigen Brustwarzen heraus und nähen sie am Ende wieder an.«

»Was?«

»Das sind viele Informationen auf einmal, ich weiß. Der Professor führt diese Operation in der Regel vier bis fünfmal pro Woche durch. Er ist einer der Erfahrensten auf diesem Gebiet.«

»Haben alle Patienten, die hier operiert werden, gleich große Brustwarzen?«

Die Vorstellung, mit einer Din-A-trans-Brustwarze durch die Gegend zu laufen, irritiert mich kurz. Und wie trifft man die Entscheidung, was die ideale Größe einer Brustwarze ist? Was, wenn der Professor untertellergroße Nippel für die Offenbarung hält?

»Kann man so sagen, ja. Bei der langjährigen Erfahrung des Professors kristallisierte sich diese Größe irgendwann als ideal heraus.«

Ich schwitze. Die Assistenzärztin sieht sehr sauber aus. Sie ist so weiß, dass sie beinahe unsichtbar scheint. Ich kann mir kein einziges Wort merken. Krankenhäuser sind wie eine 24-stündige Vorabendserie. Der keimfreie Geruch, der vorgibt, gar nicht zu existieren, das Abklatschen von Freude und Sterben, zerlöcherte Körper in Gewändern, aus denen der Po hervorblitzt, und ich mittendrin. Gerade eben sind noch die Einzelheiten der Narkose an mir vorbeigezogen. Ich werde das gleiche Mittel bekommen, das Michael Jackson als Einschlafhilfe genommen hat. Propofol. Um genauer zu sein: das gleiche Mittel, das Michael Jackson einen ziemlich frühen Tod beschert hat. Die Ärztin lacht kurz auf, als ich sie darauf hinweise. Dabei wollte ich gar nicht witzig sein.

»Ich lasse Ihnen die Unterlagen hier, dann können Sie ganz in Ruhe darin blättern. In Ordnung? Haben Sie noch Fragen?«

»Nein, ich glaube nicht.«

Ich hätte gerne gesagt, dass ich Angst habe, nicht aus der Narkose aufzuwachen. Oder Gemüse zu sein, wenn ich doch aufwache. Dass sie über meinen komischen Körper scherzen werden. Wie nackt genau ich vor ihnen liegen werde. Muss das wirklich sein? Oder darf ich mir vielleicht doch eine Wolldecke umlegen oder einen Schneeanzug anziehen? Wird während der OP Musik gehört und wenn ja, welche? Wie ist ihre Einstellung zu Katzen und Hunden? Glaubt sie, dass Insekten Gefühle haben? Würde sie Dart als Sport bezeichnen? Wird alles gut werden? Eigentlich geht es nur um diese Frage. Ich fürchte mich über alle Maßen und komme mir so alleine vor wie ein Gipfelkreuz im Schneesturm.

»Keine Fragen? Dann sehen wir uns morgen. Machen Sie sich keine Sorgen.«

Die Ärztin verabschiedet sich und schießt aus dem Zimmer. Ärzte in Krankenhäusern wirken stets so, als würden sie von einem starken Wind beschleunigt. Laufen sie weg oder wollen sie schnell irgendwohin? Mein Zimmer hingegen ist windstill. Die Wände sind eine Erinnerung an Mintgrün. Wobei sie bei genauerer Betrachtung eher wie der abgestandene Atem eines starken Rauchers aussehen. Vor dem Fenster versammeln sich nackte Januarbäume und frieren. Es ist zwei Tage nach Silvester. In der Ferne donnern ein paar verspätete Böller und erzählen vom neuen Jahr. Der Rest des Raumes ist einzig auf Funktionieren ausgelegt. Gesunden und Überleben, kein Wohlfühlen. Wer eine Kanüle im Arm hat, braucht kein Kuschelkissen, auf das sich das Auge setzen kann. In meinen Ohren pocht es. Wahrscheinlich die eingesperrte Angst, die anklopft und sich gerne im Krankenhaus umsehen würde, um dann den nächsten Zug nach Hause zu nehmen.

Ich werfe einen Blick auf die Unterlagen, in denen die Operation erklärt wird. Sie tragen meine Unterschrift. Wann ist das passiert? Ist das gerade eben gewesen? Ich kann mich nicht daran erinnern. Da ich nicht weiß, was ich tun soll, stehe ich auf und gehe ins Badezimmer, um mich im Spiegel zu betrachten. Freundliche Treffen mit meinem Spiegelbild sind sehr rar gesät. Als wäre ich ein flüchtiger Bekannter, dem ich nur ungern begegne. Würde ich mich selber im Supermarkt treffen, würde ich klammheimlich zwischen den Regalen für Frischhaltefolie verschwinden, um nicht Hallo sagen zu müssen. Dieses Mal zwinge ich mich zum Hinschauen. Ich grimassiere etwas vor mich hin. Soll ich ein letztes Foto von mir in meiner alten Hülle machen? Als schreckliche Notiz der ehemaligen Wirklichkeit am Kühlschrank? Allerdings habe ich mich seit meiner Pubertät nicht ohne Kleidung betrachtet, insofern wäre ein plötzliches Abweichen von dieser Routine möglicherweise zu verstörend. Ich verwerfe den Gedanken und gehe zurück ins Bett, um ein wenig damit auf und ab zu fahren. Zeitlupenkarussell. Ein Tag. Dann nie wieder im Schneeanzug am Baggersee.

Noch 1 Woche

Fünf Uhr fünfundzwanzig. Wie können Menschen vor Operationen schlafen? Selig schlummern, wenn woanders bereits die Messer gewetzt werden? Von nebenan stupst mich ein Schnarchen an. Mein Zimmernachbar ist offensichtlich einer der Menschen, die von der Vorstellung, zersägt zu werden, wenig beeindruckt sind. Meine Gedanken wirbeln, bilden Strudel und saugen alles, was nicht festgebunden ist, in die Tiefe.

Konzentrieren. Es wird alles gut gehen. Warum soll es nicht so sein? Es wäre kurios, wenn gerade ich die eine Person bin, bei der alles aus dem Ruder läuft. Panik sortieren und verräumen. Atmen. Was macht Louise gerade? Jetzt nicht an Louise denken. Ich bin als Erster dran. Gegen acht wird ein Pfleger kommen, um mich in die OP-Katakomben zu fahren. Räume, geflutet von künstlichem Licht und keimfreien Abläufen. Piepen und Monotonie.

Davor muss ich zum operierenden Arzt, um mir mit Edding den Verlauf der neuen Brust aufmalen zu lassen. Ich bin eine Wand, bereit für Graffitis, die alles verändern sollen. Es ist kurz nach sechs und die Tür fliegt auf. Krankenhauspersonal betritt Zimmer in der Regel nicht behutsam. Als stünde hinter jeder Tür ein Gewalttäter, der ausgeschaltet werden müsse.

»Guten Morgen, die Herren. Bald geht es los. Wir messen noch eben ihren Blutdruck und die Temperatur. Hier ist ein Rasierer für jeden von Ihnen, damit sie sich von Ihren Haaren befreien können. Auf der Brust. Und anderen Stellen, die eventuell unters Messer kommen. Ich starte mal mit Ihnen, weil sie zuerst drankommen, gut?«

Die Schwester schwenkt in meine Richtung.

»Hier ist noch eine Tablette zur Beruhigung, die nehmen Sie, eine halbe Stunde bevor Sie abgeholt werden. Oh, nanu, da ist aber jemand aufgeregt oder haben Sie schon am Kaffee aus dem Arztzimmer genascht?«

»Ich bin aufgeregt.«

»Keine Sorge, bei uns sind Sie in guten Händen. Temperatur ist in Ordnung. So, hier der Rasierer. Tablette nicht vergessen. Um halb acht wartet der Doktor auf Sie, zum Anzeichnen.«

Modell stehen. Kein griechischer David. Eher eine umgekippte Birne. Ich überlege, nach der doppelten Dosis an Beruhigungstabletten zu fragen. Irgendwie wirken die Dinger bei mir nie richtig. Ich weiß nicht, was sie in mir anstellen, aber anscheinend sehen sie es nicht als ihre Aufgabe an, Beruhigung zu verbreiten. Meine Aufregung umspannt die komplette Welt, wie soll eine kleine Pille sie von ihrem Platz verjagen, wie einen nassen Hund, der es sich auf der Couch bequem gemacht hat? Die Schwester werkelt mittlerweile an meinem Nachbarn herum, der sich entspannt streckt.

»Guten Morgen. Na, freust du dich?«, fragt er.

»Freuen? Das ist vielleicht nicht ganz das richtige Wort.«

»Wieso denn das? Alle sind doch sehr nett. Und die sind richtig gut hier.«

Atmen.

»Sollen wir was singen? Vielleicht lenkt dich das ab. Was meinst du?«

»Etwas singen? Was willst du denn singen?«

»Wie wäre es mit dem Glücksbärchi-Lied. Kennst du das?«

»Das Glücksbärchi-Lied? Aus der Serie?«

»Ganz genau das. Komm, wir singen es.«

Ob mein Bettnachbar die Sache mit der doppelten Tablettendosis vor mir durchgezogen hat? Andererseits fällt mir nicht wirklich etwas Sinnvolleres ein, was ich in diesem Augenblick tun könnte. Außer vielleicht in meinem pofreien Nachthemd schreiend durch den Krankenhausflur zu rennen.

»Ich möcht' ein Glücksbärchi sein
Das wäre wunderbar!
Ein Glücksbärchi sein
Das ist doch sonnenklar!
Ein Glücksbärchi sein
und alles tun, was ein Glücksbärchi tut
Ein Glücksbärchi möcht' ich sein so wie du
so wie du!«

Er kann das Glücksbärchi-Lied auswendig.

»Du musst mitsingen. Sonst funktioniert es nicht.«

»Ich möcht' ein Glücksbärchi sein
Das wäre wunderbar!
Ein Glücksbärchi sein
Das ist doch sonnenklar!
Ein Glücksbärchi sein
und alles tun, was ein Glücksbärchi tut
Ein Glücksbärchi möcht' ich sein so wie du
so wie du!«

Ich nehme die Auffahrt, fädele mich in den Gesang des Einmann-Knabenchors und stimme mit ein. Wer singt in solchen Augenblicken schon coole Songs aus der OFF-Pop-Spotifyliste? Niemand. Leben heißt, während großer Momente in zu kleinen mintgrünen Zimmern uncoole Lieder singen.

»Ich möcht' ein Glücksbärchi sein
Das wäre wunderbar!
Ein Glücksbärchi sein
Das ist doch sonnenklar!
Ein Glücksbärchi sein
und alles tun, was ein Glücksbärchi tut
Ein Glücksbärchi möcht' ich sein so wie du
so wie du!«

Die Schwester steckt den Kopf durch die Tür.

»Ist bei Ihnen alles gut?«

»Wir singen das Glücksbärchi-Lied, damit Johann nicht so aufgeregt ist.«

Sie ist nicht beeindruckt und schließt die Tür wieder.

»Und, geht es dir besser?«

»Ich weiß nicht. Hast du keine Angst?«

»Nein, es kann doch nicht schlimmer werden. Wir wachen auf und die grässlichen Hupen sind weg. Wir können oben ohne sein. Im Schwimmbad oder sonst wo. Man muss nichts mehr verstecken, um nicht angestarrt zu werden, oder wegschauen, wenn man an einem Spiegel vorbeigeht. Keine Rückenschmerzen mehr vom Abbinden. Wir sind nicht mehr der rote Punkt, den alle angaffen, sondern verschmelzen endlich mit dem Rest. Das ist doch toll. Daran musst du denken.«

Die Worte sickern langsam in meinen Verstand. Durchdringen die alten Muster und Ängste und die Bilder, die ich von mir habe. Mein Nachbar hat recht. Mit allem. Freiheit, Glück und Ruhe samt Besuchen im Schwimmbad sind eine Propofoldosis weit weg. Ein Einatmen, ein Ausatmen und alle Blicke, die bisher wie mit einem Lineal direkt zu mir gezogen sind, werden still an mir enden und ausfransen. Nichts mehr an mir, das magnetisch auf den Hass wirkt. Weder von außen noch von innen. Ich muss nicht mehr im Dunkeln duschen. Ich kann oben ohne vor dem Spiegel stehen. Kein gedimmtes Licht und zusammengekniffene Augen, um den Sitz meiner Kleidung zu kontrollieren. Kleidung, die für gewöhnlich so weit ist, dass ein komplettes Bundesland sich darin verstecken könnte. Bleistift statt Wasserfarben. Kontur. Scharf umrissen. Umarmen dicht an dicht und nicht wie bisher mit eingefaltetem Oberkörper, um weder den anderen spüren zu lassen, was sich unter all der Kleidung verbarg, noch um es selber wahrzunehmen. Kein Ausblenden mehr.

»Willst du noch mal die Glücksbärchis singen?«

»Nein ...«

Die Tür öffnet sich wieder.

»Herr Schneid, kommen Sie zum Anzeichnen? Ich bringe Sie eben hin.«

Ich stehe auf und stelle fest, dass die Knochen in meinen Beinen entfernt worden sind. Was sich als einigermaßen hinderlich beim Geradeausgehen entpuppt. Ich schwanke. Ein kleiner Schwips ohne rauchige Kneipengespräche. Ist es der Anfang der Nacht, das Ende, der Morgen? Ganz sicher bin ich mir gerade nicht. Ich tapse hinter der Schwester her. Sie führt mich zu einem der Nachbarzimmer und schiebt mich sanft hinein. Der Professor sitzt beeindruckend frisch und gut geföhnt auf seinem Stuhl. Seine Wangen sind rosig und vorfreudig. Er wirkt, als wäre er mit seiner Jacht direkt ins Behandlungszimmer gerauscht, um munter sein Tagewerk zu vollbringen.

»Guten Morgen. Wie geht es Ihnen? Heute ist der große Tag. Sie müssten sich bitte einmal vor mich stellen und das OP-Hemd ausziehen, damit ich die Schnitte anzeichnen kann.«

Ein letztes Mal. Ein letztes Mal Wolpertinger-Striptease. Verachtung anzünden, um sie endlich verrauchen und runterbrennen zu lassen. Ich öffne das Hemd und vermeide es, an mir herunterzuschauen, während der Arzt seinen Edding ansetzt. Fühlen Wände sich so, wenn man auf ihnen zeichnet? Der Stift ist kalt, kitzelt und malt in leuchtendem Rot Wege für das Skalpell. Präoperative Routenplanung. Ich schwitze und schäme mich dafür. Menschlichkeit in sterilen und keimfrei gemachten Räumen wirkt immer wahnsinnig fehl am Platz. Ein Burger, der sich auf ein veganes Buffet verirrt hat. Der Professor malt versonnen auf der zitternden Leinwand, die vor ihm steht. Ein blutiger Picasso im Werden. Seine Haare fügen sich perfekt in die Umgebung ein. Sie wiegen sich leicht im Takt des Stifts. Ein selbstzufriedenes und sicheres Meer, das mit sich im Einklang ist. Wie kann eine Frisur an einem derartigen Ort so perfekt sein? Geht es um Abgrenzung? Nicht so verderblich und hilflos zu sein wie die Menschen, die sich die meiste Zeit in der Horizontalen aufhalten? Vertikal gegen horizontal. Das ist klar. Gut strukturiertes Arzthaar erhebt sich über zerzaustes Patientenhaar. Vielleicht kämmt er sich auch einfach nur gerne. Mir ist flau und vergänglich zumute.

»So, wir machen die großen Schritte, wie wir es besprochen haben. Die Brustwarzen kommen hierhin. Wir machen die Hysterektomie bei Ihnen heute gleich mit, richtig? Dann bekommen Sie noch einen grünen Pfeil, der nach unten zeigt, damit wir das nicht vergessen. Das wollen wir nicht riskieren, richtig?«

Die Kombination der Worte »Operation« und »vergessen« trägt nicht wirklich dazu bei, dass ich weniger schwitze. Mittlerweile könnten Flöhe mit einem Surfbrett auf mir wellenreiten, so sehr läuft das Wasser an mir herunter. Vielleicht versucht mein Körper flüssig zu werden, um der ganzen Nummer zu entgehen.

»Werden bei Operationen oft Sachen vergessen?«, frage ich.

»Was? Nein. Das war etwas flapsig dahingesagt. Wir vergessen in der Regel nichts«, antworten der Professor und seine Frisur. In der Regel ... jede Aussage denkt Compliance mit, damit ich nicht mit einem Anwalt auf das Krankenhaus werfe, falls irgendwas schiefgeht.

»So, jetzt gehen Sie bitte noch einmal kurz auf Ihr Zimmer. Der Pfleger holt Sie dann gleich ab und schiebt Sie nach unten in den OP. Bis gleich!«

Er stößt sich mit seinem Drehstuhl ab und gleitet wie auf einem sehr gut gepufferten Hoverboard durchs Zimmer, um exakt dosiert vor seinem Schreibtisch zu landen.

Ich tapere die wenigen Schritte in mein Zimmer zurück. Mein Bettnachbar summt noch immer das Glücksbärchilied und wirkt sehr zufrieden. Ein imposanter Zeitgenosse, der selig auf seinem schnurrenden Ruhepuls balanciert, während das Krankenhaus auf mich wie Kryptonit herabregnet. Kaum sitze ich, geht die Tür auf und der Pfleger kommt herein.

»Herr Schneid, los geht's, es ist so weit. Ich bin hier, um Sie in den OP zu bringen.«

Er löst die Bremse meines Betts und schiebt mich auf den Gang. Ich sehe meinen Bettnachbarn winken. Kann ich meine Entscheidung noch mal überdenken? Gerade bin ich mir nicht sicher. Ich hasse OPs, ich hasse Krankenhäuser, ich hasse den Kontrollverlust. Haben all diese Menschen überhaupt studiert? Vertrage ich Propofol? Ich wünsche mich in einen verkeimten Streichelzoo mit desinteressierten, übergewichtigen Eseln. Hauptsache, kein Krankenhaus.

»Haben alle Angst, die in den OP geschoben werden?«, frage ich meinen Chauffeur.

»Ach, nein, nicht alle. Aber schon einige. Zwei sind mir sogar mal abgehauen. Hier kurz vor dem Aufzug. Den einen haben wir wieder eingefangen. Der andere wurde nie wieder gesehen. Er ist im OP-Hemd geflüchtet. War ziemlich schnell, dafür, dass er schon seine Beruhigungstablette intus hatte.«

Ich liebäugele mit dem Gedanken, es ihm gleichzutun, erinnere mich aber an meinen schlechten Orientierungssinn. Die Wahrscheinlichkeit, dass ich mit entblößtem Hintern im Katheterlabor landen würde, ist ziemlich groß. Also bleibe ich mit klopfendem Denken und wirrem Herzen liegen. Wir kommen in einen Raum, in dem bereits zwei vermummte Menschen warten. Ich hoffe auf die Antifa, doch es sind nur zwei neue Pfleger.

»Hallo, jetzt bräuchten wir kurz Ihren sportlichen Einsatz. Sie müssten aus Ihrem Bett auf diese Liege klettern. Bekommen Sie das hin?«

Das Beruhigungsmittel schränkt meine natürliche Eleganz etwas ein, doch letztlich lande ich auf der sehr kuscheligen Liege samt vorgewärmter Decke. Ich überlege, den Unbekannten ob dieser Tatsache in mein Testament aufzunehmen, werde aber zu schnell weitergefahren, um die Formalitäten zu klären. Noch immer komme ich mir nicht sediert vor. Eine Schwester schließt mich an Geräte an. Viele Masken um mich herum. Sie sind das Oben, ich bin das Unten. Glaube ich. Ihre Blicke fallen auf mich, doch irgendwie bin ich zu schwerfällig, um sie von mir zu wischen. Meine Zunge scheint eingeschlafen.

»Jetzt spritze ich Ihnen gleich ein wenig Kochsalzlösung, keine Sorge, das kann sich etwas kalt anfühlen, nicht erschrecken. Wollen Sie sich schon mal überlegen, wovon Sie träumen wollen?«

»Schnitzel.«

»Was wollen Sie träumen?«

»Von Schnitzeln.«

Vielleicht hatte die Schwester sich eine Antwort mit mehr Poesie erhofft.

»O.k., jetzt setze ich Ihnen eine Maske auf. Tief einatmen. Zählen Sie von 100 nach unten.«

»100 ... 99 ... 98 ...«

Schwarz schmilzt von oben in meine Augen. Kurz versuche ich, gegen das eindringende Blei anzukämpfen, mich doch noch aufzubäumen, aber ich verliere das Bewusstsein und träume von nichts. Keine Schnitzel.

Noch 6 Tage

Geschafft. Ich bin kein Gemüse und dämmere Richtung Bewusstsein. Und verfehle es. Meine Wörter sitzen neben mir auf dem Bett und stehen in unzusammenhängender Reihenfolge auf. Willkürlich hopsen sie auf und ab. Regeln sind für das Anstellen beim Skilift, aber nicht für die Wörter, die gerade mit mir herumhängen. Syntax war vor der OP.

»Was hast du gesagt?«

Micha ist da, um meinem verschwitzten Geist in der aufreibenden Zeit die Hand zu halten.

»Die Hamster wollen über den Blitz reden, um den Regenbogen noch zu erreichen. Wenn der Bus kommt, habe ich noch keine Fanta getrunken.«

»Was?«

Ich bin Liegestütze nach zehn Bier, gänzlich ohne Sinn und Verstand. Eifrig schwadroniere ich von Hamstern und dem Zustand der Welt. Danach schreibe ich all meinen Kontakten im Handy Nachrichten. Wie frisch ich mich fühle. Gut, dass ich nicht auf den Gedanken komme, an der Börse zu spekulieren. Aufgrund der angeregten Diskussion halte ich es für eine grandiose Idee, mich im Bett aufzusetzen. Allerdings erinnern mich meine Bauchmuskeln, diverse Schläuche und Katheter daran, dass sie von diesem Einfall nicht so begeistert sind wie ich. Mein kompletter Oberkörper fühlt sich an, als wäre er Teil eines Kampfes gewesen, der nicht zu meinen Gunsten ausgegangen ist. Zersäbelt und wund. Was stimmt, denn er ist zersäbelt und wund. Aufgeschnitten und wieder zugenäht. Drei große Narben bleiben als lautes Kreischen, die an die letzten vier Stunden auf dem OP-Tisch erinnern.

Ich komme keine fünf Zentimeter nach oben. Der Schmerz rennt einmal durch meinen kompletten Körper, bleibt kurz vor dem Gehirn stehen, jauchzt und prescht mitten ins Zentrum. Ich ächze und falle wieder zurück. Was den Schmerz die gleiche Strecke gleich noch einmal nehmen lässt. Gleichzeitig finde ich alles wahnsinnig komisch und kichere. Unkontrollierter Frohsinn ist jedoch auch keine allzu glorreiche Eingebung. Frische Wunden finden stoische Ruhe besser. Ist das da Louise neben Micha? Was macht sie hier? Die Restnarkose übernimmt das Steuer und lenkt jegliche weiteren Versuche, an der Wirklichkeit teilzunehmen, in einen Graben. Schlaf. Als ich wieder aufwache, ist es Nachmittag. Eine Schwester hantiert an mir herum und misst meinen Blutdruck, der mittlerweile nicht mehr so hoch ist, dass er Wolken aufspießen könnte. Die sehr gut sitzende Frisur des Professors berichtet mir, dass alles gut gegangen ist und jeder im OP von meinen ausgeprägten Brustmuskeln beeindruckt war. Ich bedanke mich bei der Frisur und versinke wieder in der Sterilität meiner direkten Umgebung. Brustmuskeln. Richtig. Versunken taste ich über die brennenden Stellen: Alles ist flach, nichts wölbt sich, eine Ebene, die keine Erhabenheit mehr beinhaltet. Ruhe wabert im so lange verhassten Körper, der unnötig Rundes darstellte, wo Kanten sein sollten. Im Hals ist noch die Ahnung vom Tubus, die Augen nicht willens zu schauen, mein Denken rennt immer wieder gegen eine Wand aus Schlaf, aber ich bin eine sonnige Landstraße, auf der das Glück rasen kann, ohne sich an herabhängenden Gefühlen den Kopf zu stoßen. Kurzes Ankommen und Ausatmen. Endlich.

Immer noch 6 Tage

O.k., da ist das neue Leben. In der Horizontalen. Das jahrelange Warten, Ahnen und Hoffen pocht unter den Verbänden, die mich umspannen. Ich habe gebangt und zitternd gezielt und getroffen. Nach der OP verbringe ich eine Woche in Zuckerwatte. Zum einen, weil ich noch tagelang jeglicher Kraft beraubt bin, zum anderen, weil die Schwestern so nett sind wie Weihnachten in Bullerbü. Sie halten mich mittels Schmerzmitteln und Fürsorge in einem freundlich sedierten Zustand. Es fehlt mir an nichts. Ich nehme alles hin. Bin wie ein kichernder Schmetterling auf LSD in meinem Kokon.

Um sieben Uhr mit Kanonenkugeln aus Fieberthermometer und Blutdruckmanschette geweckt zu werden: Schön.

Punkt 12 Essen aus deutschem Mittagstischplastik vorgesetzt zu bekommen: Schön.

Gefragt zu werden, ob ich gerne mit der ehrenamtlichen katholischen Seelsorge sprechen würde: Schön.

Nicht weil ich Fan der katholischen Seelsorge wäre, sondern weil ich es mag, dass sich jemand um mich kümmert. Wenn ich nicht fröhlich verschallert meine Drainagebeutelchen schwenke, um den Abtransport des Blutes aus den Operationswunden anzukurbeln, betrachte ich mich oben ohne im Spiegel oder flirte mit Schwester Olga. Sie ist die Blaupause einer Krankenschwester. Die Zusammenfassung eines ausgiebig deklinierten Berufsbildes, das so viel mehr ist als das, was die Leute darüber denken und davon erwarten. Sie flitzt umher, weiß alles, ist eine Generälin und so wundervoll wie eine Umarmung, wenn die Welt gerade nur Schellen verteilt. So in etwa ist Schwester Olga. Außerdem liebe ich ihr R, das immer klingt, als würde ihre Zunge über einen Bordstein stolpern. Wenn sie gerade nicht da ist, überlege ich mir Wörter mit möglichst vielen Rs.

Jeden zweiten Tag bringt sie eine Gerätschaft mit, die alle anderen aus dem Zimmer verbannt. Was an sich schon ein Segen ist. Die zweite Funktion des Geräts ist die Behandlung meiner frischen Narben mittels Laser. Hilft es? Ich habe meine Zweifel. In meiner aktuellen Lage würde ich allerdings auch einem Menschen glauben, der zur Heilungsbeschleunigung einen singenden Frosch neben mich setzen würde. Teil des Geräts ist eine überdimensionale Sonnenbrille, die aussieht, als hätte sie Schwester Olga aus dem Fundus des Starlight-Express-Musicals geklaut. Offiziell zum Schutz meiner Augen. Ich denke, um wahnsinnig gut auszusehen. Meine Nippel und die beiden Narben werden freigelegt. Ich sitze wie ein halb nackter Robocop aus Starlight Express in meinem Bett und werde mit LED-Flimmern beschossen. Eigentlich sollte dazu »Staying Alive« gespielt und eine Discokugel aufgehängt werden. Das passiert leider nicht. Schwester Olga stellt den Timer mit einer zackigen Drehung auf exakt 15 Minuten. Niemand ist so cool wie sie. Chuck Norris hat einen Starschnitt von Schwester Olga. Vielleicht muss ich damit anfangen, meine Schmerzmittel zu reduzieren. Weil ich Angst habe, vom Laser blind zu werden, kneife ich die Augen hinter der Sonnenbrille zu. So fest, dass ich Blitze sehe. Es flackert. Ich mag es. Trotzdem öffne ich die Augen zu kleinen Schlitzen und versuche, auf den Timer zu schauen. Noch fünf Minuten. Die Narben jucken. Heißt das, sie heilen? Die Mutter einer Kindergartenfreundin sagte immer: Wenn es juckt, heilt es oder die Brüste wachsen. Warum sagt man so was? Ich hoffe sehr stark auf Heilung und nicht auf Brustwachstum. Der Timer rattert. Schwester Olga, gesegnet mit übernatürlichen Sinnen, schießt durch die Tür.

»Ah, ferrrtig.«

Sie ist hocherfreut. Ich kann das Ausmaß ihrer Ekstase nicht ganz nachfühlen.

»Schwester Olga, meine Narben jucken. Wachsen die Brüste nach?«

Sie sieht mich an, als wäre ich nicht ganz bei Verstand.

»Nein, die sind weg, mein Lieberrr, alles gut. Wenn die Nähte nicht rrrot sind oderrr pochen, dann heilen sie. Die Brrrüste kommen nicht wiederrr.«

Dieses R ... Nichts pocht, nichts ist röter als sonst nach der Laser-Disco. Offensichtlich plant keine zweite Reihe von Brüsten ihren großen Durchbruch, nachdem die Originale endlich Platz gemacht haben.

»Nicht krrratzen! Und derrr Schorrrf muss drrranbleiben, sonst fällt derrr Nippel ab«, sagt Schwester Olga zum Abschied, als sie mit der mobilen Disco das Zimmer verlässt, um den nächsten Teilnehmer zu beglücken.

Nicht kratzen ... einen Strauß aus Brennnesseln pflücken, aber nicht weinen, wenn die Hände explodieren. Ich will meinen Din-A-genormten Nippel auf keinen Fall einbüßen, also reiße ich mich zusammen und kratze so nahe wie möglich um den Schorf herum, ohne ihn direkt zu berühren. Es hilft nicht. Eher juckt alles noch viel mehr.

Nach zwei Tagen entschließt sich das Surren in meinem Körper auszuklingen und ich werde von Schwester Olga aus dem Bett gescheucht. Bewegung ist wichtig. Findet sie. Ich fände Entspannen viel wichtiger, aber sie channelt ihren inneren Drill-Sergeant und pfeift mich auf den Flur. Mein Zimmer befindet sich am Ende des Ganges der Gynäkologieabteilung mit Geburtenstation. Frauen schleichen selig mit ihrem frisch geschlüpften Nachwuchs auf und ab, Väter segeln nebenher und präsentieren Fortpflanzungsfähigkeit. Zwischen all diesen Köpfen in den Wolken spazieren sehr irdisch Männer, die jung sind, egal wie alt. Mit Drainagen, die aus ihren Oberkörpern spitzen. Beutelchen hängen rechts und links und begleiten baumelnd die Spaziergänge. Nach außen verlagerte, gut sichtbare Heilungsprozesse. Die Gesichter gerahmt von mehr oder weniger ausgeprägtem Flaum. Vorsichtige Männlichkeit. Noch die Skizze von dem, was später sein wird. Die Brust nicht stolzgeschwellt, eher geschwollen und schmerzend, aber befreit. Keine Steine mehr auf den Schultern und in sich zusammengesunken, um die Reste von Brust zu verbergen, die nicht abgebunden werden konnten.

Micha ist wieder da. Wir sitzen in einer Ecke auf dem Flur und plaudern. Schwester Olga kommt und bremst vor uns scharf ab. Wäre der Boden aus Sand, würde sie eine Staubwolke verursachen. Hoffentlich sagt sie viele Worte mit R.

»Johann, ich habe noch garrr nicht gefrrragt und ich weiß nicht, ob du Interrresse hast, wir arrrbeiten mit einerrr Epithetikerrrin zusammen, die Prrrothesen herrrstellt. Der Prrrofessorrr und sie forrrschen zu Methoden der Anbrrringung. Wirrr haben eine Kiste mit Anschauungsmaterrrial. Wirrr nennen sie die Pimmelkiste. Möchtest du sie sehen?«

Was für eine kuriose Frage. Wie könnte ich kein Interesse an einer Kiste haben, die die Pimmelkiste genannt wird. Selbstverständlich möchte ich sie sehen.

»Absolut. Ich würde die Pimmelkiste sehr gerne sehen.«

Schwester Olga eilt in die Asservatenkammer und bringt die heilige Schachtel.

»Hierrr ist sie. Viel Spaß damit. Nicht verlieren.«

Sie stellt eine unscheinbare blaue Kiste vor uns. So wie sie aussieht, könnten die Nonnen, die in ihrer weißen Tracht immer leicht schwebend durchs Krankenhaus huschen, auch Reliquien oder Oblaten darin verstecken. Eventuell auch Jesus selbst. Wenn er sehr klein wäre. Etwa 50 Zentimeter. Ich nehme den Deckel ab. In der Kiste liegen fünf Pimmel. In allen Farben und Größen. Manche haben sogar Eier. Wenn man die Kiste bewegt, wobbeln sie. Keine Ahnung, aus welchem Material sie sind, aber sie sehen aus, als hätte ein Serienmörder die Kollektion der Schwänze seiner Opfer an der Bushaltestelle vergessen. Sehr, sehr echt.

Ich bin fasziniert. Micha ebenfalls. Natürlich fällt uns nichts Besseres ein, als zu kichern. Anscheinend wird man, was Geschlechtsteile angeht, selten älter als 14. Ich nehme einen der Pimmel in die Hand, betaste ihn und lasse ihn eine Weile dort sitzen. Er nimmt meine Körperwärme an und ein leichtes Kannibalengefühl stellt sich ein. Kann man neben Organen eigentlich auch seinen Pimmel spenden? Eine der Neu-Mütter verirrt sich in unsere Nähe und ist befremdet, ob der frei laufenden Pimmel und uns, ihren Hirten, die sie mit interessiertem Blick umringen. Sie presst das Neugeborene auf ihrem Arm näher an sich und entfernt sich schnellstmöglich. Gerade erst hat man im Vorgarten die Flagge des Babygeschlechts gehisst, schon trifft man auf Menschen, die an der Geilheit auf Eindeutigkeit sägen. Verlorene Welt. Vielleicht denkt sie auch nur, dass wir Kannibalen sind.

Es ist ein Irrsinn, welch Bohei um ein paar Zentimeter schrumpeligen Fleischs gemacht wird. Ein Wunder, dass wir nicht alle mit durchsichtigen Fenstern in unseren Hosen und Röcken durch die Straße jagen. Damit alle immer Bescheid wissen. Und auf gar keinen Fall ein Hauch der Unklarheit die forschen Nasen umweht. Wissen ist wichtig. Wissen ist Macht. Wie soll man sonst auch den eigenen Erfahrungskatalog und die mühsam eingeprügelten Regeln anwenden, wie man sich einer anderen Person gegenüber zu verhalten hat.

Als hätte ihn Gott höchstpersönlich in unsere Runde projiziert, taucht der Professor auf.

»Herr Schneid, hallo, wie geht es Ihnen?«

Er klopft mir jovial auf die Schulter. Der Pimmel in meiner Hand wackelt.

»Oh, gut so weit, danke. Bisschen schlapp.«

»Verständlich. Die Operation hat vier Stunden gedauert. Das ist schon eine Weile. Aber wir waren alle beeindruckt von ihren Brustmuskeln.«

Hatte er das nicht schon erwähnt? Und wie sah die zugehörige Unterhaltung dazu im OP aus? Oder sagt er das einfach jeder Person, die er trifft?

Egal, ich freue mich einfach ein zweites Mal. Warum auch immer. Ist es eine Auszeichnung, große Brustmuskeln zu haben?

»Ah, Sie haben unsere Pimmelkiste entdeckt. Wir arbeiten an neuen Techniken zur Befestigung. Magnete sind eine Möglichkeit, die wir in Betracht ziehen.«

Hat er wirklich Pimmelkiste gesagt? Er blickt sehr verliebt in die Kiste. Ob er Modell gestanden hat?

»Wenn wir Sie auf dem Laufenden halten sollen, können Sie den Schwestern Bescheid geben. Wir haben einen Newsletter, den wir verschicken, wenn es Neuigkeiten gibt.«

Natürlich. Hoffentlich lautet der Betreff zum Newsletter »Neues aus der Pimmelkiste«. Der Professor legt den ersten Gang ein und floatet davon.

Noch 3 Tage

Nach Streitigkeiten die vergrabenen Wörter suchen. Es gibt leichtere Aufgaben. Ich liege auf dem Rücken und döse. Eigentlich schlafe ich immer auf der Seite, daher sind meine Nächte mit Unruhe gespickt. Mein Zimmernachbar ratzt selig. Er verkündet gerne, dass er seit Jahren nicht mehr so gut geschlafen habe wie hier, während ich mit kanaldeckelgroßen Augenringen im Bett neben ihm sitze. Ich versuche, tagsüber seinen Vorsprung an Entspannung aufzuholen, wenn Schwester Olga und all die Krankenhausabläufe mich lassen. Während ich die Schmerzen in meinem Körper wegdämmere, höre ich, wie sich die Tür öffnet. Wie oft kann man an einem Tag Fieber messen, ohne dass es satirisch wirkt, denke ich im Halbschlaf. Dann Schritte. Stille. Sanftes Atmen neben meinem Bett. Ich sollte aufwachen, um mich nach dem Fiebermess-Ritual zu erkundigen. Meine Augen sind unwillig und schwer, kann es sein, dass immer noch Propofol in mir schwappt? Als ich mich etwas drehe und schaue, wer mich mit kalten Metallspitzen traktieren will, erblicke ich Louise. Anscheinend bin ich wirklich noch voll mit Propofol. Propovoll. Proppevoll. Mein Gehirn sucht das Weite. Louise steht neben meinem Bett und schaut mich an. So ernst und schwer, als müsste sie mir mitteilen, dass ich während meiner OP verstorben bin. Bin ich nicht. Soweit ich weiß. Sie öffnet den Mund und sagt ungewohnt klapprig für ihre Verhältnisse:

»Hallo.«

Ihr Hallo klingt, als hätte es sich auf dem Weg nach draußen beide Knöchel verstaucht.

»Hallo. Du kommst ganz schön spät. Das Propofol ist leer.«

»Ich war schon mal da, als du gerade aus der OP aufgewacht bist. Mit Micha. Da hast du mir gesagt, dass ich ein Salamander bin und mit dem Basketballspielen aufhören soll.«

»Ach so.«

Wir sind rostig und ungeübt miteinander. Was tun? Sollen wir uns um den Hals fallen und viel weinen? Macht man das, wenn niemand Action schreit und keine Kameras auf einen gerichtet sind? Keine Ahnung. Ich freue mich, Louise zu sehen. Zu ahnen, dass ich ihr nicht so egal bin, wie ich es in den dunklen Kellern meines Selbst vermutet hatte. Sie ist offenkundig wegen mir hier. Oder sie hat eine geheime Affäre mit meinem Zimmernachbarn, von der ich aufgrund meiner Sedierung nichts mitbekommen habe. Quatsch. Bin ich noch wütend, sauer, enttäuscht? All die großen menschlichen Gefühle, die einer Versöhnung Petersilie zwischen die Zähne zaubern?

Meine Schmerzmittel halten mich in einem sehr freundlichen Schweben der Welt gegenüber. Louise gehört zur Welt. Kurzum: In erster Linie freue ich mich, dass Louise da ist, auch wenn wir zwei Steinchen sind, die nebeneinander am Wegrand liegen und nicht wissen, wohin sie kullern sollen.

»Wie geht es dir denn? Hast du noch Schmerzen?«

»Ach, in erster Linie habe ich Schmerzmittel. Die enthalten Schmerz, aber auch Mittel. Insofern, mein Schmerz ist mittel. Aber ich habe bei der OP offensichtlich ein wenig Verstand eingebüßt.«

»Das tut mir leid.«

»Schon o.k.«

Surren und verrenktes Schweigen. Vor dem Fenster die ratlos wankenden Bäume. Innen wir. Mindestens genauso ratlos. Auch Freundschaften muss man trainieren, damit man zusammen flexen kann. Wieso denke ich in Bodybuilderterminologie? Louise räuspert gegen die Stille an. Kann es sein, dass im Krankenhaus alle immer einen Frosch im Hals haben? Dauerbeklemmung.

»Ich wollte mich entschuldigen. Zum einen dafür, dass ich

mich nicht gemeldet habe, zum anderen, weil ich ein Arsch war. Ich habe keine gute Erklärung parat, warum ich damals mit Sam bei uns aufschlagen musste und nicht auf deiner Seite war, in den Momenten, als es wohl wirklich sehr wichtig gewesen wäre. Es war so eine schlimme Zeit für dich und ich habe einen bescheuerten Ego-Film geschoben. Weil ... ich weiß es nicht. Weil ich vielleicht unfähig war, mit der Veränderung klarzukommen. Oder Schiss hatte, dass wir nicht mehr sein würden, was wir waren. Und dann habe ich mich prompt so verhalten, dass nichts mehr war, wie es war, sondern eigentlich nur noch scheiße.«

Kein einziger Gag von Louise. Ich weiß nicht, ob das in unserer Zeitrechnung jemals passiert ist. Das war bisher unser tragender Balken. Humor, Idiotien und Scherze. Meine Wunden zwicken. Vielleicht sind sie auch verwirrt, dass gerade gar nichts richtig witzig ist.

»Ich weiß auch sehr oft nicht, wie ich mich verhalten soll. Ich bin immer noch die gleiche Person. Nur irgendwie denken alle anderen, dass ich jetzt jemand anderes bin.«

Es rumpelt an der Tür. Sie öffnet sich, die Mittagsverköstigung wird hereinbugsiert.

»So, Herr Schneid, Mittagessen. Ich wünsche einen gesegneten Appetit.«

Die Schwester stellt ein Tablett vor mich. Darauf vier Formen in einem vermuteten Graublau. Darunter Essen, das sich optisch perfekt anpasst. Ich erahne Kartoffeln. Der Rest bleibt dumpf und färbt nur schmutzig von der Wirklichkeit eines Essens ab.

Louise sieht maximal angewidert auf mein Mittagessen und hat die gleichen Gedanken wie ich. Wir sind noch im Kopf verbunden, denken in dieselbe Richtung. Ich muss lachen. Die Wunden lachen mit. Etwas lauter als ich. Louise sieht mich ob meiner plötzlichen Hysterie etwas erschrocken an und fängt nach einem kurzen Moment ebenfalls an zu lachen. Diese glucksende und prustende Ekstase dauert mehrere Minuten, bis die Schmerzen zu real werden und ich mich wieder einkriegen muss.

»Oh Mann, ich habe dich wirklich vermisst«, sagt Louise zwischen abebbendem Irrsinn und dem immer noch gegenwärtigen Ernst.

»Ich dich auch. Es hat sich angefühlt, als hätte ich ein Loch im Kopf und es würde ständig reinregnen.«

»Du solltest weniger von deinen Schmerzmitteln nehmen, glaube ich.«

»Oder noch viel mehr.«

»Kann ich morgen wieder vorbeikommen? Es gibt bestimmt einiges zu erzählen.«

»O.k., ich fände es gut. Weißt du, vielleicht haben wir Abstand gebraucht, damit wir uns von oben bis unten und in ganz sehen können. Und nicht nur Ausschnitte, weil wir so dicht beieinander waren. Ich musste erst mal rausfinden, was ich will und wer ich bin. All diese Lebenshilfefloskeln von Instagram üben und so.«

»Und? Hat es geklappt?«

»Ich glaube, ein bisschen. Jetzt gibt es mehr als nur unscharfe, fransige Umrisse von mir. Ich bin offiziell ich, habe die OP und tausend furchtbare Termine überlebt, es rumpelt nicht mehr ständig. Manchmal bin ich sogar irgendwie glücklich. Und ins beknackte Le Sausage muss ich auch nie wieder. Vielleicht werde ich Bäcker. Ich habe mich auf einen Ausbildungsplatz beworben.«

»Hast du? Oh wow. Das freut mich. Tut es wirklich. O.k., es gibt viel aufzuholen. Ich komme morgen Mittag und bringe dir Essen mit.«

»Das rettet mich. Ich glaube, ich muss mich weiter ausruhen. Lachen ist unfassbar anstrengend, merke ich. Gefühle sind aktuell Sport!«

Umarmung. Geglättete Wogen. Louise und ich sind wieder zurück.

Noch 1 Tag

Langsam stehe ich auf und gehe ins Bad. Jeden Morgen das gleiche Ballett. Ich entferne den Verband, das Pflaster, die Gaze und lege die zwei Narben frei, die meinen Oberkörper hälftig trennen. In ein Oben und Unten. Wie eine durchgestrichene Notiz stehe ich im Badezimmer und sehe mich an. Seit 18 Jahren zum ersten Mal oben ohne vor dem Spiegel. Keine halb geschlossenen Augen, das Licht liegt sanft im Raum und streicht mir durch die Haare. Hallo, Johann.

Lange kann ich nicht stehen, mein Kreislauf liegt noch im Krankenhausbett und hört seinen liebsten Podcast. Aber ich kann mich anschauen. Mein Spiegelbild, das sonst stets eine heiße Herdplatte war, ist kühl, mein Blick kann auf ihm ruhen, ohne sich zu verbrennen, kein Hass, keine Wut. Ich steige in die Dusche. Das war der große Kanon der Krankenschwestern: Jeden Tag duschen, nicht faul sein, die Wunden müssen geputzt werden. Ein guter Rat. Nach Brachliegen und Operation zu riechen empfiehlt sich wirklich gar nicht. Vorsichtig seife ich mich ein und betaste den geschundenen Körper. Wassertropfen kullern an mir herab, beschleunigen und treffen sich in kleinen Seen zu meinen Füßen. Ich zwinge mich, entgegen meiner Gewohnheit, die Augen offen zu halten. Von außen betrachtet wirke ich wahrscheinlich, als würde ich gemeinsam mit einem Puma duschen und hätte sehr große Angst, so weit sind meine Augen aufgerissen. Ungewohnt und neu ist das alles.

Ich bin fertig und steige aus der Dusche. Dann wickle ich ein Handtuch um meine Hüften und gehe die Wundversorgung an. Das Desinfektionsmittel ziept, als ich es auf die Nähte sprühe. Im gleichen Augenblick kühlt es und ich lasse es an der Luft trocknen. Die Fäden, die noch aus der Wunde ragen, sehen aus wie kleine schief stehende Zähne eines kettenrauchenden Zwerges. Sie werden sich nach einiger Zeit auflösen und verschwinden. Kleine Magie. Der Zwerg zieht sich zurück und macht Platz. Nett von ihm. Vorsichtig hebe ich meine Arme, weil ich testen will, wie weit ich mich schon bewegen kann. Nicht zu hoch. Zum einen, weil es noch nicht geht, zum anderen, um unnötigen Zug auf die frischen Narben zu vermeiden. Ein behutsamer Tanz, der sich anfühlt, als wollten mich Himmel und Erde in der Mitte auseinanderreißen. Ich lasse die Arme wieder sinken, der Schmerz hopst über seinen Trampelpfad und pfeift dazu. Er hat mehr Ausdauer als ich. Aber Johann im Spiegel. Was wird kommen? Was wird sein? Wer werde ich sein? Aus welchen Klötzen wird sich die Zukunft zusammensetzen? Sitzen am See. Luft und Sonne auf der Haut, ohne dass ein Hindernis den Weg versperrt. Kein Schneeanzug mehr. Ein kratziges Geräusch an den Wangen, wenn ich mit der Hand darüberstreiche. Kleidung, die passt. Eng anliegende T-Shirts, die nicht den Wunsch einer Selbstentzündung entfachen. Das Feuerwerk, wenn jemand »er« sagt. Mein Name, dieser schöne Name. Johann. Sein Klang, seine Bedeutung, dass er zu mir gehört. Die Besuche beim Barbier. Zufällige Spiegelbilder. Fotos ansehen können, ohne die Augen zusammenzukneifen und alles Verhasste wegzublinzeln. Das vorsichtige Niederlassen in meiner neuen Behausung. Stilles Beobachten. Frieden. Wolken, die wie Katzen auf Kopierern von unten aussehen. Meine Stimme, die nicht mehr einer heiseren Fee gehört. Das Vibrieren meines Körpers beim Sprechen. Das Flattern eines halb offenen Hemdes beim Radfahren. Die Ahnung eines Schnurrbarts. Verblassende Narben. Innen und außen. Neue Freunde. Alte Freunde. Neue Freuden. Alte Freuden. Neue Ansichten. Neue Welten. Wegrückende Vergangenheit. Selbstverständnis. Das Aufkeimen einer Hoffnung, die mir bis dato fremd war. Von der ich keine Ahnung hatte, nicht wusste, dass es sie gibt. Das Annähern von Innen und Außen. Übereinstimmung. Deckungsgleichheit. Verkümmernde Panik. Keine Katastrophen in Sicht. Berge im Rücken. Das Wissen um die Berge im Rücken. Schätze von geschätzten Erfahrungen. All mein Wissen. All das Erlebte. Herantastendes Reden über das, was war und wie alles ist. Klobesuche, ohne angestarrt zu werden. Der Kauf meines ersten Anzugs. Der Kauf meines zweiten Anzugs. Der Kauf meines dritten Anzugs. »Junger Mann, was darf es bei Ihnen sein?« Wonne da, wo ich sie nie geahnt hätte. Im Leben. Mut, der auf Bäumen wächst und im Vorbeigehen meinen Kopf streift. Ich bin größer als die Bäume. Treibe so weit auf dem Rücken auf dem Meer, dass ich nur noch Himmel sehe. Kein Land mehr. Aber Horizont. Sonnenbrand auf den Din-A-Professor-Nippeln. Kraft. Und Jugend, obwohl ich dafür viel zu alt bin. Kein Countdown mehr. Nur noch Zählen nach oben. Addierte Tage und Glück. Endlich Glück.

Los!

EWIGER UND MAXIMALER DANK

Für gewöhnlich sagt man danke, wenn man etwas bekommt. Zum Beispiel einen schmucken Gegenstand oder ein tolles Wort. Dann freut man sich, zündet innerlich ein Licht an und herzt die schenkende Person. Das trifft auch hier zu. Damit dieses Buch in eben dieser Form existieren kann, haben mir viele Menschen viel gegeben. Nicht zwingend schöne Objekte, sondern vielmehr ihre Aufmerksamkeit, ihr Vertrauen, ihre Zuneigung, ihre Zeit, ihre Erfahrung, ihre Gunst und ihren Zuspruch. Hätte ich einen Goldschatz, würde ich ihnen daraus kleine Krönchen schmelzen. Habe ich leider nicht. Alles, was ich habe, ist mein tief empfundener, ewiger Dank für ihre Unterstützung und ihre Existenz. Diesen möchte ich über ihnen ausschütten.

Thomas Ostermeier, danke für dein Ohr zur rechten Zeit und die geheime Post an Helge Malchow. Paris forever!

Helge Malchow, danke für das Interesse, das dem Manuskript gewidmete Wochenende und das Vertrauen.

David Rupp, Pommes für alle, immer! Danke für das wunderbare Lektorieren und das Verstehen.

KiWi, danke dafür, dass ihr ein fantastischer Verlag seid! Ich kaufe euch Pommes!

Joachim Meyerhoff, danke für freundliches Weiterleiten und das Ertragen meiner Aufgeregtheit.

Meinen Sauerteigen Mareen-Luise und Bianka Bülow, danke, dass wir in all diesen Lockdowns so viel zusammen gebacken haben.

Meinem Hausarzt. Danke!

Meinem Therapeuten. Danke!

Allen von der Schaubühne Berlin. Danke an das schönste und wundervollste Theater der Welt.

Heavy German Shit, Susa und Maxi, danke für das Durchhalten und das Stemmen gegen den Wind.

Literaturagentur Arteaga, danke für den Sekt und alles andere.

Sookee. Es war nicht immer schwerelos, doch die Schwere ist der Leichtigkeit ein stabiler Halt. Ohne dich hätte ich nicht mit dem Buch angefangen. Danke.

Heinrich Horwitz, danke, dass du alles ins Rollen gebracht hast.

Pflümi, Christina, Jasmin, Klausen, Schwesti, Eva, Marieke, Frederic. Ich habe wenige Friends, dafür die wundervollsten.

Johanna, IDL.

Denen vor mir, denen nach mir

Denen, die mich so gründlich verkorkst haben.

Denen, die mich verstehen.

Denen, die es nicht tun.

Denen, die nur die Nischen beleuchten, weil sie uns keinen anderen Platz gönnen.

Dem Vergangenen, dem, was ist, dem, was kommt.

Denen, die ich auf so kuriose Weise liebe.

Danke.

Der Verlag Kiepenheuer & Witsch hat sich zu einer nachhaltigen Buchproduktion verpflichtet. Gemeinsam mit unseren Partnern und Lieferanten setzen wir uns für eine klimaneutrale Buchproduktion ein, die den Erwerb von Klimazertifikaten zur Kompensation des CO_2-Ausstoßes einschließt. Weitere Informationen finden Sie unter www.klimaneutralerverlag.de

FSC www.fsc.org
MIX
Papier | Fördert gute Waldnutzung
FSC® C014496

1. Auflage 2023

Covergestaltung: Miriam Bröckel
Covermotiv: © Melissa Eder
Gesetzt aus der Bely und der Harbour
Satz: Buch-Werkstatt GmbH, Bad Aibling
Druck und Bindung: GGP Media GmbH, Pößneck
ISBN 978-3-462-00428-1